학제간 연구를 통한 문학의 확장 가능성 탐구

한국, 중국, 일본, 미국, 프랑스, 독일의 경우를 중심으로

학제간 연구를 통한 문학의 확장 가능성 탐구

한국, 중국, 일본, 미국, 프랑스, 독일의 경우를 중심으로

박상천 · 김영순 · 신성환 · 최민성 · 박기수

정해수 · 최형욱 · 권연수 · 이재복 · 전세재

글누림

이 책은 2005년도 정부재원(교육인적자원부 학술연구조성사업비)으로
한국학술진흥재단의 지원을 받아 연구되었음(KRF-2005-079-AS0092)

머리말

　인간의 정신적 가치를 중심으로 연구와 교육을 수행하고자 하는 인문학은 정보사회에 진입하면서 '위기론'에 시달리고 있다. '인문학 위기론'의 대두 현상은 우리 사회뿐 아니라 세계적으로 나타나는 현상으로 서구에서는 이미 산업사회의 결실을 풍족하게 누리고 있던 1960년대부터 이러한 현상이 대두되었다. 그럼에도 불구하고 최근 우리 사회에 이 문제가 더욱 증폭되어 나타나면서 인문학자들이 큰 위협으로 느끼고 있는 까닭은 우리 사회의 변화가 압축적으로 일어나면서 사회의 변화에 대하여 좀 더 진지한 성찰을 하지 못할 정도로 그 속도가 빨랐기 때문은 아닐까? 즉, 변화의 본질에 대하여 심도 있는 논의의 과정을 거칠 시간적 여유를 가지지 못한 채 산업사회에서 정보사회 또는 디지털 사회로의 변화가 너무 급격하게 이루어졌다는 데에 원인의 한 가닥이 있다는 생각이 든다.

　더구나 우리 사회에서 '인문학 위기론'이 더욱 증폭되어 나타나는 이유는 대학의 인문학 교수들이 체감적으로 느끼는 위기가 크기 때문이라 할 수 있다. 다시 말해 대학 교육에서 그동안 불가침의 영역으로 느껴질 만큼 고고한 위치를 차지하고 있던 인문학에 대한 학생 수요가 급격하게 감소하고 있고 이로 인해 대학의 인문학과들이 구조조정의 대상이 되는 현실을 대학의 인문학 교수들은 체감적으로 느끼고 있기 때문이다. 그래서 한국 사회의 인문학의 위기는 진정한 인문학의 위기라기보다는

‘인문대학’의 위기이고 ‘인문학 교수’들의 위기, 즉 제도인문학의 위기에 불과하다는 주장도 타당한 주장으로 받아들여지는 분위기이다.

‘인문학의 위기’건 ‘인문학 교수’의 위기건 간에 우리 사회가 이제 인문학을 다시 돌아보아야 할 시점에 이른 것은 분명한 사실이다. 우리 공동 연구자들이 학술진흥재단의 연구 지원을 받으면서 ‘문학의 확장 가능성’이라는 공동의 주제를 설정한 것은 인문학을 전공하고 있는 연구자들로서 이러한 문제에 대하여 심도 있게 논의해보자는 의도에서였다. 우리는 이 공동 주제를 연구하기 위해 한국, 중국, 일본, 미국, 프랑스, 독일 지역의 인문학을 전공하고 있는 연구자들이 모였고 디지털 시대의 문학의 새로운 변모양상을 ‘문학의 확장’의 차원에서 논의함으로써 ‘인문학의 위기’를 극복하는 단서를 찾아보려고 노력하였다.

우리의 연구는 원론적인 연구와 구체적 사례 연구로 이루어져 있지만 각 지역마다 새로운 매체환경과 결합하는 문학의 양상이 다르기 때문에 구체적인 사례를 연구하는 연구자들이 동일한 관점이나 일관된 방향을 가지는 것은 아니다. 다만 공동 연구자들 모두 드러내어 합의를 한 것은 아니지만 우리가 설정한 ‘문학의 확장 가능성’이라는 공동의 주제에는 이미 연구의 방향이 암묵적으로 설정되어 있다. 암묵적 합의란 다름 아닌 ‘사회적 변화에 대한 긍정’이라고 생각한다.

‘위기론’이 대두하는 것은 사회적 변화가 문학이나 인문학에 긍정적으로 작용하지 않고 있다고 생각하기 때문이다. 즉, 사회적 변화가 인문학이나 문학의 확장을 돕기보다는 축소하고 소멸시키는 작용을 하고 있다고 생각하기 때문에 위기론이 등장하게 되는 것은 아닐까?

따라서 우리의 연구 주제에 ‘확장’이라는 용어를 사용한 것은 문학 위기론 또는 인문학 위기론의 기본 관점과는 다른 관점에서 사회적 변화를 파악하고 있다는 뜻이다.

이 책은 모두 10편의 논문으로 이루어져 있다. 앞의 두 논문 <문화환경의 변화와 문학의 확장 가능성>과 <인문학의 혁신으로서 문화학적 전환>은 이 책의 연구의 방향을 포괄적으로 다룬 논문이라 할 수 있다. 또한 <문학 장르의 진화, 문학과 영상의 공존>, <매체 전환의 측면에서 본 연극의 영화화>, <문학에서 영화로 스토리텔링 전환 전략>은 문학의 확장 방법의 하나인 장르 전환이 어떻게 나타나고 있는지를 다룬 원론적인 논문이다. 그리고 다섯 편의 논문 <디지털 시대의 프랑스 문화정책과 문학의 확장 양상>, <웹 콘텐츠를 통한 중국어권 고전문학의 현대적 확장>, <현대 일본문학의 월경 현상과 문학의 확장>, <한국문학의 위기와 전환, 그 가능성 탐구>, <로빈슨 크루소와 문화적 공간>은 한국, 프랑스, 중국, 일본, 영미문학에서 구체적으로 어떠한 변화가 일어나고 있는지를 다루고 있다. '문학의 확장 가능성'에 대한 연구가 아직은 학문적 기틀을 공고하게 하지 못하고 있는 초창기 연구라는 점을 감안한다면 앞서 언급한 연구의 전체적 통일성의 문제보다는 인문학의 새로운 활로 모색이라는 점에서 더 큰 의의를 찾을 수 있을 것이다.

이 연구가 가능할 수 있도록 연구비를 지원해주신 한국학술진흥재단에 깊이 감사드리며 책의 출간을 위해 애쓰신 글누림출판사의 최종숙 사장님과 편집진께도 감사드린다.

2008년 8월

연구책임자 박상천

차 례

문화환경의 변화와 문학의 확장 가능성*

박 상 천

1. 사회적 변화에 대한 관점의 문제

최근 한국의 인문학자들은 소위 '인문학의 위기' 현상에 대하여 다양한 원인 분석과 처방을 내놓고 있다. 최종욱은 <인문과학 위기에 대한 담론분석을 위한 시론>에서 그동안 인문학의 위기론의 원인을 논한 논문들을 분석하여 세 가지로 유형을 정리하고 있는데 "1) 인문학의 위기란 개념 자체가 불가능하다는 주장에서부터 2) 인문학 위기는 인문학 자체에 기인하지 않는다는 주장을 거쳐 3) 자본주의 세계체제가 인문학의 위기 원인이라는 주장까지 다양하게 개진되고 있다."(최종욱, 1998, 339)고 말한다. 최종욱은 이러한 유형 분석과 함께 대부분의 연구자들이 위기의 원인을 외부적 환경과 결부시키고 있다는 점과 연구자들이 지적하고 있

---

* 박상천, 디지털 시대의 문학의 확장 가능성, 『한국언어문화』 31집, 2006, 수록논문 개고.

는 외부 환경 중에는 IMF, 자본주의, 신자유주의, 정보사회 그리고 근대 문명(최종욱, 1998, 342) 등이 핵심의 요인이라고 지적하고 있다.

인문학의 위기를 외부적 환경과 결부시켜 논의하는 경향은 최근 인문주간을 맞이하여 9월 26일 전국인문대학장단이 발표한 성명서 <오늘의 인문학을 위한 우리의 제언>에서도 그러한 인식이 나타나고 있는 것을 볼 수 있다.

> 우리는 인문학계 내부의 상황에 대해서도 깊이 반성한다. 연구자들은 인문학이 요구하는 엄정한 자기 성찰적 태도와 적극적인 현실참여로 대안적 가치를 창출하지 못한 채, 방어적인 인문학 위기 담론 뒤로 몸을 숨겨온 경향이 있다. 아울러 현재의 상황에 대해 용기 있는 비판을 제시하지 못했다는 점도 인정하지 않을 수 없다. 그럼에도 불구하고 우리는 문제의 근원이 인문학적 정신과 가치들을 경시하는 사회구조의 변화에 있음을 직시하면서 이런 상황을 주도해온 정부당국과 그 변화에 순응해온 대학에 책임이 있음을 지적하고자 한다.[1]

이 성명서에서도 볼 수 있는 바와 같이 위기론이 대두된 상황에 대한 자기반성이 앞서 있긴 하지만 결국 문제의 근원을 '사회구조의 변화', 이를 주도한 '정부 당국' 그리고 그 변화에 순응한 '대학'에 책임이 있다고 결론짓고 있다. 여기서 말하는 '사회구조의 변화'란 '경쟁과 효율성만을 강조하여, 인간의 존엄성에 대한 배려와 윤리의식이 실종되어 가고 있는 상황'과 이로 인하여 '인간의 삶은 자연과 생명에 대한 경외심을 상실한 채 폭력적인 무한경쟁으로 치닫고' 있는 상황이라고 전제하고 있다(최종욱, 1998). 이 성명서에서 말하고 있는 변화가 사회구조의 변화인

---

1) 2006년 9월 26일 발표한 전국인문대학장단 성명서 중 일부.

가 또는 사회구조의 변화라고 인정한다면 변화의 핵심인가 하는 문제는 차치하더라도 전국인문대학장단의 성명서는 우리 사회 대다수 인문학자들의 시각이 그대로 담겨 있다고 볼 수 있다.

여기서 말하는 "경쟁과 효율성만을 강조하여, 인간의 존엄성에 대한 배려와 윤리의식이 실종되어 가고 있는 상황과 이로 인하여 인간의 삶은 자연과 생명에 대한 경외심을 상실한 채 폭력적인 무한경쟁으로 치닫고 있는 상황"이 발생하게 된 사회구조의 변화에 대하여서는 확실하게 적시하고 있지는 않지만 효율성과 사용가치성을 극대화하려는 자본주의, 세계화, 신자유주의를 인문학 위기의 발생의 주요한 요인으로 파악하고 있는 것으로 보이며 이 점에서는 지금까지 인문학 위기에 관한 논의들의 관점과 유사하다고 말할 수 있다.

그런데 최종욱은 그동안 있었던 이러한 위기 발생의 원인에 대한 논의들이 지닌 모순점을 다음과 같이 지적하고 있다.

> 인문과학의 위기에 관한 담론이 부딪히는 어려움도 바로 여기에 있다. 인문과학이 위기를 극복하기 위해서는 위기를 야기하는 원인을 비교·분석하고 나아가서 그 원인들을 현실적으로 해소해야 한다. 왜냐하면 위기를 야기한 그러한 원인들이 현실적으로 해소되지 않는 한, 그 결과로 나타나는 위기라는 현상도 극복될 수 없기 때문이다. 예컨대 자본주의가 인문과학 위기를 일으킨 장본인이라면, 인문과학 위기는 자본주의를 극복함으로써 가능한 것이다. 인문과학이 실제로 그런 힘을 가지고 있느냐의 여부에 관계없이, 논리적으로 그렇다는 말이다. 만약 위기의 원인을 자본주의라고 진단해 놓고, 그 극복을 위한 대안이 '이론'이라든가 아니면 '기율권력의 분석'이라고 한다면 그 진단과 처방 사이에는 논리적으로 모순이 존재한다는 것이 필자가 지적하고자 하는 요점이다(최종욱, 1998, 355~356).

이처럼 '인문학의 위기론'에 대한 논의에는 많은 어려움이 있다. 더구나 그 요인을 자본주의, 세계화, 신자유주의로 지목하게 될 경우 이러한 문제들은 학문의 범위를 넘어서는 문제이며 인문학이 극복의 대상으로 삼을 수는 없고 따라서 이러한 위기에 인문학이 대처할 수 있는 방법이 없기 때문에 결국은 허무주의에 빠질 수밖에 없다.

인문학의 위기를 이러한 이데올로기와 관련된 문제가 아닌 컴퓨터 기술의 발달, 정보 환경의 변화, 매체의 변화 등에서 찾으려는 노력도 많았다. 김도훈은 『디지털 시대의 인문학, 무엇을 할 것인가』의 서문에서 다음과 같은 논의를 하고 있다.

> 1980년대 중반 이후 놀라운 속도로 발전해온 컴퓨터기술은 현대인의 생활을 모든 영역에서 근본적으로 변화시키고 있다. 19세기 초반의 사회 변화를 '산업화'라 명명했던 것과 마찬가지로 이러한 변화를 '정보화'라 지칭하고 있다. 르네상스 이래 서구의 학문적 탐구의 중심이었던 인문학은 이러한 정보화의 영향 하에 급격한 변화의 압력에 직면해 있으며 인문학자들은 이를 또 하나의 근본적인 '위기'라고 인식하고 있다. 이것은 인문학이 탐구하고, 재생산하며, 유통시켜오던 인문적 진리가 몰가치적 정보의 엄청난 집적에 의해 무의미해지거나 불필요해지는 것처럼 느껴지고, 인문학이 전통적으로 가져왔던 사회적 기능과 그 효용을 더 이상 인정받지 못하기 때문이다(김도훈 외, 2001, 책을 엮으며).

컴퓨터 기술의 발달 또는 매체 환경의 변화에 대해서는 인문학장단의 성명서에서도 "오늘날 매체환경의 발달로 우리 앞에는 미증유의 거대한 대륙, 사이버 공간이 펼쳐지고 있다. 이것이 우리가 사는 그리고 우리의 후배 세대들이 살게 될 21세기의 전경이다. 이런 변화된 조건 속에서 인문학이 어떤 새로운 밑그림을 그릴 것인가 하는 것이 오늘의 인문학자들에게 주어진 과제이다”라고 말함으로써 새로운 매체환경에 인문학이 적극적으로 대응할 필요성을 제기하고 있음을 볼 수 있다. “경쟁과 효율성만을 강조하여, 인간의 존엄성에 대한 배려와 윤리의식이 실종되어 가고 있는 상황과 이로 인하여 인간의 삶은 자연과 생명에 대한 경외심을 상실한 채 폭력적인 무한경쟁으로 치닫고 있는 상황”을 인문학의 위기가 발생한 부정적 상황으로 분석하면서도 디지털 사회의 새로운 매체환경을 인문학의 새로운 개척 영토로 인식하고 있다.

인문학의 위기론이 많은 경우 자본주의, 신자유주의 문제를 거론하는 것과는 달리 문학 위기론의 경우에는 그 원인을 매체 환경의 변화, 디지털화에서 찾고 있는 것을 볼 수 있다. 이는 근본적으로 문학이 의존해왔던 매체인 ‘문자’에 위기가 생겨났음을 인식하고 있다는 뜻이다. 이 경우에도 이러한 사회의 변화를 어떤 관점에서 보느냐에 따라 ‘위기’에 대한 논의는 방향이 달라질 수 있다. 변화를 긍정하느냐 변화를 부정하느냐에 따라 대처 방안은 달라지기 때문이다.

동일한 시대조건 안에 상이한 시대적 경향들이 공존할 수 있으며 상이한 시대적 경향의 흐름을 타며 이전처럼 삶을 누릴 수는 있다. 그러나 여기서의 공존, 즉 ‘비동시성의 동시성’은 전통적인 텍스트 / 저자 / 교수자와 인문학의 정체성과 위상이 전과 동일하다는 것을 의미하지는 않는다. 우리는 이미 다른 세계에 들어와 있다. 정보혁명이 이미 인간혁명을 가져왔고 우리는 그 혁명의 물결 속에 살고 있기 때문이다.

따라서 정보사회 속에서 인문학을 바라보는 관점도 오늘날의 다른 분야에서처럼 상생의 의지와 논리가 가능한 ‘열린’ 세계에서 출발해야 한다. 그렇다고 ‘열린’ 세계가 모든 가치들이 방기된 세계를 의미하는 것은 당연히 아니다. 인문학의 ‘위기’에 직면하여 전통적인 인문학의 대안을 찾으려는 태도나 새로운 세계를 허무주의적 세계로 바라보는 관점은 출

발점부터 그 이면에 흑백논리식의 대립과 반목의 '닫힌' 세계에서 비롯
된 것이다.[2](김도훈 외, 2001, 192~193)

조지형이 말하는 '열린 세계'란 결국 변화를 바라보는 관점 자체의 문
제가 될 것이다. 사회의 변화를 부정적 시각으로 바라보게 되면 아예 상
생의 가능성은 사라지기 때문이다. 이러한 면에서 본다면 우리의 논의는
사회의 변화가 문학이나 인문학의 변화와 어떻게 상생의 관계를 가질
수 있느냐는 점에 초점이 모아져야 한다고 본다. 문학과 인문학이 인간
에 대한 탐구라고 한다면 정보시대의 인간과 세계는 무한이 확장되고
있고 이에 따라 인문학이건 문학이건 끝없이 범위를 넓혀가고 있다고
볼 수 있기 때문이다.

> 자신들의 사회적 기능에 대한 확신을 잃은 인문학의 수행자들은 절박
> 한 나머지 두 가지 방식으로 도피해버렸다. 그들은 그들의 전통적 방식
> 을 맹목적으로 고수하면서 그들의 사회적 기능이 과거와 같으며 변화가
> 일어나지 않도록 하기만 한다면 만사형통이라는 식으로 믿는 척하거나
> 아니면 그들의 개인적이고 전문적인 세계로 칩거하여 그들의 주제에 어
> 떠한 사회적 기능을 부여하는 것도 거부하는 것이다. 그리하여 인문학자
> 들은 이제 그들의 존재를 위협받는 갈림길에 놓이게 되었다.[3](김도훈 외,
> 2001, 21)

인용된 글은 『인문학의 위기』(Crisis in the Humanties)의 저자 플럼(J. H.
Plumb)의 글인데 글 속에 나타난 사회 변화에 대응하는 서구 인문학자들
의 태도는 우리 사회의 인문학자들의 모습과 유사한 점이 많다. 동서양

---

2) 조지형, 인문학의 '위기'와 디지털 인문학.
3) 김도훈 외, 정보시대와 인문학의 위기.

 학제간 연구를 통한 문학의 확장 가능성 탐구

을 막론하고 인문학자들이 이러한 태도를 보이는 것은 근본적으로 인문학의 특성과 사회의 변화에 대한 깊이 있는 성찰이 결여되었기 때문에 비롯된 것이다. 즉, 인문학의 본질이 사회의 변화와는 무관한 '상아탑'의 성격을 가진 것으로 확신하고 있기 때문이다. 이런 점에서는 박찬길의 다음과 같은 논의는 새로운 시사점을 준다.

> 인문학(the Humanities)의 뜻 중에서 그 기원이 가장 오랜 것은 그리스어 'paideia(교육 혹은 학습)'인데 그것은 기원전 5세기 중반의 소피스트들이 젊은이들을 도시국가의 건전한 시민으로 키워내는 것을 의미했다. 여기에는 체조, 문법, 수사학, 음악, 수학, 지리학, 자연철학, 철학이 포함되어 있었다. 이 말에 상응하는 라틴어는 'humanitas(인간의 본성)'으로서 기원전 55년 키케로(Cicero)가 쓴 '웅변가에 관하여(De Oratore)'라는 책에서 처음으로 쓰였으며 웅변가를 양성하기 위한 교육프로그램을 뜻하는 말이었다. 이때의 웅변가는 단지 웅변을 위한 언어적 기술만을 습득한 자가 아니라 실천적 지성을 갖춘 일종의 종합적 지식인이었다.(김도훈 외, 2001, 22)

위의 인용에서 보는 것처럼 지금 우리의 인문학도 절대 불가역의 영역이 아니라 일정한 역사적 산물이라는 사실은 매우 중요한 시사점을 준다. 지금 우리가 규정하고 있는 인문학은 거슬러 올라가면 르네상스 시대의 산물에 불과한 것이고 이러한 인문학이 나타난 이유 또한 중세의 종교와 신학적 절대 권위를 벗어나려는 인간의 노력이었던 셈이다.

인문학의 개념과 범주가 일정한 역사적 산물이듯 예술의 개념과 범주 또한 불변의 것은 아니다. 현재 우리가 '예술'이라는 의미로 사용하고 있는 영어 단어 'Art'는 라틴어 'Ars'에서 유래한 것이고 이는 그리스어 'Techne'를 번역한 것이다. 따라서 'Art'라는 단어의 의미적 어원은

'Techne'이며 이것은 현재 우리가 사용하고 있는 'Art'라는 의미와는 사뭇 다르게 주로 기술을 의미하는 것이었고 그리스 시대로부터 적어도 르네상스에 이르기까지 Ars는 '일정한 목적에 유용한 보편타당한 법식의 체계'로 이해되었다.

이러한 사정은 동양에서도 마찬가지였다. 동양에서 사용되는 '藝'의 개념이나 범주도 현재 우리가 사용하고 있는 것과 같지 않기 때문이다. 공자의 시대에는 '藝'는 '禮, 樂, 射, 書, 御, 數'를 가리키는 것으로서 자연과학적 기술이나 지식을 포괄하는 의미였다.

이렇듯 동서양을 막론하고 'Art' 또는 '藝'는 현재 우리가 인문학, 기초과학 심지어는 기술로 분류하고 있는 것들까지 포함하는 것이고 그 범주도 시대마다 제 각각이어서 중세에는 현재 우리가 학문으로 여기는 문법, 수사학, 논리학, 수학, 기하학, 천문학, 음악이 모두 Ars의 범주에 포함되었다.

이러한 면에서 본다면 우리의 인문학은 절대 불가역의 성역은 아니다. 오히려 현재 인문학의 탄생 배경이 되었던 르네상스 시대의 인문학자들이 적극적으로 인간의 가치를 옹호하면서 세계를 변혁하고자 했던 노력들을 기울였던 것처럼 사회 변혁에 앞장서려는 인문학자들의 노력이 필요한 시점에 와 있다.

본 연구의 기본 관점은 바로 이러한 지점에 서 있다. 즉, 인문학은 불가역의 성역이 아니라 오히려 사회 변혁을 주도하는 입장에 섬으로써 인간적 가치를 적극적으로 옹호하는 학문으로 변화되어야 한다는 점이다. 또한 문학이나 인문학 위기의 원인을 사회적 변화의 부정적 측면으로만 볼 것이 아니라 디지털 시대의 사회적 변화의 흐름을 정확하게 파악하고, 상아탑에 안주할 것이 아니라 적극적으로 사회 변혁에 앞장 설

수 있는 가능성을 탐색하고자 하는 것이 본 연구의 주된 목적이다.

그동안 매체의 변화와 문학의 변화를 논의한 괄목할 만한 연구 성과들이 있었다. 최유찬의 『컴퓨터 게임과 문학』, 김원보 등의 『컴퓨터 게임과 문화』, 류현주의 『전자 문학과 하이퍼 / 하이퍼』, 『하이퍼 텍스트 문학』, 이인화 외 『디지털 스토리텔링』, 최혜실의 『디지털 시대의 영상문화』, 이남호의 『문자제국 쇠망약사』, 이용욱의 『문학, 그 이상의 문학』 등 많은 저술들이 있었으며 최근에는 이성우의 <디지털 기술과 한국 현대시>라는 박사학위 논문까지 나타나고 있다.

이러한 연구 성과들의 공통되는 관점은 새로운 사회 변화를 이끌고 있는 디지털 기술을 문학을 위기로 몰아가는 요인으로 보지 않고 오히려 문학이 새롭게 변신할 기회를 제공하고 있다고 보는 점이다. 이 점은 이 글의 기본 논지와 같다고 할 수 있다. 실제로 기술이 인문학, 문화, 예술을 위축시키는 것이 아니라 오히려 새로운 변신의 기회를 제공하고 있다는 점은 맥루한의 다음과 같은 지적에서도 나타난다.

> 새로운 테크놀로지에 얻어맞은 희생자들은 예술가라는 것이 비실제적이고 공상적인 취미밖에는 가진 것이 없다고 이구동성으로 판에 박힌 말을 중얼거렸다. 그러나 다음과 같은 윈담 루이스의 지적은 이미 전세기에 있어서 일반적으로 인식되어 있었다. "예술가만이 현재라고 하는 것의 본질을 인식하고 있으므로 언제라도 미래에 관한 상세한 역사를 쓸 수 있을 것이다." 이 단순한 사실을 아는 것이야말로 인류의 생존을 위하여 필요한 것이다. 예술가는 예로부터 어떠한 시대에 있어서도 새로운 테크놀로지의 강타에서 몸을 피하고 충분히 의식하여 이를 받아넘길 수 있었던 것이다. 이와 반대로 나이 많은 사람들은 예로부터 새로운 힘의 강타로부터 몸을 피할 수 없고 자기들에게 필요한 것은 예술가라는 것도 알지 못했던 것이다. (중략) 예술가는 과학 분야이건 인문 분야이건 어떤

분야에 있어서도 자기 행위와 그 시대의 새로운 지식이 갖는 의미를 파악하는 인간이다. 예술가는 사물을 전체적으로 파악하는 인간이다.(마샬 맥루한, 1997, 105~106)

　이제 인문학자들이건 문학자들이건 맥루한의 말처럼 '자기 행위와 그 시대의 새로운 지식이 갖는 의미를 파악'해야만 한다. 따라서 본 연구는 기본적으로 현재 우리의 문학이나 인문학은 위기에 처한 것이 아니라 새로운 변혁의 가능성과 가치를 지니고 있다는 믿음에서 출발하고 있다. 우리 사회의 변화를 패러다임의 변화로 보느냐, 이전 사회의 연속으로 보느냐는 관점에 따라 문학을 보는 관점 또한 달라지리라 생각한다. 본 연구는 지금의 변화를 인류 사회의 변화라는 관점에서 파악하고 있기 때문에 문학 또한 새로운 패러다임의 변화가 있어야 한다는 지점에서 출발하고 있다.

　노르베르트 볼츠는 『컨트롤된 카오스』에서 니체를 인용하며 휴머니즘을 이 시대의 허상과 우상이라고 간주한다. 휴머니즘은 르네상스로부터 인문학을 탄생시키고 존속시켜온 근간이 되었다. 그러나 사회의 패러다임의 변화는 이러한 문학과 인문학의 변화를 요구하고 있다. 그래서 볼츠는 "신·인간·역사·자연이라는 위대한 개념들 역시 하나의 탄생의 시간과 평가절하되는 시대 그리고 몰락의 날짜를 가지고 있다. '인간'은 '모던'만큼이나 낡았다. 우리는 오늘날 이 양자로부터 작별해야만 한다."고 단언한다. 그러므로 볼츠의 이러한 관점에 따르면 인간성 상실이니 인성의 피폐화니 하는 말들은 휴머니즘이 만들어낸 윤리를 맹종하는 것에 지나지 않는다. '근세의 신의 빈 자리를 새로운 허상, 즉 인간적인 것으로 채워 놓은 것이 낡은 철학 전통'이며 따라서 '인간적인 것'이라는 것은 과학들의 탈마법화된 세계에 대항하고자 하는 반대 마술에 지나지 않는다고 강조한다(노르베르트볼츠, 2000, 233~241).

우리의 연구는 이러한 관점에서 새로운 매체 환경에서 문학이 어떻게 역할을 확대하면서 변화하느냐는 문제를 탐구하려는 의도였다. 물론 '확장'이라는 용어가 타당한 용어인가에 대해서는 조금씩 다른 견해를 가질 수 있음을 부인하지 않는다. 처음에 우리 연구팀이 의도했던 바는 사실 '문학의 위기'라는 용어에 내재해 있는 '문학의 축소' 나아가 '문학의 소멸'이라는 견해에 동의할 수 없었기 때문에 이와는 상반되는 의미에서 '문학의 확장'이라는 용어를 선택하였다. 즉, 문학이 지금까지 존재해왔던 방식이나 담당해왔던 임무가 새로운 변화의 양상을 보이고 있으며 그러한 면에서 문학은 자신의 존재 영역을 점차 확장해가고 있다는 추론을 세웠던 셈이다.

그런데 이 '확장'이라는 용어는 오해의 소지가 있을 수도 있다. 특히 이 용어를 '문학'이라는 장르의 확장으로 이해할 수 있기 때문이다. 예를 들어 우리의 중요한 연구 대상의 하나인 멀티미디어적 영상 속에는 분명 문학의 어떤 요소들이 들어 있음에는 틀림없지만 이를 '문학'의 '장르론적 확장'이라고 말하기는 어렵고 그것은 오히려 장르 전환이라고 보는 것이 옳기 때문이다. 또한 현재 일어나고 있는 예술의 변화는 선조적인 변화가 아닌 그야말로 '패러다임'의 변화이기 때문에 '확장'이라는 용어 자체가 의미가 없다는 주장도 있을 수 있다.

그러나 문학이라는 개별 장르에 국한하지 않고 예술이라는 전체 범주에서 볼 때 그것이 선조적 변화이건 패러다임의 변화이건 간에 문학의 존재 양식의 확장이라는 의미로 사용할 때에는 무리가 없다는 생각이 든다.

2. 매체 환경의 변화와 문학의 확장 가능성

최근 '문학 위기론'을 불러오게 된 가장 핵심적인 사회 변화는 정보사회 혹은 디지털사회로의 진입이라 할 수 있다. 이러한 변화는 컴퓨터 기술의 발전에 의해 엄청난 양의 정보가 집적되고 유통될 뿐 아니라 컴퓨터로 대표되는 뉴미디어를 통해 유통되는 각종의 새로운 콘텐츠들이 인간의 인식과 감각 그리고 생활양식의 패러다임을 바꾸어 놓았다는 데 있다.

특히 뉴미디어라는 새로운 매체를 통해 확산되는 문화콘텐츠의 광범위한 확산은 새로운 산업의 가능성을 열면서 그동안 문학과 인문학을 지탱해왔던 중요 매체인 문자 그리고 책의 위축을 가져왔다는 점도 문학이나 인문학의 위기론을 가져온 주요한 원인의 하나가 되었다.

맥루한이 전기 미디어 시대의 변화를 논의하는 자리에서 "인쇄된 책은 예술가들에게 표현 형태를 가능한 한 활자적으로 단순하고 기술적(技術的)이며 이야기체적인 모습으로 환원하도록 만들었다. 그러나 전기 미디어의 등장은 예술을 이러한 구속에서 단번에 해방시켜 클레, 피카소, 브라크, 에이젠슈테인, 마르크스 형제, 제임스 조이스의 세계를 만들어냈던 것이다"(마샬 맥루한, 1997, 90)라고 주장한 것은 새로운 미디어의 출현이 예술까지 변화시켰다는 것을 의미하며 이처럼 새로운 미디어의 출현은 인간의 삶이 변화하는 근본 원인으로 작용할 수 있다는 것을 뜻한다.

맥루한의 주장처럼 최근 우리 사회에서 가장 중요한 미디어로 등장한 인터넷은 우리 사회의 여러 가지를 바꾸어 놓고 있다. 특히 우리 사회의 초고속통신망의 확장과 보급에 따른 인터넷 인구의 급속한 증가는 변화의 가장 중요한 핵심이라 할 수 있다. 인터넷이라는 새로운 미디어의 급속한 보급에 따라 커뮤니케이션의 방법이 달라지고 있고 사회의 조직이 달라지고 있으며 생활 방식까지 큰 영향을 받고 있다는 것은 부인할 수 없는 사실이다.

최동호, 이성우의 공동 연구인 <디지털 시대의 새로운 문학 환경과 글쓰기의 방법론 연구>는 매체의 변화가 인간의 감각과 인식의 변화에 어떠한 영향을 미치는지를 보여주는 중요한 단서를 제공하고 있다.

이 연구에 의하면 1990년대 초반의 학생들은 박목월의 <청노루>에 대하여 비판적 자세를 가지고 있었다. 그 이유는 현실에 존재하지 않는 자연을 그린 그러한 시가 어떻게 공감을 얻을 수 있겠느냐는 것이었다. 그런데 10년의 세월이 흐른 2000년대 초반 학생들은 이 시에서 나름대로 시적 감각을 느낄 수 있다고 답했다는 것이다.

이러한 변화에 대하여 연구자들은 『해리포터』나 『반지의 제왕』에서 흥미를 느끼는 학생들은 현실에 존재하지 않는 자연을 오히려 현실적으로 느낀다고 해석했다(최동호·이상우, 2003, 341~342). 물론 이 연구가 객관적인 조사 방법을 사용한 것은 아니지만 충분히 개연성을 가지고 있는 연구라 판단되며 매체의 변화에 따른 인간의 감각과 인식이 어떻게 변화할 수 있는지를 시사해주고 있다.

<청노루>를 부정적으로 평가하는 1990년대 학생들에 비해 긍정적으로 평가하는 2000년대의 학생들의 변화의 핵심은 '경계의 무너짐'이라고 할 수 있다. 즉, 현실의 리얼리티와 영상 이미지가 이들에게는 구분되지 않는다는 점이다. 최근 멀티미디어적 영상 문화가 가져온 새로운 변화라 할 수 있다.

인간은 근대 이후 이성적인 인식과 분석적 사고의 틀을 벗어나지 못했다. '경계의 나눔'도 바로 그러한 결과물이다. 근대는 인간에게 학문,

예술 등 전 분야에서 끊임없는 분화를 요구하는 시기였다. 그리고 이러한 분석, 분리라는 이성적 인식과 사고의 틀은 고대부터 비롯된 인간의 특성이 아니라 문자 사용과 나아가 인쇄술의 발달이 가져온 변화라고 많은 연구자들은 주장한다.

맥루한은 인쇄 매체와 영상 매체의 차이를 논하면서 "서구의 전기 테크놀로지는 시각적 인간, 눈의 인간을 이음매가 없는 직물처럼 상호간의 관련성과 의존성을 지닌 부족적·구술적 인간으로 다시금 변화시키기 시작하고 있다"고 주장한 바 있다. 여기서 말하는 '상호간의 관련성과 의존성'이란 다름 아닌 화자와 청자 간의 관여도를 말하는 것으로서 전자 매체의 출현이 문자와 인쇄 매체의 의해 무너졌던 구술적·부족적 인간관계를 회복시키고 있다고 보는 것이다(마샬 맥루한, 1997, 90).

빌렘 플루서 역시 "글자를 새겨 파는 철필은 맹수의 송곳니와 같다. 그리고 새겨 파는 각명 문자를 쓰는 사람은 마치 송곳니로 물어뜯는 호랑이와 같은 사람이다. 그는 형상들을 갈기갈기 찢어놓는다"고 문자의 형상 파괴를 비유적으로 설명하고 있다. 이러한 주장들에 의하면 문자시대의 가치는 영상시대에는 더 이상 힘이 없고 뉴미디어가 만들어내는 아이콘적, 형상적 세계는 인간의 전인적 감각 세계를 다시 회복시켜 준다는 것이다.

디지털사회로의 진입에서 주목할 만한 변화는 많은 연구자들이 논의해왔던 것처럼 현실과 환상의 경계가 무너지는 현상, 일과 놀이의 경계가 무너지는 현상 등 경계의 무너짐의 현상이라 할 수 있다. 특히 뉴미디어의 영상콘텐츠들은 우리의 일상을 놀이화하는 데에 크게 기여함으로써 영상콘텐츠 산업, 미디어 산업, 문화콘텐츠 산업, 엔터테인먼트 산업이라는 새로운 산업의 영역을 확장시켜 놓았다.

크게 말해 문화산업으로 통칭할 수 있는 이러한 산업은 디지털 기술의 발전에 힘입어 다른 산업의 성장에 비해 더 빠른 속도로 성장을 지속하고 있어 세계 각국은 문화산업을 차세대 성장 동력의 하나로 여기고 국가적 차원에서 지원을 하고 있다. 실제로 2005년 우리나라의 경제 성장률의 평균이 4% 내외인데 비해 문화산업 분야의 성장률은 10%를 넘고 있는 것을 볼 때 차세대 성장 동력으로 여길 만하다고 말할 수 있다.

본 연구는 문학을 더욱 위축시키고 있는 하나의 요인으로 지적되고 있는 문화산업이 사실은 문학의 새로운 가능성을 열고 있다는 점에 주목하여 연구를 진행하였다. '문화'야말로 문화산업의 핵심적인 내용물이며 특히 문학은 문화의 핵심의 자리에 있다고 생각하기 때문이다.

일본의 경우 실제로 전통문화에 대한 많은 인문학적 연구의 축적이 오늘날 문화산업 분야의 최고를 자랑하게 만들었다고 평가되고 있다. 실예로 일본 애니메이션과 게임, 캐릭터 산업의 중요한 소재가 되고 있는 '요괴'의 경우 종교학, 심리학, 민속학 등 다방면의 인문학이 함께 연구의 대상으로 삼아 학문적 업적을 축적하고 심지어는 '요괴학'이라는 새로운 학문 분야까지 만들어 내고 있는 것을 볼 수 있다. 이는 요괴의 실체를 밝히려는 의도에서 비롯된 것이 아니라 자국의 전통문화에 대한 관심과 이의 학문적 탐구라고 볼 수 있다. 실제로 1880년대 철학자 이노우에 엔료로부터 시작된 요괴에 대한 연구는 오랜 기간 동안 그 연구 결과를 축적할 수 있었고 이를 활용한 세계적인 콘텐츠 포켓몬, 디지몬, 원령공주, 센과 치히로의 행방불명, 이웃집 토토로 등의 게임, 애니메이션을 선보일 수 있었다. 더 나아가 국가에서는 이러한 전통문화에 대한 인문학적 연구 결과를 데이터베이스화함으로써 체계화시키고 산업적으로 활용할 수 있는 방법을 모색하고 있는 것을 볼 수 있다. 뿐만 아니라 일본에서는 문화산업계의 종사자들과 인문학자들이 함께 모여 활발한 토론을 벌이며 새로운 문화상품을 개발하는 일도 많은 것으로 알려져 있다. 이러한 점들이 모두 일본을 문화산업의 강국으로 있게 한 중요한 이유들일 것이다. 일본에서 인문학은 결코 기술과 대척점에 있는 것이 아니라 함께 새로운 산업의 원동력이 되고 있음을 알 수 있다.

최근 인문학의 많은 연구자들이 컴퓨터 게임의 '디지털 서사'의 문제를 다루거나 게임의 신화적 구조를 중요한 연구의 대상으로 택하고 있는 까닭도 본 연구의 기본 관점과 그 출발점은 동일하다고 말할 수 있다. 이러한 관점은 테크놀로지와 인문학이 상호 배척적이지 않고 새로운 분업과 협업을 할 수 있다는 믿음에서 출발한다.

정대현 등에 의해 쓰인 『표현인문학』은 인문학의 활성화 방안으로 네 가지를 제안하고 있는데 첫째, 이해인 문학이 사람다움을 꿈꾸었다면 표현인 문학은 사람다움의 실천을 수행하고 있으므로 사람다움의 표현에 주력해야 하며, 둘째, 표현의 개인성과 표현의 통합성을 목표로 해야 하며, 셋째, 인문학이 정보 내용의 생산에 주목하여 정보사회의 콘텐츠웨어를 창출하여야 하며, 넷째, 영상언어에 대한 더욱 더 심각하고 체계적인 연구와 실천 프로그램을 개발하여야 한다고 제안(정대현, 2005, 352~353)하고 있는데 셋째와 넷째의 제안은 바로 문학과 관련되어서도 시사하는 점이 많다.

실제로 문화산업에 종사하고 있는 전문가들은 '기획'을 할 수 있는 능력을 지닌 고급 인력이 부족하다는 점을 문화산업이 발전해나가는 가장 큰 애로 사항으로 지적하고 있다. '기획'은 기술을 활용한 제작 이전의 단계로서 실질적으로 상품의 질적 우수성을 보장할 수 있는 중요한 단계라 할 수 있다. 예를 들어 애니메이션의 경우 현재 한국의 애니메이션

제작의 기술력은 세계 최고의 수준이지만 우수한 시나리오를 창작할 수 있는 능력을 갖춘 인력이 없기 때문에 저작권은 갖지 못한 채 애니메이션의 선진국인 일본이나 미국의 애니메이션의 하청 작업을 할 수밖에 없는 실정이다. 이러한 점은 게임 산업도 마찬가지이고 모바일 콘텐츠 산업 분야도 마찬가지라 할 수 있다. 이러한 면에서 볼 때 문화산업에서 문학이 떠안아야 할 역할은 책임은 크다고 할 수 있다.

그동안 문학은 문자 매체, 인쇄 매체를 존재의 근거로 삼아왔다. 그리고 근대에 이르러서는 문학은 문자에 의존한다는 이유로 가장 깊이 있는 예술로 간주되어 왔다. 그것은 문학의 매체가 되는 문자라는 기호는 사물로부터 멀어져 있기 때문이다.

최근 영상이 예술의 주요한 매체로 자리 잡으면서 문자와 인쇄 매체를 사용하는 문학은 도전을 받기 시작했고 그것은 곧 '문학의 위기'라는 인식을 낳게 되었다. 이러한 인식에 따라 시, 소설 등의 문학 양식들은 변화의 모습을 보이기 시작했다. 영화적 기법을 시에 도입한다거나 시속에 사진 등을 삽입하면서 이미지와 결합하는 형태의 시를 선보인다거나 사이버 상에서 공동 창작의 작품을 창작한다거나 보다 적극적으로 영상과 결합된 소위 멀티미디어 시를 시도하는 등 다양한 변화의 모습을 보여주었다.

그러나 이러한 모든 노력들이 문학을 위기에서 구해내고 영상의 도전을 극복한 것은 아니었다. 이러한 많은 노력에도 불구하고 문학이 영상의 도전을 극복하지 못하는 이유는 무엇일까? 그것은 그러한 노력들이 아직도 문학의 존재를 문자에 의존하고 있기 때문은 아닐까? 그러나 이미 멀티미디어적 영상이 가지고 있는 '전감각적 인식'을 맛본 인간들에게 문자에 존재를 맡기고 있는 문학은 더 이상 큰 힘을 가지지 못하고 있다. 이제 문학이 더 이상 문자에 존재의 모든 것을 맡길 필요는 없다.

맥루한의 견해에 따르면 문자와 인쇄 매체가 부족적인 인간관계를 파괴하고 공동체를 분리된 개인의 집합체로 바꾸어버렸지만 전기서자(電氣書字)는 속도를 이용해 순간적으로 다른 모든 인간과 관계되는 문제를 사람들에게 주입함으로써 인류 가족은 또 한번 하나의 부족이 될 수 있다. 근대는 바로 문자문화의 시대로서 오관을 골고루 사용하던 구어의 시대의 인간과는 달리 편향적이고 조각난 인간이 되었고 새로운 미디어들에 의해 열리게 된 영상의 시대는 이러한 구어적 시대의 전인을 회복하게 해준다는 관점이다.

멀티미디어 매체들을 통해 유통되는 새로운 멀티미디어 영상은 대체적으로 대중예술의 장르에서 크게 확산되고 있다. 그만큼 대중성을 가지고 있다는 뜻이다. 멀티미디어는 그 특성상 전 감각을 사용하게 하는 특성을 가지고 있고 이는 맥루한이 말하는 '구어적 시대의 전인'의 모습을 보여주고 있다. 선형적이고 이성적인 인간형을 강조하는 문자 매체 시대의 문화가 필연적으로 엘리트 중심의 문화 창조와 향유라는 특성을 띤 수밖에 없었다면 멀티미디어 문화는 대중 예술 속에서 보다 광범위하게 나타나면서 대중들의 문화에의 창조와 향유의 기회를 폭넓게 보장하고 있다. 그렇다면 멀티미디어 영상들이 가지고 있는 대중성의 핵심은 무엇일까? 일반적으로 그동안 예술이 '대중성'을 가지게 되는 요소로 논의되어 온 특성들에는 주제와 인물의 도식성, 내용의 환상성, 해학성, 관능성, 오락성, 감상성 등이 있다. 그러나 이러한 요소들이 대중성의 핵심이라고 보기에는 무리가 있고 또한 그렇게 분석적으로 나눌 수는 없다. 대중성은 이러한 분석적 요소들에 의해 유지되기보다는 보다 포괄적으로 삶의 문제와 결부하여 논의될 필요가 있다.

　이러한 점에서 필자는 대중성의 요체는 예술 발생의 가장 핵심 요소였던 '삶의 환희'라고 생각하고 있다. 동서양을 막론하고 예술 특히 시와 노래와 무용은 하나였고 그 발생은 '삶의 환희'의 추구에 있었다는 점 때문이다. 따라서 오관을 골고루 사용하던 '구어적 시대의 전인'이 문자에만 의존함으로써 조각난 인간이 되었지만 디지털 기술에 의해 그동안 분화되었던 다양한 매체가 다시 재결합하는 양상을 보여주는 멀티미디어의 영상을 통해 다시 '구어적 시대의 전인'으로의 회복 기미를 보이고 있으며 이것이 바로 멀티미디어 영상이 가지는 대중성의 핵심이라 할 수 있다.

　이러한 점에서 볼 때 최근 멀티미디어 매체의 등장은 동서양에 있어서 시가무(詩歌舞)가 하나의 종합예술이었던 때를 다시 상기하게 하며 예술의 발생이 근본적으로 삶의 환희와 깊은 관련이 있다는 것을 깨닫게 해주고 있다.

　기쁘고 즐거워 말을 한다. 말을 해도 만족할 수가 없다. 그래서 말을 길게 해본다. 그래도 만족할 수 없다. 그래서 말소리를 높게 낮게 길게 짧게 해서 불러본다. 그래도 만족할 수 없다. 그래서 절로 손을 흔들어 춤을 추다 발을 구르고 온몸을 흔든다(言之不足 故長言之 長言之不足 故嗟歎之 嗟歎之不足 故手之舞之 足之蹈之也).

　왜 사람은 무엇인가를 소망하는가? 그 무엇에 만족할 수 없는 까닭이다. 무언가 부족하면 그 부족한 무언가를 만족하게 해야 한다. 이것이 인간의 소망이다. 그러나 그렇게 하지 못하게 하는 것들이 있다. 그래서 사람은 더욱 부족함을 벗어나려고 한다. 부족함에 머물러 있는 것이 아니라 벗어나려고 하는 마음은 절망의 극복이다. 이러한 극복은 기쁨이요, 즐거움이다. 여기서 예술의 싹이 튼다. 사람이 소망하는 삶의 싹이 트는 것이다. 삶의 싹이 트는 것은 분명 기쁨이며 즐거움이다. 소망대로 삶의 싹이 트는 것이 열지(說之)이다. 열지(說之)는 새로운 삶을 만나는 기쁨이며 즐거움이다. 그러므로 열지는 곧 악(樂)이다.

(중략)

왜 인간에게 시가 있는가? 왜 인간에게 노래가 있는가? 그리고 왜 인간은 춤을 추어야 하는가? <樂記>의 결론은 이 모든 것들이 인간이 버릴 수 없는 삶의 열지(說之)임을 밝히고 있다. 여기서 모든 예술의 철학은 터를 잡고 방향을 잡아 나름대로 미학이 길을 잡을 수 있다.(윤재근, 2006, 126~127)

예술의 발생은 동서양을 막론하고 애초부터 생명의 부족을 넘어서 만족을 얻으려는 노력이었다. 위에 인용된 『樂記』가 이점을 잘 보여주고 있다. 윤재근 선생의 지적처럼 예술은 열지(說之), 즉 새로운 삶을 만나는 기쁨이며 즐거움에서 탄생하였다.

이러한 예술이 시대가 흐름에 따라 점차 분화되었고 문자가 발명되고 인쇄 매체가 나온 이후 문학은 문자에만 의존하는 예술이 됨으로써 대중성으로부터 점점 멀어지게 되었다. 그러나 이제 디지털 기술에 의한 멀티미디어는 예술을 종합하고 있고 인간의 전 감각을 사용하게 하는 멀티미디어는 인간의 전인성을 회복하게 해주고 생명의 부족을 넘어서려는 인간들의 노력을 삶의 즐거움으로 바꾸어주고 있다.

예술이 삶의 환희와 관련되어 발생하였다는 것은 서양에서도 마찬가지였다는 점을 타타르키비츠는 지적하고 있다.

그리스인들은 애초부터 음악을 시와 함께 영감의 영역에 집어넣었다. 여기에는 이중의 근거가 있었다. 첫째로는 무엇보다도 그것들이 공동으로 표현되었다. 둘째로, 그 두 가지 예술 간에는 심리학적 공통분모가 존재했다. 양자는 모두 청각적 산물로 이해되었다. 뿐만 아니라 더 깊은 심리학적 유대관계가 존재했다. 음악과 무용은 건축이나 조각과는 반대로 '광기적' 성격을 띠며 열광과 환희의 원천이 될 수 있었다. 이 점은 그것들을 시각예술과 구분하여 시에 가깝게 접근시켰다. 더욱이 음악과 무용은 시와 함께 행해지면서 그 같은 환희 상태와 영감에의 감수성을 시에 부여하는 것이었다.(블라디슬로프 타타르키비츠, 1990, 105~106)

예술의 발생기에 동양에서 시가무(詩歌舞)가 하나였던 것처럼 서양에서도 시가무(詩歌舞)는 하나였고 그것이 하나일 수 있었던 것은 바로 '환희 상태' 때문이었다. 예술은 결국 인간의 생명의 부족을 채워주는 것이었고 그 채움은 삶의 환희였다.

최근 멀티미디어적 대중예술은 바로 이러한 '삶의 환희'를 체험하게 하는 새로운 예술로 자리잡아가고 있다. 본 연구가 '문학의 확장'이라는 용어를 사용하는 것은 결코 장르론적 확장이라는 의미에서가 아니라 그동안 문학이 존재의 전부를 맡기고 있던 문자의 틀을 벗어나는 것을 의미하는 것이다. 최근 예술은 멀티미디어를 통해 다시 통합되고 있으며 이는 문학의 새로운 영역으로의 확장이라고 말할 수 있다.

3. 맺는말

초창기의 예술은 시가무(詩歌舞)가 하나로 통합되어 있었다. 그러나 역사 속에서 시가무는 분화되었고 특히 문학은 가무(歌舞)와는 달리 문자의 출현과 인쇄매체의 발달로 전혀 별개의 분화된 장르로 변화되어 왔다. 그러나 이제 디지털 기술은 이러한 분화된 시가무를 다시 하나로 통합하고 있다.

미학사를 살펴보면 예술에 관한 정의나 이론, 장르와 범주들은 한 세대를 거쳐 다음 세대로 전승되어 온 것은 아니다. 그것들은 모두 시대에 따라 점진적으로 형성되어 왔으며 변화를 겪어 왔다. 장르의 예만 들어도 그러한 점은 쉽게 드러난다. 르네상스 시대에는 목각, 돌조각, 청동주조, 밀랍조형 등은 각각 별개의 예술로 분류되었다. 사용하는 재료가 다르고 제작 기법도 다르다고 생각했기 때문에 그것들을 지금처럼 '조각'이라는 단일한 예술로 간주되지 않았다. 이와 같이 장르 구분조차 역사는 점진적으로 변화해 온 것이다(블라디슬로프 타타르키비츠, 1990, 105~106). 그렇다면 최근 멀티미디어의 출현을 '문학의 확장'이라는 용어를 사용하여 접근한다고 하여 너무 거슬리는 용어로 생각할 것은 없다.

문학이 문자 매체의 틀을 벗어나는 순간 문학은 해야 할 일들이 너무 많아진다. 앞으로 진행될 많은 연구에서 밝혀지겠지만 지금 문화의 핵심으로 자리 잡고 있는 멀티미디어에서 문학은 큰 비중을 차지하고 있다.

그동안 문학의 엘리트주의적 관점을 벗어나 멀티미디어를 중심으로 하는 이 시대의 대중문화에 대해서도 이제는 다른 시각을 가질 필요가 있다.

이제 세상의 모든 것들은 대중이 지배하는 시장을 벗어날 수 없습니다. 악(樂)은 처음부터 시가무(詩歌舞) 등으로 하여금 대중과 함께 하라 했습니다. 그러니까 Art의 예술가로서보다 악(樂)의 성자(聖者)로서 작품을 대중의 시장에 내놓는 공급자로서 새로운 위상을 찾아 확립하는 것이 현명하다는 것입니다. 물론 아직까지 이러한 말이 실감나게 호소력을 얻고 있지는 못하는 실정입니다. 여전히 악(樂)의 성자(聖者)이기보다는 Art의 예술가(藝術家 : artist)로 군림했으면 하는 바람을 숨기고 있는 까닭입니다. 그러나 물길을 막을 수 있는 것은 없습니다. 둑을 막아 물길을 막으려 들면 더욱 채워져서 둑을 넘어가는 것이 물의 순리(順理)입니다. 갈릴레오의 입을 막는다고 돌고 있는 지구가 멈추는 것은 아니잖습니까. 전자 문명의 매체가 실생활의 정보 매체로 군림하고 있는 지금 악(樂)의 본래(本來)가 제 물살을 타게 되었다고 보면 될 것입니다. 이제 자신의 작품이 시장을 통해 대중들에게 환영받는다는 사실을 겸연쩍어 할 것 없습니다. 오히려 그것은 위선(僞善)에 불과합니다. 대중의 환영이야말로 생존의 진정한 열지(說之)가 아니겠습니까.(윤재근, 2006, 415~416)

기술의 변화가 가져온 멀티미디어의 대중문화의 확산은 위의 인용에서처럼 삶의 열지(說之)이며 그것이 곧 예술의 기원과 깊은 관련을 가지고 있다는 점을 상기할 필요가 있다. 더구나 최근 디지털 기술의 발전은 호르크하이머와 아도르노가 대중매체를 일컬어 일방적인 이데올로기 '선전'의 도구라고 우려했던 것과는 달리 대중은 결코 수동적인 자리에 머물러 있지 않기 때문이다. 잘 아는 바와 같이 디지털 기술이 구현하는 상호작용성은 대중들이 수동적 향유자의 위치에 머물지 않고 능동적이고 적극적인 대중문화의 창조자 / 향유자의 자리를 차지하고 있는 것을 보여주기 때문이다. 최근 크게 확산되고 있는 UCC(User Created Contents)는 그 대표적인 예가 될 것이다.

이제 문학은 문자 매체에 자신의 존재를 전적으로 맡기지 않고 새로운 진로를 모색하고 있다. 이러한 새로운 진로의 모색은 바로 문학의 새로운 확장으로 받아들여질 수 있으며 우리의 연구는 이러한 확장의 의미를 탐색하고 그 현상을 분석하는 연구들로 이어지게 될 것이다.

참고문헌

강내희, 1998, 21세기 인문학의 사회적 역할,『현대사회 인문학의 위기와 전망』, (전국
　　　대학 인문학연구소협의회 편), 민속원.

강영안, 1998, 근대 지식 이념과 인문학,『철학』57호.

권영민, 2001, 디지털 시대 인문학의 방향,『국어국문학』129호.

김도훈 외, 2001,『디지털 시대의 인문학, 무엇을 할 것인가』, 사회평론.

김여수, 1984, 인문과학의 이념,『인문과학의 새로운 방향』, 서울대학교출판부.

김영정 외, 1995,『인문과학의 이념과 방법론』, 성균관대학교 출판부.

김영한, 1997, 과학시대의 인문정신,『새 천년의 한국문화』, 이화여자대학교 출판부.

김우창, 1999, 오늘의 인문과학과 코기토,『비평』, 생각의 나무.

김원보 외, 2005,『컴퓨터 게임과 문화』, 이룸.

남경희, 1998, 인문과학의 위기와 새로운 인문학,『현대사회 인문학의 위기와 전망』,
　　　민속원.

네그로폰테 니콜라스 / 백욱인 역 , 1996,『디지털이다』, 커뮤니케이션북스.

도정일, 1999, 인문학의 미래,『인문학연구』제3호.

레이더 멜빈, 버트람 제섭 / 김광명 역, 1992,『예술과 인간가치』, 이론과 실천.

맥루한 마샬 / 박정규 역, 1999,『미디어의 이해』, 커뮤니케이션북스.

박이문, 1997,『문명의 위기와 생태학적 세계관』, 당대.

배식한, 2000,『인터넷, 하이퍼텍스트 그리고 책의 종말』, 책세상.

볼츠 노르베르트 / 윤종석 역, 2000,『구텐베르크 은하계의 끝에서』, 문학과지성사.

볼츠 노르베르트 / 윤종석 역, 2000,『컨트롤된 카오스』, 문예출판사.

블라디슬로프 타타르키비츠 / 이용대 역, 1990,『여섯가지 개념의 역사』, 이론과 실천.

서창동 / 김예호, 최홍식 역, 1994,『중국의 미학사상』, 신지서원.

신방흔, 2001,『문화콘텐츠를 위한 시각예술과 대중문화』, 진한도서.

심광현, 1998, 21세기 인문학의 발전 방향,『현대사회 인문학의 위기와 전망』, 민속원.

옹 왈터 / 이기우, 임명진 역, 1996,『구술문화와 문자문화』, 문예출판사.

원용진, 1996,『대중문화의 패러다임』, 한나래.

윤재근, 2006,『東洋의 本來 美學』, 나들목.

이남호, 2004,『문자제국쇠망약사』, 생각의 나무.

이스트 호프 / 임상훈 역, 1994,『문학에서 문화연구로』, 현대미학사.

정대현 외, 2005,『표현인문학』, 생각의 나무.

정대현 외, 1999, 인문학으로서의 영상문화학,『이미지는 어떻게 살고 있는가』.

정재서, 2005, 중국적 상상력으로 보는 일본문화산업 속의 요괴 모티프,『일본의 요괴
　　　문화』, 한누리미디어.

정진국 역, 1987,『대중매체시대의 예술』, 열화당.

조동일, 1997,『인문 학문의 사명』, 서울대학교출판부.

중앙대학교 한일문화연구원 편, 2005,『일본의 요괴문화』, 한누리미디어.

최동호, 2000,『디지털 문화와 생태시학』, 문학동네.

최동호·이상우, 2003, 디지털 시대의 새로운 문학 환경과 글쓰기의 방법론 연구,『한
　　　국시학연구』9호, 한국시학회.

최유찬, 2004,『컴퓨터 게임과 문학』, 연세대학교 출판부.

최유찬, 2001, 디지털문화로서의 국어국문학 연구,『국어국문학』129호.

최종욱, 1998, 인문과학 위기에 대한 담론 분석을 위한 시론,『한국 인문사회과학의
　　　현재와 미래』, 푸른숲.

최혜실, 2003,『디지털시대의 영상문화』, 소명출판.

카바네스 / 조광희 역, 1995,『문학비평과 인문과학』, 이화여자대학교 출판부.

포스터 마크 / 김성기 역, 1994,『뉴미디어의 철학』, 민음사.

홍성태 편, 1997,『사이보그, 사이버컬처』, 문화과학사.

홍성태, 2000,『사이버사회의 문화와 정치』, 문화과학사.

인문학의 혁신으로서 문화학적 전환*
독일의 '문화학 세우기' 프로젝트를 중심으로

김 영 순

1. 들어가는 말

요즘 한국에서 일고 있는 이른바 인문학의 위기는 기업 논리에 따른 대학의 구조조정, 세계화와 정보화에 따른 학문적 환경의 패러다임 변화 등 다양한 학문내외적인 문제들이 복합적으로 작용한 것이다. 이러한 위기를 인문학의 메카라고 할 수 있는 독일에서는 이미 1990년대에 경험하였다. 당시 학계에서 열띤 논쟁을 통해 인문학의 방향을 '실용적 가치'로 전환하려는 일련의 움직임이 있었으며, 현재에 들어서도 실용 인문학이 논의의 대상이 되고 있다. 또한 학문 정책에서도 실용인문학을 위한 학제 개편을 비롯해 새로운 통합학문에 대한 국가 차원의 정책적 지원

* 김영순, 인문학의 혁신으로서 문화학적 전환, 『한국언어문화』 31집, 2006, 수록논문 개고

을 가속화하고 있다. 특히 인문학의 세 가지 주요 분과학문인 문학, 사학, 철학이 '문화학'이라는 통합학문으로 새롭게 포맷되어 전통적인 독일적 인문학이 실용 노선을 지향하는 데 큰 밑그림을 제공하고 있다.

학제 개편과 관련하여 독일 대학의 움직임을 살펴보자. 기존 독일의 대학에서는 '마기스터' 혹은 '디플롬'이라는 한국의 석사학위에 해당하는 것으로 대학을 졸업할 수 있다. 한국식으로 보자면 학사학위는 없는 셈이다. 대부분 석사학위를 받기 위해서는 5년에서 10년이 걸리게 된다. 도중에 대학을 마치지 못하면 아무런 학위 증명을 받을 수 없다. 따라서 개인적으로나 국가적으로 큰 손해이다. 독일은 모든 학교에 들어가는 비용, 즉 교육비용을 원칙적으로 국가가 부담하게 된다. 따라서 독일의 대학은 몇몇 국제 자본의 사립대학을 제외하고는 모두 국립 및 주립대학의 성격을 띤다. 그런데 독일 통일 후 재건 비용이 소요되자 교육 재정은 악화될 수밖에 없었고, 이 여파는 대학재정에도 영향을 주고 대학의 구조조정을 불러일으키게 되었다. 뿐만 아니라 독일내 모든 대학생들에게 학생회비 받기, 외국인 유학생들에게 등록금 수납 등 여러 자구책을 모색하기에 이르렀다. 지금 독일의 대학은 극심한 구조 조정, 학제 개편, 교수 체계 변화 등 엄청난 변화의 물결 속에 놓여 있다.

이런 독일 대학 구조 조정의 예를 인문학을 중심으로, 특히 한국의 국어국문학에 해당하는 '독어독문학(게르마니스틱, Germanistik)'을 중심으로 살펴보자. 독일의 종합대학교는 한 도시에 하나가 존재한다. 그러나 베를린의 경우 베를린자유대학교, 훔볼트대학교, 베를린기술대학교, 베를린예술대학교 이렇게 4개의 종합대학교가 있다. 훔볼트대학교는 독일 분단 이전에 유일한 베를린의 종합대학교이며, 뮌스터대학교, 하이델베르크대학교와 더불어 독일 인문학의 상징이었다. 통독 후 4개 대학의 중복학과들은 특정 대학으로 편입 병합되고 있다. 베를린 주정부에서 독어독문학은 훔볼트대학교를 중심으로 집중 지원하고 있다. 다른 대학교는 독어독문학 영역 전공 교수가 훔볼트대학교로 옮기던가, 정년퇴직하는 경우 그 자리를 채우지 않고 있다. 기존의 독어독문학이라고 할 수 있는 하위분과학문, 예를 들어 문학 분과에서는 문예이론, 비교문학, 독일문학(시, 소설, 수필, 고전문학 등)과 언어학 분과에서의 일반언어학(언어철학, 언어학사, 음운론, 음성학, 통사론, 의미론, 화용론 등), 심리언어학, 텍스트언어학, 문체론, 독어학을 비롯하여 '외국인을 위한 독일어' 등은 모두 훔볼트대학교로 통합하여 운영되고 있다.

흥미로운 것은 베를린자유대학교와 베를린공대, 베를린예술대학교의 움직임이다. 감축된 교수직에 새로운 통합 학문들의 교수직(Lehrstuhl)이 신설되고 있다는 점이다. 예를 들어 베를린자유대학교의 경우 통독 전만해도 독일 최대의 독일학과의 위상(교강사 수, 등록 학생 수, 주정부 지원 금액, 교수 프로젝트 수, 한 해 졸업하는 석·박사 논문 수, 도서관 규모 및 장서 수, 행정직원 수 등)을 보여 주었으나 주정부의 구조조정에 의해 철학, 역사학 등과 통합되어 정신과학부(Philosopische Fakulitaet)로 구성되었으며, 독어독문학과는 연구소 단위로 격하되어 아주 기본적인 전공 교수직과 5년 이내 정년을 남긴 교수진만 유지하게 되었다. 통합하는 과정에서 '매체 및 문화철학(Medien u. Kultur Philosophie)', '미디어학(Medienwissenschaft)', '영화이론(Film Theorie)', '출판편집학(Editionswissenschaft)' 등이 새로운 교수직으로 설치되었다.

또한 베를린공대의 경우는 일찍부터 실용인문학의 분위기를 구성한 학문들(언어공학, 산업심리학, 미디어학, 문화기호학 등)이 설치되었으나 통일 이후 '응용문화학', '문화경영학', '미디어컨설팅', '기술교육학', '기술경영학' 등 인문학과 이공계열의 학과들이 통합되는 연계 전공들이 신설되었다. 독일의 이러한 변화는 무엇보다 인문학 전반에 걸쳐 '문화(학)적 전환'에 영향을 받은 것으로 평가될 수 있다. 그렇다면 독일 내에서의 문화학적 전환은 어떤 영향을 가져왔고 이를 주도하는 통합학문으로서의 문화학적 담론 지형이 어떻게 구성되어 있는가를 살펴보도록 하자. 이를 위해 2장에서는 학제적 학문의 성향을 드러내는 문화학의 경향에 대해서, 3장에서는 정신과학의 혁신으로서 문화학의 전망에 대하여, 4장에서는 독일에서의 문화학 세우기 프로젝트를 논의할 것이다.

2. 학제적 학문으로서 문화학

요즘 세계는 '문화', '소통', '미디어'가 화두이다. 특히 이 세 키워드를 묶는 새로운 학문의 패러다임이, 적어도 독일에서는 문화학을 중심으로 구축되고 있다. 문화는 흔히 사용되고 익숙한 용어이지만, 이 문화를 연구하는 '문화학'이란 학문은 어떻게 보면 생소하게 느껴질 수 있다. 특히 서점에서든, 인터넷 검색을 통해서도 '문화학'이란 용어로 검색되는 책은 손에 꼽을 정도이다. 실제로 한국학술진흥재단 학문 분류표에 '문화'를 검색할 경우에 문화 관련 분과학문은 32건이나 되지만 '문화학'은 학문 분류로 등록되어 있지 않다.

<table>
<tr><td>검색어</td><td>문화 ▼</td><td>검색</td></tr>
</table>

검색결과 총 32건

인문학 ≫ 역사학 ≫ 역사일반 ≫ 문화사(역사학)

인문학 ≫ 역사학 ≫ 인류학 ≫ 문화인류학

인문학 ≫ 역사학 ≫ 고고학 ≫ 문화재학

인문학 ≫ 철학 ≫ 철학일반 ≫ 문화/기술철학

인문학 ≫ 기독교신학 ≫ 문화신학

인문학 ≫ 중국어와문학 ≫ 중문학 ≫ 중국문화학

인문학 ≫ 일본어와문학 ≫ 일본문학 ≫ 일본문화학

인문학 ≫ 프랑스어와문학 ≫ 프랑스어학 ≫ 프랑스문화학

인문학 ≫ 독일어와문학 ≫ 독일문학 ≫ 독일문화

사회과학 ≫ 정치외교학 ≫ 비교정치 ≫ 정치사회 / 문화

사회과학 ≫ 경제학 ≫ 분야별경제 ≫ 인구 / 문화경제

사회과학 ≫ 경영학 ≫ 분야별경영 ≫ 문화예술경영

사회과학 ≫ 사회학 ≫ 문화 / 종교사회학

사회과학 ≫ 인류학 ≫ 문화이론

사회과학 ≫ 인류학 ≫ 물질문화

사회과학 ≫ 인류학 ≫ 문화변동

사회과학 ≫ 행정학 ≫ 행정학일반 ≫ 행정문화

사회과학 ≫ 행정학 ≫ 분야별행정 ≫ 문화행정

사회과학 ≫ 정책학 ≫ 문화 / 사회 / 보건복지정책

사회과학 ≫ 지리학 ≫ 인문지리학 ≫ 문화지리

사회과학 ≫ 관광학 ≫ 관광문화

사회과학 ≫ 신문방송학 ≫ 신문방송학일반 ≫ 문화이론 / 대중문화론

자연과학 ≫ 자연과학일반 ≫ 문화재보존과학

자연과학 ≫ 생활과학 ≫ 소비자학 ≫ 소비패턴 / 문화

자연과학 ≫ 생활과학 ≫ 식품학 ≫ 식문화

공학 ≫ 건축공학 ≫ 건축문화재

의약학 ≫ 정신과학 ≫ 정신행동과학 ≫ 사회 / 문화정신의학

농수해양 ≫ 조경학 ≫ 조경사 / 문화

예술체육 ≫ 의상 ≫ 복식문화

복합학 ≫ 심리과학 ≫ 사회 / 문화심리

복합학 ≫ 여성학 ≫ 여성문화

복합학 ≫ 감성과학 ≫ 감성문화 / 사회

위 표를 살펴보면 인문학 분야에 8개 분과학문이 문화와 관련있는 학문으로 분류되어 있다. 그런데 정작 이들의 메타학문격인 문화학은 검색되지 않는다. 그렇다면 문화학의 정체는 과연 무엇인가?

독일에서 문화학은 학문적으로 철학의 한 갈래로서 이미 오래전에 형성되어 왔다. 하지만 인문학의 혁신적 방향으로서 문화학이 정립된 것은 90년대 후반부터이다. 이때부터 독일을 중심으로 정신과학, 문예학, 역사학, 사회학 등을 문화학적으로 개혁·변화시키려는 혹은 문화학적 시각에 비추어 보려는 노력들이 다양하게 전개되고 있다. 영미권에서는 1960년대 이래로 '문화연구(Cultural Studies)'라는 새로운 형태들이 생겨나 사회문화 현상에 대한 비판적인 분석 틀이 학제적으로 자리 잡았다. 반면에 독일에서는 문화학을 중심으로 특히 정신과학을 문화학적으로 새 단장을 하는데 따른 가능성과 문제점들에 대해서 논의하고 있다 (Frühwald 외, 1991). 문화학 관련 출판물들과 참고 문헌목록들을 통해, 독일내의 학술적 논의에서 '문화'라는 개념이 일단 호황을 누리고 있음을 알 수 있다. 그와 아울러 단수개념으로서의 '문화학'(Ullmaier, 2001) 혹은 복수개념으로서의 '문화학들'에 대한 인기가 상승곡선을 그리고 있다.[1]

그렇지만 이제까지 문화학에 관한 수많은 저서가 있었음에도 불구하고, 바로 그 저술들 때문에 문화학의 윤곽 그리고 학문적 정체성과 범주는 명확하지 않다. 더욱이 문화학의 부상은 관련 학계에서 만장일치의 박수갈채만 받았던 것이 아니라, 상당수의 안티 세력과 비판자들로 하여금 학문적 논의를 자극하였다. 물론 신문 잡지의 문화면에서 혹은 학계

---

[1] 문화학이 독자적 단일 학문체계를 의미할 때 '문화학'이란 단수형이 쓰이며, 다른 모든 학문들과 연계하여, 여러 차원의 문화학으로 분화된 것을 총괄하여 나타낼 때에는 '문화학들'이란 복수형을 쓰고 있다. 이는 마치 다양한 분과학문의 결합으로서 '문화연구 (Cultural Studies)'가 복수로 쓰이는 것과 같은 경우이다.

에서 장기전의 양상을 띠고 벌어지고 있는 '문화학(들)'에 대한 열띤 논쟁은 독일내 문화학의 현주소를 알려주고 있다.

이런 끊임없는 논쟁에서 실제로 무엇에 대해서 또한 어떤 차원에서 논의가 격렬히 진행되고 있는가를 살펴 볼 필요가 있다. 첫째, 특정한 혹은 모든 정신과학 및 사회과학의 분과학문 전반에 걸쳐 과연 문화학적 혁신이 과연 필요한가, 둘째, 프랑스와 영국풍의 연구방식을 독일식 정신과학적 학문풍토에 수용하거나 가능한 혹은 불가능한 통합과정에서 파생되는 문제들에 대하여, 셋째, 지난 수년간에 걸쳐 문예학과 문화학 또는 문예학이냐 문화학이냐, 아니면 문화학으로서의 문예학과 같은 식의 이론적, 방법적 또는 개념적 원칙문제들에 대한 것이었다. 이렇게 개략적으로 살펴본 문화학 논의의 맥락은 다음과 같은 세 가지 포괄적인 경향들로 요약할 수 있다. 1) 생산적 가치를 중심으로 학문적 경계 넘어서기, 2) 영국과 프랑스의 이론적 학풍과 연구방향의 절충 수용, 3) 다양한 분과학문의 방법론 채택과 연구대상의 다양성 등의 경향을 보인다.

문화학 관련 논쟁들은 여러 가지 측면에서 경계를 가리지 않는다. 문화학에 입각한 여러 다양한 분과학문이 그 논쟁에 참여할, 그리고 그 논쟁에 얽혀 들어갈 뿐만 아니라 문화학(들)의 '프로그램'까지도 경계확장과 경계 넘어서기의 특징을 보이고 있다. 따라서 지금까지 분과학문의 제도적 분류에 대한 비판과 분과학문적 한계를 극복하려는 노력이 바로 이 논쟁들의 출발점에 포함된다. 비판과 노력, 이 두 가지는 한편으로 문화현상을 조사 연구하는 데 학제적 협동연구를 필요로 하지만 다른 한편으로는 제도적 문제로 말미암아 문화학적 연구 작업이 방해받는다는 인식에서 비롯된다.

미텔슈트라스(Mittelstraß, 1987, 154~157)는 일찍이 이 제도적 문제를

'문제 발전과 분과학문 발전의 불균형'이라고 설명한 바 있다. 즉 문화가 각각의 경우 어떤 식으로 이해되던 간에 '문화'라는 것은 특정한 학문의 전문화와는 반대의 입장에 서 있다. 따라서 문화를 연구대상으로 하는 문화학과 기존의 분과학문에서 행한 문화에 대한 이해 사이에는 괴리가 생겨나게 된다. 문화학에 입각하여 정신과학과 사회과학을 다방면에 걸쳐 쇄신하려는 중요한 근거의 하나로 문화학들이 무엇보다도 학문적 인지능력을 되찾는 데 기여할 수 있다는 사실을 들 수 있다. 말하자면 지금까지 문화학은 문예학, 역사학, 사회학의 관심대상 사이의 빈틈에 놓여있어 분과학문의 검색체계로는 파악되지 않는다. 이 까닭에 거의 관심대상이 되어오지 못했던 문화적 문제영역들이 눈에 띄게 되는 것이다. 그러므로 정신과학과 사회과학을 문화학적 방향으로 학제적 발전을 꾀하는 일은 그저 현존하는 인식의 한계를 극복하는 데 그치는 게 아니라 더 나아가 '분과학문 가로지르기 식의 협동연구'(Müller, 1999, 576)라는 새로운 가능성을 열어준다.

물론, 각 분과학문은 나름대로 전문적인 역량, 즉 문예학자들의 경우 허구의 텍스트를, 역사학자들의 경우 사료를 다룰 때 필요한 연구 역량에 의거할 때에만 비로소 문화학들의 학제적 기획에 실질적으로 공헌할 수 있다. 왜냐하면 학제적 역량이란 각 분과학문의 역량을 전제로 하기 때문이다. 쉐르페(Scherpe, 1999, 22) 역시 이와 유사한 주장을 펼친다. "문예학이 새로 획득한 연구영역을 자신 고유의 역량으로 설명할 수 없다면, 인류학, 인종학(Ethnologie), 지리학, 신화연구 혹은 미디어학에 근간을 둔 문예학은 자신의 정통성을 찾을 수 없으며 가치를 인정받을 수도 없다. 즉 문예학은 연구 테마, 방식 그리고 인식목적에 관련하여 자신의 몫을 규정해야만 한다." 학제적 혹은 분과학문 가로지르기식의 협동연구에서 내포하고 있는 분과학문 사이의 경계 넘어서기는 전공을 특성화한 학문적 표준, 방법, 그리고 역량을 전제로 한다. 다시 말해 "문화학은 분과학문의 경계를 허무는 일에 목적이 있는 것이 아니라, 그 반대로 분과학문은 자신의 기능상의 전제조건, 방법, 이론적인 기본가정들을 기반으로 연구한다. 쌍방간에 명확히 자신의 위치를 밝히기 위한 자신의 경계 넘어서기를 지향한다."(Müller, 1999, 576ff)

한걸음 나아가 문화학에 대한 논쟁은 단순히 학제적뿐만 아니라 국제적으로 진행된다는 점에서도 경계를 넘어선다. 이른바 영미에서의 문화 연구적 논의와 독일에서의 정신과학을 문화학적으로 새롭게 단장하려는 논의를 비교해보면 국가별로 특성화된 학문전통 사이에는 단순히 공통점이나 혹은 적어도 유사점만 존재하는 것이 아니라 간과할 수 없는 일련의 차이점이 있음을 명확히 알 수 있다. 이런 차이점은 지금까지도 분명하게 밝혀지지 않았다. 그런 이유로 독일 학계에서는 문화학의 적절한 연구방향이 아직은 명확하지 않다. 내용적으로나 방법론적으로 몇 가지 유사점이 있긴 하지만 '문화학'과 '문화학들' 개념은 영미에서 발전된 문화연구 형태와는 분명히 구분해야 한다. 문화연구의 특성으로는 마르크스적 사회이론과 이데올로기에 바탕을 둔 목표설정과 연구대상을 현대 '대중문화(popular culture)'로 확장한 점 등을 들 수 있다.

문화학적 논의들에서 '학제적 경계 넘어서기'와 '국제적 차원'은 다양한 분과학문의 연구방향 및 출발점들을 보다 높은 차원에서 다각적이고 복합적으로 전망한다는 것을 의한다. 이는 곧 "행위세계를 다양한 시각으로 바라보는 것"과 같다(Bachmann-Medick, 1996, 26). 따라서 문화학적인 성찰방식과 연구대상 및 문화개념, 문화이론, 출발점과 방법론들이 더욱 풍부하게 되었다. 독일 학계와 대학에서는 인문학적 분과학문의 연구대상의 범위와 연구정책을 문화학적으로 확장할 것을 강조하였다. 분과학문의 개혁 방향의 최소 공통분모는 '문화학적 경향을 띄고 있다'는 점이다. 그래서 문화학에 주로 근간을 둔 개념들의 스펙트럼은 수용사적, 영향사적 그리고 기능사적 출발점에서부터 신역사주의(Glauser / Heitmann, 1999) 및 문화유물론과 담론분석을 거쳐 문화사회학, 문화인류학, 문화기호학적인 출발점까지 이른다.

3. 인문학의 혁신으로서 문화학

1980년대 이후 독일에서는 단수 또는 복수로 쓰인 '문화학' 개념에 대한 성공적 담론들이 관찰되는데, 이러한 과정의 광범위한 역사는 단지 대학이나 학문의 영역에만 국한되지 않는다. 또한 우리는 문화학 개념 안의 의미의 넓은 편차가 말해주는 바와 같이 문화학 개념의 '공론장적 성격'을 파악해야 한다. 뿐만 아니라, 문화학적 개념들이 학문이나 출판에 영향을 미칠 수 있게 하는 제도적 및 하부구조적인 전제조건들을 성찰해야만 할 것이다. 물론 여기서는 이런 다양성 중에서 두 측면, 즉 정신과학을 혁신시키려는 한 측면과 독어독문학의 문화학적 개혁을 위한 학문정책적인 측면만을 기술할 것이다.

1) 독일의 인문학 혁신

통독전 독일의 '학문위원회'와 '서독 총장회의'는 정신과학 분야의 연구에 관한 문제를 다루는 프로젝트 그룹을 만들었다. 이 그룹의 연구서인 『정신과학의 현주소(Geisteswissenschaften heute)』(Fruehwald 외, 1991)는 정신과학이 처한 막다른 골목에서 빠져나가는 출구로서 '문화학들'을 제안했는데, 이것의 주요 내용들은 학문정책 입안 전반에 걸쳐 기조를 이루었다. 이 연구서에서 "정신과학은 현대사회가 자기 자신에 대한 지식을 학문의 형식으로 획득하는 '장소'이다… 정신과학의 과제는 문화 전체, 즉 모든 인간의 노동과 생활형식의 총괄개념으로서의 문화, 다시 말해 자연과학을 포함하는 모든 세계의 문화적 형식을 고려하면서 현대사회에 대한 지식을 획득하는 것이다"라고 밝히고 있다. 이 연구서에서는 문화를 경제, 정치, 기술 등과 같은 구분된 영역으로서, 즉 '부분 체계'로서 파악하는 것과 거리를 두고 있다. 이렇게 광범위하게 규정된 문화의 개념은 미래 독일 학문정책을 위한 진략적 기능을 가진다.

이 연구서의 저자들은 현대세계에서 인문학이 '필수불가결'하다는 생각에 반대한다. 왜냐하면 이러한 생각의 기저에는 인문학이 겉보기에 '복음'처럼 보일 뿐이기 때문이다. 이들은 인문학이 '보완적' 역할 대신에 미래의 '방향제시적' 역할을 주장한다. 그리고 이들은 정신과학이 대응적인 역할만 할 것이 아니라, 그 자체로 미래에 대처하는 혁신적이고 능동적인 능력을 보여야 한다고 강조한다. 프뤼발트(Fruehwald 외, 1991)의 연구서는 문화학의 위상을 경제, 기술, 자연과학을 포함한 문화 '전체'에 대한 반성으로서 설정하고 있으며 두 가지 논점을 결합한다.

첫 번째 논점은 국제적인 '인문학'의 발전 상태를 독일의 정신과학이 모범으로 삼아야 할 지평으로 간주한다. 독일의 인문학은 프랑스, 미국, 그리고 또한 여러 나라들에서 전통적인 '인문학' 연구가 문화학이라는 현대적 개념으로 크게 발전되어나간 것을 무시했다. 그러므로 '문화학 세우기 프로젝트'가 필요하며, 이들의 목표는 자연과 역사의 세계에 대한 지식을 인간학화하는 데 있다. 민속학, 역사적 인간학, 철학적 인간학, 사회학, 심성사, 지식사회학, 문화기호학 등이 상호협조적인 주요 학문분과들로서 존재하고 이 학문들 사이의 학제간 연구가 제도화로 고착되어야 한다. 그럼으로써 학문의 능동성이 확장되고 학제간 발전 모형이 구축된다. 그런데 독일에서는 과거 이와 유사한 학문적 방향들을 거의 찾아볼 수 없다고 주장한다. 따라서 이 연구서의 주장은 바로 문화학이 '정신과학'의 국제화와 현대화를 요구한다는 것이다.

두 번째 논점은 첫 번째 논변과 대립적인 현상을 띠고 있다. 이것은 정신과학을 문화학으로 새롭게 기획하려는 작업에 대해 19세기 훔볼트의 대학 개혁의 동기와 연관짓는다. 이 논점은 독일의 인문학이 서유럽의 다른 인접 국가들에 비해 이론적·방법론적으로 뒤떨어져 있음을 지적하는 데서 출발하지 않는다. 대신에 최상의 고유한 독일 전통을 수용함으로써 학문분과들의 혼잡한 전문성과 제도적 파편화로부터 탈출구를 찾아야 함에도 불구하고 그렇지 못한 독일의 정신과학의 무능력을 지적하는 데서 출발한다. 국제적인 '인문학 연구'의 관점에서 볼 때 학제 간 연구가 최신의 유행으로 나타나고 있다면, 이러한 전략은 훔볼트와 연관해서 볼 때 이미 상응하는 전통을 가지고 있다는 것이다. 단지 이 전통의 잠재력이 아직 현실화되지 못했을 뿐이라고 지적한다. 이러한 의미에서 본다면 방향제시적 척도로서 고안된 '총체적 문화'라는 개념은 철학적 학문론을 통해 개별학문을 초월하려는 1800년경의 시도로 소급된다.

이 연구서는 19세기 중반과 후반에 고착화된 자연과 정신의 이분법을 특히 문화의 입장에서 극복하기 위해 '정신' 개념을 배제한다. 이 연구서는 다른 한편으로는 '학문'과 '교양'을 결합시키는 훔볼트적인 전통을 본질적인 지향점으로 수용한다. 이러한 전통을 수용하면서 '문화학'으로 변신한 정신과학은 '고도의 전문화'나 '시장 적응력'과 같은 문제들을 넘어서 있는 '중요한 능력'을 매개하는 의무를 갖는다. 이 연구서의 저자 중 한 사람인 볼프강 프뤼발트는 1996년 '독일학술연합회(DFG)' 회장으로서 문화학의 방향설정과 훔볼트적 전통의 재활성화를 연관지었다. 그러면서 "우리는 단지 합목적성, 응용성, 경제성만을 지향하며 연구해서는 안 된다. 우리는 또한 문화를 지향하며, 오래된 개념으로 말한다면, 교양을 지향하며 연구해야 한다. 이것은 19세기 자연과학과 정신과학에서 독일 대학이 이룩한 성과였다"라고 강조한다.

문화개념 자체의 관점에서 뿐 아니라 문화개념을 통해 현대에 적응해야 하는 주체의 관점에서 보더라도, '총체' 개념은 학문분과가 과잉 전문화되는 것에 대한 대립 개념으로 제기되어야만 한다. 프뤼발트가 주도한 연구서가 실제 연구를 위해 제안하는 기본적인 구상은 '학제간 연구' 또는 '초분과학문적 연구'이다. 하지만 이 연구서는 '문화학'을 자립적인 학문분과로서 정립하는 것까지는 고려하지 않았다. 마찬가지로 지난 수십 년 간 발전되고 논의되었던 문화학(들)의 개념들 역시 다양하다. 문화학에 대한 입장이 다양하고 기초적인 문제가 미해결 되어 있음을 단적으로 보여주는 것은 문화학들에 관한 논의에서 문화학(들) 개념이 설명되지 않은 채 단수와 복수로 공존(Böhme / Matussek / Müller, 2000, 33)하고 있는 점이다. 단수로 사용할 때는 대개 그 개념이 새로운 분과학문의 토대를 제공하기 위해서다.

이 새로운 분과학문은 전공 포괄적 경향을 띄기도 하지만 어쩔 수 없는 제도화 문제 하나만으로도 이미 하나의 분과학문 형태를 필요로 하며, 여러 측면에서 분과학문 형태를 갖춘다. 혹은 '절충 형식'(Böhme / Scherpe, 1996, 12)을 나타내기 위해 사용된다. 이 절충 형식은 서로 이질적이고, 고도로 전문화된 학문들의 서로간의 폐쇄적인 성과물을 '소통'시킨다. 또한 구조적인 공통점을 토대로 투명하게 하며, 장기적인 경향을 바탕으로 문화개념 분과학문 간의 탈경계, 상호관계, 대조, 차이, 교환과정 및 문맥들의 연관성을 엮어내기 위한 이해수단을 의미한다고 할 수 있을 것이다. 이렇게 이해하면 '문화학'은 개별 학문이 아니라 보다 높은 성찰의 단계이자 일종의 '연결 장치' 형태이며 어쩌면 정신과학의 현대화를 위한 조절단계일 수도 있다. 그와 반대로 복수 형태인 '문화학들'이라는 개념은 우선 이전의 철학영역 분과들의 전공분야들을 일컫는 데 사용된다. 이런 의미에서 이 용어는 "정신과학들과 거의 동일하게 사용되지만, 문화학들에 속하는 분과학문과 독일식 정신사적 전통과는 구분하여야 한다."(Böhme, 2000, 356)

최근 들어 문화학적 논쟁에서 그 용어가 단수로 쓰이던 복수로 쓰이던 간에 실제적으로 사용하는 방식은 각양각색이다. 왜냐하면 그 용어에는 상이한 연구방향 및 경향이 정신과학 및 사회과학에 걸쳐 포괄되어 있기 때문이다. 이렇게 급팽창되어 이용되고 있는 '문화학(들)'의 개념은 독일에서 적어도 다음의 네 가지 상이한 의미로 사용된다.

① 넓은 의미에서 '문화학(들)'은 전통적인 정신과학의 다양한 분과학문을 통합해야 할 전공 포괄적 관련영역을 뜻한다.
② '문화학(들)'이란 개념은 여러 측면에서 제기된 문예학, 역사학, 사회학들의 변혁과 확장을 요구하는 데 있어 강령적인 구호로 사용된다.
③ 특수한 의미에서 '문화학'은 개별적인 어문학 중에서 어느 한 부분 영역 내지는 어느 특정한 방향, 즉 전통적 지역학을 의미한다.
④ 민속학이나 유럽인종학을 '문화학'으로 표시한다(Glaser / Luserke, 1996).

문화학 논의에 관련된 분과학문 및 출발점과 더불어 문화학(들)의 기본 구상이 다양하듯이 이들의 문화개념들과 문화이론들 역시 각양각색이다. 따라서 문화학 혹은 문화학들의 연구대상 영역과 방법들을 규정하려는 여러 가지 시도들은 한편으로는 적용된 문화개념과 문화이론에 의해 구별된다. 다른 한편으로는 그 시도들은 각각의 제안된 이론적 핵심 개념과 방식에 따라 변형된다. 그것에 상응하여 중심 개념인 '문화'의 상이한 규정들은 다양하며 모호하다. 적어도 독일에서 문화에 대한 이해는 인문학의 문화학적 전환에 대한 논란을 거치며 다양한 학문들의 문화개념 정의를 통해서 완전히 변화하였다. 문화개념의 좀 더 명확한 규정을 고무한 것은 무엇보다도 역사학적, 인류학적, 사회학적, 기호학적인 연구들이며, 이들을 통해 어느 정도 공통된 문화개념들이 구성되었다.

2) 독어독문학의 영역 확장

요즘 들어 독어독문학의 주제들은 그 이론적 다양성과 방법론적 다원주의하에 놓인다. 이런 경향은 주류 독어독문학자들에게는 독어독문학의 학문적 정체성을 위협하는 것으로 생각되었다. 독어독문학의 나치즘 이데올로기 기여에 대한 논란 이후 민족주의적 기반에서 사회과학적 방향으로의 피할 수 없는 전환이 독어독문학에게 요구되었다. 그러나 이것이 독어독문학의 유일한 변신은 아니었다. 독어독문학은 사회사와 더불어 언어학적 및 기호학적 구조주의를 채택했고, 수용 및 수용자에 관한 연구를 강화했다. 그리고 독어독문학은 출판문헌학의 발전을 촉진했을 뿐만 아니라 인접학문이나, 체계이론과 같은 분과학문을 포괄하는 거대이론과의 국제적 차원의 교류를 활발히 전개했다.

　　1980년대 이후 이론적인 논쟁 내부에서는 어문학적·해석학적 방법의 전통과 담론이론이나 포스트구조주의 같은 반해석학적 구상간의 대립이 더욱 강하고 분명하게 일어났다. 이제 이 거대한 학문분과로서 독어독문학은 단지 공통의 하부구조에 의해서만 형식적으로 하나의 전체를 이루었다. 따라서 사람들은 이러한 상황을 학문의 통일성이 복수의 특수 분야들로 분화되는 위기상황으로 간주하고 우려할 수도 있을 것이다. 그러나 확장하고 있는 비평문학을 포함해서 독어독문학의 역사학·어문학적 핵심은 이론 논쟁의 원심운동적인 경향들이 보여주는 것보다 훨씬 더 견고하다는 점이다. 그리고 다른 한편으로, 현대 학문분과에서 내적인 분화, 방법의 다양화, 이론의 수입 등은 일반적인 상황이라는 것도 고려해야만 한다. 그밖에 문화와 사회의 현대화 과정에서 비롯된 자기정당화의 필요성은 독일 내의 독어독문학을 혁신하라는 압력을 증가시켰다. 독어독문학은 새로운 전자미디어의 발전과 이와 함께 일어나는 현대문화 내 문학의 지위 변화에 의해 도전받고 있다.

　　수년 전부터 이런 도전들에 대한 독어독문학계의 응전이 있어왔다. 그중 하나가 바로 어문학 전통의 토대 위에서 '매체문화학'으로 독어독문학을 발전시키자는 제안이다. 이 경우 독어독문학은 '매체문화학 학문군'이라는 이름의 포괄적인 상위의 연합체계로 자리 잡게 된다. 이에 대립하는 입장들이 생겨났다. 차라리 독어독문학을 '순수하고 철저한 어문학'의 지위로 다시 환원시키려는 움직임이다. 이러한 '철저한 어문학'이 중점적으로 하려는 것은 '문화적 문학성'을 보호하고 수준 높은 문학적 텍스트를 생산적으로 읽는 능력을 기르고 보존하는 방향이다.

　　『정신과학의 현주소』란 연구서는 독일어문학의 미래를 위한 다양한 제안들을 간략하게 정리하여 내놓았다. 이 연구서의 다양한 제안들은 앞서 밝힌 바와 같이 비슷한 성격을 지니고 있다. 이 연구서는 문화학적 방향설정이 연구대상인 문헌의 중심적 역할을 위협하지 않는 범위 내에서, '문학을 문화학으로' 규정하려는 노력을 기울이고 있다. 학제간 공동으로 기획된 연구들은 문학의 고유 대상을 놓치지 않으면서 문학의 문화학적 확장을 목표로 삼고 있다는 점이다. 이때 사용된 확장이란 개념은 독일어문학과 같은 어문학적 분야들에는 확실하게 경계설정이 가능한 대상영역이 있다는 생각을 함축하고 있다. 그러나 19세기에 텍스트를 연구하는 학문으로 어문학을 축소하는 것에 대립하여 문화학적 어문학의 움직임들은 실제로 생산적인 일을 하지 않았다. 최근 들어 독일에서의 '문화학적 어문학' 구상은 미디어의 발전이라는 관점에서뿐만 아니라, 아직 개발되지 않은 독어독문학의 자기정당화 전통을 되살려 수용할 경우 생각해볼 수 있는 발상이라는 점이다.

그러나 독어독문학이 1970년대 이후 문화학적 관점을 배경으로 새로운 자료를 밝혀내면서 접근했던 연구영역들은 언급할 만한 가치가 있다. 독어독문학은 담론분석적·체계이론적·민속학적·학문사적 도구들을 가지고 실험적으로 연구하는 하나의 실험장이다. 이러한 실험 속에서 현대의 독어독문학이 지니고 있는 본질적인 추진력이 생겨나는 것이다. 문화학적으로 전환한 독어독문학의 주요 주제들은 '감성의 복권', '무의식의 발견', '인간의 자연화', '문학의 심리학화', '문명의 과정', '야성적인 사람들과 문명화된 사람들', '성의 질서', '기술과 문화' 등으로 나타난다. 이는 기존의 서지학적 독어독문학을 넘어서 사회과학적 방법론과 교류함을 드러내고 있음을 알려준다.

4. 문화학 세우기 프로젝트

문화학적 연구대상 영역을 확장하려는 요구는 전승되어 온 텍스트 개념과 문학개념에 대한 회의로서 나타났으며, 또한 '고급문화'와 '대중문화' 사이의 정형화된 반대개념을 거부하고 매체문화를 포괄할 필요가 있다는 인식에서 비롯되었다(Schönert, 1996). 다시 말하자면 "문화학적인 '경계확장'은 이른바 고급문화의 특권을 박탈하게 된다."(Böhme / Matussek / Müller, 2000, 108) 지난 수십 년간 문화에 대한 다양한 구상들에게서 기호학적, 의미중심적, 구조주의적 특징을 띤 문화개념에 대한 전공 포괄적인 선호도를 발견할 수 있다. 따라서 문화는 인간에 의해 생산된 상상과 사고형식과 감각방식과 가치와 의미의 총체적인 복합물로서 정의되며, 이 복합물은 상징체계 속에서 유형화된다.

이런 의미에 중점을 둔 개념정의에 따르면, 단지 문화는 물질적 표현형식만이 아니라, 사회적 제도와 예술품 탄생을 가능케 하는데 필수적인 정서적 성향도 문화 범주에 속한다. 따라서 그런 기호학적인 문화개념은 문화가 물질적 측면만을 가진 것이 아니라 사회적이고 정서적 측면(Posner, 1991)도 갖고 있다고 인식해야 한다. 그것에 상응해서 문화인류학과 문화기호학에 뿌리를 둔 '문화는 텍스트다'(Bachmann-Medick, 1996) 내지는 '문화는 기호체계다'(Posner, 1991)라는 주장이 있다. 이 주장은 일상 삶 속에서 사회적 기표의 인지양식과 상징화양식을 분석하는 하나의 해석학적이자 의미를 보편화하는 방식(Böhme / Scherpe, 1996B, 16)과 관련이 있다. 이러한 주장들은 문화개념의 의미 확장을 뜻한다. 어떻게 문화개념의 의미 확장을 도식적으로 파악할 수 있는지는 슈미트(1992, 434)가 내놓은 제안에서 유추할 수 있다. 그는 문화를 "한 사회의 현실모델을 정보전달에 관련하여 테마화한 통합프로그램 즉 컴퓨터 소프트웨어의 의미"로 정의한다. 프로그램과 적용 내지는 여러 사용자들 사이에서 달라지는 이 기계적 메타포의 논리는 "한 사회의 문화를 상징(체계), 예술품, 관습과 같은 문화적인 표명과 동일시 할 수 없다." 하지만 이러한 것들이 바로 문화를 관찰 할 수 있는 심급기관들이다. 다시 말해서 "모든 프로그램이 유형화되듯이 문화라는 프로그램 역시 행위자가 그것을 사용할 때에만 유형화된다. 그러나 문화라는 프로그램은 거기에 국한되지 않는다."(Schmidt 1992, 437) 따라서 한 사회의 문화를 연구한다는 것은 물질적 사회적 현상 연구를 토대로 정서적인 부분까지 포함한 통합프로그램을 재구성하는 것을 의미한다.

그 외에도 기호학적 문화개념의 세 가지 차원, 즉 물질적, 사회적, 정신적 차원뿐만 아니라 문화를 사회의 현실모델로 테마화한 일종의 '통합프로그램'으로 간주하는 경향도 있다. 이를테면 "문화는 텍스트다"(Bach-mann-Medick, 1996A)라는 메타포는 이미 문예학에서 인류학적 전환이 진행되는 동안 보편화되었다. 이와 더불어 유행어처럼 표현되는 "문화의 사회적 차원을 기호학적으로 은유하기"나 "사회학적 비환원주의"(Ort, 1999, 542)도 서로 환원시킬 수 없는 문화의 다양한 범주들을 합당하게 평가할 수 없음을 보여준다. 따라서 "문화는 텍스트다"라는 보편화된 상투어와는 반대로, 문화의 정서적 사회적 측면을 포함한 텍스트 사용자에게 적절히 특별한 의미를 부여하지 않는 한 이 메타포는 오류를 범할지 모른다는 점을 강조해야 한다.

이상에서 설명했듯이 기호학적 문화개념이 선호되고 있지만, 위의 몇 가지 지적으로 현재 논의되고 있는 문화개념들과 문화이론들의 분파가 충분히 논의된 것은 아니다(Fleischer, 2001 ; Reckwitz, 2000). 다른 한편으로

는 모든 대상을 중심으로 한 문화개념의 이론적 정의는 필연적으로 축
소해야 한다(Jaeger, 2001, 17). 따라서 '문화학'을 "하나의 진행과정 즉
'연구대상물'이 아닌 문제제기를 통해서 실용학문적으로 증명하고 규정
하는 실행학문"(Henningsen / Schröder, 1997, 7)이라고 일컫는 것은 의미 있
는 일이다. 다른 한편으로는 다양한 문화개념들이 '문화'를 마치 '기억
덩어리'처럼 "서로 다른 방식으로 연구해왔고 추론적 가설로 파악해야
한다"(Pethes / Ruchatz, 2001, 13)라는 인식을 강조한다. 문화개념들의 다양
함은 학문적 경쟁을 유발하였으며, 특히 관찰자들이 설정한 이론 종속적
이고 분과학문 종속적인 가설들에 달려있다는 점에서 설명된다. 이런 사
실은 '문화는 텍스트다'라는 문화인류학적인 메타포뿐만 아니라 모든 다
른 개념정의나 문화 메타포에도 해당된다(Konersmann, 1998, 327~354).

문화개념과 문화이론을 모두 가설적인 것으로 보는 입장은 결국 문화
학적인 대상들과 문제제기 영역에도 해당되며, 동시에 주목할 만한 다원
성과 이질성을 설명해 준다. 나아가 학문적 대상은 '정해져 있는 것'도
아니며 단순히 '미리 고안해' 낼 수도 없다는 입장을 대변한다. 슈미트
(2000)가 매체문화학의 구조에 관한 글에서 강조하듯이 학문적 대상은 오
히려 특정한 인식, 문제제기, 이론적인 가정과 모델에 따른 콘셉트와 용
어의 차별성에 의해 구성되거나 '고안'된다. 이러한 견해는 새롭지도 혁
신적이지도 않지만 문화학적인 확장 혹은 정신과학 및 사회과학의 개혁
논의에서는 고려해 볼만하다. 체계이론적이며 구성주의적 관점에서 슈미
트(2000, 332)는 모든 대상의 구조가 "구분과 명칭에 의해서, 즉 차별성에
의해" 이루어진다고 본다. 다시 말해 한 연구 분야에서 중요하다고 여겨
지는 대상에 대한 논의는 관찰자 문제를 고려할 필요가 있다는 것이다.

영국식 '문화연구'에서와 같이 적어도 독일에서 문화학의 붐으로 인

해 문화개념들은 다양한 경향, 분과학문, 출발점 및 이질적 연구들을 포괄하고 있다. 그 개념들에는 흔히 공통적으로 나타나는 현상으로 방법론적이며 전공적 토양이 부족하다. 따라서 문화학은 오히려 집합개념 내지는 학문정책상의 유행적 성격을 띠며, 이 유행은 학문적으로 분명히 규정된 분과학문도, 특정한 연구방향도 나타내지 못하며 미해결적, 학제적, 국제적 논의의 경향을 나타낸다. 이런 문화학의 팽창에 대하여 학문 비판론자들은 대서양 양편, 즉 독일과 영국에서 본질적이라기보다는 강령적으로, 체계적이라기보다는 통일성 없이, 때로는 방법론적이라기보다는 오히려 논쟁적으로 진행되어 왔다고 비난한다. 이런 맥락에서 이론—방법론적 토대, 연구의 대상영역, 주요 개념 혹은 문화학 내지는 문화학들의 특성을 규정하는 것은 이제까지 어려운 일이었다. 무엇보다도 위에서 언급했듯이 문화학적인 이론논의가 학제적이고 국제적으로 이루어지며, 각각의 서로 다른 국가들과 국가적 '연합공동체' 속에서 다양한 형식들을 받아들이는 상황으로 인해 문화학을 규정하는 일은 어렵다.

최근에 들어 독일에서의 문화학 특성을 규정하기 어려운 것은 특히 증가되는 국제성과 학제성에 관련이 있다. 이것은 각 국가별 특유의 학문 전통의 다양함과 갈등을 빚고 있으며, 이로 인해 문화학적인 분과학문의 공통점과 상이점에 대한 이해, 상반되는 입장과 의미에 대한 이해, 연구전략과 방법론적 구상에 대한 이해를 복합적으로 만들었다. 이와 더불어 문화학의 실질적인 과제분야와 기능규정이 더욱 난해하게 되었다 (Jaeger, 2001, 9). 또한 독일식 문화학의 논의 과정에서 문제시 되는 것은 영국과 프랑스풍의 이론과 연구의 기본 구상을 모방적으로 수용할 때 주로 간과하는 두 가지 점이다. 하나는 논의 자체가 각각 다양한 국가적, 학문정책상의 콘텍스트에 따라 다르다는 것이고, 다른 하나는 그러한 콘텍스트를 제외하고 문화간 이론을 수용할 때 너무나 쉽게 나타나는 본성적인 관점상의 변용과 동질화이다. 이런 이유로 해서 포른슐레겔(Pornschlegel, 1999)은 다음과 같은 의미 있는 제안을 했다.

그는 '문화학들'을 연구방법별로 그리고 주제별로 통일하는 것이 가능한지 혹은 불가능한지의 문제를 중점적으로 다루었다. 여기서 이제까지 패권을 장악하고 있는 이런 '패러다임적' 메타 단계를 벗어나 문화학들에 대한 논의를 각기 분리된 두 가지 복합적 문제로 나누어 생각하는 것이 최근의 문화학 논쟁에 기여할 것이다. 한편으로는 대체 '정신과학의 정통성 위기'란 무엇인가라는 문맥 속에서 '문화학들'에 대한 문제를 제기해야 한다. 다른 한편으로는 독일 특유의 '정신과학'의 위기문제에는 전혀 얽매이지 않고 연구자 개인의 제안과 출발점을 논의하는 것이다. 사실 위기의식은 미국이나 영국 혹은 프랑스에서는 쟁점이 되지 않는다. 왜냐하면 그곳에서는 '유령(ghost)'이나 '정신(esprit)'에 대한 학문이 존재치 않기 때문이다. 그렇게 되면 제안과 출발점이 만들어지지 않았고 형성되지 않은 '방법적 패러다임'을 고려할 필요가 없다. 따라서 제안과 출발점이 자기 나름의 상이한 방식으로 설정하고 대답하는 구체적인 사실이나 연구대상 중심의 방법상 문제에 관련된 것만 논의하면 된다(Pornschlegel, 1999, 524).

위와 같은 문화학적 논의들은 전체적으로 '문화학 세우기' 프로젝트로 집중된다. 이 프로젝트는 '정신과학'의 정통성에 대한 장기적인 위기와 미래에 대해 질문을 던지는 독일 특유의 보다 높은 차원의 논의에 기여한다. 또한 정신 및 사회과학적 분과학문을 문화학적으로 쇄신하는 것에 대한 효용과 단점, 의미와 무의미, 필연성 혹은 불필요성에 관한 논쟁을 가속화시켜 궁극적으로 학문의 지도를 바꾸고 있다. 따라서 문화학들이 '페티쉬(Fetisch)'(Harth, 1996) 또는 '최근 유행하는 상표 그 이상의 것'(Bollenbeck, 1997)일 수 있는가에 대한 의문을 해명하는 것도, 문화와 문화학(들)의 특정 개념을 규정하거나 새로운 문화학적인 해석방식을 권하려는 수준을 넘어선다.

문화학 세우기 프로젝트의 궁극적인 목적은 문화학에 관한 국제적이고 학제적인 복합적 논의 맥락을 쉽게 이해할 수 있도록 하는 데 있다. 다양한 분과학문 편에서 혹은 반대편에서는 '문화학들'을 방법·주제별로 통합하는 것이 가능한지 불가능한지에 대한 근본적인 문제나 새로운 분과학문의 창설을 화두로 삼지 않는다. 오히려 가장 중요한 학문적 출발점들과 이론적 단초들을 가능한 한 체계적으로 검토하려는 노력에 집중한다. 정신과학을 문화학적으로 혁신할 때 벌어지는 가능성과 문제점에 대해 논쟁할 경우, 학문적 출발점과 이론적 단초들이 그 논쟁의 근거로 제시되거나 그 배후에 있다. 적어도 분과학문의 문화학적 확장이나 쇄신이 미래를 위한 새로운 관찰 방식과 희망을 열어주고 있다는 사실에는 어느 정도 일치를 보이고 있다.

이상에서 설명한 다양한 이론적 콘셉트들과 출발점들과 연구방향들 및 최근의 문화학적 이론논쟁의 다양한 목소리를 참작하면, 문화학 세우기 프로젝트가 다중적 관점의 성향을 지니고 있음을 알 수 있다. 문화학 세우기 프로젝트는 이론적 입장과 연구경향의 다원성과 이질성을 인위적으로 묶고, 동질화하는 것이 아니다. 그 대신에, '문화'와 문화학적인 문제제기를 각기 고유한 방식으로 바라보고, 이에 착안하며 연구하는 여러 상이한 구상들로부터 출발하는 것에 더욱 큰 의미를 둔다. 상대적으로 특정한 분과학문이나 이론적 입장에 특권을 부여하는 대신에 다중적 관점의 서술방식은 문화학적 담론의 다성적 성격을 담을 수 있게 한다.

문화학 세우기 프로젝트는 상이한 출발점과 접근방식을 동등하게 나란히 전시하며 동시에 이런 개관을 통해 상호 관련지을 수 있는 가능성을 열어준다. 한편으로는 각각의 생성관계, 이론적 토대와 각각의 출발점과 연구방향의 특수성을 분리하여 묘사할 수 있도록 한다는 것이다. 그렇게 함으로써 다른 한편으로 이 성향은 동일화라는 용납할 수 없으며 그릇된 방향으로 나아갈 위험을 감소시킨다. 이 동일화 문제는 문화연구 내지는 후기구조주의 및 신구조주의를 수용 혹은 재구성할 때 여러모로 지적되었던 바 있으며, 부분적으로는 오늘날에도 여전히 지적되고 있는 것이다.

독일에서의 문화학은 '문예학을 문화학적으로 쇄신'하는 특징을 나타낸다. 뿐만 아니라 그 학문적 범위에 있어서도 정신과학 및 사회과학적 인접학문들의 광범위한 문화학적인 연구방향을 나타내고 있다. 이를테면 문화사, 문화사회학, 문화심리학, 문화생태학으로부터 학제적 이방문화학(Fremdkulturwissenschaft), 문화공간연구, 젠더연구, 매체문화학에 이르기까지 여러 학문들에서 나타난다. 뿐만 아니라 상이한 문화적 현상과 분야 즉 예술과 문학, 정치와 사회, 종교와 법 등의 새로운 상호관계 속에서 고찰할 수 있는 문화학의 새로운 패러다임이 기억과 회상의 개념을 둘러싸고 형성되었다. 이는 곧 독일적 문화학의 미래 방향을 제시하는 듯 보인다. 물론 출발점과 분과학문의 선택에 이의가 있을 수 있겠지만, 이 선택은 우선적으로 정신과학의 문화학적인 쇄신에 대한 논의와 문화학 연구의 혁신적 콘셉트의 발전을 위한 연구방향들이 갖고 있는 의의를 기준으로 삼았다.

문화학에 있어서 최근 발전경향과 연구방향을 고려해 볼 때, '문화' 현상의 여러 다른 차원을 연구하는 분과학문의 다양성이 문화철학, 예술사, 종교학과 문화지리학 등으로의 확장도 생각할 수 있다. 정신 및 사회학에 있어서 '문화적 전환'은 뒤늦게 주목받은 몇몇 분과학문, 예를 들면 언어학, 법학, 경제학의 대상과 문제제기들도 대단히 유용하게 문화학적으로 조망되었다는 사실은 명백하다. 그럼으로써 언어와 문화, 법과 문화, 문화경제학 등의 학제적 연구를 동기화하였다.

5. 요약 및 결론

문화학은 독일적 전통에서 등장한 학문 용어이고, 새로운 인문학의 방향이며 학문운동이다. 한국적 맥락으로 해석하면 전문화하면서 파편화하고 있는 인문학(넓게 보아 정신과학 및 사회과학 포함)과 자연과학의 여러 영역을 통합하는 학제적 연구 일체를 말한다. 독일에서는 언어학, 문학, 역사학, 철학 등 인문학을 '자연과학'과 대비해 '정신과학'이라고 부른다. 문화학은 이 정신과학의 위기를 돌파하기 위해 1990년대 초 독일 주류 인문학계가 들고 나온 개념이다. 독일에서 정신과학의 위기는 이중적 의미를 지닌다.

첫째, 정체성의 위기다. 인문학은 보편적 인간 정신을 탐구하고 이를 바탕으로 이상적 인간상을 실현하기 위한 이론과 실천을 준비하는 학문이었다. 그러나 현대에 들어 이런 보편성의 신화가 도처에서 무너지면서 인문학은 막다른 골목에 몰린다.

둘째, 독일에서 정신과학의 특징인 '형이상학적 기질'로 인해 인문학의 위기를 돌파하기 위한 다양한 시도를 펼쳐온 세계적 조류에 뒤졌다는 위기의식이다. 1960년대 마르크스주의적 방법론을 통해 노동계층의 대중문화를 분석한 영국의 '문화연구'나 정치사, 이념사 중심의 역사학에서 탈피해 미시사적 접근을 시도했던 프랑스의 '신(新)역사주의' 그리고 통시적 맥락보다 공시적 맥락을 강조한 미국의 '신(新)역사주의'는 독일 문화학의 모델이 되었다.

물론 문화학이 독일학계 자체의 전통을 부인하는 것은 아니다. '자연'과 '정신'으로 학문영역이 이분법적으로 분화하는 것에 반대하고 '학문'과 '교양'을 통합하려 했던 19세기 초 독일의 언어철학자 훔볼트까지 그 학문적 연원이 거슬러 올라가기 때문이다. 그러나 수많은 문화학적 기획들이 시도되고 있지만 아직 뚜렷한 학문적 성취는 독어독문학의 연구 방향 혁신화, 학제 개편에 따른 타학과의 학제적 연합, 새로운 전공 교수직 설치 등으로 나타난다. 그러나 독일에서 일고 있는 열띤 논쟁에 비해 아직 문화학의 성과는 가시적으로는 부족하다고 평가된다. 문화학이 인문학의 각 분과들을 하나의 학문 분과로 묶을 수 있느냐는 '슈퍼 학문'에 대한 비판도 치열하다. 문화학은 방법적 정확성, 정밀한 지식, 비판적 반성 형식을 포기하는 대신 여기저기서 유행하는 것들의 수집소를 대변하는 오락적 학문의 상표가 될 것이라는 우려이다. 이 점은 현재 들어 문화학적 전환을 시도하려는 우리 한국의 학문 현실에 비추어 충고적인 시사점을 준다.

그런데 문화학의 정체가 세계화, 정보화 시대에 희망적이며 다른 한편으로는 저항적인 화두를 던지고 있다. 특히 인문학의 발원지라고 할 수 있는 독일에서 학문의 지향점을 하필 '문화'로 설정한 이유는 무엇일까. 이는 "민주주의와 자본주의로 대표되는 미국식 세계화의 획일화 경향을 저지해야만 한다"라는 독일 대학총장협의회와 독일학술연합회의 주장에서 그 문화학적 전환의 문제의식을 볼 수 있는 것이 아닐까.

참고문헌

Appelsmeyer, Heide / Billmann-Mahecha, Elfriede(Hgg.), 2001, Kulturwissenschaft. Felder einer prozessirientierten wessenschaftlichen Praxis, Weilerswist : Velbrueck.

Bachmann-Medick, Doris(Hg.), 1996, Kultur als Text. Die anthropologische Wende in der Literaturwissenschaft, Frankfurt a. M. : Fischer.

Boehme, Hartmut(1996), Vom Cultus zur Kultur(wissenschaft), Zur historischen Semantik des Kulturbegriffs, In : Glaser / Luserke.

Boehme, Hartmut(2000), Kulturwissenschaft, In : Harald Fricke et al.(Hgg.) : Reallexikon der Deutschen Literaturwissenschaft, Bd. 2 : H-O, Berlin / New York : de Gruyter, S. 356~359.

Boehme, Hartmut / Matussek, Peter / Mueller, Lothar, 2000, Orientierung Kulturwissenschaf, Was sie kann, was sie will. Reinbok bei Hamburg : Rowohlt.

Bollenbeck, Georg, 1997, Die Kulturwissenschaften-mehr als ein modisches Label? In : Merkur, Deutsche Zeitschrift fur europaisches Denken.

Daniel, Ute, 2002, Kompendium Kulturgeschichte, Theorien, Praxis, Schluesselwoertr, Frankfurt a. M. : Schrkamp.

Fleischer, Michael, 2001, Kulturtheorie, Systemtheoretische und evolutionaere Grundlagen, Oberhausen : Athena.

Fruehwald, Wolfgang et al.(Hgg.), 1991, Geisteswissenschaften heute, Eine Denkschrift, Frankfurt a. M. : Suhrkamp.

Glaser, Renate / Luserke, Matthias(Hgg.), 1996, Literaturwissenschaft- Kulturwissenschaf, Positiomnen, Themen, Perspertiven, Opladen : Westdeutscher Verlag.

Glauser, Juerg / Heitmann, Annegret(Hgg.), 1999, Verhandlungen mit dem New Historicism, Das Text-Kontaxt-Problem der Literaturwissenschaft, Wuerzburg : Koenigshausen & Meumann.

Harth, Dietrich, 1996, Vom Fetisch bis zum Drama? Anmerkungen zur Renaissance der Kulturwissenschaften.

Hartmann, Dirk / Janich, Peter(Hgg.), 1998, Die Kulturalistische Wende, Zur Orientierung des philosophischen Selbstuerstaendnisses, Frankfurt a. M. : Suhrkamp.

Hennigsen, Bernd / Schroeder, Stephan Michael(Hgg.), 1997, Das Ende der Humboldt-Kosmen, Konturen von Kulturwissenschaf, Baden-Baden : Nomos.

Hiley, David F. et al. (Hgg.), 1991, The Interpretive Turn. Philosophy, Science, Culture, Ithaca / London : Cornell UP.

Jaeger, Friedrich, 2001, Kulturwissenschaften, Cultural Studies und die deutsche Nordamerikaforschung, In : Jaeger.

Konersmann, Falf(Hg.), 1998, Kulturphilosophie, Leipzig : Reclam.

Marquard, Odo, 1986, Uber die Unvermeidlichkeit der Geisteswissenschaft, In : ders. : Apologie des Zufalligen. Philosophiche Studien. Stuttgart: Reclam.

Mittelstraß, Jurgen, 1987, Die Stunde der Interdisziplinaritat? In : Jurgen Kocka(Hg) : Interdisziplinartat, Praxis-Herausforderungen-Ideologie, Frankfurt a. M. : Suhrkamp.

Mueller, Jan-Dirk, 1999, Ueberlegungen zu einer mediaevistischen Kulturwissenschaft, In : Mitteilungen des Deutschen Germanistenverbandes.

Ort, Claus-Michael, 1999, Was leistet der Kulturbegriff fur die Literaturwissenschaft, Anmerkungen zur Debatte, In : Mitteilungen des Deutschen Germanistenverbandes.

Pethes, Nicolas / Ruchatz, Jens(Hgg), 2001, Gedachtnis und Erinnerung, Ein interdisziplinares Lexikon, Reinbek bei Hamburg : Rowohlt.

Pornschlegel, Clemens, 1999, Das Paradigma, das keines ist, Anmerkungen zu einer unzluecklichen Debatte, In : Mittelungen des Deutschen Germanistenverbandes.

Posner, Roland, 1991, Kultur als Zeichensystem, Zur semiotischen Explikation kulturwissenschaftlicher Grundbegriffe, In : Aleida Assmann / Dietrich Harth (Hgg.) : Kultur als Lebenswelt und Monument, Frankfurt a. M. : Suhrkamp.

Reckwitz, Andreas, 2000, Die Transformation der Kulturtheorien, Zur Entwicklung eines Theorieprogramms, Weilerswist : Velbrueck.

Scherpe, Klaus R., 1999, Kanon-Text-Medium, Kulturwissenchaftliche Motivationen fuer die Literaturwissenschaft, In : Schmidt-Dengler / Schwob.

Schmidt, Siegfried J., 1992, Medien, Kultur, Medienkultur, Ein Konstruktivistisches Gespraechsangebot, In : ders. (Hg.) : Kognition und Gesellschaft, Der Diskurs des Radikalen Konstruktivismus 2, Frankfurt a. M.: Suhrkamp.

Schoenert, Joerg, 1996, Literaturwissenschaft-Kulturwissenschaft-Medienkulturwissenschaft, Probleme der Wissenschaftsentwicklung, In : Glaser / Luserke.

Ullmaier, Johannes, 2001, Kulturwissenschaft im Zeichen der Moderne, Hermeneutische und kategoriale Probleme, Tuebingen : Niemeyer.

문학 장르의 진화, 문학과 영상의 공존*

신 성 환

1. 의도된, 혹은 의도되지 않은 퓨전(fusion)

영상 매체는 본질적으로 유령적 요소를 내포한다. 빛과 그림자가 교차하는 영사막은 허깨비들이 배회하는 공간이며, 일종의 백일몽이나 망상 같은 경험들로 가득 차 있다. 영상이라는 뜻의 '이마고(imago)'는 '도상'을 뜻하는 '이콘(icone)'과 '환영'이나 '유령'을 뜻하는 '판콤(fantome)'의 두 가지 의미를 포괄한다. 영상은 장밋빛 환상이나 코카인의 향내를 풍기면서 끊임없이 귀환하여 현존을 위협하는 환영과 같다. 한 예술형이상학자의 암시적 표현(김상환, 1999, 368)처럼, 영상화된다는 것, 그것은 미래에 현상하고 의도되지 않은 문맥에서 조작되기 위해서 대상화되는 것,

---

* 신성환, 문학 장르의 진화 양상에 대한 일고찰, 『한국언어문화』 31집, 2006, 수록논문 개고

방부 처리되는 것, 죽는 것이다. 사진 속에 갇힌 인물 혹은 사물은 죽은 자로서만 다시 시간 속에, 현실 속에 되돌아올 수 있다. 사진 안으로 들어갔다가 그 밖으로 되돌아오는 자, 그는 사자(死者), 유령이다. 그런 면에서 스즈키 고지 / 나카타 히데오의 『링』은 매우 흥미로운 텍스트이다. 사다꼬가 공포스러운 존재가 되는 이유는 그녀의 염사(念寫) 능력, 즉 무(無)에서 유(有)를 창조하듯 정신만으로 영상 이미지를 만들어내는 능력 때문이다. TV 화면 속 낯선 이미지들은 위협적인 동시에 매혹적이다. 이미지들은 망각의 자물쇠가 닫히는 시간, 일주일 안에 다른 사람들의 기억으로 옮겨져야만 한다. 사다꼬의 저주를 푸는 유일한 방법은 이미지를 복제하고 또 복제하는 일뿐이다. 어두운 밤 TV 화면에서 엄습해오는 공포는 결국 광기 어린 이미지의 전염성에서 비롯된다.

한적한 고성(古城)이나 폐가, 숲속에 웅크리고 있던 각종 유령과 괴물들은 이제 최첨단 테크놀로지를 등에 업고 출현한다. 그들은 <링>의 비디오테이프나 <착신아리>·<폰>의 휴대폰, <피어닷컴>의 인터넷 사이트 속에서 스멀거리며 증식한다. 인간은 결국 자신이 만든 창조물에 의해 파멸할 것이라는 프랑켄슈타인적 상상력은 다시금 부활하고 있다. 인류의 역사 이래 테크놀로지가 이처럼 인간의 삶에 강력한 영향을 끼친 적은 없었다. 테크놀로지에 대한 무한정한 신뢰와 안식 뒤편에는 알 수 없는 미래에 대한 공포와 불안이 그림자처럼 드리워진다. 이는 당대 대중의 무의식적 심리와 욕망을 해독하는 데에 유용한 텍스트인 공포물에서 어렴풋한 형상으로 드러난다. 듀나의 <미치광이 하늘>(2002)에서는 꿈·몽상·백일몽을 그대로 현실화하는 초능력을 지닌 소녀로 인해 세계가 그야말로 악몽이 되어 버린다. 그것은 단순한 초능력이 아니라 무엇이든 꿈꾸는 대로 실현하는 현대기술문명의 속성, 즉 어떤 기발하고 황당한 꿈을 꾸어도 그것을 재연할 수 있는 현실을 연상케 한다. 이러한 현실은 꿈이라는 단어 자체를 사라지게 하면서, 꿈꿀 자유조차 말살하는 결과를 낳을 것이다. 그런데 공포물의 유령이건 듀나의 악몽이건, 그것들은 모두 '재현되는 영상'이라는 형태로 다가온다. 인식 가능한 모든 대상물을 기술적으로 디지털화할 수 있는 현재, 디지털 매체들은 특히 영상 이미지를 통한 유통 방식을 선호한다. 대형 전광판에서 휴대폰 액정 화면에 이르기까지, 유령 같은 이미지의 망상들은 끊임없이 창조되고 출산된다.

 디지털 테크놀로지와 이를 통해 구현되는 영상 이미지는 현대인의 지각 구조 자체를 변화시키며 모든 문화형식을 광범위하게 잠식한다. 일견 언어행위, 그리고 그것을 기반으로 하는 문학행위가 결정타를 맞고 휘청거리는 듯 보인다. 휴대폰을 만지작거리는 엄지손가락만으로도 언어행위의 필요충분요소가 성립된다. 엄지손가락의 민감성 여부가 곧 기술 적응력의 표본이다. 우리는 인터넷과 기술이 인간의 세계를 잠식하는 미증유의 섬광문화시대를 목격하고 있다. 우리의 사유는 컴퓨터의 스위치를 올리는 것에서부터 비로소 작동(하재봉, 1990)되며, 클릭 한 번으로 하나의 세계가 건설되고 파괴된다(이원, 2001A). 30초 광고·1분 뉴스·헤드라인·만평 등, 젊은 세대들은 비연속적이고 번쩍거리는 최소 단위의 정보에만 열광한다. 그들의 시선은 모니터의 반경 안에서 벗어나지 않는다. 다시 말해 모니터 밖에서 이루어지는 담론·소통행위·문화예술현상 등은 별다른 흥밋거리가 되지 못하는 것이다. 물론 모니터 안의 세계는 대중과 문화예술의 거리를 한층 밀착시켜 감상 주체의 고독한 격리를 혁파하는 데에 일조했지만, 예술의 기초인 밀접한 체험을 결여한 채 텍스트에 똑같이 수동적으로 반응하도록 조건화된 무기력한 예술소비자

집단을 양산하는 결과도 초래했다.

　테크놀로지는 대개 인문학, 문학과 대척점에 서 있는 것으로 간주되곤 한다. 테크놀로지와 문학은 서로 정 반대방향으로 질주하면서 각자의 정체성을 획득한다. 디지털문명을 '전자사막(이원, 2001B)'의 형상으로 규정하는 태도도 이와 연관되어 있다. 하지만 사막은 불모와 황폐의 공간인 동시에, 무릇 옛 선지자들에게는 깨달음과 심적 고양(高揚)의 공간이기도 했다. 문학은 항상 자신이 속한 시대와 불화하면서 고투한다. 문학의 위기론은 지겹게 반복되는 푸념에 불과한지도 모른다.[1] 중요한 것은 문학 자체의 위기론이 아니라, 현실을 사유하는 '문학정신'의 위기론이다. 문학에 대한 기존의 모든 입장을 회의하고 재정의할 필요가 있다. 문학이 스스로의 갱신 없이 디지털 테크놀로지에 안이하게 편승하려는 시도 역시 경계해야 한다. 인터넷에 소설을 올리기만 하면 독자와의 소통이 획기적으로 강화된다고 여기는 것은 과욕이다. 이는 단지 돌비시스템으로 흑백무성영화를 상영하는 꼴이다. 디지털문명의 압도적인 위력을 인정하는 것은 옳지만, 예술에 있어서 기계나 화공약품, 마우스나 모니터 이상의 '무엇인가'가 있어야 한다는 사실도 분명하다. 이 글은 그 '무엇인가'를 탐색해보는 시론(試論)이다. 특히 여기서는 앞에서 언급한 영상 이미지가 문학과 혼합·결합되는 양상 및 그 미학적 기반에 대해서 논의해보고자 한다. 그러나 이는 영상 이미지의 미학적 요소들을 부정하거나

---

1) 아래 글에서 확인할 수 있듯이, 우리 현대문학의 태동기라고 할 만한 1920년대에도 문학의 위기론이 존재했다는 점은 매우 흥미롭다. '사실상 영화는 소설을 정복했다. 왜 그런고 하니 그것은 대체상으로 소설은 지식적, 사색적이고 영화는 시선 그것만으로도 능히 머리를 생각하는 사색 이상의 작용의 능력을 가진 까닭이다. 또한 경제상으로도 하루 밤에 3, 4십 전만 내어 던지면 몇 개의 소설을, 직접 사건의 움직임을 보는 까닭이며, 또한 소위 바쁜 이 세상에서 적은 시간을 가지고서 사건의 전동작을 볼 수가 있는 것이었다. (승일, 1926. 1, 『별건곤』)'

격하함으로써, 궁극적으로 문학의 미학적 우월성을 부각하려는 의도와
는 거리가 멀다. 예술 형식이 서로 종합화되고 결합하려는 경향은 새로
운 미적 모델을 구성하여 새로운 미적 체험을 추구하려는 목적에서 기
인한다. '결합의 예술 전략'이라고 할 만한 상호매체성은 다양한 예술
형식이 지니고 있는 공통적 특징을 해체 또는 집약하는 과정을 통해 발
전적인 방향을 모색하려는 의도를 갖는다.[2] 디지털 매체는 혼합화·네
트워킹·상호간섭·시각화의 경향을 지니며, 문학이 다른 예술 형식과
결합되고 융합하는 현상도 이러한 토대에서 이해해야 한다. 뒤상의 '샘'
에서도 드러나듯이, 이제 중요한 것은 완전한 대상을 '만드는 것'이 아
니라, 특정한 대상을 '선택하는 것'이다. 이 글에서는 문학과 영상의 교
섭 양상들 가운데에서 주목할만한 사례들을 살펴봄으로써, 문학의 새로
운 방향과 돌파구를 모색해보고자 한다.

문학이 다른 매체나 장르와 혼합·결합되는 현상은 일종의 문화적 퓨
전(fusion)이라고 이름붙일 수 있을 것이다.[3] '융해·융합·연합·제휴'
등의 사전적 의미를 갖는 퓨전은 최근 세기말의 가장 강력한 문화코드
로 급부상했다. 퓨전열풍은 단순히 몇몇 장르에만 국한되지 않고 전사회
적인 영역과 분야를 강타하고 있다. 음악·미술·영화는 물론이고, TV

---

2) 피종호는 이 같은 상호매체성이 예상외로 퍽 오래된 기원을 지니고 있다고 밝힌다. 아리
   스토텔레스의 『시학』, 낭만주의의 종합예술론, 프랑스 초현실주의의 결합의 예술, 미하
   일 바흐찐의 대화성, 크리스테바의 상호텍스트성에서도 그 관련성을 찾아 볼 수 있다는
   것이다. 자세한 내용은 '피종호, 2005. 11, 문학과 영상텍스트의 융합 현상, 『문학사상』,
   pp.66~73' 참고.
3) 사실 퓨전이라는 문화 현상을 앞세운 이 같은 접근은 독단적이고 무모한 것으로 비추어
   질 가능성이 농후하다. 퓨전의 개념과 미학에 대한 세심한 논의가 선행되어야 하겠지만,
   실험적으로라도 퓨전의 개념을 전제한 조건에서 내용을 진행하고자 한다. 퓨전 현상에
   대한 보다 자세한 내용은 '신성환, 새로운 잡종의 미학, 문학예술에서의 퓨전 현상 분석,
   『한국언어문화 28』, 2006. 12' 참고

프로그램·요리·패션·건축·디자인·출판에 이르기까지, 그 반경은 무궁무진하다. 특히 문학예술 분야에서 퓨전은 장르파괴·탈장르·장르혼합의 양상으로 나타난다. 엄밀히 말해서 완벽하게 '순수한 것'이란 존재하지 않는다. 순수주의는 세계와 대상을 폭력적으로 구획하고 분류하고 위계화하는 이성적 사고가 만들어낸 거짓 신화일 뿐이다. 문학도 예외는 아니다. 가장 문학적인 것, 가장 순수문학적인 정수를 추출하려는 시도는 언제나 실패로 돌아갔다. 이제 무엇이든지 뒤범벅되고 절충되고 결합됨으로써 경쟁력을 획득한다. 잡종은 더 이상 기피대상이 아니라, 궁극적인 지향점이다. 무분별한 혼합이 궁극적으로 혼탁과 혼란을 야기할 뿐이라는 비판도 만만치 않지만, 혼탁했던 흙탕물도 시간이 지나면 곧 정화되기 마련이다. 문제는 그 혼합의 필연성 및 미학적 결과 여하에 달려 있다. 단순히 기계적이고 물리적인 혼합물을 만드는 것은 진정한 퓨전이라고 보기 어렵다. 두 가지 이상의 요소가 결합하여 제3의 가치, 곧 시너지 효과나 윈윈(win win) 효과를 창출할 때 퓨전의 미학은 달성된다.

물론 퓨전은 뒤죽박죽된 장르들의 선택 문제, 정체성의 모호함, 이질성의 공존 등 복잡한 문제들도 내포한다. 퓨전은 용해와 융해의 뜻을 지니기는 하지만, 녹아서 형태를 알아보기 어렵다기보다는 훨씬 소재의 특성들이 살아 있는 형태를 말한다. 즉 두 개 이상의 장르와 매체가 만나서 어느 한쪽에 치우치지 않고 동등하게 공존하는 방식이다. 이는 특히 동양문화와 서양문화, 고급문화와 대중문화의 결합으로 나타나며, 크로스오버(crossover), 하이브리드(hybrid), 인터넷 문화와도 밀접하게 연관되어 있다. 부정적으로는 퍼 오는 데에 거리낌 없는 인터넷 문화의 일환으로 볼 수도 있고, 긍정적으로는 횡적 결합의 능동적 짜깁기(강내희, 2005, 252)라는 인터넷 소통방식과도 연결지을 수 있다. 대중과의 적극적인 인터페이스를 추구하기 위한 목적에서 시도된 것은 분명하지만, 퓨전이라는 이름으로 대중문화에 끌려가는 것이 아니라 퓨전 자체가 적극적, 능동적으로 문화 속에 파고들어 새로운 가치를 부여한다. 퓨전은 곧 상상력, 새로운 것에 대한 무한한 호기심, 도전의식에서 추동된다. 문제는 각 장르와 매체들이 발전이나 확장이 아니라 단순히 퓨전의 한 소재로만 취급되고 안주되어서는 곤란하다는 점이다. 디지털 문화는 일방적인 교류(exchange)가 아니라 공유(co-ownership)의 문화를 지향한다. 그것은 전환과 대체가 아니라 융합과 공존을 꿈꾼다. 분화·고유성·독자성·전문성이라는 개념은 물러나고, 결합·연합·교배·통합의 가치가 부각된다. 그렇다면 문학과 영상의 만남도 단순히 자리바꿈이나 대체현상으로 볼 것이 아니라, 둘이 만나서 창조하는 새로운 형질 자체에 주목해야 한다. 문학적 독법과 영상적 독법을 얼마나 충실하게 구현하여 각각을 분석하느냐가 아니라, 둘이 결합된 제3의 형태를 효과적으로 해명할 수 있는 전혀 새로운 독법이 필요한 것이다.

2. 문학과 영상의 공존 양상과 그 미학적 토대

인터넷 문화는 글을 쓰는 것이 아니라 글을 두드리는(정영자, 2003, 39) 시대, 글을 읽는 것이 아니라 글을 보는 시대를 열었다. 하얀 종이 위에 인쇄된 검은 글자들은 책이라는 단단한 감옥에 감금된다. 그에 반해 모니터는 무한한 세계를 향해 열려 있다. 우리는 초대형 전광판에서 손 안의 휴대폰 액정화면까지, 다양한 크기와 모양의 움직이는 이미지에 사로잡힌다. 조그마한 동작 하나로 하나의 이미지가 섬광처럼 나타났다가 사라진다. 수백 년 동안 종이 위에서 허세를 부렸던 문자도 모니터와 휴대폰 액정 화면, DMB 단말기 속으로 스며들어온다. 우리는 싸늘한 플라스틱 창을 통해서 현실과 조우한다. 이제 일기를 기록하고 읽는 대신, 블로그를 업로드(upload)하고 퍼 나른다. C세대(Contents Generation)의 언어 행위는 자기표현욕구를 충족하는 미니 룸 블로그에 사진과 동영상, 음악 등 콘텐츠를 직접 제작·등록·공유하는 일에 다름 아니다. 이미지에 대한 그들의 감각은 문자언어의 상상력을 훨씬 벗어난다. 이미지가 스스로 말을 걸고 대답하고 침묵한다. 책과 인쇄미디어도 마치 텔레비전 스크린처럼 보이게 만들어진다(Neil postman, 1993). 영상세대에 맞도록 시각 효과를 극대화하는 새로운 형식의 책들도 등장한다. 활자와 이미지가 상극이 아닌 상보적으로 기능한다든지, 비어 있는 사각형 안에 이미지와 활자를 적절히 배치하여 일정한 시각적 움직임을 느낄 수 있게 하는 편집과 디자인, 사진을 시간적 순서에 따라 배치하여 영화적 기법을 담은 책들까지 나온다. 이처럼 눈의 쾌락을 추구하는 책들은 전통적인 독서 개념 자체에 대해 심각한 의문을 던진다.

이전까지 한국인들에게 있어서 인쇄된 문자책은 하나의 절대불변한 아우라가 깃든 숭고한 신화적 의미를 지녔다. 책은 단순한 사물이 아니라 다른 세계의 영혼과 소통하는 신비한 매체로 간주되었다. 금지된 책을 읽는 일 자체가 변혁 운동의 한 방법이었던 때도 있었다. 또한 영어사전 씹어 먹기에서 확인할 수 있듯이, 우리는 책 안 활자들이 죽은 것이 아니라 내 몸 안에서 무엇인가 중요한 것을 만들어내는 입체적인 생명력을 지닌 것이라고 가정해 왔다. 사실 책은 가장 효과가 늦게 나타나는 미디어로, 지금과 같은 섬광문화시대에는 이단아로 취급될 수도 있다. 이제 정보를 얻는 수단이 아니라 일종의 문화적 대상물이나 기호품으로 책을 간주하는 경향도 보인다. 이전까지 오프라인 서점의 위세등등한 매장에 꽂혀있던 책은 매우 단단하고 투명한 무엇이었지만, 이제 그것은 번쩍이는 온라인상의 사이트에서 빛과 함께 배달해 오는 정체불명의 무엇이 되었다. 그리고 아직까지 문학은 문자를 기록·저장·전달하는 수단으로 디지털 테크놀로지를 활용(최성민, 2005, 67)하는 데에 주력하는 모습을 보이지만, 미래의 디지털 문학의 경우 전혀 새로운 매체와 양상으로 소통될 것이라는 점은 분명하다.

사실 문학이 읽는 무엇이었던 것은 불과 2, 300년 남짓한 기간이 전부였다. 레오나르도 다빈치는 영혼의 창인 눈으로 감상하는 회화가 귀로 듣는 문학보다 우수하다고 보았다. 그리고 이제 시각적으로 보여지는 방식을 취하는 문학도 출현한다. 귀여니 소설은 말 그대로 모니터처럼 바라보는 소설이다. 그러나 문자 자체가 시각화되는 것은 일정한 한계가 따를 수밖에 없다. 문학작품을 읽는다는 것은 문자의 시각적인 형태를 보는 것이 아니라, 쓰인 문자의 의미의 연결을 짚어내는 복잡한 과정이다. 결코 문자 자체를 극장 스크린에서 상영할 수는 없는 것이다. 문학은 문자를 통해 호명되는 주관적 혹은 객관적 상관물을 이미지로 만들고, 그 이미지와 표현을 변주하여 예술적 소통을 이룬다. 반면 영상은 자체가 현실 기호 혹은 도상 기호로 작용하여, 상관물의 이미지 작업을 생략한다. 이런 면에서 문학이 생각을 일으키는 단일 감각적 경험이라면, 영상은 즉발성을 기반으로 한 복합 감각적으로 동시에 반응하는 경험이다(김성제, 2005, 39~40). 문학과 영상이 상호 번역될 수 없는 상이한 기호체계라고 보는 까닭은 여기에 있다. 영상의 직접적이고 감각적인 구체성이 소통을 강화한다는 것은 두말 할 나위없는 사실이다. 어떤 현상이나 사물이든 그것이 먼저 존재한 후에야 언어를 통해 표현된다. 이처럼 영상은 그것의 존재양상 자체, 즉 재현하는 것을 주저함 없이 분명하게 드러낸다. 문자 메시지는 '가능한 모든 의미 작용 가운데서 주관적인 해석을 봉쇄하면서 하나의 의미를 안내하고, 채널화하고 정지시키는(문혜원, 2001, 40)' 정박의 기능을 담당한다. 반면 영상 이미지는 문자 메시지의 정박을 느슨하게 함으로서 의미의 획일성을 극복하고자 한다. 언어학적 메시지의 기능이 정박과 중계라면, 도상적인 이미지들은 그 자체만으로는 다의적이고 불확실하다. 그리하여 이미지는 평면적인 문자 메시지를 보다 입체적이고 직접적으로 전달할 수 있다. 한편 문자언어와 비문자언어(사진, 영화, 광고, 스펙터클, 스포츠)는 각기 그 지각의 질서는 다르나 모두 의미작용을 이룬다는 점에서는 유사한 기능을 갖는다(롤랑 바르트, 1995, 18). 모든 문학은 이미지나 상징을 만들어내려고 하며 영상 역시 의식적인 이미지를 만들려고 한다. '영상 언어'라는 단어를 사용하는 이유는 이러한 특성과 연관되어 있다.

　가장 큰 문제점은 문학과 영상을 대립적인 관계로만 파악하면서 은연중에 영상을 문학의 영역과 입지를 잠식하는, 달갑지 않은 존재로 간주하는 태도이다. 그것은 결국 문학의 침체 원인을 영화나 만화 같은 대중예술의 성장으로 돌리는 기계적 인과론과 대동소이하다. 이 글에서 살펴볼 문학과 영상의 결합은 문학의 평면성을 극복하여, 보다 직접적이고 입체적인 방식으로 수용자에게 가깝게 다가가고자 하는 목적을 갖는다. 즉 문자언어로는 적절하게 체험되지 않는 영역에 주목하여 문학의 매체상의 단점을 극복하기 위한 유용한 시도이다. 또한 단순히 장르혼합 내지 장르확산의 측면에서 새로운 전위성을 내보여주는 데서 한 걸음 더 나아가, 미흡하나마 영상언어가 아닌 문자언어를 재료로 하여 생산되는 문학의 장르적 한계가 무엇인가 하는 문학에 대한 근원적 반성을 드러낸다는 점에서 가치가 있다. 문학은 영상과의 결합을 통해서 문학성을 영상 문화 속에 확대시키는 동시에, 영상의 긍정적인 힘을 문학성의 영역으로 흡수하고자 한다. 문학과 영상을 아울러 조망하는 멀티감각은 문학성의 개념과 가치, 영역을 풍부하게 확대할 것이다. 영상 이미지들 속에는 풍부한 문학적 자질들이 숨겨져 있다. 그것을 읽어내지 못한다고 해서 그 영상미학을 즐기지 못하는 것은 아니지만, 문학적 특성과 의미를 읽어낸다면 훨씬 풍요로운 미적 체험을 누릴 수 있을 것이다. 영상 이미지를 성찰하는 일은 문학의 시각적 가능성을 되돌아보게 하며, 문학 공부는 영상 이미지를 이해하는 데에 깊이와 안목을 더해 주는 상호 상승효과를 거둘 수 있다.

　물론 여기에는 많은 논란의 여지도 존재한다. 최근까지 시도된 대부분의 결합 사례들을 살펴볼 때, 영상 이미지들은 단순한 인용의 기능, 즉 글로 된 텍스트를 이해하기 위한 보조수단으로 차용되는 경향을 두드러지게 띤다. 결합의 추동력과 주도권은 아직까지 문학 쪽에서 쥐고 있는 것으로 보인다. 이는 이러한 작업이 거의 대부분 문학계 구성원들에 의해 시도되었다는 점과 무관하지 않다. 그들은 매우 편의적으로 영상 이미지를 다룬다. 뿌리 깊은 문학 우월주의적인 시각은 문학과 영상간의 공고한 위계주의를 고수한다. 문학의 영토 안에서 한발자국도 떼지 않은 채, 눈만 그 바깥으로 돌리는 셈이다. 나아가 문학의 장르적 순수성에 대한 우려에서부터 각 장르의 공통성과 변별성을 얼마나 확연하게 구분할 수 있을 것인가, 결합이 주는 미학적 효과를 충분히 해명할 이론적 틀을 확립할 수 있을지에 대한 의문 등 근본적인 문제도 발생한다. 또한 문학과 영상의 결합을 다루면서 가장 경계해야 할 점은 문학과 영상 어느 하나만의 독법을 선택하여 둘 모두를 다루거나, 문학과 영상 각각의 독법만으로 개별적인 해석을 시도해서는 안 된다는 것이다. 문학과 영상을 종합하는 상상력, 다시 말해 문학과 영상이 결합한 형태, 그 제3의 영토를 읽어낼 수 있는 독법이 필요하며, 그것은 이제까지의 그것들과는 전혀 다른 새로운 독법이 될 것이다. 일단 이 글은 실제 사례들에서 드러나는 회의적 양상들은 차치하고라도, 문학과 영상의 결합이 문학의 순수성을 해치기보다는 문학을 구체적인 진실로 바꾸어 나갈 것이라는 낙관에서부터 출발한다. 이제 그 독법을 마련하기 위한 구체적인 과정으로 1)에서는 문학과 사진의 결합, 2)에서는 문학과 그림(회화)의 결합, 3)에서는 문학과 영화의 결합 양상에 대해서 논의를 전개하고자 한다.

1) 문학과 사진의 결합 : 침묵하는 객체와 통찰하는 주체

한때 보들레르가 '과학과 예술의 비천한 하녀'라고 비하했던 사진은 이제 하나의 독립적인 예술로 자리매김하였다. 앤드리어스 파이니어의 말처럼 '현대의 모든 상형언어 중에서 가장 완벽한 것, 그것은 바로 사진이다(파이닝거, 1983, 42).' 사진의 직접성과 구체성은 언어와 국경을 초월한 소통을 가능케 한다. 최근 디지털 카메라의 급속한 보급은 사진을 가장 각광받는 장르로 격상시켰다. 일기는 이제 '쓰는 것'이 아니라, 사진을 '올려놓는 것'으로 대체된다. 블로그의 사진들은 일목요연하게 나에 대한 정보를 집약하고 정리한다. 방문객들은 항상 현재화된 주인장의 일상과 대면한다. 사진은 '피사체로서의 나' 자체이다. 사진 속에서 나는 소재이자 주제이자, 한 덩어리의 물질성 그 자체이다. 사진은 실재하는 대상을 정확히 복제하고 기록하는 지시적 기능을 지닌다. 바르트의 지적대로 항상 함께 헤엄치는 한 쌍의 물고기처럼 서로 밀착되어, 사진(기표)

은 사진이 지시하는 대상물(기의)과 전혀 구별되지 않는다. 반면 문자언어는 관습적 약속과 자의적인 관계에 기반한다. 이 때문에 사진과 문자는 완전히 다른 기호적 뿌리를 지니는 듯 보이지만, 지시적 기능만은 공유한다(롤랑 바르뜨, 1994, 211). 그러나 사진의 피사체를 그 물질 자체라고 보는 사람은 없다. 사진은 실물이 아니라 물질성이 배제된 이미지를 담는다. 블로그의 사진들은 그 사람 자체이면서도 그 사람이 속해 있는 환경과 조건, 내적 세계와 정서를 환기한다. 방문객들은 그 사람 자체가 아닌 그 사람의 취향과 삶의 방식을 목격하는 것이다.

우리는 나비를 본다. 그것을 '나비'라고 이름 짓고 이해하지만, 불현듯 그것이 나비가 아닌 다른 무엇이라는 생각과 더불어 그 언어성은 상실된다. 사물은 항상 그것인 동시에 다른 무엇인가가 된다. 그것이 바로 존재의 불가사의함이며, 이것에 도전하는 것이 문학이다. 문학은 언어의 모험을 통해서 언어 너머의 세계를 꿈꾼다. 모든 존재는 자신의 본질을 감추려는 속성을 지니며, 예술작품은 이 존재의 본질적 목소리를 우리에게 열어 보여준다. 하이데거의 '탈은폐성' 개념이 그것이다. 사진이 포착하는 피사체도 마찬가지이다. 사진은 기표 자체가 현실을 퍼 오는 것이 아니다. 사각의 틀 안에서 그것은 현실의 사물이 아닌 다른 무엇인가가 된다. 현실의 사물에서 직접 느껴지는 이미지와 그것을 영상화한 것에 의해 유발되는 이미지는 다르기 때문이다. 여기서 사진의 독자적인 리얼리티가 창조된다. 현실에서 부유하는 나비, 정지용의 '나비', 그리고 사진 속의 '나비'는 결코 동일한 존재가 될 수 없다. '어떤 사물을 사진으로 찍어보기 전에는 그것을 진정으로 안다고 말할 수가 없다'(롤랑 바르뜨, 1994, 211)는 졸라의 말은 사진의 이 같은 속성을 통찰한 것이다. 사진은 단순한 기록이 아니라 사물을 바라보는 하나의 기준, 즉 새로운 시

각으로 세계를 바라보게 하는 기능을 담당한다. 사진이 단순한 광학적・
화학적 작용의 결과물에서 벗어나, 작가의 인간적 통찰력과 의도의 산물
인 까닭은 세계를 구획하고 절취하는 '틀짜기(framing)'[4]에서 근거한다.
틀짜기를 통해 사진은 세계의 일부를 절취하고 복사하는 것이 아니라,
세계에 대한 해석과 의미 부여(김정우, 2000, 508~509)를 시도한다. 그것
은 세계를 자신의 의도에 따라 전환하는 일이며, 이를 통해 사진 속 대
상은 세계의 연속이 아니라 비로소 세계 바깥에 자리한 존재가 된다.

그리하여 사진은 암시된 텍스트, 발견하는 텍스트가 된다. 사진은 수
천의 말을 함축한다(카나마루시게네, 1992, 176). 일단 사진은 사진가에 의
해 표현된 이미지인 동시에 사진가가 대상에 의해 유발된 내적 이미지
이다. 그리고 그것은 보는 사람의 마음에 하나의 은유의 가능성을 열어
준다. 사진은 감상자가 텍스트에 참여하고 반응하면서 완성해 가는 것이
다. 사진은 대상과 관계하면서 대상의 존재 자체를 시사하는 의미이며,
확정되기를 거부하는 의미를 담는다. 사진은 분명히 하나의 대상을 객관
적으로 보여주고 있지만, 그것은 하나의 인덱스로 기능하면서 보편적 코
드로부터 벗어나 수용자 개개인이 다르게 사유할 수 있도록 유도한다.
그래서 사진은 인간 내면의 하부구조를 끌어올리는 매개체이자 무엇인
가를 촉발시키는 대상으로 기능한다. 바르트 사진론의 핵심은 '스투디움
(studium)'과 '푼크툼(punctum)'이라는 대조적인 용어로 요약된다. 스투디
움이 공식적이고 문화적인 개념, 독자에게 친근한 지식과 문화 등의 공
공적인 것, 관례화된 안정적 의미라면, 푼크툼[5]은 분석이나 개념화를 허

---

4) '틀짜기'라는 개념은 피사체와 사진, 사진가가 매우 다양한 방식을 통해 서로 관계맺는
   방식을 의미한다. 즉 대상의 선택에서부터 초점, 앵글, 조명, 피사체와의 거리, 인화, 구
   도, 노출, 특수렌즈 등의 결정을 통해서, 사진은 피사체를 현실로부터 가져오되 현실 자
   체가 아닌 다른 무엇인가가 되도록 구획한다.

용하지 않는 비논리적인 감각,6) 촬영자의 의도를 벗어나는 어떤 경험에 독자가 주관적 의식을 부여한 어떤 것, 일종의 떠도는 섬광으로 남는 메시지, 스투디움을 분산하고 해체하는 기능을 말한다. 특히 푼크툼이야말로 문자언어와 변별할 수 있는 사진만의 독자적인 시각 언어이며, 해석 행위의 창조성과 맥이 닿아 있는 개념이다(롤랑 바르트, 1994, 15~55).　이러한 사진의 성격은 서사성과는 다분히 상충되어 보인다. 사진을 시와 가장 가까운 장르로 취급하는 이유가 여기에 있다. 시는 산문과 달리 논리성과 합리성의 그물망에 포획되지 않는 의미를 표현하기 위해, 언어의 기호체계를 구사함으로써 오히려 언어의 기호체계를 파괴하려는 속성을 지닌다.7) 그렇다면 독자의 무의식적인 심연을 건드리는 푼크툼은 시의 어휘나 아우라와 상당히 닮아 있다.

사실 처음 문학 쪽에서 사진에 본격적인 관심을 보이기 시작한 작가들은 사회비판적인 성향이 강한 이들이었다. 브레히트와 벤야민8)으로 대표되는 그들은 사진의 현실 폭로 기능에 대한 기대가 사진의 이데올

---

5) 푼크툼의 어원은 라틴어로 点을 뜻하며 주사, 작은 구멍, 작은 반점, 작은 상처라는 의미를 갖는 것처럼 독자의 감성과 불안에 상처를 입히고 자극하는 충격적인 낯선 경험이다.
6) 바르뜨는 소논문 <제3의 의미>에서 의미작용의 기호를 '자연스러운 의미(le sens obvie)', 의미화의 기호를 '무딘 의미(le sens obtus)'라고 부른다. 가령 에이젠슈타인의 영상이미지는 다의적이지 않고 의미를 강요하는 오브비를 강조하는 반면, 옵튜스는 쉽사리 잡을 수 없는 의미의 층위이자 다양한 주관적 해석을 유발시키는 메시지로 푼크툼과 일치한다. 또한 푼크툼은 벤야민이 말한 아우라, 즉 하나의 대상이 예술 작품이 되었을 때 작품과 감상자 사이에 존재하게 되는 신비한 교감, 비이성적이고 은밀한 감정과도 유사한 의미를 지닌다(김선명, 2004, 34~37).
7) 수전 손탁은 현대사진의 기본정신을 따르고 있는 것은 모더니즘 회화라기보다는 오히려 모더니즘 시라고 통찰하고 있다. '집약적으로 바라보는 것'이라는 사진의 기본 정신은 점점 더 구체적이고 자율성을 띤 언어에 접근하려는 현대시와 궤를 같이 한다는 것이다(롤랑 바르트, 1994, 220).
8) 이 부분에 대해서는 '윤미애 외, 다매체 시대의 문학과 사진, 『독일언어문학 16』, 2001. 12, 독일언어문학연구회, pp.295~315' 참고

로기적 왜곡에 대한 경계심으로 바뀌면서, 사진과 텍스트를 적극 결합하는 시도를 모색하였다. 브레히트는 부르조아 신문의 르포 사진이 그 직접성 때문에 오히려 이데올로기적으로 가장 조작되기 쉬운 이미지가 된다고 보았다. 현실의 단순한 재현이 아니라 현실을 변화 가능한 것으로 드러내기 위해서는 자본주의적 모순과 그 안에 감추어진 현실의 법칙을 드러내야 하는데, 이러한 기준을 충족시키기에 사진은 불충분한 매체라는 것이다. 결국 사진은 상황이나 사물을 단편적으로 재현할 뿐이지 어떠한 세계 해석도 하지 못하기 때문에, 사진의 침묵을 깨기 위해서는 텍스트, 문자의 도움이 필수적이라고 본다. 그리하여 그는 에피그람(Epigram)을 덧붙여 사진 안의 이미지 조작을 의식하고 사진 속에 숨겨진 진실을 폭로하는 데에 집중한다. 여기서 이미지와 텍스트는 조화가 아닌 긴장의 관계를 맺는다. 텍스트는 사진 속에 수수께끼처럼 숨어 있는 진실을 밝히기 위해서 사진 이미지의 자명성을 깨뜨리기 때문이다. 수용자는 이러한 긴장관계에서 발생한 의문에 대하여 스스로 대답을 찾는 비판적 반성 작업을 수행해야 한다. 텍스트를 읽고 다시 사진을 관찰하는 순간 비로소 사진은 침묵을 깨고 말을 하기 시작한다. 그러나 수전 손탁은 사진에 설명을 첨가하고 사진에게 말을 하라는 요구는 사진의 특성상 불가능한 요구에 속한다고 비판한다. 이는 사진 매체의 복합적 성격을 간과하는 것이기 때문이다. 또한 브레히트의 사진 에피그람 역시 또 다른 이미지의 이데올로기적 코드화를 발생시키는 것을 피할 수 없다.

벤야민은 사진은 세계의 시시콜콜한 이미지를 수집하는 것이 아니라 글쓰기와 마찬가지로 세계를 해석하는 행위라고 본다. 그런데 대상에 대한 시각적 체험만을 통해서는 사진에 내포된 진리에 도달할 수 없으므로, 사진가는 대상을 새로운 시각으로 포착하는 능력뿐 아니라 자신의 사진에 표제를 붙이는 능력, 사진을 읽는 능력이 필요하다. 벤야민의 이러한 시각은 여전히 문자문화의 전통을 고수하는 듯 보이지만, 그는 이미지를 문자처럼 해독해야 한다고 인식한다. 즉 기존의 언어적 지식의 지평에서 이미지를 해석하는 것이 아니라, 오히려 익숙한 의미 작용이 중단되는 곳에서 섬광처럼 떠오르는 직관적 인식이 중요하다는 것이다. 그는 사진의 가치가 단순히 정보전달이나 기록의 기능으로 환원되는 것을 막기 위해서 표제 붙이기를 시도한다. 여기서 표제는 사진에 부과되는 다양한 의미들을 선택·지도·조정하여 환원하는 것이 아니라, 사진에 대한 기계적인 연상 작용을 중단시키는 기능을 수행한다. 이미지와 표제는 조화나 유사성이 아닌, 대립과 불일치의 관계에 놓여진다. 이 같은 이미지와 표제의 불협화음은 르네 마그리트의 '이것은 파이프가 아니다'와 유사하다. 그것은 기존의 사회적·문화적 텍스트로부터 습득한 지식이 작품 감상에 간섭하지 못하게 차단한다. 이 그림의 엉뚱한 제목은 관찰자의 관습적 해석을 중단시키고 어떠한 텍스트 지식으로도 환원될 수 없는 그림의 수수께끼를 부각시킨다. 관찰자는 어떤 것도 발견하지 못할 지라도 그림의 의미를 스스로 찾아 나선다는 점에서 긍정적이다. 이와 같이 사진 감상에 있어서 브레히트가 비판적 반성을 지향한다면, 벤야민은 순간적인 지적 통찰을 강조한다.

결과적으로 사진의 사회적 기능을 강조한 이론들은 사진 이미지의 특수성, 사진 매체의 고유한 법칙을 제대로 인지하지 못한 측면이 강하다. 60년대 이후 현대사진은 언어화를 거부하고 언어의 한계와 탈언어적인 표현의 가능성을 모색한다. 바르트의 언급처럼 사진은 어떤 추상적 회화보다 언어적 의미부여를 거부하는 속성을 지닌다. 날카롭고 질식할 듯, 그러면서 침묵 속에서 소리치는 듯 홀연한 깨달음을 주는 푼크툼의 개

념과 함께, 비로소 사진은 이미지의 독자적인 의미와 가치를 인식하게
되고 문학과 회화의 종속에서 벗어나 예술로서의 미학을 정립한다. 의미
는 언어적 형태로만 전달되는 것이 아니다. 사진이 포착하는 감각적 대
상은 언어로 규정하기 어려운 임의적이고 모호한 것이며 언어로의 전환
을 거부한다. 현대 사진은 점점 더 사진답지 않은 사진이 되면서 미학성
을 획득한다. 그럼에도 불구하고 최근 우리 문학계에서 시도되고 있는
문학과 사진의 결합은 아직까지 브레히트의 관점에서 크게 진전된 것
같지 않다. 대부분의 시도들이 아직 강고한 문학 중심주의, 다시 말해
문자 텍스트의 메시지에 대한 집착에서 벗어나지 못하고 있다.[9] 문학과
영상의 결합은 문학의 메시지를 전달하는 방식이 너무 전통적이 아닌가
라는 회의에서 출발하여, 문학의 장르적 한계를 보완할 수 있는 방법을
타장르를 통해서 모색하려는 시도이다. 그러기 위해서는 각 장르가 각기
완성도를 가지고 병치되면서 유기적으로 결합해야 한다. 그러나 아무래
도 문자 텍스트의 메시지, 그리고 그것을 통제하는 작가의 목소리가 너
무 압도적이기 때문에 사진 매체의 독자적이고 고유한 특성은 제대로
구현되지 못한다.

조세희의 『침묵의 뿌리』는 다양한 문자 텍스트(1장), 101장의 사진(2
장), 사진에 대한 설명글(3장)로 구성된 독특한 책이다. 그런데 여기서 사
진은 문자텍스트와 동등하게 독자적인 영역을 확보하기보다는 단순히

---

9) 다음과 같은 한 연구자의 언급 역시 문학 중심주의적인 시각을 여실히 보여주고 있다고
하겠다. 즉 문학 작품을 이해하고 분석하기 위한 하나의 수단이나 도구 정도로만 사진을
취급하는 것이다. '사진에 시나 수필과 같은 문학을 추가한다면 이미지 분석도 보다 쉬
워지고 감상자가 작가의 마음에 조금이라도 더 가까이 갈 수 있게 되어 편안한 느낌과
좋은 감동을 갖게 될 것이다. 그래서 자연스럽게 문학 감상 능력이 향상될 것이므로 문
학과의 접목이 필요하다.'(임영심, 2000, 사진예술의 이미지에 관한 연구, 조선대 석사학
위논문, 55)

문자텍스트의 담론을 반복하고
보조하는 차원에 머문다. 『침묵
의 뿌리』가 총력을 기울여 전달
하려는 것은 '사북 사태'로 대표
되는 빈부격차의 현실이다. 하지
만 사북을 설명한 1장의 내용을
충분히 숙지한 상태에서 2장의
사진들을 접하는 태도는 지극히
제한적인 범위에 머물 수밖에 없
다. 가령 1장에서 사북 어린이들
의 천진난만하면서도 가슴 아픈
일기가 인용되는데, 2장에 일기
를 쓴 아이들의 사진이 고스란히

[사진 1] 『침묵의 뿌리』(조세희)

나오기 때문에, 1장에서 이미 수용한 메시지의 범위를 벗어나 사진 자체
에 주목할 만한 여지는 주어지지 않는다. 즉 2장의 사진들은 1장에서 강
조하는 사북의 분위기에 대해서 일종의 증거 자료 수준으로만 기능하는
것이다. 그것은 1장의 메시지를 재현하는 것에 불과하며, 그것을 '인용'
하거나 '번역'하는 수준과는 거리가 멀다. 사진 주석을 담은 3장에서도
사진의 메시지에 적극적으로 개입하는 방식도 여전하다. [사진 1]은 담
벼락에 기댄 한 소녀를 포착한다. 앳된 얼굴에 어울리지 않게 수심이 그
득히 어린 표정은 너무 일찍 늙어버린 아이를 볼 때의 연민과 슬픔을 불
러일으킨다. 소녀의 뒤편으로는 탄광촌의 지저분한 슬레이트 지붕과 저
멀리 쉴 새 없이 연기를 뿜어 올리는 거대한 굴뚝이 보인다. 흐릿한 하
늘과 그 밑의 황량한 공터는 소녀의 텅 빈 마음을 그대로 담고 있는 듯

하다. 이 한 컷만으로도 작가는 어렵지 않게 충만한 메시지를 전달할 수 있을 것 같다. 그러나 작가는 주석에서 지나칠 정도로 많은 설명을 늘어놓는다. 작가는 사북의 중학교에서 만난 성지은이라는 소녀의 글을 그대로 인용한다. 소녀는 사북에 대한 첫인상은 어둡고 우울했지만, 점차 사람들과 풍경에 애착이 가게 되었다고 쓰고 있다. 이 부분은 사진을 사진 자체로 감상하려는 태도를 심각하게 방해한다. 사진에서 느꼈던 충만한 분위기는 주석의 도식적인 내용에 의해 철저히 훼손되고 만다. 소녀의 실루엣은 갑자기 거친 환경에도 굴하지 않는 천진난만한 어린이라는 고정관념으로 탈바꿈하는 것이다. 이 사진의 스투디움은 대략 '빈곤층의 소외된 아이, 열악한 환경, 산업화의 부정적 현실, 가난 속에서도 성장하고 있는 미래의 희망' 등으로 설명할 수 있으며, 3장 주석도 이를 공공연히 도식화한다. 그러나 푼크툼은 이와 상당히 다른 의미를 추구한다. 즉 같은 또래의 아이들보다 두 배는 더 나이를 먹어버린 듯한 성숙한 인상의 소녀, 그리고 소녀의 뒤로 펼쳐진, 철저하게 수직적인 건물과 굴뚝의 배경이 주는 부조화는 마치 소녀가 온갖 세속한 인간사를 등진 존재로서 세상을 비스듬히 굽어보고 있는 듯한 적막감과 스산함을 스며들게 한다. 그것은 명확히 설명할 수 없는 아련한 허무감을 풍긴다. 하지만 『침묵의 뿌리』에서는 작가가 워낙 압도적인 완력으로 작품 전체의 의미를 틀어쥐고 있기 때문에 푼트툼보다는 스투디움이 우세하며, 이 스투디움 역시 명쾌한 문자 메시지의 구심력에 흡수된다. 작가는 주제의식을 극대화시킬 수 있는 방향으로 사진의 의미관계를 재편성하고 조율한다. 사실 사진을 사진 자체의 방법론으로만 감상하기 위해서는 사진에 덧붙여지는 제목은 짧으면 짧을수록 좋다. 사진을 논리적으로 해설하려고 할 때, 이미 그것은 사진이 아니게 된다. 벤야민의 표제론이 가장 경계한 부분도 이것이었다. 하지만 압도적인 문자 메시지의 위력은 이미지의 영역까지 단숨에 삼켜 버린다.

이승하의 『폭력과 광기의 나날』은 학살·폭행·고문·살인·전쟁·기아 등 차마 눈뜨고 보기 어려운 끔찍한 인류사를 담은 41장의 사진을 싣는다. 이 시집을 읽기 위해서는 차라리 일정한 용기와 인내가 필요할 정도이다. 제목이 시사하듯이, 시인은 인류의 역사가 지속적인 폭력의 반복이며, 폭력과 광기야말로 인류의 운명이라고 강변한다. 그런데 사진 자체의 메시지가 너무 강렬하고 자극적이어서, 오히려 시가 여기에 부가된 듯한 느낌을 지울 수가 없다. 시를 위해 사진을 동원한 것이 아니라, 사진의 정서적 울림을 언어로 풀어냄으로써 다시 반복하여 환기한다. 사진은 도대체 이러한 진실 앞에서 시, 언어의 표현력이란 얼마나 무력한 것인가를 질타한다. 동시에 이 사진들은 사진 장르의 한계도 여실히 반영한다. 사진들 속에 담겨 있는 것은 '폭력이라는 현상'뿐이지, 폭력의 원인이나 맥락은 제대로 드러나지 않는다. 사진은 맥락을 단절하고 절단하는 매체이기도 하다. 사진은 연속된 시간과 공간을 절단하여 한 개의 상황, 현실만을 담는다. 피사체는 찍히고 나면 영상으로 고립되고, 확정된 그 자체의 세계를 구축하기가 어렵다. 사진이 프레임 안에 피사체를 폭력적으로 감금한다는 말은 여기에서 나온다. 그리하여 이승하는 시인의 관점으로 사진과 시의 관계를 재구성한다. 즉 사진의 단절된 맥락을 완성하는 것은 시(언어)이며, 시를 통해서 사진을 번역하고 해석하여, 목소리를 가다듬는 것이다. 가령 <이 아이들을 위해 함께 기도를> 앞에서 독자는 제목을 먼저 보고 사진을 보게 된다. 아프리카와 루마니아에서 죽어가는 아이들의 사진이 보여진 후, 시는 그것이 굶주림과 AIDS에서 비롯되었음을 언급하고, 더 나아가 이 죽음의 한 원인은 바로 우리들의

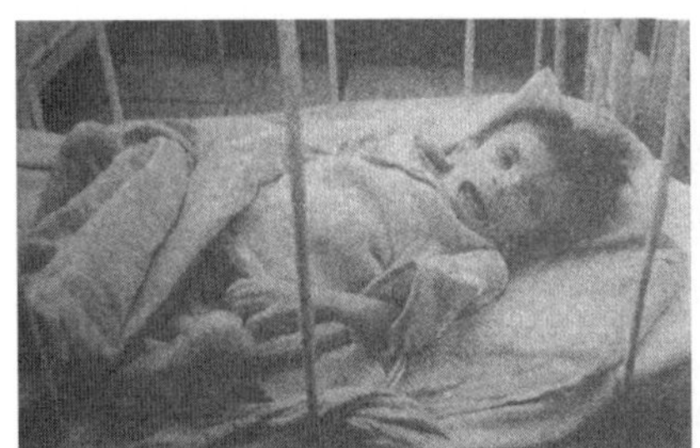

[사진 2] 〈이 아이들을 위해 함께 기도를〉(연합통신. AP통신)

적극적인 방조에 있음을 밝힌다. 문제는 이 사진들이 이미 국내외 잡지와 신문에 실렸던 다큐멘터리 사진들을 시의 새로운 맥락 속에 넣은 것이라는 점이다. 보도사진이라는 특성상, 이 사진들은 이미 일정한 정치적·이데올로기적 입장에서 해석된 이미지이며, 시인은 그중 특정 부분만을 선택하여 설명하려고 한다. 그러다보니 사진은 시인의 감상적 휴머니즘을 전달하는 매체 역할에 머물고, 풍부한 함의를 확보하는 데에 실패한다. 또한 이 같은 사진들은 매스미디어를 통해서 대량 유통됨으로써, 사진 속 인물들보다 우월한 위치에 속한 보수적 성향의 대중들에게 어떤 변화와 실천을 끌어내기보다는 약간의 충격을 줄 뿐이며, 차라리 외면하고 싶은 것으로 관성화될 위험을 낳는다(수전 손탁, 2004, 19~38). 대중들은 곧 이러한 이미지에 익숙해짐으로써 처음의 느낌은 퇴색하고 계속 더 큰 충격을 요구하게 된다. 결국 이미지들의 현실감은 감소하고 이미지들은 타락한다. 이처럼 일상용품처럼 소비하는 이미지에 덧붙여지는 시인의 목소리는 오히려 불필요한 동정심을 일으키는 생경한 구호처럼 느껴진다.

신경숙의 『자거라, 네 슬픔아』가 이승하의 작업과 유사한 점은 이미 발표된 구본창의 사진들을 주제로 신경숙이 글을 덧붙이는 형식을 취했

  학제간 연구를 통한 문학의 확장 가능성 탐구

다는 것이다. 이 작품집은 신경숙
이 구본창의 사진을 보고 받은 영
감을 토대로 글을 쓰는 방식으로
이루어졌다. 사진은 글을 통해서
야 비로소 '말을 하게' 된다. 그런
데 사진과 글은 필연적으로 결합
되기보다는, 암시적이고 우회적인
관계로 결합된다. 2차원적인 사진

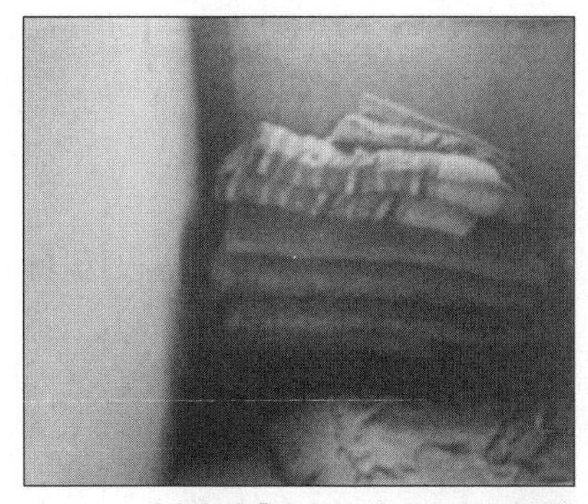

[사진 3] 『자거라. 네 슬픔아』(구본창)

속에 숨겨진 정서와 느낌은 글을 통해 다시 한번 상기된다. 가령 제주도
낡은 방, 구석에 아무렇게나 개켜져 있는 이불 더미를 담은 사진이 있다.
그리고 기다림에 대한 중국 이야기가 덧붙여진다. 전장에서 전사한 남편
을 하염없이 기다리던 부인이 막상 남편이 돌아오자마자 죽고 만다는
내용이다. 마지막 문장은 '기다림이 끝난 순간 생이 끝난다'는 것이다.
사진은 누군가가 일어나 나가버린 방을 제시한다. 주인을 잃은 이불은
떠나간 그를 기다리는 듯 보인다. 글은 이 기다림의 정서를 증폭하여 하
나의 이야기를 만들어낸다. 이처럼 사진 속의 정서는 글을 통해서 더욱
강화되고 확장된다. 이 작품집은 신경숙의 말대로 하나의 '소품'에 불과
하다. 사진과 사진, 글과 글들은 어떤 일정한 서사적 연관성을 갖지 않
으며, 그저 파편적인 사색과 정서의 조각들을 무작위적으로 나열했을 뿐
이다.

　신현림의 『세기말 블루스』는 시인 자신이 직접 찍은 포트레이트 사진
과 기존의 작품들을 자신의 의도에 따라 새롭게 배합한 콜라쥬로 구성
된다. 시인 자신이 사진 작업을 했다는 점과 기존의 작품들을 원작 그대
로 인용하지 않았다는 점에서, 사진들은 시인이 쓴 시와 마찬가지로 시

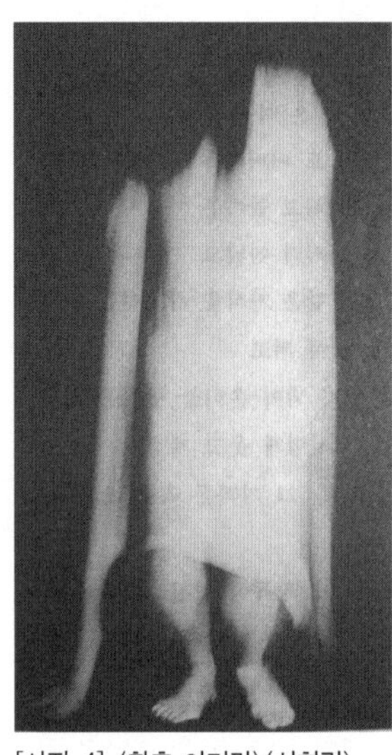
[사진 4] 〈황혼 아리랑〉(신현림)

인의 적극적인 목적과 의도가 만들어낸 창작물이라고 할 수 있다. 포괄적으로 보면 사진들은 시인 자신의 시어(詩語)의 일부이다. 사진은 그녀의 글쓰기의 또 다른 형식이다. 사진과 시는 동일한 시간과 공간 속에서 창조된다. 시집에서 가장 빈번하게 나오는 자화상은 어둠의 반사물인 양 흐릿하게 찍혀 나오며, 전면보다는 뒷모습이나 측면을 즐겨 다룬다. 시인이 인식하는 자아는 이처럼 단편적이고 애매한 형상이다. 반복되는 포트레이트와 시는 이러한 정의되지 않는 자신을 찍고 씀으로써 정직하게 자신을 응시하고자 한다. 여기서 신현림은 척추가 부서진 프리다 카로(Frida Kahlo)가 되었다가, 헐리우드 영화의 여성 캐릭터를 재현함으로써 남성의 시선을 전복하는 신디 셔먼(Cindy Sherman)이 되었다가, 낸 골딘(Nan Goldin)의 사진 속 남성 폭력의 희생자인 여성이 되기도 한다. <나의 싸움>에 나오는 나체 뒷모습은 '삶이란 자신을 망치는 것과 싸우는 것' 이라는 시어처럼 마치 무언가를 강하게 뿌리치는 듯한 몸짓을 취한다. <황혼 아리랑>의 뭉개진 얼굴 형상은 '음악, 웃음, 춤, 희망, 다정'과 같은 시어와는 사뭇 다른 인상을 주면서 분연히 일어나는 결단의 순간을 담고 있다. 신현림의 포트레이트는 이렇게 모두 결단과 선택의 순간을 강조하며, 시는 열렬하게 그 결단과 선택을 부추기며 지지하는 역할을 담당한다. 결국 시와 사진이 이처럼 독립적 예술성을 지니고 상호 상승효과를 거둔 까닭은 하나의 주제의식을 견지한 시인이 시와 사진, 양자를 동시에 작업하였다는 점에서 비롯된다.

2002년부터 봄 출판사는 누벨
디마쥬라는 이름 아래 영상 이미
지와 순수소설이 어우러진 한국
최초의 사진 소설책 발행을 시도
하였다. 'Two version book'을 표
방한 이 이미지 소설책 시리즈는
'소설 문학이 기획·편집·집필·
촬영·디자인 등이 결합된 제8의
예술'이 되어야 한다는 의욕적인
선언과 함께 시작되었지만, 단순
히 대중의 시선을 사로잡기 위한
기획에 불과하다는 비판도 피해

[사진 5] 『첫사랑』(계동수)

갈 수 없다. 여기서는 사진을 보완적인 요소가 아니라 텍스트와 대등한
요소로 설정하여 소설인 동시에 사진집으로도 감상할 수 있게 구성했다.
기획자는 '순수문학이 지금 힘들어하고 있는 것들을 영상으로 풀어내 주
려는 시도, 독자가 사진이 입맛에 맞아 책을 샀다고 하더라도 일단 책을
사 놓으면 후에라도 소설을 읽고 이해하는 계기가 될 수 있을 것'라고
밝힌다. 스토리를 이미지로 바꾸는 작업은 곧 소설이 드러내는 시간의
지속을 찰나의 이미지로 바꾸는 과정에 다름 아니다. 이는 마치 소설을
시로 바꾸어 쓰는 듯한 인상을 준다. 윤대녕의 소설과 조선희의 사진이
만난 『피아노와 백합의 사막』은 일종의 여행 소설로서, 이유 없이 사막
에 끌리는 한 남자가 여류화가와 고비사막을 여행하는 이야기를 담고
있다. 이 작품은 소설가와 사진작가라는 상이한 예술적 상상력을 지닌

두 사람이 공통된 지역을 함께 여행하면서 느낀 것을 소설과 사진이라는 이질적인 장르로 표현하였다는 데에 의의가 있다. 그것은 여행을 기록하는 일종의 일지(日誌) 형태이다. 주인공의 여정은 사진 속 공간의 이동을 통해서 효과적으로 드러난다. 사진들은 사람보다는 주로 장소나 물건들을 다룬다. 사막을 지배하는 것은 사람이 아니라, 영원히 변하지 않을 것만 같은 장소나 물건이기 때문이다. 『첫사랑』은 전경린의 소설『첫사랑』과『염소를 모는 여자』두 편을 주제로 계동수가 작업한 사진으로 이루어졌다. 소설이 먼저 있고 그것을 대상으로 한 사진이 덧붙여진다. 이 작품집에서 사진은 소설의 이미지를 최대한 구현하고 강화하는 데에 기여한다. 19살 때 죽은 첫 애인 하록과의 이야기를 다룬『첫사랑』에 병치되는 사진들은 창가・도로・해바라기・외딴 집・섬・안개꽃 등 첫사랑에 대한 일반적인 이미지들을 담는다. 그야말로 첫사랑에 가장 가깝다고 생각하는 이미지들만을 골라 배치한 것이다. 또한 30대 주부의 내면적 고독과 권태를 섬뜩하고 기괴한 묘사로 그려내는『염소를 모는 여자』의 경우에는 철길・바다・염소 등과 함께, 실제 작가인 전경린의 아파트 내부・밤풍경・창문・책상뿐만 아니라, 실제 작가인 척 연기하는 모델의 사진으로 구성되어 있다. 결국 소설 속 인물의 행동, 실제 작가의 삶, 그것을 동시에 연기하는 모델의 이미지 등이 뒤섞여, 혼란스러운 의미들로 범람하는 작품집이 되어 버렸다. 박청호의 소설 두 편과 김지양의 사진이 결합된『라푼젤의 두 번째 물고기』는 누벨 디마쥬 시리즈의 마지막 작품이기도 하다. 광고와 영화 포스터 작업으로 정평이 나 있는 김지양은 영화배우 유지태를 피사체로 삼는다. 하지만 이 작품집에서는 소설과 사진은 사라지고 모델의 이미지만 각인된다. 즉 연극이 실제 무대에서는 극작가나 연출가가 아닌 배우의 대사와 몸짓에 의해 전달되는 것과 같이, 이 작품집은 오직 유지태라는 배우를 통해서만 전달되어, 최근 유행하는 연예인 사진집과 별다른 차이를 보이지 않는다. 극단적으로 말하면 유지태의 상업적인 사진집을 만들기 위해서 소설과 사진이 동원된 셈이다. '사진적 행위'는 사실 어떤 논리적 이야기를 만들려는 것은 아니다. 그것은 오히려 명백히 해석되지 않기를 즐긴다. 그렇다면 엄밀히 말해서 소설의 스토리

[사진 6] 『라푼젤의 두 번째 물고기』(김지양)

를 사진의 이미지로 표현한다는 것은 애초부터 불가능하다. 그것은 단지 스토리의 언저리를 머물다가 사라질 뿐이다.

2) 문학과 그림의 결합 : 긴장의 관계에서 창출하는 다의성

사진사(寫眞史)의 초기 무렵, 사진을 회화처럼 만드는 것은 하나의 금기사항이었다. 사진은 사진다워야 했고, 회화는 회화다워야 했다. 회화는 한때 자신의 기생체 정도로 간주하였던 돌연변이의 장르가 자신의 영역을 송두리째 강탈하리라는 공포에 시달렸다. 그렇게 회화는 사진과 대척점으로 달려갔고, 추상주의나 상징주의와 같은 새로운 돌파구를 개척할 수 있었다. 아직까지도 사진과 회화는 배다른 형제쯤으로 취급되는 경향이 짙다. 회화와 사진은 다같이 2차원적 평면성을 지니며, 도상 기

호라는 공통점을 지닌다. 반면 두 장르의 가장 큰 차이점은 회화가 수공의 결과물이라면, 사진은 기계 복제의 결과물이라는 점이다. 특히 사진 장르의 자동성은 사진가가 기계에 종속되는 결과를 낳는다. 카메라가 강제하는 1/125초의 순간은 사진가의 상상력과 미학적 통제를 훨씬 벗어난다. 어떤 위대한 사진가도 카메라 셔터를 누르는 순간의 진실까지 통제할 수는 없다. 그에 비해 회화는 작품에 대한 작가의 통제력이 훨씬 넓고 깊게 작용한다. 회화나 언어예술이 대상을 주관적으로 표현함으로써 현실을 재현하는 것과는 달리, 사진은 객관적 사실을 그대로 재현한다. 구성과 재현이라는 면에서 회화와 사진은 본질적인 차이를 갖는다. 즉 사진은 대상의 유사물로서의 성격이 강해서 복제 또는 그 자체라는 데에 주목하게 되지만, 그림은 아무리 대상과 유사하다고 하더라고 본질적으로 화가에 의해 약호화된 것으로 가정한다. 사진은 실제 대상의 모습을 그대로 인용하지만, 회화는 특정한 대상의 모습에서 받은 인상을 바탕으로 화가가 그것을 캔버스에 재구성한다. 따라서 회화는 대상에 대한 화가의 전체적인 인식이 화폭에 표현되는 데에 반해, 사진은 주체의 인식보다는 대상의 객관성과 사물성이 더 중시된다. 사진은 대상에 대한 전체적인 인식을 표현하려 할지라도, 그것은 현실이나 사물의 모습으로 고정되고 만다. 회화의 경우, 같은 해바라기라도 고호와 세잔느는 영 다르게 그린다. 스타일이라는 코드가 개입되는 것이다. 이처럼 회화는 무수한 판단들의 에너지가 얽히고설키어 완성된다(존 버거 / 장 모르, 1995, 92). 그래서 사진은 대상을 인용하는 예술이며, 회화는 화가마다의 언어 체계와 개성적인 스타일로 사물을 번역해내는 예술이다. 또한 사진이 뺄셈이라면, 회화는 덧셈의 작업방식을 지닌다. 사진은 이미 결정된 현실 공간 속에서 작가가 필요로 하는 대상만을 골라 하나하나 빼나가면서 화면을 정리하지만, 회화는 빈 공간에 필요한 사물을 하나하나 더해가면서 화면을 구성한다(한정식, 2000, 231). 회화는 화가의 판단에 따라 대상의 중요도가 결정되고 그리는 시간이 분배된다. 화가로 하여금 캔버스 위의 대상에 대해 끊임없이 수정과 보완을 요구하면서 차츰 완성되어 간다. 그렇다고 사진이 덥석 이미지가 주어지는, 그런 즉흥적이고 타율적인 예술이라는 말은 아니다. 상대적인 차이는 있을지언정 사진 역시 대상을 인식하는 주체의 관점이 중시된다. 결국 회화가 창조의 예술이라면, 사진은 발견 내지 인식의 예술이라고 정리할 수 있다.

푸코는 서양 고전회화에 있어서 조형적 재현과 언어적 지시 사이에 하나의 종속 관계가 성립되어 왔다고 지적한다. 즉 '텍스트가 이미지에 의해 규제되거나 이미지가 텍스트에 의해 규제되는 관계로서, 하나의 질서가 형태에서 담론으로 혹은 담론에서 형태로 가면서 그것들을 위계화한다(미셸 푸코, 1995, 50~52).'는 것이다. 퓨전은 위계화와 순수주의에 대한 극단적인 부정을 전제하지 않고서는 성립 자체가 불가능하다. 퓨전의 공식은 '1+1=2'가 아니라, '1+1=3……∞'을 지향한다. 그것은 동일한 것이 합쳐져 두 배가 되는 것이 아니라, 서로 다른 것을 섞어 새로운 묘미를 만들어내는 시너지 효과를 꾀한다. 혼합된 두 개는 원래의 고유한 성격에만 머물지 않고, 보다 새로운 상태로 진화한다. 빨강과 파랑이 결합하여 보라색을 만드는 것과 같다. 퓨전은 정반합, 일종의 변증법적인 발전과정을 구현하는 셈이다. 또한 퓨전은 단순한 병합이나 흡수가 아니다. 우세한 것이 열등한 것을 장악하는 것이 아니다. 그것은 순수가 비순수를 흡수하는 것도, 문명이 비문명을 흡수하는 것도 아니다. 그것은 양자가 동등한 관계에서 서로의 개성과 장점을 취하며, 이를 통해 상호 상승하는 효과를 꾀한다. 퓨전을 지배하는 논리는 지배와 종속이 아니라, 연합과 제휴라는 온건한 개념이다. 빨강과 파랑은 어느 한 색이 다른 색의 보색이 아니라, 서로 완전히 다른 색이기 때문에 보라색을 만들 수 있다. 여기서 다룰 문학과 그림의 결합 양상도 앞서 1)에서 언급한 사진의 문제의식들과 크게 다르지 않다. 역시 그것도 위계화와 순수주의에 대한 부정에서부터 출발해야 할 것이다. '시 속에 그림이 있고, 그림 속에 시가 있다'는 소동파의 말처럼, 회화에 시나 짧은 문장을 덧붙이는 것은 동양화의 한 전통이기도 했다. 그러나 사대부들에게 있어서 그림은 단순히 여기(餘技)나 취미 활동의 차원을 크게 벗어나지 못했다. 시가 주(主)가 되고 그림이 종(從)이 된다는 의식이 철저했던 사대부들에게 그림은 단지 시에 더해 부록처럼 구사할 줄 아는 재주였다. 그림은 시를 위한 하나의 장식에 불과했다. 이러한 양상은 지금도 활발히 열리는 '시화전(詩畵展)' 행사에서도 쉽게 드러난다. 시화전을 기획할 때에는 보통 시가 먼저 존재하며, 그 이후에 그림 작업이 이루어지기 마련이다. 그림은 단순히 시를 해석하거나 시의 분위기를 돋우는 역할에서 그친다. 그림을 그리는 사람은 애초부터 시의 내용을 전제하고 작업을 시작할 수밖에 없다. 이러한 구조에서 시와 그림의 동등한 결합은 불가능하다. 시의 압도적인 목소리는 그림의 상상력을 삼켜 버린다. 단, 한 사람이 시와 그림을 동시에 쓰고 그릴 수 있다면 상황은 달라진다. 하지만 최근까지도 시와 그림의 결합 사례들은 대개 하나의 기획이나 실험의 형태로 이루어지는 것이 대부분이다. 이런 경우 두 매체는 단순히 일시적인 '접촉'에 만족할 뿐이며, 서로의 의미 영역을 향한 조화로운 융합은 이루어지기 어렵다.

2004년 6월 14일부터 서울·부산·인천·광주를 순회하며 열린 '그림, 소설을 읽다' 기획전은 최인호·황석영·이청준·김주영·박완서 등

다섯 작가의 대표작들을 역시 다섯 명의 화가들이 해석한 그림으로 구성
되었다.10) 전시회의 기획 목표는 '우리 시대의 대표적 소설가들과 화가
들의 공동작업을 선보여 서로 업그레이드되는 시너지 효과'를 유도하는
것이었다. '문학을 전시한다'는 초유의 시도는 분명히 매우 혁신적이고
실험적인 것이다. 대도시 한가운데에 위치한 미술관에서 전시되는 문학
은 그야말로 관조적 여유를 가지고 책을 읽는 전통적 독자와는 달리, 예
기치 않은 충격으로 관람객들을 압도한다. 재미있는 점은 '독자'가 아니
라 '관람객'이라는 것이다. 사실 이와 비슷한 시도는 미술계에서도 활발
히 진행 중이다. 많은 미술 작품들이 창백한 화이트큐브의 견고한 조형
물, 미술관이라는 권위적 제도기관을 거부하고 일상 행위가 이루어지는
공간으로 나아가 새로운 전시 장치를 통해 관람객을 찾아 나서고 있다.
특히 이들은 미술관 내부를 벗어나 미술관 내부와 외부의 경계면과 접촉
면에 주목한다. 이는 제도와 비제도, 미술과 일상이 교차하고 상호 작용
하는 중간지점이기 때문이다. 실내에 있었던 작품을 단순히 바깥으로만
옮겨 놓았을 뿐인데도 작품의 맥락은 크게 변화하고 전혀 다른 예술 경
험이 이루어진다. 문학의 경우도 마찬가지이다. 독서가 굳이 도서관이나
좁은 방 안에서 이루어져야 한다는 법은 없다. 놀랍게도 전시회장에서도
독서를 할 수 있다는 것이다. 하지만 분명한 것은 이러한 공간에서 이루
어지는 독서란 기존의 전통적인 독서의 개념과는 다른, 획기적이고 새로운

---

10) '문학과 문화를 사랑하는 모임'(이사장 김주영)이 주최한 이 특별기획전은 다섯 작가의
　　작품 중 명문장이나 극적 장면을 문학 평론가들이 선정하고, 이를 다섯 명의 화가가 각
　　기 20점씩의 그림으로 표현하였다. 소설가 김주영은 "책으로만 존재하던 소설을 그림
　　으로 풀어내 서로가 감싸 안은 첫 시도"라며, "소설도 그림도 새로 태어나 상생하며 빛
　　을 발해 대중에게 재음미되길 바란다"고 말했다. 또한 이 작업 성과는 2004년『나목에
　　핀 꽃』,『순례자의 꽃밭』,『장길산의 얼굴들』,『학으로 나는 서편제』,『홍어, 가족의 얼
　　굴』등 다섯 권의 단행본으로 출판되기도 했다.

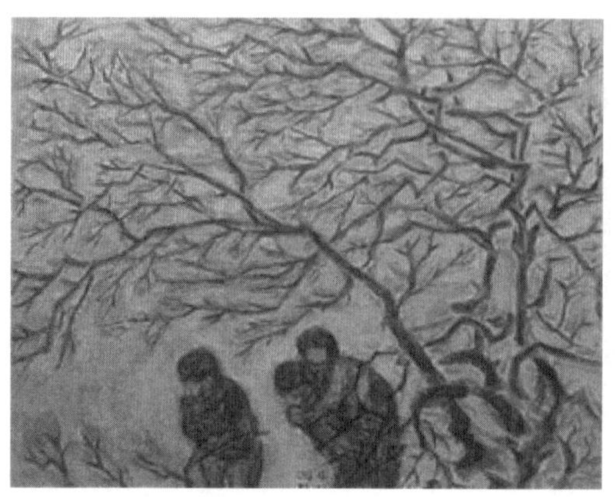
[그림 1] 〈삼포가는 길〉(민정기)

무엇이라는 점이다. 그것은 시각화된 문자를 읽는 것이 아니라, 문자의 영상화, 영상의 문자화라는 새로운 매체를 접하는 일이다.

그런데 제목에서부터 노골적으로 드러나듯이, '그림, 소설을 읽다' 전시회는 그림이 소설을 해석한다는 의미를 담고 있을 뿐, 그림과 소설을 동등한 위치에서 인식하지 않는다. 물론 화가는 문학을 통해 새로운 화풍을 모색해보고, 작가는 그림을 통해 자신의 작품을 다시 한번 성찰해본다는 점에서 일정한 효용성이 있다. 그러나 '문학과 미술이 접붙어 새로운 창작을 잉태했다'[11]는 긍정적인 평가에는 무리가 있다. 소설과 그림의 관계는 상당히 일방적이다. 즉 소설을 원전으로 하여 그림을 창작하는 방식이다. 화가 김점선은 '시험 보는 학생처럼 모든 문장을 외우고 길을 걸으면서도 그 스토리에 맞는 그림을 찾기 위해 쉬지 않고 생각에 생각을 거듭했다'고 고백한다. 그림은 단순히 원전으로서의 소설의 장면과 내용을 충실하게 재현해내는 데에 치우쳐 있다. 따라서 관람객들 역시 소설의 맥락을 벗어나지 않는 범위 한에서만 그림을 감상하는 태도를 보인다. 단지 원작의 깊이에 개성적인 빛깔이 더해져 색다른 맛을 느낄 수 있는 수준에 불과하다. [그림 1]은 정씨, 영달, 백화의 힘겨운 귀

---

11) ≪중앙일보≫, 2004. 6. 7.

향길을 가장 소설적으로 보여줄 뿐이며, [그림 2] 또한 아버지의 분신으로서의 홍어의 형상을 소설과 한 치 오차도 없이 그린다. 추상화는 제목이 부여되는 즉시 그 추상성을 상실한다. 우리가 이해할 수 없는 그림

[그림 2] 〈홍어〉(이두식)

앞에서 가장 먼저 찾는 것이 제목이다. 이 전시회에서 그림에 붙은 제목은 다름 아닌 동명의 소설 제목, 그것도 우리에게 가장 잘 알려진 작품의 제목이다. 제목 자체는 이미 막강한 메시지를 독점한다. 제목은 그림의 의미를 억압하여, 그림의 기의들이 자유롭게 부유할 수 있는 가능성을 애초에 차단한다. 어쨌든 이 기획전은 지극히 개인적이고 고립된 공간에서 이루어지는 독서 개념에서 탈피하여, 그림과의 결합을 통해 미술관이라는 공공의 영역에 문학을 '전시'하려는 시도를 보였다는 점에서, 대중과의 적극적인 만남을 모색하였다고 할 수 있다.

이에 비해 박항률과 정호승의 시도는 한 단계 질적으로 성숙한 모습을 보여준다. 고요한 내면세계를 표현하는 그림을 자주 그린 화가 박항률은 박완서와 정호승의 작품들을 모티브로 한 그림들을 발표하였다. 박완서는 '임종 직전의 친구 집에서 그 그림을 처음 접한 후, 그것에 사로잡혀 염치불구하고 훔쳐오고 싶었다'고 말할 정도로, 박항률의 그림에 애착을 보인다. 박항률과 정호승은 그림과 시로 이루어진 하나의 작품집, 『너를 사랑해서 미안하다』를 공동 작업하였다. 정호승은 '시와 그림

[그림 3] 〈눈부처〉(박항률)

은 고요하고 명상적인 분위기가 서로 닮아 있다'고 말한다. 박항률은 주로 경건하며 신비한 표정의 여성 그림을 정호승 시에 덧붙인다. 그녀들은 정호승 시에서 갈구하는 수많은 '너'의 형상 같기도 하지만, 시의 어조에 담긴 애절함과 절박함과는 달리 지극히 무표정하고 고요하고 내성적이다. 가령 [그림 3]은 시 「눈부처」와 결합된 그림이다. '눈부처'라는 제목에 어울리게 그림 속 여성의 눈동자는 시를 떠나 독자를 향해 있다. 독자는 마치 시와 그림을 동시에 대면하고 있는 듯한 기분에 사로잡힌다. 시집을 세 권이나 펴낸 시인이자 정호승과는 오랜 동갑내기 친구인 박항률은 이처럼 시의 내용과는 직결되지 않지만 그 분위기를 크게 벗어나지 않는 그림을 배치한다. 이는 표제와 이미지의 결합에 대한 벤야민과 마그리트의 견해와 닮아 있다. 시와 그림은 감정의 미묘한 균형을 이룬다. 둘은 굳이 서로를 설명하려 들지 않는다. 이러한 불균형의 균형이야말로 독자, 관객이 능동적으로 시와 그림을 동시에 읽고 볼 수 있도록 유도한다. 두 사람은 서로의 작품에서 영감을 받아 또 다른 작품을 만드는, 상호 상승효과를 창출한다. 다시 말해 시를 읽고 그림을 그리고, 그림을 보고 시를 쓰는 식으로, 교감을 주고받는 것이다.

시와 이미지가 어우러진 새로운 형태의 시그림집을 표방한 포에마쥬 시화집 시리즈 『사랑이 올 때』는 25명 시인들의 사랑시를 전수미의 일러스트 그림과 함께 엮었다. 굴곡이 큰 윤곽선과 화려한 원색을 즐겨 구사하는 전수미의 일러스트가 안도현·나희덕·신현림·이원·함민복 등의 시와 병치된다. 시 2~3편에 하나씩 덧붙여진 그림은 그리스 신화의 반인반수를 연상시키는 기괴한 형상과 기형적 신체, 그로테스크한 장면들로 구성된다. 종이 재질도 거의 고급 화보집의 수준이다. 시와 이미지를 결합하여 독자들의

[그림 4]『사랑이 올 때』(전수미)

상상력을 확장시키려는 시도라고 하지만, 아무래도 연인에게 가볍게 선물하기에 좋은 팬시상품의 성격을 벗어나지 못하는 것으로 보인다. 1980년대 말 크게 유행했던 연애시들이 책받침이나 공책 등 각종 팬시상품과 결합하여 나온 적이 있었는데,『사랑이 올 때』역시 이와 크게 다르지 않아 보인다. 화려한 그림은 단순히 시를 위한 장식 정도로 취급된다. 이런 책은 읽기보다는 '소장'하기에 더 적절하다. 결국『사랑이 올 때』는 '시화(詩畵)'의 이상적인 형태는 무엇인가 하는 의문을 낳는다. 사실 '화시(畵詩)'가 아니라 '시화'라고 명명한 것부터, 시가 우선이고 그림은 부수적인 것이라는 고정관념이 내포되어 있다. 문제는 그림이 시의 보조관념으로서의 역할에 만족해야 하느냐, 아니면 시어가 담보하지 못하는 의미영역을 전달함으로써 독자의 감각을 더욱 충만하게 만들어야 하느냐는 점이다.

[그림 5]『부여 현감 귀신 체포기』(백영범)

    김탁환의『부여 현감 귀신 체포기』는 80점이 넘는 삽화를 곁들인 독특한 작품이다. 김탁환은 이 작품을 지괴소설(志怪小說)이라고 정의한다. 10편 연작으로 이루어진 이 작품은 의욕 넘치는 부여 현감 아신과 죽마고우 전우치가 겪는 불가해한 사건들을 추리와 판타지 형식으로 서술한다.『산해경』,『신이경』,『요재지이』,『구비문학대계』에서 추려낸 온갖 종류의 괴물뿐만 아니라, 늑대인간이나 흡혈귀 같은 서양괴물들도 가세하여 일종의 난장을 벌이는 이 작품은 소장가치의 욕구를 견딜 수 없을 정도로 화려한 그림책으로서의 매력을 선보인다. 고풍스러운 풍경화와 인물화에 능한 화가 백영범의 삽화는 기괴한 괴물과 요물들, 사건들을 실감나게 묘사한다. 일단 이 그림들은 괴상하고도 아름답다. 독자가 머릿속으로 상상할 수 있는 범위를 벗어난 온갖 기괴한 형상의 괴물들이

박진감 넘치게 묘사된다. 이러한 생동감은 도저히 소설의 묘사만으로는 얻어내기 어려웠을 것이다. 또한 글자를 가로로만 배치하지 않고, 그림처럼 무정형으로 흘려 쓴 배열도 종종 눈에 띈다. 글자는 마치 빗방울처럼 우수수 떨어지거나 분수처럼 별안간 위로 솟아오른다. 세심하게 '읽혀지기'보다는 영상적으로 '보여지기'를 유도하는 방식이다. 작가가 '이 소설이 드라마나 영화 시리즈물로 바뀌길 원한다.'(김탁환, 2005, 204)고 말한 것처럼, 정밀한 완결성을 갖춘 소설이라기보다는 드라마나 영화를 위한 콘티 수준에 그친다고 할 수 있다. '그림만 눈에 들어온다'는 평가도 과언은 아니다. 괴이한 캐릭터와 상황들이 이어지지만, 이야기의 전개와 결말은 어쩐지 맥이 빠진다. 주인공은 단순히 괴물들의 난장판을 급급하게 봉합하는 역할에서 더 나아가지 못한다. 발문에서 장정일이 이 작품을 작은 '판타지'라고 평하며 걱정을 표현한 까닭도 궁극적으로는 이러한 극적 재미의 부족과 이야기성의 약화를 지적하는 것에 다름 아니다.

논란의 여지가 있지만, 문학과 그림의 결합 문제를 논의하는 데에 그림책을 참고하는 것이 일정한 시사점을 제공하리라고 본다. 사실 김경연[12]은 아동문학계에서도 그림책을 문학의 영역에 포함시키는 데에 회의적인 시선이 지배적이라고 인정한다. 하지만 여기서 다룰 것은 그림책에 대한 해묵은 논쟁이 아니라, 그림책에서 드러나는 문자 텍스트와 그림의 결합 양상, 그리고 이를 통한 하나의 발전적인 장르 결합 가능성에 대한 것이다. 전통적인 서구 그림책은 시각적인 면에 초점을 두지만, 서사의 중심은 글 텍스트에 있으며, 삽화는 거의 언제나 글 텍스트를 조명

---

12) 김경연, 2003, 그림책, 글과 그림 사이, 『내일을 여는 작가』, 민족문학작가회의, 70, 이하 <노란 우산>에 대한 설명은 김경연의 글 참고

하거나 부연, 확장시키는 역할을 한다. 대칭적 그림책이라고 명명할 수 있는 이러한 유형에서는 두 개의 서로 중복되는 서사가 진행된다. 그런데 현대 그림책은 그림 텍스트가 글 텍스트의 보조 역할에 그치는 것이 아니라, 오히려 글 텍스트와 동일한 중요성을 지니거나 나아가 지배적인 텍스트로 작용하는 모습까지 보인다. 현대 그림책 서사는 글과 그림뿐만 아니라, 레이아웃·글자 모양·앞 커버에서 뒤 커버에 이르기까지 각 페이지의 연출 등, 각 독립적 형식이 어우러진 복합적 전체로서 구성된다. 심지어 글과 그림이 조화적이라기보다는 각기 모순적인 메시지를 전달하는 반어적인 관계를 드러내는 경우도 드물지 않다. 이러한 유형을 보완적 그림책(글과 그림이 서로의 빈자리를 채움), 대위적 그림책(두 개의 서로 의존하는 서사), 서로를 확대·강화하는 그림책 등으로 구분할 수 있다. 그런데 이 같은 유형의 그림책들이 요점 없고 혼란스러운 느낌을 주는 것이 아니라 오히려 탁월한 시각언어를 제시하여 글과 그림 양 매체를 상호 상승시키는 기능을 수행한다는 것이다. 즉 글 텍스트를 중심으로 한 문학성만을 일면적으로 강조하기보다는 글과 그림이 결합된 종합체가 구성하는 다의적인 층을 바라보는 데까지 시선을 확대할 필요가 있다.

그 사례로 들 수 있는 작품이 류재수의 <노란 우산>이다. 이 작품은 2002년 뉴욕타임즈 최우수 그림책에 선정될 정도로 작품성을 인정받은 바 있다. 그런데 이 작품에는 글 텍스트가 전혀 나오지 않는다. 하지만 여기서 이 작품에 주목하는 이유는 글이 없는 그림책이면서도 매우 풍요로운 의미의 결을 제공한다는 점 때문이다. 그리하여 그림으로도 얼마나 다의적인 의미 영역을 성취할 수 있는가라는 가능성을 제시한다. 먼저 노란 우산을 쓴 아이 하나가 학교로 가는 길에서 파란 우산, 빨간 우산, 녹색 우산 등 갖가지 색깔의 우산이 옹기종기 모여들어 물결처럼 밀려가는 모습을 연속적으로 보여준다. 항상 위쪽에서 바라보는 우산 모습만을 제시하며, 우산을 쓴 아이들의 모습이나 목소리들은 등장하지 않는다. 우산 수가 늘어남에 따라 그 다채로운 색이 어우러져 주는 아름다움, 그리고 그 아름다움의 종착지가 학교라는 점을 보여줌으로써 궁극적으로 혼자가 아닌 함께의 아름다움, 학교는 즐거운 곳이라는 메시지가 만들어진다. 또 하나 독특한 점은 그림책과 함께 음악 CD를 제공한다는 것인데, CD는 단순한 부록이 아니라 그림책 감상 과정과 밀접하게 연관된다. CD의 1번 트랙은 아련한 빗소리에서부터 시작하여 독자들의 일반적인 그림책 감상 속도에 맞추어 음악의 길이를 편집한 곡이 들어 있고, 2번 트랙에서는 이 작품의 제목과 같은 '노란 우산'의 테마 동요가 나오고, 3번에서 15번 트랙까지는 그림책의 총 13장면을 각각의 테마로 한 피아노 소나타 작품 전곡이 수록되어 있다.

[그림 6] 〈노란 우산〉 1

[그림 7] 〈노란 우산〉 2

그림 텍스트의 다층성은 다양한 해석의 영역을 확대한다. <노란 우산>과 같은 그림책의 경우 그림 언어가 중심이 될수록 독자의 적극적인 독해를 필요로 하며 그 바탕은 서사적 텍스트성에서 이루어진다.[13) 이처럼 글과 그림이 끊임없는 보완·확대·긴장 관계를 이룬다는 점에서 다층적이고 다양한 표현과 해석이 가능한 것이다. 문학을 그림처럼 보고, 그림을 문학처럼 읽는 그런 시대가 오지 않으리라고 장담할 수도 없다. 문학은 이미지가 되고자 하고, 그림은 언어적 상징성을 획득하고자 한다. 둘은 단순한 조화 관계를 넘어서서 적극적인 긴장 관계를 수립하고자 한다. 조화는 예술에 있어서 매우 많은 오해의 소지가 있는 개념이다. 그것은 작품 자체를 철저히 완결되어 있는 무엇으로 보게 한다. 예술에서 중요한 것은 암나사와 수나사처럼 빈틈없이 결속되어 있는 상태가 아니다. 문학과 그림이 단순한 일치와 조화만을 지향하는 것이 아니라, 서로에게 의문을 던지고 서로의 해석 여지를 넓혀주는 기능을 할 수 있다면 오히려 수용자의 감각과 감수성에 신선한 충격을 줄 수 있다. 그런 경우라면 문학과 그림이 서로의 기대를 배반하는 무엇이라 해도 좋다. 문학과 그림, 둘을 자유롭게 넘나드는 상상력은 오히려 둘의 느슨한 결합 속에서 풍부한 의미의 결을 발견해낸다.

3) 문학과 영화의 결합 : 상호 참조를 통한 역동적 자기 확장

'소설이 종말에 다다랐다는 느낌. 그리고 미래의 소설은 살아남기 위해서는 스크린에 씌여져야 한다는 느낌'(김성곤, 1997, 21)이라는 래슬리 피들러의 선언은 영화 매체에 대한 문학의 자의식을 노골적으로 드러낸다. 어쨌든 소설이 '영화적인 무엇'이 되어야 한다는 위기의식은 불치의 병에 허덕이는 문학을 부활시킬 하나의 특효약처럼 통용된다. 그러나 이

---

13) 최근 그림책에서 드러나는 글과 그림의 고차원적이고 다층적인 결합 양상은 그림책을 어린이 문학만으로 보는 시각이 너무 좁은 것은 아닌가 하는 의문을 제기하고 있다.

특효약의 성분은 여전히 정체불명이다. 부작용을 힐난하는 목소리도 여기저기서 터져 나오고, 아예 장엄하게 산화하자는 역설도 심심치 않다. 그다지 새삼스러운 것도 아니었던 문학과 영화의 친연성14)을 바탕으로 한 다양한 활로들도 쏟아져 나온다. 최근 '영상문학'이라는 생경한 용어를 보편화시키려는 움직임도 있다. 흔히 영상문학이란 '영상 매체를 통해 구현된 영상언어(visual language)로 쓰여진 문학적 텍스트'(이충무, 65~70)를 뜻하는 것으로 간주된다. 다시 말해 영화를 확장된 문학 텍스트로 간주한다면, 영화가 곧 영상문학이라는 등식이 손쉽게 성립된다. 급기야 영화가 그동안 신기한 장난감에서 숭고한 예술로 성장해 왔지만, 지금은 비디오나 디지털무비에 의해 천박한 상업주의에 내몰리고 있으므로, 영상문학이라는 이름으로 영화를 규정하고 예술의 궤도에서 이탈하는 것을 막자는 극단적 주장에까지 이어진다. 이는 또 하나의 고집스러운 예술지상주의가 아닐 수 없다. 방탕아를 교화시키는 상담역처럼, 문학이 영화의 예술성을 회복하는 데에 일조하리라는 매우 시혜적인 태도를 담고 있기 때문이다. 어차피 영화라는 장르는 상업주의나 산업주의의 측면을 전제하지 않고서는 논의하기 어렵다. 그리고 문학이 그렇게 갈구하는 특효약도 결국은 이 같은 영화의 대중성에 다름 아니다. 영상문학을 정의하는 또 다른 관점은 그것이 영상 이미지를 차용한 글로 쓰여진 문학

---

14) 문학이 언어로서 이미지를 전달한다는 것, 뇌 속의 스크린에 움직이는 사물과 사건을 투사하는 것이라는 점에서 영화와의 유사성이 성립된다. 시가 이미지를 나열하여 이미지 스스로 논리를 세우도록 하는 것처럼, 영화의 몽타쥬 기법은 화면을 나열하여 일정한 논리를 세운다. 영화의 쇼트 하나하나가 시의 단어 역할을 한다. 몽타주 기법을 제임스 조이스와 모파상에서 배웠다는 에이젠슈타인은 자신의 작품이 하나의 시가 되기를 원했으며, 문학은 영화에 너무 많은 것을 기여한, 가장 중요하고 으뜸가는 시각예술이라고 주장하였다. 반면 문학이 지닌 추상적, 철학적 성격을 영화가 그대로 전달하기는 어렵다. 하지만 구체적 예시나 세심한 장면 제시에는 영화가 훨씬 우월한 것도 사실이다.

이며, 영상시·영상 소설·시나리오·영상 드라마 대본·CF나 애니메이션 스토리들로 세분화할 수 있다는 것이다(유한근, 2004, 15). 그러나 영상시나 영상소설이라는 범주 자체가 분명치 않고, 시나리오나 드라마 대본을 소설이나 시처럼 탐독하는 독자가 있으리라고는 그다지 기대되지 않는다. 이처럼 영상문학에 대한 논의는 독자들의 외면을 돌리기 위한 하나의 편의적인 방편에서 시작된 것이지, 결코 영상 매체로의 편입이나 장르 파괴를 기획하는 것은 아님을 알 수 있다.

이 장에서 다룰 내용은 영화 텍스트의 문학화 현상이다. 반대의 경우인 문학작품의 영화화, 즉 영화로의 각색의 문제는 일단 논외로 치기로 한다. 후자는 영화 장르의 초기 단계에서부터 지속적으로 계속되어 온 현상으로 별다르게 새로운 문제가 아니며, 이미 이에 대해서는 상당한 수준의 논의가 진행되었기 때문이다. 사실 그것은 영화의 원작이 문학작품이라는 것 외에는 별다른 점이 없다. 단지 바이올린으로 연주하던 곡을 피아노로 연주하는 일에 비유할 수 있다. 바이올린과 피아노 자체가 다른 악기이기 때문에, 음색의 변화는 필연적이다. 이를 논의하는 것은 결국 각 악기, 각 매체의 특수성을 해명하는 일과 동일하다. 여기서는 문학이 적극적으로 영화 쪽에 손을 뻗치는 현상들, 다시 말해 각색의 방향이 영화에서 문학으로 진행된 경우, 영화의 성과물을 그대로 문학이라는 장르 안에서 변주한 양상15)을 살펴보기로 한다. 그런데 이 같은 현상을 다루기 위해서는 영화와 문학, 각 매체의 내적 속성보다는 외부적 요인, 즉 마케팅이나 기획이라는 측면을 주목할 수밖에 없다. 연주하는 악

---

15) 사실 이러한 사례를 통칭하여 어떤 용어로 명명해야 할지도 분명치 않다. 가령 영화를 소설로 각색한 작품을 '영상소설'이라고 부르기에는 어색하고, '영화소설'이라고 하기에는 더더욱 마땅치 않다. 그래서 이 글에서는 그저 '영화 텍스트의 문학화'라는 일반적인 용어를 사용하기로 한다.

기 자체의 특수성보다는 연주 장소나 연주 대상, 관객의 취향이나 수용 태도 등을 고려해야 한다는 것이다. 영화 텍스트의 문학화 현상은 영화의 산업주의적인 구조를 고려하지 않고서는 해명하기 어렵기 때문이다. 그리고 이 경우 문학 역시 상업주의에 대한 논란에서 자유롭지 못할 것이며, 마케팅이나 기획이라는 메커니즘 속에서 문학성이라는 모호한 개념을 어느 지점에 위치시켜야 할 것인가에 대한 복잡한 의문도 발생한다.

일단 영화 텍스트의 문학화 현상은 영상미디어를 단순히 문학, 독서에 위협적인 존재로만 받아들이는 것이 아니라, 상호보완적이며 나아가 시너지 효과를 창출하는 관계로 보는 입장에서 비롯된다. 그것은 전체적인 파이를 키우려는 의도이다. 영상 미디어를 통한 흥미유발은 독서로 이어지며, 독자들은 영상미디어가 충족시킬 수 없는 내용을 독서를 통해 채우려고 한다. 동일한 내용일지라도 그것이 다양한 미디어로 제작되었을 때 흥미를 유발시켜 미디어간 활발한 상호작용을 하며, 수용자들은 그동안의 미디어 이용 경험을 기반으로 자신의 목적을 실현하는 데에 가장 적합한 미디어를 이용하게 된다. 이른바 콘텐츠 융합화 전략이라 부를 수 있는 이러한 시도는 동일한 주제와 이미지를 각각의 매체의 특성에 따라서 다르게 전달한다. 특히 영상제작물의 창구 효과(window effect)는 하나의 영상제작물이 서로 다른 미디어로 이동하면서 다단계에 걸쳐서 부가가치를 창출하는 것으로, 이종매체간 콘텐츠 융합은 영상에서 문자로, 문자에서 영상으로 형식이 바뀜에 따라서 다른 느낌과 메시지를 전달하여 각각의 상품의 장점을 살리고, 이종매체간 시너지 효과를 창출할 수 있다(성동규 / 서보윤, 2001, 218~219).[16] 결국 진부하고 따분한 매체로

16) 장르의 차이는 있지만, 각 매체의 장점을 살려 시너지 효과를 일으킨 유키 구라모토의 사례를 들 수 있다. 1999년 당시 그는 한국에 전혀 알려져 있지 않았던 피아니스트였

인식되는 책의 새로운 모습을 부각하여 쉽게 책에 다가갈 수 있도록 다리를 놓아주는 셈이다. 독서의 촉진제로서 영상미디어를 활용할 가능성은 영상매체에서 얻은 흥미를 바탕으로 하여 영상의 표현방식이나 언어로는 채워지지 않는 정보를 충족할 수 있는 내용이 필요하다. 그렇다면 문자로 된 책이라는 미디어의 특성을 보다 적극적으로 살릴 수 있는 콘텐츠를 기획해야 한다는 결론이 성립한다. 그동안 소설은 영화의 가장 큰 원료 공급지였으나, 이제 상업적으로 성공한 영화나 텔레비전 드라마의 원작 대본을 다시 소설로 번역하거나 윤색하는 작업이 성행한다.[17] 영화가 소설작품으로 각색된 경우만 보아도 <약속>(1998), <친구>(2001), <연애소설>(2002), <태극기 휘날리며>(2004), <가족>(2004), <꽃피는 봄이 오면>(2004), <남극일기>(2005), <친절한 금자씨>(2005), <형사 듀얼리스트>(2005),[18] <외출>(2005), <괴물>(2006) 등을 들 수 있다(서정

다. 그러나 그의 음악을 국내에 소개하면서 수입음반사인 시엔엘뮤직과 출판사인 삼호뮤직은 음반 출판과 동시에 악보집 출판을 기획하였으며 이와 더불어 국내 라디오 프로그램과 CF의 배경음악으로 프로모션하였고 급기야 내한 공연까지 유치하였다. 그 결과 2002년 유키 구라모토의 7개 음반이 뉴에이지 솔로 분야에서 베스트셀러를 기록하였고, 4권의 악보집은 악보집 출판물로는 처음으로 예술분야에서 단행본을 넘어서 베스트셀러를 기록하게 되었다. 음반 속의 자켓에는 악보집 출판을 광고하고, 악보집 속의 광고 면에는 음반 광고를 상호 제공하여 독자나 이용자로 하여금 동일 콘텐츠에 대한 다양한 수용 욕구를 유발시켰다. 이는 콘텐츠의 이용에 있어서 적극적인 매체 퓨전화에 원인이 있었으며 미리 계획되어진 이종매체간의 성공적인 상호촉진 전략의 전형으로 볼 수 있다(이상민, 2002, 출판의 퓨전화 경향에 관한 연구, 『언론연구논집』, 중앙대학교, pp.331~332).

17) 550명의 대학생을 대상으로 설문조사를 해 본 결과, 이미 본 영상 콘텐츠라도 책으로 출판되는 경우 읽을 의향이 있다고 대답한 비율은 53.8%로 나타났다. 그 이유로는 알고 있는 내용 외에 또 다른 정보나 상세한 정보를 얻고 싶어서라는 응답이 60.1%로 가장 많았으며, 원래 콘텐츠가 재미있었기 때문에 책도 재미있을 것 같아서가 27.5%였다. 결국 이미 보았던 내용을 비록 책이라는 매체로 바꾸었지만 다시 볼 의사가 있다는 것은 콘텐츠 융합에 대한 긍정적인 의사라고 볼 수 있을 것이다. 또한 영상매체를 재미와 흥미를 느낄 수 있는 매체라고 인식하고 있기는 하지만, 좀더 자세하게 생각하게 하며 정보를 얻는 데에는 책이 더 적당하다고 생각하고 있다는 점도 알 수 있었다(성동규 / 서보윤, 앞의 책, pp.226~232).

 학제간 연구를 통한 문학의 확장 가능성 탐구

남, 2005, 47~55). 이는 원재료를 여러 단계에 걸쳐서 사용하며 파생 이윤을 극대화하려는 현실적 논리와 문화를 산업적으로 이해하고 실천하려는 인식의 기반에서 성립된다. 이제 인터넷 기업들의 수익은 '연결'이 아니라, '검색'에서 창출된다. 가령 인터넷 서점에서 책을 구입하는 사람의 80%는 책의 제목이 아니라 검색을 통해서 사이트에 접속한 사람들이라고 한다. 각종 포탈사이트에서 영상프로그램의 제목을 치면 동명의 책이 함께 뜨게 되어 있다. 인터넷의 중요한 기능 중 하나가 바로 상품과 상품을 연동시키는 형태이다. 책을 영화·드라마·게임·장난감·캐릭터와 연동하는 일은 매우 자연스럽다. 문제는 두 매체가 가지고 있는 장점과 매력을 철저하게 구현하여 상호공존함으로써 영화와 소설이 다른 재미와 감동을 주어야 한다는 것이다.

벤야민에 의하면 번역될 수 있다는 것은 어떤 작품이 지닌 본질적 특성이다. 번역될 수 있다는 사실이 작품의 본질적인 면이라는 뜻이 아니라, 원작품에 내재하고 있는 어떤 특수한 의미가 그 작품의 번역 가능성 속에 나타난다는 것을 뜻한다. 그래서 번역의 과제는 그가 번역하고 있는 언어를 통해서 원작품의 메아리가 울려 퍼질 수 있는 의도를 탐색하는 데에 있다. 원작품이 전혀 다른 패러다임으로 번역됨으로써 오히려 의미를 생산한다는 사실(박명진, 2003, 37)은 영화 텍스트의 문학화 현상을 새로운 시각으로 성찰할 수 있게 한다. 즉 영화와 문학이 각각 서로를 참조함으로써 엉뚱하고 의미 있는 텍스트를 생산할 수 있다는 것을 암시한다. 각각의 매체는 서로에게 번역됨으로써 스스로에게 예상치 못

---

18) 이명세 감독의 영화 <형사>는 매우 복잡하고 특별한 사례라고 할 수 있다. 우선 방학기 원작의 무협 만화 『다모』를 원작으로 하여 같은 이름의 TV 드라마가 제작되어 인기를 얻었고, 이를 바탕으로 각색되어 영화로 만들어지는 과정과 동시에 다시 소설로 각색되었다.

했던 영양분을 공급하게 된다. 번역 과정을 통해서 양자는 새로운 관계를 설정하는 동시에, 역동적으로 자신을 재생산하는 것이다. 그렇다면 영상매체에 대한 문자매체의 방어벽을 구축하는 노력을 기울이기보다는 두 매체가 길항하면서 생산해내는 새로운 현상들을 좌시할 필요가 있다. 영화 텍스트의 문학화 현상은 이처럼 다양한 매체들이 서로 넘나들 수밖에 없는 경계에서 생산된 작품들을 말한다. 이는 문학이 어떻게 세상에 말을 걸 수 있을 것인가에 대한 흥미로운 모험이다.

사실 미국이나 일본에서 책을 기획단계에서부터 영상과 결합시키는 전략은 일반화된 현상이다(한기호, 2005, 56~66).[19] 그런데 우리의 경우 2005년 문학과지성사에서 펴낸 김형경의『외출』은 매우 특이한 현상으로 취급되었다. 허진호 감독이 직접 쓴 시나리오를 바탕으로 영화를 만들고, 소설가 김형경이 이를 소설 작품으로 각색한 것이다. 순수문학을 옹호하는 대표적 출판사에서 마케팅 상품이 아닌 본격소설이라는 명제를 앞세우고 발간된『외출』은 '색다른 실험' 또는 '무모한 모험'이라는 엇갈린 평가 아래 커다란 논란을 불러 일으켰다. 작가는 자신의 작업을 가리켜 '문화란 자생력을 가진 독립 생명체이며 그 변화와 발전에 맞추어 유연하게 대처한 것'[20]이라고 규정한다. 새로운 형식 실험이라는 점, 그리고 무엇보다도 시나리오에 대한 호감으로 이 작업을 수락했다는 작가는 소설을 완성할 때까지 촬영현장인 삼척에 한 번 갔던 것 말고는 일부로 감독과 연락하지 않았다고 한다. "묻고 싶은 것은 많았지만 의견을

---

19) 최근 일본에서 가장 많이 팔린 책은『세상의 중심에서 사랑을 외치다』로 영화화와 드라마화의 상승 효과로 320만 부를 넘겨 하루키의『노르웨이의 숲』을 능가하였다. 고단샤 출판사도『종전의 로렐라이』를 펴내면서 토호나 후지 TV와 손을 잡고 미디어믹스를 시도한 결과, 단행본 19만부, 문고본 141만부의 판매를 기록하였으며, 영화는 190만 명을 동원하는 성공을 거두었다.
20) 본격문학 영화소설로의 첫 외출, <한겨레신문>, 2005. 8. 25.

들으면 상상력에 제한을 받을 것 같아서"라는 이유인데, 대신 편집되지 않은 촬영분 필름을 네 차례에 걸쳐서 검토했고, 그래서 인수가 시장을 봐오는 장면 등 영화에서는 잘려나간 부분이 소설에서는 일부 복원되었다. 소설은 영화와는 다르게, 인수와

[그림 8] 허진호의 〈외출〉

서영의 내면을 전지적 작가 시점으로 서술하며, 유난히 여백이 많은 허진호의 영화를 마치 '풀어 설명하는' 듯한 느낌을 준다. 특히 두 인물간의 거리가 좁혀지는 과정을 보다 세심하게 묘사하고, 조명감독이라는 인수의 직업이 지니는 상징성을 강화하여, 교차하는 빛과 어둠의 이미지를 사랑이라는 심리와 연관지으려 하였다. 그런데 영화 <외출>은 허진호의 이전 작품들과는 상당히 다르다는 평가가 지배적이었다. 전작 <8월의 크리스마스>나 <봄날은 간다>의 천천히 흐르며 만드는 유려한 리듬감과 고적함은 사라지고, 왠지 모를 막막함만이 전체적인 영화의 분위기를 지배한다는 것이다. 영화만 보아서는 인수와 서영, 두 사람이 과연 사랑하기나 한 걸까라는 의문까지 생긴다는 말도 그리 과언은 아니다. 또한 인물의 내면과 감정이 적나라하게 노출되는 장면이 많고, 두 주연 배우에 대한 클로즈업이 너무 빈번하게 등장하여, 배용준의 일본 팬들을 위한 일종의 팬시상품이라는 혹평까지 나왔다.

　흥미로운 것은 소설에 대한 출판사 측의 다소 과장스러운 의미 부여이다. 문학과지성사는 이 작품이 순수문학 작가가 썼으며, 완결성이 있

[그림 9] 김형경의 『외출』

고, 영화와는 다른 새로운 에피소드를 삽입하였으며, 세부묘사가 다르다는 이유로 본격문학이라고 강변하였다. 이에 대해 한 신문 기자는 출판사 측이 상업적 의도가 분명한 출판행위를 새로운 시대의 본격문학이라고 홍보한다면서 그러한 논리에 따른다면 이문열의 『삼국지』도 순수문학이 아니냐며 반박했다.[21] 그런데 여기서 중요한 것은 『외출』이 본격문학이냐 아니냐에 대한 판가름이 아니라, 그것이 문학의 확장 가능성에 대한 어떤 대안을 보여 주느냐는 점이다(이재복, 2005, 56~65).[22] 김형경 역시 계속 쓰는 과정에서 '아! 이건 내 작품이다'라는 확신이 들었다면서, 영화는 시간적 플롯을 사용하지만 소설은 인과적 플롯에 따라서 재구성하였고, 영화의 구어체 문장을 문어체 문장으로 바꾸었으며, 언어로 영

---

21) 손민호의 문학터치, <중앙일보>, 2005. 8. 27.

22) 이재복은 『외출』 논란을 순종주의에 집착하는 우리 문학계의 딜레마가 빚어낸 현상으로 이해하고자 한다. 작가와 출판사는 순수문학과 대중문학의 이분법적 경계를 해체하는 대신, 이 작품이 문학적 형상화의 밀도와 문학성을 확보하는 데에 성공한 본격문학이라는 점만을 강조하고 있다는 것이다. 또한 이 논란에 참여한 신문사 문화부 기자들역시 『외출』이 영화의 시나리오를 보고 창작한 비독창적인 작품이므로 본격문학에 범주에 들지 못한다고 주장함으로써 문학의 순종주의적 발상에서 벗어나지 못하였다고 본다. 결국 애초의 의도대로 『외출』이 문학의 영역을 확장하고 새로운 문학의 개념을 규정하기 위해서는 순수 / 대중이라는 이분법을 해체하는 것이 필요하며, 문화적인 잡종이 지배력을 행사하는 지금 이 시대의 속성을 그대로 내포하고 있는 작품이야말로 새로운 본격문학이 될 것이라고 인식한다.

상 이미지를 수용·재해석한 뒤 새롭게 표현해 내는 작업 과정이었다고 부연하였다. 또한 허진호 감독도 소설이 영화로는 찍을 수 없는 '제3의 카메라'를 통해서 문학적 형상화에 성공했으며, 영화의 신과 신 사이의 행간을 치밀하게 재구성하여 '읽고 느끼는 문학적 즐거움'을 제공하였다고 옹호하였다. 사실 '전기가 공급되지 않는 가전제품과 같은 존재'라는 표현처럼, 영상에서 구현하기 힘든 활자미학을 구사한 것도 일견 사실이지만, 어차피 장편소설이 시나리오보다 분량이 많을 수밖에 없는 조건에서 이 같은 세부화는 필연적인 과정이었을 뿐이다. 무엇보다도 영화가 먼저 만들어지기 시작하여 배우와 감독이 이미 결정되어 있었기 때문에 영화의 스타일과 분위기가 어느 정도 예측 가능한 상태에서, 작가가 그것을 창조적으로 재구성할 여지는 그다지 많아 보이지 않는다. 가령 인물을 묘사하는 과정에서 남주인공에 대한 언급은 거의 나오지 않는다. 이미 배용준이라는 한류 스타의 이미지가 확정되어 있어서, 굳이 사족처럼 그에 대해서 묘사할 필요가 없는 셈이다. 이는 결과적으로 인물에 대한 독자의 이입을 심각하게 방해한다. 독자는 문자로 환기되는 배용준을 접할 뿐이다. 문제는 만약 영화를 안 보거나 영화에 대해 정보가 없는 독자가 소설만을 읽어도 충분한 미학적 경험을 할 수 있겠느냐는 점이다. 이런 경우 미약한 인물 묘사는 치명적인 결함으로 작용할 것이다. 한편 출판사가 아닌 영화사가 이 작업을 주도했다는 점에서, 소설이 영상의 종속물에 불과했다는 비판에서 자유롭지 못한 것도 사실이다. 결국 이 기획은 우리나라에서 문화상품으로서의 책의 기본관념에 약간의 문제제기를 한 것 이외에는 별다른 반향을 일으키지 못한 반면, 일본에서는 영화 관객 수도 300만 명이 넘었고, 책도 베스트셀러의 반열에 올랐다. 이러한 상황을 전제할 때 영화와 소설의 시너지 효과가 발생하여 한국문학이 해외로 진출하는 하나의 가능성을 제공했다는 출판사 측의 주장보다는, 한류 열풍에 편승하여 문학의 위기를 너무 안이하게 돌파하고자 했다는 비판이 더 설득력 있어 보인다. 요즘 많은 문예지들이 적극적으로 영화 시나리오들을 게재하는 추세에 비추어 볼 때, 소설『외출』의 등장은 문학이 새로운 출발점을 알리는 신호탄인지, 아니면 상업주의의 진흙탕으로 다같이 들어가자는 선언을 한 것인지 의미심장한 문제점을 제기한다.

또 하나 덧붙여 살펴볼 만한 사례는 박정대의 시이다. 박정대의 <'동사서독'에 의한 변주>는 왕가위 감독의 영화 <동사서독>의 내용을 모티브로 창작한 작품이다. <동사서독>은 표면적으로는 무협영화의 형식을 취하지만, 인간군상들의 복잡 미묘한 심리를 그리는 매우 '철학'적인 영화이다. 이 영화는 사랑·만남·기억·집착 등 인물들이 복잡하게 얽혀있는 관계를 드러내며, 시간구조 역시 심하게 헝클어져 있다. 다중인격자인 모용연과 애증의 관계인 동사, 형수를 사랑하다가 사막에 은거하며 살인청부업을 하는 서독, 아내에게 배신당하고 눈이 멀어가는 맹무살수 등, 단절과 소통의 모순된 구조와 과거의 상처 속에 갇힌 인물과 상황은 무협영화로는 드물게 매우 현대적 주제를 표출한다. 그리고 박정대의 시적 변주에서는 영화의 인물들, 영화 속 공간과 사물들, 그 인물들을 연기한 중국 배우들의 고유명사들이 어지럽게 엉켜서 등장한다. 영화에서 인물들은 항상 화면 중앙이 아니라 구석에 배치되어 세상으로부터 소외된 대단히 외로운 인물들임을 암시한다. <'동사서독'에 의한 변주>역시 사막 같은 가슴으로 사는 화자를 등장시킨다. 그는 소멸과 상실에 대한 두려움에 사로잡혀 있으며, 사람과의 관계에서 상처를 입고, 불모의 사막과 같은 권태와 고독에 시달린다. 그는 후배와 대화를 나누는 도

중에도 <동사서독>의 다양한 이미지들을 연신 떠올린다. 이러한 화자의 내면은 본문 속 괄호 속의 말로 표기되어 더욱 더 분열과 단절의 분위기를 조장한다. 박정대의 시는 이처럼 철저히 영화의 이미지에 기대고 있으며, 영화의 내용을 시로 연장하는 듯한 느낌을 준다. 김용의 무협소설에서 모티브만 차용하여 왕가위가 영화로 만들고, 영화에서 소외와 고독이라는 주제를 극대화하여 박정대가 시로 바꾸어 썼다는 점에서, 이 세 번의 과정은 매우 독특한 변주 양상을 보여준다. 동시에 영화의 다양한 기법을 과연 시의 언어로 바꿀 수 있을까에 대한 가능성을 제기하고, 영화를 시에 들여오는 방식이 과연 시의 장(場)을 확장시키는 데에 기여할 수 있는가에 대한 전망도 고민하게 한다.

『외출』이나 박정대의 시 모두 동일한 재료를 서로 다른 매체로 표현함으로써 두 장르의 독립성을 침해하지 않으면서도 어떻게 참된 만남이 가능할 것인가에 탐색을 시사한다. 일단 두 경우 모두 영화가 선행한다. 그러다보니 특히 인물 형상, 주인공들의 모습이 고정되고 완결된 이미지로 제시되는데, 여기서 상당히 커다란 심미적 문제점이 발생한다. 즉 영화를 먼저 보고 문학 작품을 접하는 독자들의 경우, 주체적이고 능동적으로 작품 자체를 향유할 기회를 박탈당하고, 어떤 강렬한 이미지들과 패턴을 통해서 애초부터 왜곡된 의식을 주입당할 원초적 모순에 맞닥뜨리는 것이다(이정우, 1999, 202).[23] 시장의 형성 여부, 창작 과정의 변화, 산업으로서의 문학의 가능성과 문학 자체의 개념 변화, 원소스 멀티유즈

---

23) 이정우는 만화의 예를 들어 이와 비슷한 문제를 지적하고 있다. '『삼국지』나 『수호지』를 읽기 전에 고우영의 만화를 통해 이미 제갈량이나 관우, 노지심의 이마주를 가지게 된다. 이렇게 만화를 통해서 이미 형성된 느낌은 진짜 작품을 읽을 때 그 맛을 결정적으로 흐트려 놓는다. 마치 단 사탕을 먹은 뒤에는 사과 맛이 제대로 나지 않듯이. 대중문화는 우리가 진짜 예술 작품들을 접하기도 전에 이미 우리의 감성을 망가뜨리는 것이다.'

(One Source Multi-Use)의 강력한 파생력 유도 등등 다양한 문제를 동반하는 조건에서, 문학과 영화가 단순한 대체 관계가 아닌 적극적인 상호 확장으로 이어질 가능성은 결국 영화와 문학이 각자의 강점을 가지고 관객과 독자를 만나느냐 그렇지 않느냐에 달려 있다. 가령 소설보다 시나리오가 시적인 응축성을 지니게 됨은 당연하다. 그래서 영화는 문학 원전보다 생동감이 넘쳐흐른다(데이비드 하워드·에드워드 마블리, 1999, 28).[24] 하지만 그 반대 경우도 있다. 변혁 감독은 김영하 소설의 현대적 싸늘함에 매력을 느끼고 그의 두 소설을 각색하여 <주홍글씨>를 만들었다고 한다. 하지만 소설의 간결하고 스피디한 문체와는 달리 영화의 속도는 너무 느리고 따분해 보인다. 한편 타르코프스키 감독은 아버지의 시를 모티브로 하여 영화 <거울>을 만들었다. 그런데 그는 시의 내용을 영상으로 재현한다기보다는 시에서 받은 인상을 자신의 영화 언어로 표현하기 때문에, 시와 영상은 일종의 충돌 현상을 겪고 관객은 제3의 의미를 찾게 된다. 단순한 의미작용의 교환이 아니라, 모든 장면들은 단편적이고 모호한 인상을 주면서 시의 독특한 음색을 전달한다. 독자는 시어가 빚어내는 독자적인 인상을 좇는다. 여기서 영상은 관객의 독자적인 경험을 불러일으키는 하나의 통로로 작용한다. 화면은 공허해지고 관객이 그 안을 자신의 세계로 채운다. 그것은 제목인 '거울'처럼 독자들이 자신의 깊숙한 내면을 들여다보면서 감상하기를 유도한다.[25] 이 같은 사례들은

---

24) 소설은 가십이지만 드라마는 스캔들이다. 가십과 스캔들은 본질적으로 다르지 않다. 다만 스캔들은 더 첨예한 형태를 갖춘 채 들불처럼 사납고 빠른 속도로 번져 가는 데 반해, 가십은 두서없고 산만한 형태로 오래 지속되는 것뿐이다.

25) 한 관객이 감독에게 보낸 다음과 같은 편지는 이 영화의 특성을 극명하게 드러내준다. '나의 어린 시절은 영화와 똑같았습니다. 그런데 어떻게 제 이야기를 알았습니까? 그때는 정말 그런 바람이 불었고, 그런 소나기가 왔었죠, 방 안은 어두웠습니다. 석유등도 그때는 꺼졌었죠. 그리고 내 영혼은 어머니에 대한 기다림으로 가득 채워져 있었고…

문학과 영화의 만남에 대한 중요한 가능성을 제공한다. 영화를 문학적으로 찍고, 문학을 영화적으로 쓰라는 말이 아니다. 그러한 시도는 단순한 대체의 개념에 불과하다. 동일한 재료를 바탕으로 했을지라도, 문학과 영화는 독자적으로 각각의 미학적 수준을 최대치로 끌어올리려는 노력이 필요하다. 양자의 결합은 서로를 의존하거나 의지하는 것이 아니라, 역동적인 긴장관계를 창출할 수 있어야 한다. 이제 대중과의 소통을 토대로 한 문화적 생산과 소비의 유통구조가 만들어지는 것은 당연한 일이다. 그렇다면 새로운 독자／관객의 취향과 문화적 욕구를 작가／출판사／영화감독／영화 제작자가 어떻게 수용하고 만족시킬 것인가에 대한 문제를 제기함으로써, 새로운 문화 현상에 대한 광범위한 모색과 접근을 시도할 필요가 있다. 허구적 서사물을 수용하고 경험하는 방식이 다양화될수록 우리는 보다 풍부한 예술적 경험을 즐길 수 있기 때문이다. 예술에 대한 다양한 향유의 기회를 증진하는 것은 곧 예술의 지평과 영역을 확장하는 것에 다름 아니다. 그리고 이러한 관점이야말로 오늘의 문학이 다른 장르와 상생할 수 있는 희망일 것이다.

3. 물리적 확장과 화학적 확장 사이

문학의 위기, 활자 매체의 종언 운운하는 풍문은 어쨌든 극심한 변화의 조짐들을 내포하고 있음에는 분명하다. 그럼에도 불구하고 여전히 문학은 '진화 중'이다. 위기의 조건과 환경은 언제나 혁신의 징조를 동반

어두운 극장 안에서 한쪽의 스크린을 바라보면서 저는 생애 처음으로 제가 혼자가 아니라는 걸 느꼈습니다.'(김선명, 앞의 책, 42쪽 재인용)

하면서 긴박한 자기갱신을 유도한다. 지금 문학의 역사상 가장 흥미롭고 역동적인 문학 현상들이 벌어지고 있으며, 우리는 그것을 목격할 수 있는 엄청난 행운을 맞았다. 그러므로 미래의 문학이 과연 어떤 정체성과 모습으로 다가올 것인가를 떠나서, 우리 문학 연구자들은 오히려 가장 행복한 시기를 살고 있는지도 모른다. 바야흐로 판타지가 곧 리얼리즘이 되는 시기이다. 대중예술에서 진지한 예술에 이르기까지 장르들간의 경쟁은 필연적이며, 그 때문에 문학의 위상에 많은 변화가 일어나는 것은 피할 수 없는 대세이다(조성면, 2003, 97). 그렇다면 기존의 닫힌 예술관에서 벗어나 새롭게 모색하는 장르간의 인터랙티브한 소통이 예술적 지평의 확장에 기여할 것이다. 그것은 모험성, 기발함, 탐구욕, 반항성, 그리고 타 장르와의 적극적인 접목을 모색하는 경쟁력에서 출발한다. 젊은 세대들의 블로그 문화는 그 일단을 보여준다. 그들은 블로그라는 공간을 통해서 글쓰기, 음악 선정 및 편집, 사진 창작과 유통, 시각 디자인 등 상상하기 힘든 멀티 예술 감각을 구현하고 있다. 이제 블로그야말로 미래의 강력한 예술장르가 될지도 모른다. 백남준의 'TV 부처'가 보여주는 통합적인 상상력이 절실하다. TV는 부처를 보고 부처는 TV를 본다.

[그림 10] 백남준 'TV 부처'

부처는 TV를 보고 TV는 부처를 상영한다. 그리하여 비로소 부처와 TV는 소통 가능한 존재가 된다. 부처의 영구성과 TV의 영구성이 일치한다. TV와 부처, 서양과 동양, 기술과 정신, 기계와 인간, 현대와 고대의 상극적 대립이 통합된다. 단순히 장르나 매체를 섞는 것이 중요한 것이 아니라, 그 종합을 통해 인간의 총체적 능력을 극대화하는 예술적 가치를 추구하는 태도가 필요하다. 그럴 때에야 단순한 부분의 합에서 완전한 총체성에 대한 고려로 나아가게 된다(최민성, 2006, 214~221). 최초의 하이퍼텍스트 소설 『디지털 구보 2001』의 남자 주인공 이상의 직업은 컴퓨터 게임 시나리오 작가이다. 이처럼 과거의 이상이 우리 시대에 다시 태어난다면 아마도 디지털 기술과 인문학적 상상력이 통합된 지식인의 면모를 지닐 것이다.

미디어는 메시지를 실어 나르기만 하는 투명한 것이 아니며(존 피스크, 1997, 49) 수용자들에게 동일한 반응을 낳게 하는 결정적 요소도 아니다. 같은 메시지라 할지라도 각 매체의 고유한 신호 변환 방식에 따라서 메시지를 전달하는 것을 넘어서는 또 다른 차원의 의미작용을 한다. 이처럼 대상을 전달하고 재현하는 방식에 따라 결정되는 텍스트의 다성적인 의미가 중요하다. 문학과 영상의 결합은 좀더 효과적이고 이해하기 쉽게 의미를 전달하는 편의성에만 치우쳐서는 안 되며, 매체 자체의 작용으로 생성되는 보이지 않는 메시지까지 포착하는 능력이 필요하다. 가령 시나 소설의 내용과 유사한 그림과 사진, 동영상을 보여 주면서 이미지의 구체화를 돕는 방식은 매우 저급한 수준에 불과하다. 시에서 형상화하는 대상의 의미를 사진이나 그림으로 완벽하게 구현하는 것은 애초에 불가능한 일이다. 주요한의 <빗소리>와 비 오는 광경을 찍은 사진은 결코 동일한 의미체가 될 수 없다. 이처럼 대상의 유사함만을 조건으로 하여 문학과 영상을 나란히 놓고 의미작용을 탐구하는 방식은 수용자의 예술적 감수성과 감각을 둔화시키고 이미지에 대해 수동적이고 소비적인 주체로 전락시킨다. 이는 단순한 물리적 결합, 나아가 문학의 물리적 확장 수준에 그친다. 영상이 문학작품을 얼마나 충실히 재현했는가, 혹은 문학이 영상의 조력을 얼마나 받았는가 하는 것은 결과론일 뿐이다. 문학과 영상의 상상력은 통합적이어야 하며, 대상의 유사함을 넘어선 의미작용까지 제대로 감상할 수 있어야 한다. 진정한 문학의 확장이 되기 위해서는 각 장르간의 상상력의 소통이 필요하다. 그리고 텍스트의 무한한 틈 안에 독자와 관객의 욕망을 꼼꼼하게 채우는 것, 각각의 텍스트를 침묵에서 해방시키는 것이 진정한 화학적인 결합, 문학의 화학적 확장이 될 것이다.26)

　물론 지금까지 논의한 문학과 영상의 결합에 있어서, 그 미학적 기반에 대한 성찰과 장르혼합에서 생기는 문제는 더욱 본격적이고 진지하게 탐색되어야 한다. 결합의 당위성만 화학적이어야 하는 것이 아니고, 결합된 형태에 대한 해석 역시 화학적인 독법을 갖추어야 할 것이다. 또한 이러한 시도에서 지극히 상업주의적인 의도가 지배한다는 점, 대중에 영합하는 질 낮은 작업들을 반복한다는 점, 각 매체의 속성을 무시한 채 무분별하게 결합된다는 점, 지적·미학적 고려와 노력이 무시된 채 수월한 방법론만을 추구한다는 점, 오히려 독자의 감각과 감수성을 약화시키고 수동화시킨다는 점, 이도저도 아닌 정체불명의 절충형 작품이 난무한다는 지적 등도 만만치 않다. 부득이하나마 이 같은 문제들은 차후의 연구과제로 돌린다. 냉정하게 보면, 이 글에서 논의한 사례들은 독자와의

---

26) 물리적 결합과 화학적 결합은 짬짜면과 비빔밥의 차이로 비유하여 설명할 수 있다. 짬짜면은 두 칸으로 분리된 그릇에 짜장과 짬뽕을 절반씩 담는다. 짜장과 짬뽕은 섞이지 않으며, 단지 하나의 공간에 동시에 존재할 뿐이다. 두 개의 속성 역시 전혀 변화하지 않는다. 이는 기계적·물리적 결합에 불과한 것으로, 양자는 서로를 강화하거나 고양시키는 효과를 내지 못한다. 반대로 비빔밥은 하나의 용기에 갖가지 야채와 고명, 고기가 한데 버무려져서 제3의 맛을 창출한다. 원래 재료들이 뒤섞임으로써 전혀 새로운 오묘한 맛이 된다. 결국 이러한 화학적인 결합은 일종의 시너지 효과를 발휘하며, 각 요소들 사이의 새로운 긴장관계를 창출하는 것이다.

적극적인 커뮤니케이션 관계를 형성하려는 욕구에서 비롯되었다고 할 수 있다. 고급문화와 대중문화, 순수와 잡종이라는 이분법이 무너진 지금, 문학예술은 독자와의 행복한 만남을 위하여 새로운 활로를 개척하고자 한다. 독자, 아니 사용자들은 보다 다양한 요소들이 보여주는 색채에 열광하며, 이에 따라 예술가들은 자신이 갖고 있던 프리즘의 색채 버전을 더욱 업그레이드한다. 하나의 단일한 시선으로 포착하는 정보들은 더 이상 유효하지 않기에, 이제 집중보다는 분산의 시선이 강조된다. 굳이 문학이 테크놀로지 자체가 될 필요는 없다. 문학은 일종의 로테크(low-tech)[27]로서의 가치로도 유용할 것이다. 하지만 각자의 독자적인 영역만을 고수한 채, 다른 장르의 예술 영역에 경계선을 긋는 예술가들의 태도는 더 이상 미덕이 아니다. 이제 예술가들에게는 자신의 영역과 다른 영역을 아울러 조망하는 멀티적인 감각과 문제의식이 중요한 경쟁력이다. 협소한 문자 언어 전문가가 아니라, 포괄적인 예술 언어 자체를 구사할 줄 아는 멀티적인 능력을 갖춘 작가가 요구된다. 회화와 사진과 영화로 시와 소설을 말하고, 시와 소설로 회화와 사진과 영화를 말할 수 있는 통합적인 시선이 부각된다. 문학은 일종의 둔전병(屯田兵)적 대응을 추구해야 한다. 자신의 영토를 내실 있게 유지하고 가꾸면서도 바깥의 상대에 넉넉히 대응할 수 있는 존재, 즉 바깥 장르에 주체적으로 대응하는 동시에 자신의 땅에 자신의 정체성을 뿌리내리는 태도가 미덕이 되는 것이다.

---

27) 하이테크와 대비되는 개념이다. 디지털 기술에 대비되는 아날로그 기술을 말한다. 예를 들어 가장 좋은 음원을 담아 매끈하게 녹음한 CD가 최상의 음악이 아닐 수 있다는 가정에서, 다소 거칠지만 다이내믹하고 삶의 진실이 녹아든 로테크 음악이 사랑받을 수 있다는 것이다(이상민, 앞의 책, p.283).

참고문헌

강내희, 2005, 디지털복제 시대의 문자예술, 『현대비평과 이론』 23호.

김경연. 2003, 그림책, 글과 그림 사이, 『내일을 여는 작가』, 민족문학작가회의.

김선명, 2004, 사진과 영화와 시, 『제3의 문학』, 제3의 문학사.

김성곤, 1997, 『문학과 영화』, 민음사.

김성제, 2005. 11, 문학과 영화의 상생을 위한 경쟁, 『문학사상』.

김상환, 1999, 영상과 더불어 철학하기, 『예술가를 위한 형이상학』, 민음사.

김정우, 2000, 이미지를 중심으로 본 매체교육의 방향, 『선청어문』, 서울대학교.

김탁환, 2005, 『부여 현감 귀신 체포기』, 이가서.

Neil postman, 1993, The Surrender of Culture to Technology, New York, Vintage Books.

데이비드 하워드, 에드워드 마블리 / 심산 역, 1999, 『시나리오 가이드』, 한겨레신문사.

듀나, 2002, 『태평양횡단특급』, 문학과지성사.

롤랑 바르뜨 / 수전 손탁, 송숙자 역, 1994, 『사진론』, 현대미학사.

롤랑 바르트 / 정현 역, 1995, 『신화론』, 현대미학사.

문혜원, 2001, 장르 넘나들기와 문학의 확산, 『문학사』.

미셸 푸코 / 김현 역, 1995, 『이것은 파이프가 아니다』, 민음사.

박경혜, 2002, 문학과 사진-장르혼합의 가능성, 『현대문학의 연구』, 한국문학연구학회.

박명진, 2003, 문학과 영화의 생존방식, 『내일을여는작가』, 민족문학작가회의.

성동규 / 서보윤, 2001, 독서 활성화를 위한 영상미디어의 활용에 관한 연구, 『한국출판학연구 43』, 범우사.

수전 손탁 / 이재원 역, 2004, 『타인의 고통』, 이후.

신성환, 2006, 새로운 잡종의 미학, 문학예술에서의 퓨전 현상 분석, 『한국언어문화 28』.

승 일, 1926, 『별건곤』.

유한근, 2004, 문화과학과 영상 문학의 새 지평, 『과학기술출판 14』.

윤미애 외, 2001, 다매체 시대의 문학과 사진, 『독일언어문학 16』, 독일언어문학연구회.

이 원, 2001A, 나는 클릭한다 고로 나는 존재한다, 『야후!의 강물에 천 개의 달이 뜬다』, 문학과지성사.

이 원, 2001B, 전자 사막에서 살아남기 위해, 『야후!의 강물에 천 개의 달이 뜬다』, 문학과지성사.

이재복, 2005, 문학의 순종주의는 가라, 『문학사상』.

이정우, 1999, 『인간의 얼굴 : 탈주와 회귀 사이에서』, 민음사.

이충무, 영상문학은 무엇이어야 하는가?, 『인문논총 5』, 건양대학교 인문과학연구소

임영심, 2000, 사진예술의 이미지에 관한 연구, 조선대 석사학위논문.

정영자, 2003, 영상시대의 문학 작품과 비평, 『백양어문논집』 8호, 신라대 인문학연구소

조성면, 2003, 문학의 확장을 위하여, 『내일을여는작가』, 민족문학작가회의.

존 버거 / 장 모르, 이희재 역, 1995, 『말하기의 다른 방법』, 눈빛.

존 피스크 / 강태완, 김선남 역, 1997, 『문화커뮤니케이션론』, 한뜻.

최민성, 2006, 『멀티미디어 상상력과 문화 콘텐츠』, 논형.

최성민, 2005 여름, 다매체 시대와 문학의 소통, 『문학마당』.

카나마루시게네 / 편집부 역, 1992, 『예술로서의 사진』, 해뜸.

피종호, 2005, 문학과 영상텍스트의 융합 현상, 『문학사상』.

하재봉, 1990, 비디오 / 퍼스널 컴퓨터, 『비디오 / 천국』, 문학과지성사.

한기호, 2005, 영상과 책, 『기획회의 163』, 한국출판마케팅연구소.

한정식, 2000, 『사진예술개론』, 열화당.

매체 전환의 측면에서 본 연극의 영화화*
연극 <날 보러 와요>와 영화 <살인의 추억>의 비교분석을 중심으로

최 민 성

1. 시작하며

연극과 영화의 관계는 일찍부터 학문적 관심을 끌어 왔다. 대본을 중심으로 배우의 연기가 관객에게 제시되는 서사양식이라는 점에서 공통점을 가지고 있으며, 비교적 신생 장르인 영화가 연극의 구조와 양식에서 장점을 많이 따오기도 하는 등 양자 간에 가치 있는 비교점들이 존재하기 때문이다(루이스 자네티, 2006, 296).

이 낯익은 주제가 현시점에서 다시 주목받게 된 것은 근래 몇몇 영화들의 성과와 관련해서이다. 2000년대 들어 상당수의 영화들이 연극을

---

* 최민성, 매체 전환의 측면에서 본 연극의 영화화, 『한국언어문화』 34집, 2007, 수록논문 개고.

원작으로 하여 괄목할 만한 흥행성적과 비평적 호응을 이끌어 내었다. 대표적인 작품으로 <살인의 추억>, <웰컴 투 동막골>, <박수칠 때 떠나라>, <왕의 남자> 등을 들 수 있다. 요즘 영화계에서는 좋은 원작이 될 수 있는 연극을 찾는 작업을 영화 제작의 중요한 출발점으로 인정하는 분위기이다. 연극과 영화의 상호성은 좀 더 강화되었다. 이에 따라 현실의 성과를 반영하는 연구의 필요성이 다시 대두되고 있다.[1]

연극에서 영화로의 전환과정을 다룬 국내의 기존 연구들은 대체로 희곡과 시나리오를 바탕으로 이루어졌다. 가장 앞선 연구로는 김만수의 논문(김만수, 2001)이 있다. 오영진의 희곡 「살아있는 이중생 각하」와 시나리오 「인생차압」을 비교 분석한 글로 텍스트 분석을 통해 변화된 점을 찾아내고 그 이유를 밝히는 소박한 수준의 논의이다. 보다 정치한 분석으로 박명진이 희곡 「칠수와 만수」, 「돌아서서 떠나라」와 영화 <칠수와 만수>, <약속>의 비교를 통해 장르의 차이를 의미 구조의 변화라는 측면에서 주제적으로 접근한 것(박명진, 2001)과, 김윤정이 희곡 「오구 —죽음의 형식」의 영화화를 플롯과 주제, 미학적 효과의 변화를 중심으로 분석한 것(김윤정, 2006)이 있다. 최근 앞서 밝힌 현상에 부응하면서 다시 관련 논문이 나왔는데, 이상우가 연극 <이>와 영화 <왕의 남자>를 비교했고(이상우, 2006), 홍재범(2006)이 연극 <날 보러 와요>와 <살인의 추억>을 비교했다(홍재범, 2006). 이들 논문은 최근의 사례를 다루긴 했지만 역시 희곡과 시나리오의 텍스트 비교 분석이라는 기존 연구의 방법론에서 크게 달라진 점은 없다.

이들 기존 연구가 지니는 가장 큰 한계는 희곡에서 시나리오로의 각

---

1) 연극과 영화의 비교 연구들이 최근에 들어 비약적으로 늘어난 것이 단적인 증거이다.

색을 중심에 둠에 따라, 매체의 특성이 제대로 드러나지 않는 텍스트 분석이 되고 있다는 점이다. 매체의 측면에 초점을 맞추지 않는 희곡과 시나리오의 비교 분석은 아무리 그 비교점을 세밀히 열거하고 분석한다 해도, 그 비교점이 결국 매체 간 차이라고 표명하는 소박한 수준에 머무르기 마련이다. 매체의 측면에서 연극과 영화가 어떤 정체성을 가지는지, 연극이 영화로 전환될 때 정체성의 변화가 어떻게 발생하는지, 그것이 어떤 의미를 발생시키는지가 드러나지 않는다.

본 연구와 관련하여 가장 성과를 보이는 논문은 김승옥(2007)의 것이다. 이 글에서는 서사의 변형을 이야기와 담론의 차원에서 꼼꼼히 밝히면서 매체 변화의 구체적 양상들을 구조적으로 밝히고 있다. 그러나 이 논문도 연극과 영화가 어떤 매체적 특성을 지니는지에 대한 총체적 시야가 부족하고 변화의 양상들이 어떤 매체문화적 맥락 속에 있는지에 대한 위치설정이 부족하다.

연극에서 영화로의 전환은 단순히 텍스트의 변용이나 각색의 문제가 아니다. 언어에서 영상으로 커뮤니케이션의 중심이 옮겨가는 이 시대의 매체 환경을 가장 잘 보여주는 현상이다. 동시에 언어의 정신주의에서 영상의 육체주의로 이행하는 시대정신을 드러내는 중요한 사건이다.

이러한 매체 변화의 의미를 드러내기 위해선 먼저 연극과 영화의 정체성을 매체의 측면에서 밝힐 필요가 있다. 이 글에서 집중하고자 하는 점은 연극이 그 시각적 속성에도 불구하고 매우 언어적 정체성을 띤다는 것이다. 연극에서 영화로의 전환은 공연에서 상영으로 바뀌는 동일한 시각적 매질로의 전환이 아니라 언어 매체에서 영상 매체로의 전환으로 바라보아야 한다. 그리고 그 전환과정의 탐색은 언어 중심의 매체 환경에서 영상 중심의 매체 환경으로 탈바꿈된 이 시대의 문화사회적 맥락에서 어떤 의미를 지니는지를 해명하는 작업이 될 것이다. 그 안에는 언어 매체의 예술이 함유하는 로고스 중심주의가 영상 매체의 예술이 내포하는 실체적 미학으로 전이되는 과정, 예술주의가 대중주의로, 고급문화가 대중문화로 변화하는 과정 등이 포함될 것이다. 이런 분석 과정을 통해 연극에서 영화로의 전환이 매체 미학의 측면에서 심도 있게 드러나길 기대해 본다. 그리고 그것이 실제 매체의 전환을 고민하는 많은 창작자들에게 도움이 되길 바란다.

분석의 대상으로는 연극 <날 보러 와요>와 영화 <살인의 추억>을 선택했다. 우선 이들 작품은 연극과 영화라는 매체적 특성에 매우 충실한 작품들이어서 매체 비교에 있어 합당한 결과가 산출될 수 있다. 그리고 작품의 창작 의도, 작품을 둘러싼 사회적 맥락 등을 잘 파악할 수 있는 것들이다. <날 보러 와요>는 연극에 참여했던 배우 류태호가 석사학위 논문을 통해 연극의 진행 과정과 의미 분석을 충실히 해 놓았고, 영화 <살인의 추억>도 감독이 적극적으로 작품의 의도를 언론에 제시하고 있어, 그 어느 개봉 영화보다 풍부한 담론이 존재한다. 그래서 이 작품들은 매체 전환의 존재론과 문화사회적 의미를 파악하기에 매우 적합한 자료가 된다.

2. 연극과 영화의 매체적 존재론

기본적으로 연극은 청각적 장르이고 영화는 시각적 장르이다. 연극에서 대부분의 의미는 정보로 가득 차 있는 대사를 통해서 전달된다. 등장인물의 내밀한 심리조차 방백의 형태로 나타나곤 한다. 배우들의 연기

또한 대사 전달이 중심이 된다. 배우의 시각적 연기는 메시지를 전달하는 데 일정한 한계를 가진다. 무대의 특성상 관객으로부터 멀리 떨어져 있어, 관객들이 배우들의 세세한 표정이나 미세한 움직임을 의미화하기 힘들기 때문이다. 영화가 클로즈업을 통해 작은 표정의 변화만으로도 메시지를 전달할 수 있는 것과는 다르다. 말하자면 연극은 카메라가 롱쇼트에 고정되어 있는 영화와 같다(루이스 자네티, 2006, 269). 그래서 연극배우들의 시각적 연기는 과장되는 경향이 있다. 표정 연기보다는 구체적인 몸짓으로 메시지를 나타내야 하고, 동작은 의식적으로 키워야 한다. 간혹 연극배우들이 영화나 TV 드라마에 출연했을 때 다소 과장된 연기를 하는 것처럼 여겨지는 것은, 이런 연극적 상황에 익숙한 배우들이 시각 매체의 다른 상황에 잘 적응하지 못했을 때 생기는 결과이다. 반면 영화는 대사보다는 시각적 표현이 본질적이다. 말로 해야 할 것을 시각으로 표현해야 하는 것이 영화의 세계이다. 카메라의 유연한 움직임을 통해 영화는 언어가 할 수 없는 매우 다양한 방식으로 메시지를 창출해낼 수 있다. 그래서 영화에서 내레이션 등이 많이 쓰여 언어의 역할이 두드러지게 되면 그 완성도가 떨어지게 되는 결과를 낳는다. 오직 영화의 초보자만이 말에 의지한다.

이런 점에서 영화감독 르네 끌레르는 시각장애인도 대부분의 연극의 본질을 파악할 수 있다고 한 반면 청각장애인도 대부분의 영화의 본질을 파악할 수 있을 것이라고 보았다(루이스 자네티, 2006, 267). 물론 상대적으로 다른 상황이 있을 수 있지만 연극과 영화의 본질적 차이를 매우 잘 지적한 것이라고 본다. 비슷한 관점에서 연극은 일반적으로 작가의 작품으로 간주된다. 희곡을 쓴 사람이 매우 중시된다는 것이다. <불모지>라는 연극은 작가 차범석의 작품으로 인식되지 그것을 연출한 사람의 것으로 인식되지 않는다. 반면, 영화는 대체로 감독의 예술로 인정된다. 시나리오 작가는 감독이 만들어낸 시각적 세계를 도와준 보조자로 간주되는 경우가 많다. 영화 <만다라>가 임권택 감독의 작품인 것은 알지만 시나리오를 누가 썼는지 기억하는 사람은 거의 없다.

정리하자면 연극은 시각적 요소가 없지 않으나 언어적 특성이 지배적인 장르이고, 영화는 언어적 요소가 없지 않으나 시각적 특성이 지배적인 장르이다. 이를 도표화 하면 다음과 같다.

언어 > 시각 = 연극
언어 < 시각 = 영화

이런 기본적 매체 차이가 연극의 영화화의 중요한 전환 조건이 되며 변화의 핵심이 되는 것이다.

또 이런 차이는 연극과 영화의 문화적 위계의 차이를 만드는 중요한 요소가 되기도 한다. 문자의 형(形)보다 정신을 담는 음성을 우위에 두는 서구의 음성중심주의(phonocentrisme)의 시각에서 볼 때(자크 데리다, 1996, 29~30), 연극은 말이 가지는 정신적 가치를 잘 실현하는 장르라고 평가할 수 있다. 이점에서는 인쇄술의 발달 이후 문학이 문자에 기반을 둔 예술 양식이 된 것과 비교될 수 있다. 문학이 문자 중심의 예술이 되면서 음성중심주의적 장점을 많이 상실하게 된 반면, 연극은 아리스토텔레스가 시학에서 다룬 당시의 재현양식으로서의 문학성의 특성을 크게 상실하지 않은 채 유지되어 온 장르가 되었다(아리스토텔레스 / 윤형주 역, 1988, 13~15). 문학의 운율이 내재율로 변화하고 낭독의 아름다움이 대체로 심층적 구조로 숨어든 것을 상기할 필요가 있다. 그런 까닭에 음성

중심주의의 입장에서 보면 언어의 본질을 다루는 매체적 특성을 잘 간직한 장르는 문학보다 연극이라고 볼 수 있다.

서구의 헤브라이즘 문명에서 로고스(말씀)가 차지하는 중요도는 더 말할 나위가 없다. 기독교의 신은 자신의 존재를 말씀을 통해서만 드러낸다. 음성이야말로 존재를 드러내는 가장 근원적인 매체라고 신은 강조한다. 이런 서구 문화의 전통에서 시각적 표현은 말의 표현에 비해 열등할 뿐 아니라 억압당해 마땅한 자질로 나타난다. 서구에서 정신 혹은 이성을 담아내는 그릇으로 언어를 숭상하고 그것의 타자로서 이미지를 배척해온 역사가 그것을 증언한다. 그런 배경에서 고급문화와 예술은 언어로 드러나고 저급 문화와 예술은 시각적인 것으로 나타나는 것이다. "고급문화란 한 마디로 '귀'의 세계를 향해있다."(장정일, 2006, 150) 연극은 음성중심주의적 예술장르로서 예술적 우월성을 지닌다. 반면 '눈'의 세계를 지향하는 영화는 하위문화로서 대중문화의 세계로 향해 있다.[2]

음성언어는 기본적으로 선형성을 띤다는 점도 중요하다. 선형성은 앞과 뒤의 관계, 즉 인과관계의 질서로 인간의 인식을 이끈다. 그것은 다름 아닌 이성의 질서 자체이다. 헤겔이 음성언어인 알파벳을 그 자체에서, 또 그 자체로 가장 지성적인 것으로 주장한 이유가 거기 있다(자크 데리다, 1996, 13). 이처럼 언어를 강조하는 문화, 음성중심주의는 이성중심주의와 쉽게 연결된다. 이성중심주의는 성찰하고 반성하는 인식론이다. 언어 속에는 "자기 반성 장치가 내장되어 있다."[3] 그래서 언어매체

---

[2] 시각을 활용하는 것은 대중문화의 가장 큰 특징 중 하나이다. carroll은 이렇게 말한다. "예를 들면 만화책, 코믹영화, TV 등은 그림을 통해 이야기한다. 동일조건하에서, 그림들은 단순히 보는 것만으로 보는 사람들에게 즉각적이고 자동적으로 대상을 인식시키는 상징이다. (중략) 근본적인 구성요소로 그림에 의존하는 대중예술 형식은 기초적 방식에 의해 실상 무한한 청중들에게 접근하기 쉬울 것이다."(Noel carroll, 1997, 190)
[3] 정과리, 문학 언어의 미래, 문자와 비트 사이 / 정과리 외, 1999, 『21세기 문학이란 무엇

예술장르는 대체로 성찰하고 반성하는, 본질적 의미를 드러내는 데 중심이 놓인다. 연극도 예외일 수는 없다. 반면 모자이크적인 인식(김정탁, 2000, 36)[4]을 강조하는 이미지로 표현하는 영화는 감성중심주의적 장르이다. 그것은 성찰하기보다는 감각하게 하고, 이성적 판단보다는 감성적 판단을 중시하여 의미보다는 느낌을 강조하게 된다.

이런 차이는 연극과 영화의 향유 태도의 차이로도 나타난다. 이성적인 고급문화의 수용태도는 기본적으로 노력이고, 감성적인 대중문화의 수용태도는 받아들임이다(데이빗 매든, 1995, 77). 연극의 관객들은 눈앞에서 공연되는 연극의 많은 부분의 의미를 스스로 채워 넣어야 한다. 대사를 통해 전달되는 등장인물들의 심리나 무대 밖의 사건들을 유추해야 하고, 무대라는 압축적인 시공간의 시적인 의미를 파악해야 한다. 그래서 연극을 제대로 이해하려면 충분한 해석능력과 의미부여능력을 요구한다. 반면 상대적으로 영화의 관객들은 수동적이다. 필요한 세부 정보 모두가 클로즈업과 편집을 통한 병치로 제공되므로 영화는 시각적인 포화도가 높은 매체다. 영화의 화면은 정보로 세밀하게 가득 차 있어서 따로 의미를 부가할 것이 거의 없다(루이스 자네티, 2006, 266). 시각적 인식은 대체로 훈련이 필요치 않다(Noel Carroll, 1997, 256).

이처럼 대체로 오늘의 문화 상황에서 언어매체 예술장르는 고급예술적 속성을 보이고 영상매체 예술장르는 대중예술적 속성을 보인다. 물론 그 경계가 딱 떨어지는 것은 아니며 어디까지나 상대적인 진실이다. 영상예술 중에도 고도의 시적 특성을 지닌 고급예술이 있을 수 있고, 언어

인가』, 민음사, p.603.
4) 이미지는 총체적, 순간적으로 정보를 인식하게 한다. 그런 특성을 모자이크적 인식이라고 부른다.

예술 중에도 완전한 대중문화가 있을 수 있다. 하지만 매체의 특성에 따른 경향은 분명히 존재한다.

그런 경향은 각 매체가 기반을 둔 생산의 장을 통해 공고해진다. 부르디외는 문화생산의 장(場)을 두 가지로 나눈다. 하나는 '제한생산의 하위 장'이고, 다른 하나는 '대량생산의 하위 장'이다(현택수, 1999, 26~34). 오늘날 언어매체 예술과 영상매체 예술 가운데 어느 것이 제한생산의 하위 장에 속하고 어느 것이 대량생산의 하위 장에 속하는 지는 자명하다. 언어매체 예술의 생산과 소비의 장은 갈수록 제한되고 영상매체 예술은 갈수록 생산과 소비의 장이 확대되어간다. 연극이 갈수록 제한생산의 하위 장에 인입된다면 영화는 갈수록 대량생산의 속장에 편입되어간다. 영화의 경우 천만 관객을 돌파하여 한 영화를 인구의 4분의 1이 즐기는 정도가 된 사실이 웅변한다.

제한생산의 하위 장은 내적 위계화의 원칙에 지배되는데, 이 장에서 작가는 대중의 요구에 응하려 하지 않는다. 장 내부에서 평가되는 작품의 자율성과 작가의 지위가 중시된다. 이를테면 내부 평단의 호응과 갈채가 가장 중요한 성공의 잣대이다. 그것은 경제자본을 확보하게 해주지는 않지만, 명예라는 상징자본을 차지하게 해준다. 반면 대량생산의 하위 장에서는 상업적인 성공과 대중적 평판이 중요하다. 자율성보다는 경제자본의 효율적 투자와 회수가 중시된다. 이런 장의 포섭력으로 인해 다른 장에 속한 예술들은 그 특성이 달라지는 것이다. 오늘날 그 장의 차이는 대체로 매체의 차이와 맞물린다.

지금처럼 영상매체가 문화의 주요 기반이 되고 언어매체가 주도권을 잃어가는 문화 기반일 때, 언어에 기반을 두는 예술 장르는 대중성을 찾아가면서 영상문화화 되는 퓨전의 경향도 보이지만, 정체성으로서의 '언어성' 혹은 '문학성'을 더욱 강화하려는 경향도 강하게 나타난다. 경제 자본을 위해 대량 생산의 하위 장으로 나가기보다는 제한생산의 하위 장에서 상징자본을 확보하는 데 더욱 전념하게 된다는 것이다. 연극 <날 보러 와요>는 어느 정도 대중의 호응도 이끌었지만 평단에서 주제에 의해 호평을 받았던 작품으로, 연극의 언어매체적 중심성을 강화하는 정공법적 작품으로 분류할 수 있다. 그래서 그것이 잘 만들어진(Well-made) 상업 영화 <살인의 추억>으로 개작되었을 때 매체적 특질의 비교점이 잘 드러난다.

이제 그 변화의 양상과 의미를 세부적으로 분석하고자 한다.

3. 매체 전환에 나타나는 양상 분석

매체 전환에 나타나는 양상을 분석하기 위해 크게 세 부분으로 나누어 살펴보고자 한다. 우선, 연극과 영화가 궁극적으로 표출하고자 하는 주제의 측면을 살펴볼 것이다. 매체의 특징에 따라 주제를 형성하는 지평의 차이가 드러난다고 보고, 그 지점을 파악하고자 했다. 서사의 측면에서는 채트먼의 견해에 따라 이야기의 차원과 담론의 차원을 나누어 살펴보고자 한다. 이야기의 차원에서는 소재의 변화에 집중해서 그 차이를 살펴보겠고, 담론의 차원에서는 인물과 에피소드의 구성의 차이를 살펴보려 한다. 이들 세부 항목을 분석하는데 활용하는 관점은 역시 언어매체와 시각매체의 차이이며, 거기서 비롯되는 고급문화와 대중문화 사이의 차이에 주목한 분석이 될 것이다.

1) 주제의 변화

화성 살인사건이 콘텐츠화 된다면 대체로 살인과 관련된 미스터리를 동반한 콘텐츠가 만들어질 것으로 예상할 수 있다. 그러나 연극 <날 보러 와요>는 연쇄살인의 미스터리적 요소에 주목하지 않았다. 그보다는 형사들이 미지의 대상을 찾는 행위에 주목했다. 범인을 '보이지 않는 진리'로 상징화하고 형사들을 그 진리를 추적하는 진리의 추구자들로 상징화 했다. 미궁에 빠지는 연쇄살인은 진리가 자꾸 달아나는, 진리가 '미끄러지는' 철학적 의미로 대체되고, 그것을 쫓아 좌절하고 분열하는 형사들은 그 상황을 감내해야 하는 실존적 존재성으로 의미화되는 것이다. 이는 원작자 김광림이 희곡을 쓸 때부터 의도했던 바이다. 드라마트루기에 의하면 원작자 김광림은 처음부터 화성연쇄살인사건을 통해 범인을 쫓는 과정의 에피소드를 통해 '진실은 존재하지 않는다'는 메시지를 전하고 싶어 했다(최진아, 2003, 146). 희곡집 서두에서도 작가는 "아무 것도 존재하지 않는다. 설령 존재한다 해도 알 수 없다. 설령 안다 하더라도 전할 수 없다"라는 고르기아스의 역설을 제시한다. 이는 희곡의 완성 과정에서 실제 사건을 다룬다는 면 때문에 '진실은 알 수 있는가'의 인식론적인 메시지로 바뀌었다고는 하지만, 결국 진리의 추구와 진리의 불가지성이 연극 <날 보러 와요>의 주제이다.

연극에서 이 주제를 풀어내는 극적인 표현 방식은 범인 추정자 4명을 모두 한 명의 배우에게 연기하게 한 것으로 나타난다. <날 보러 와요>에 등장하는 화성 살인사건의 용의자는 이영철, 남현태, 정인규, 상상 속의 범인 등 4명이다. 이영철은 오산 정신병원에서 도주한 정신이상자이고, 남현태는 평소엔 얌전하고 모범적이나 술만 먹으면 성적 환상에 사로잡히는 인물이다. 가장 범인에 가까운 것은 정인규로 빈틈없고 냉정해서 연쇄살인을 일으킬 만하다고 관객에게 보인다. 상상 속의 범인은 실루엣으로만 등장하며 자신을 잡지 못하는 형사에게 심리적 상처의 실체로 등장한다. 초연에서 이 4가지 역할을 류태호라는 배우 한 명이 감당했다. 그렇게 진행되자 인물의 성격에는 차이가 있는데 외모는 변함이 없는 묘한 상황이 연출되었다. 차이가 있으나 차이가 없는, 차이가 미끄러지고 연기되는 '차연(差延)' 개념의 살아있는 표현인 셈이다.

　기본적으로 등장인물이 진지하게 대상을 탐구하는 것, 진리를 추적하는 것은 모더니즘의 대표적인 주제 중 하나이고, 그 자체로 이성적인 세계 탐구의 현대적 현실을 반영하는 것이다. 모더니즘 문학의 한 정점으로 평가받는 카뮈나 카프카가 무언가를 절대적으로 추구하는 등장인물과 그를 통해 발현되는 진리 추구의 주제를 자주 써왔던 것은 우연이 아니다. 연극 <날 보러 와요>가 연쇄살인사건이라는 소재를 가지고 진리추구의 문제로 주제화했다는 것은 모더니즘의 문학성을 추구한 결과라고 볼 수 있다(Douglas Kellner, 1998, 164). 이로써 연극은 연쇄살인이라는 현실적 주제를 보편적인 진리의 문제로 상징화할 수 있었다.

　그러나 영화에서는 연극이 가진 모더니즘적 주제가 계승되지 않는다. 대체로 영화의 관객은 낯선 상징을 해석하기보다는 익숙한 상징을 받아들이는 태도를 보이게 되고, 기실 짧은 상영시간에 복잡한 상징을 분석하기 어렵기 때문에, 진리가 미끄러져 간다는 연극의 주제를 전달하기에 적합지 않다. 영화에서 봉준호 감독은 화성 연쇄살인사건이라는 소재를 80년대의 현실을 드러내는 반영론적 제재로 활용한다. 화성 살인사건과 그 범인은 단순한 사건과 범인으로 다루어지지 않고, 당대의 모순을 대표하는 하나의 전형으로 제시된다. 화성의 연쇄살인사건은 매우 독특한 사건이지만, 당대의 보편성을 띠는 본질적 사건이라고 해석한 것이다. 연극의 모더니즘적 태도 대신에 영화에서는 상당히 리얼리즘적 접근이 시도되고 있는 셈이다. 봉준호 감독 스스로 인터뷰를 통해 "연극과 영화의 가장 큰 차이는, 원작과 달리 이 영화가 시대에 대한 코멘터리로 갈라선다는 점"이라고 밝힌 바 있다.[5] 이와 관련하여 감독은 다음과 같이 설명하고 있다.

> 왜 범인을 못 잡았을까. 영화를 만들려면 그에 대한 내 대답이 있어야 한다고 생각했다. 담당형사가 무능해서? 범인이 엄청 천재적이고 카리스마적이어서? 미국 장르영화들이 보여주는 것처럼? 그런 건 아닌 것 같았다. 1980년대라는 시대 자체가 가진 무능함과 조악함이 있었던 거고 그 때문에 그 시대를 조금, 많이도 아니고 아주 조금 앞서갔을 뿐인 연쇄살인범에 대응할 수 없었던 거라고 결론지었다. 그런 관점에서 시대를 파고들었는데 화성사건과도 따로 놀지 않더라. 영화 속에서 보여진 에피소드들, 전경이 전부 다 시위에 동원돼서 화성엔 병력 지원도 안 되고, 동네 초소엔 경비도 하나 없고, 보다 못한 동네 사람들이 자위대 조직해서 순찰 돌고, 이런 해프닝들이 다 실제 있었던 일들이다. 무능하고 연민을 불러일으키는 형사들의 수사 행태는 시대의 열악함과 자연스럽게 이어졌다. 결국 범인을 잡지 못한 채 패배한다는 결말을 위해서도 시대상은 끌어와야 했다.[6]

감독의 언표와 같이 영화 속에서 80년대는 매우 유효한 스토리의 전형적 배경이 되면서 곳곳에 포진해 있다. 그 시대는 공권력이 등화관제 훈련을 하면서 전국 모든 건물의 불을 끌 수 있는 막강한 힘을 가지고

---

5) <씨네21> 인터넷 기사, http://www.cine21.com/Movies/Mov_Person/person_info. php?id=3778.
6) 위의 기사.

있었으나 화성의 여인들을 살리지는 못했던 아이러니한 시대였다. 이 상황은 등화관제 경보가 울리며 마을의 불이 전부 꺼지는 과정에서 아무런 도움도 받지 못한 채 죽어가는 마지막 여중생 희생자를 보여주는 장면에서 가장 직접적으로 드러난다. 결국 등화관제의 시대가 여중생의 희생의 주요 원인이었음을 표현하는 것이다. 그러니까 영화에서 살인은 매우 현실적인 문제, 우리가 지나온 한 시대를 반추하는 구체적 기제로 작용한다.

이상의 내용을 정리해 보면, 다음과 같이 표현할 수 있을 것이다.

연극 <날 보러 와요>   영화 <살인의 추억>

상징화 ←————————————————→ 구체화

연쇄살인이라는 공통의 제재가 연극에서는 모더니즘적 표현에 의해 진리의 추구라는 주제로 상징화되는 데 반해, 영화에서는 리얼리즘적 접근에 의해 1980년대의 모순의 발현이라는 주제로 구체화 된다.

이러한 변화를 매체의 속성과 연관 지어 생각할 수 있다. 언어는 기본적으로 추상화의 도구이다. 기표와 기의의 자의적 거리만큼이나 언어는 현실의 지칭대상으로부터 거리를 만들어 추상화하고 상징화한다. 당연히 언어의 추상성은 제재를 상징화하는 데 유리하다. 반면 이미지는 기본적으로 도상적 매체이다. 그 도상성이 때로 기호적 상징성을 띠게 된다고 해도 도상성이라는 보편적 특성이 사라지지는 않는다. 특히 그것이 영화와 같은 기계적 이미지, 즉 현실을 기계적으로 반영하는 것일 경우에는 더욱 그렇다. 그러므로 이미지의 도상성은 제재를 현실화하는 데 유리하다. 이런 매체의 근본적 차이가 화성의 연쇄살인이라는 제재를 두고 연극과 영화가 서로 다른 주제로 나아가게 된 근본적인 요인이 되고, 영화를 만든 봉준호 감독이 시대의 구체성으로 연극과 자신의 작품을 변별 지으려던 중요한 지점이다.

2) 표현 전략의 변화

❶ 인물

연극과 영화의 장에 따라, 매체의 차이에 따라 주제가 변화하면서 인물의 특성도 변화하게 된다. 가장 두드러지는 차이는 형사 캐릭터에서 드러난다. 우선 서울에서 파견 나온 엘리트 형사의 캐릭터에 상당한 변화가 있었고, 화성 토박이 형사의 성격도 크게 변화한다. 이들 형사의 캐릭터 변화에 주제의 변화가 깊이 녹아들어 있다.

우선 서울에서 파견 나온 형사 캐릭터의 변화를 짚어보고자 한다. 이 캐릭터의 변화가 가장 두드러지고, 장르간·매체간 변화의 특성을 잘 보여준다. 이름은 연극에서는 김인중 형사이고, 영화에서는 서태윤 형사이다.

연극 속 김인중 형사는 서울대 영문과 출신인데다 시인이기도 하다. 매우 지적이고 시니컬한 특성을 가지고 있다. 한마디로 그는 연극이 담고 있는 진리추구의 주제를 구체적으로 현실화하는 핵심 캐릭터이다. 연극의 초반 그는 화성경찰서 사무실에 출근하여 살인당한 시체를 다루면서도 고상하게 모차르트의 음악을 들으며 시를 읽는다. 작가가 김 형사를 엘리트에 시인으로 설정한 이유는 명백해 보인다. 시인이란 존재가 사물 너머, 언어 너머의 진리를 찾는 사람이라서 불가지의 범인을 추적하는 캐릭터로 매우 적합하기 때문이다. 그리고 범인의 모호함, 즉 진리의 모호함을 견디며 그것을 추적하기 위해서는 시골 형사의 단순한 사고보다 엘리트의 지적 면모가 필요했을 것이다. 김 형사는 현상 너머의 살인 사건을 탐색해내다 알 수 없는 범인, 그 미끄러지는 진리에 좌절하고 만다. 그 충격으로 잠시 정신병원 신세를 질 정도로 그의 범인에 대한 탐닉, 살인 사건 너머의 진실에 대한 탐닉은 강렬한 것이었다. 그런데 그 탐닉, 진리에의 추구는 그 자체가 강조되지, 무엇을 위한 추구는 아니라는 점이 중요하다. 김 형사는 미제의 사건을 마주했고, 그래서 그 미제의 너머에 있는 진리를 끝까지 찾아갈 뿐이다. 형사로서만 보면 그는 매우 비현실적인 존재이다. 그러나 언어적 특성을 지닌 연극에서는 그런 캐릭터를 상징화해서 활용할 수 있다.

반면 영화 속 서태윤 형사는 지방의 박두만 형사와 달리 대학도 나오고, '감'보다는 서류에 드러난 증거를 중심으로 수사를 한다는 점에서 박두만 형사와 대비했을 때 다소 엘리트적이라고 할 수 있지만, 연극 속 김인중 형사에 비하면 그 지적 특성이 많이 떨어지는 편이다. 영화가 구체성을 보여주어야 할 때, 서태윤 형사는 시골 형사들보다는 뛰어나겠지만, 1980년대라는 시공간을 뛰어넘는 능력을 가질 수는 없기 때문이다. 그리고 서태윤 형사가 범인을 잡으려는 이유는 진리 추구의 욕망과는 거리가 멀다. 그것은 처음 형사로서의 의무이며, 자꾸 희생자가 생기고부터는 희생자를 더 만들지 않아야겠다는 책무에서 비롯되는 것이다. 나아가 자기와 애기를 나누었던 여중생이 희생되었을 때는 객관적인 목표를 상실한 채 거의 복수에 가까운 집념을 보여주게 된다. 그래서 영화의 후반부에 갈수록 객관적인 증거보다는, 경멸하던 박두만 형사식 '감'에 의존하고, 범인이 아닌 것으로 밝혀진, 그러나 가장 유력했던 용의자 박현규에게 감정적인 폭행을 가하는 지극히 전형적인 형사캐릭터로 변모해간다.

또 연극에서는 김인중 형사가 가장 핵심적인 인물이었고 극의 긴장을 주로 이끌어가는 캐릭터였으나, 영화에 와서는 시대성을 더 잘 보여줄 수 있는 시골 형사 박두만의 역할이 강조되면서, 서태윤 형사의 비중은 박두만과 균형을 이루는 버디물적 양태로 바뀌게 되는 점도 주목할 필요가 있다. 연극에서 영화로 전환될 때 전형으로서의 구체성이 강화되는 방향에서 김인중 형사보다, 연극에서는 주변부였던 현지 형사의 캐릭터를 부각시킬 필요가 있었기 때문이다. 한 번도 경험해보지 못했던 연쇄살인에 대처할 능력이 없었던 1980년대의 상황을 소화할 캐릭터로는 현지 형사의 캐릭터가 훨씬 가치 있었기 때문이다. 영화에서 박두만 형사의 후배로 나오는 조용구 현지 형사는 전체 스토리라인에서 차지하는 비중은 적으나, 오히려 시대의 전형성을 더 강력하게 드러낸다. 그는 시위 현장을 쫓아다니며 학생들을 무차별적으로 구타하고, 범인을 쉽게 고문한다. 그 시대의 후진적 전형성을 보여주기 위해 연극에서보다 훨씬 강화된 인물이다.

❷ 에피소드

연극의 시공간은 매우 제한적이다. 상연되는 무대와 그것을 바라보는 일정한 시간을 벗어날 수 없다. 그리고 연습의 공간과 상연의 공간이 다르지 않다. 연극은 이 무대라는 제한된 조건 때문에 대부분의 에피소드들이 상상력에 의존하게 되고 시적 상징성을 띠게 된다. 다 보여줄 수 없으므로 보이는 것 너머에 어떤 구체적 진실이 있다는 사실을 가정하게 되는데, 이것은 시가 상징을 통해 보다 풍부한 의미를 거느리게 되는 원리와 크게 다르지 않다. 또한 공간의 제약을 뛰어넘기 위해서는 대사(언어)를 통해 구체화하는 수밖에 없고 그래서 대사의 힘이 매우 중요하게 된다.

반면에 영화는 상영의 공간과 시간은 제한적이지만 그것의 질료를 창조할 때의 시공간은 별다른 제약이 없다. 이런 특성으로 영화는 에피소드를 되도록 구체적으로 실감나게 보여주려는 경향을 보인다. 같은 영상 매체인 텔레비전의 드라마가 제작의 여러 한계 때문에 구체성을 포기하는 경우와 비교하면 더욱 두드러지는 특성이라고 할 수 있다. 이러한 차이는 연극에서 영화로 전환 시 대폭적인 에피소드의 변화가 나타나는 매우 중요한 요소가 된다. 연극에서 언어를 통해 극복되던 시공간적 한계는 영화에 와서 구체적인 이미지로 보이게 되는 것이다.

연극 <날 보러 와요>가 영화 <살인의 추억>으로 전환될 때 역시 이런 차이가 극명하게 드러나는데, 대표적으로는 실제 살인 장면의 에피소드를 표현하는 차이가 두드러진다. 연극에서 살인 장면은 매우 길게 이어지는 김 형사의 대사로 처리된다.

> 김 형사 : (카세트를 켠다. 모차르트 레퀴엠이 흘러 나온다.) 좋아. 그럼 네 신청곡이 끝난 후 DJ가 뭐라고 했는지 말해봐. 아주 인상적인 말을 했거든. 끝까지 들었다면 그걸 기억하지 못할 리가 없지. (사이) 잘 생각해 봐, 정인규. 바로 며칠 전 일이야. 비 오던 날 말이야. 네가 신청한 곡이 나온다. 미현이 얼굴을 떠올린다. 넌 서서히 흥분되기 시작한다. 시계를 보니까 8시 20분. 넌 마음이 급해졌어. 8시 반이면 미현이가 뚝방을 건너니까. 라디오를 끄고 방 불을 끄고 넌 몰래 집을 빠져 나온다. 빗속을 있는 힘을 다해 달린다. 뚝방까지. 뚝방 아래 숨어 미현이를 기다리고 있다. 숨을 헐떡이며. 뚝방 저쪽 끝 어둠 속에 미현이의 모습이 어렴풋이 보인다. 우산을 받고 오고 있다. 빗소리에 섞여 찰박찰박 미현이 발걸음 소리가

들린다. 가슴이 뛴다. 숨이 가쁘다. 하지만 이 벅찬 가슴을 눌러야 한다. 그 순간을 맛보기 이해서는. 드디어 미현이가 머리 위로 지나간다. 이 때다. 뛰어 올라 뒤에서 미현이를 덮친다. 미현이는 너무 놀라 소리 한 번 질러보지 못하고 너의 포로가 된다. 미현이를 뚝방 아래 미리 봐둔 장소까지 끌고 간다. 제대로 반항도 못하면서 허우적거리는 미현이의 명치 부분을 정확하게 가격한다. 비를 맞으며 땅바닥에 누워 숨을 몰아쉬는 미현이의 모습에 참을 수 없는 충동을 느낀다. 난폭하게 옷을 벗긴다. 어둠 속에서 미현이의 알몸이 뽀얗게 빛난다. 실신한 상태에서도 미현이는 버둥거리며 몸을 웅크린다. 얼마간의 반항은 괜찮지. 오히려 즐거움을 더해 주니까. 미현이의 여린 살을 혀로 핥아낸다. 속살의 따스함과 빗물의 차가움이 동시에 혀로 전해온다. 이 쾌감! 아직 다 여물지 않은 젖꼭지. 이빨로 꽉 깨물어주고 싶지만 치흔을 남겨서는 안 된다. 허리띠를 끌르고 바지를 내린다. 그리고 네 물건을 미현이의 거기에 문질러댄다. 힘껏 더 힘껏. 그렇게 안간힘을 쓰지만 절정의 그 순간이 오기도 전에 망할 놈의 물건이 쪼그라들고 만다. 추위도 공포도 아닌 어떤 기억 때문에. 너를 괴롭혀 오던 열등의식. 미현이가 두 팔로 밀쳐내는 순간 그놈의 기억이 되살아난 것이다. 두 팔로 따뜻하게 감싸 안아주기를 바랐는데…… 빌어먹을! 손을 더듬거려 스타킹을 찾는다. 검정색 스타킹이 미현이의 흰 목을 감는다. 세게 당긴다. 아주 세게. 있는 힘을 다해서. 미현이는 사지를 버둥거리다가 이내 축 늘어지고 만다. 차갑게 식어가는 시체를 눕혀놓고 다시 한 번 해본다. 안 된다. 화가 난다. 도저히 참을 수가 없다. 미현이의 가방을 뒤져 필통에서 연필깎이 칼을 꺼낸다. 미현이의 가슴에 엑스자를 긋는다. 한 번 두 번 세 번. 배에도 허벅지에도 미친 듯 엑스자를 그어댄다. 비가 미현이의 살갗을 계속 씻어 내리는데도 벌써 미현이의 몸은 시뻘건 피로 범벅이 되어 있다. 나쁜 년! 나를 밀쳐내? 그까

짓 구멍이 뭐라구? 넌 우산을 들고 그걸 미현이의 몸 깊숙이
밀어 넣는다.(김광림, 2003, 112~114)

　구체성은 직접 이미지를 통해 보여줄 때보다 떨어진다. 하지만 언어의
추상성은 인물의 내부 심리를 드러내는 데는 탁월한 힘을 발휘한다. 이
대목도 살인을 하는 범인의 내부 심리를 표현하는 언어의 강력한 힘이
잘 살아나는 대목이다. 이런 범인 내부의 심리를 시각 매체에서는 심도
있게 그리기 어렵다. 언어적 성격이 강한 연극에서는 이런 식으로 에피
소드의 심도를 강화하는 방향을 가진다.
　영화는 이미지로 이 에피소드를 다루기 때문에 그것은 강렬한 구체성
으로 다가온다. 영화에서는 이 부분을 취조의 장면과 실제 살인이 벌어
지는 장면으로 구분하여 보여준다. 취조의 장면에서는 취조하는 형사에
맞서는 용의자의 팽팽한 대립을 드러내기 위해서 시점의 변화를 주로
활용한다. 전지적 시점에서 각 캐릭터의 시점으로 자유롭게 넘나들 수
있는 것이 기계적 이미지를 활용하는 영화의 큰 장점 중의 하나인데,
<살인의 추억>에서는 이 장점을 효과적으로 활용하고 있다. 이 장면
에서 서태윤 형사와 용의자 박현규의 시점, 그리고 그들을 훑어가는 전
지적 시점을 교차편집하여, 잡으려는 자와 잡히지 않으려는 자의 힘겨루
기를 실감나게 묘사하고 있다. 이 시점의 교차편집을 통해 연극에서는
대사로 '설명'되던 연쇄살인범의 대범한 심리가 강렬하게 그려지게 되는
것이다. 또한 시점의 교차는 같은 상황이라도 매우 긴박하게 느껴지게
만드는 경향이 있다. 그래서 이 기법은 주로 영상서사에서 수용자들을
하나의 상황에 몰입하게 만들 때 활용되는데, 이 영화에서도 연극에서의
상징적 제시를 긴박한 구체성으로 전이시키는 기법으로 활용되었다.

또한 연극의 대사를 통해 자세히 설명된 살인의 과정은 영화의 마지막 살인 장면에서 긴박하게 다루어진다. 역시 범인의 시점과 전지적 시점을 적절히 섞어 살인 직전의 긴박감을 부여하는 기법이 눈에 띈다. 이렇게 시점을 교차시키면 같은 공간이라도 다양한 측면에서 제시되고 그만큼 폭넓게 공간을 활용하는 효과가 나타나게 된다. 수용자들은 연극에 비해 매우 다양한 공간적 범위를 통해 살인이라는 행위를 구체화하여 인식할 수 있는 것이다.

또한 감독은 이 살인 장면의 배경으로 등화관제라는 시대적 상황을 연결시킨다. 연극의 무대는 살인을 구체적으로 보여줄 수도 없을뿐더러 살인의 공간 배경을 통해 의미를 전달하기도 힘든 데 반해 영화에서는 주요하게 진행되는 사건의 배경으로서의 공간을 통해 의미를 전달할 수 있다. 마지막 여중생이 연쇄살인범에 의해 천천히 죽임을 당할 때, 살인범은 공습경보에 따른 등화관제 덕에 칠흑 같은 어둠 속에서 손쉽게 제 목적을 달성한다. 감독은 살인의 현장을 롱쇼트의 부감으로 찍으면서 가까운 마을에서 불이 하나 둘 꺼져가는 모습을 배경으로 삽입시킨다. 이로써 1980년대 당시의 과잉된 정치적 공권력이 실은 살인의 공범이었다는 시대의 의미를 드러내는 것이다.

3) 소재

연극에서 영화로, 즉 상징화에서 구체화의 방향으로 개작되는 가운데 두드러진 변화는 소재의 측면에서도 잘 드러난다. 연극과 영화에서 형사들이 범인을 찾는 핵심적인 증거는 살인을 저지르는 날 방송국에 똑같은 노래를 튼다는 점이었다. 그런데 연극과 영화의 노래가 달라진다.

<날 보러 와요>에서 범인은 비 오는 날 모차르트의 <레퀴엠>을 신청해놓고 그 노래가 나올 때마다 범행을 저지른다. 이 사실을 파악해 낸 사람은 역시 김인중 형사이다.

> 모차르트 레퀴엠 1번. 밤. 대지 위에 비가 내립니다. 서서히 조여오는 죽음의 그림자. 바이올린의 가는 선율이 점차 애타는 절규로 바뀝니다. 무겁게 깔려오는 더블베이스의 검은 손이 몸부림치는 여체를 짓누르는 거죠.(김광림, 2003, 47)

레퀴엠은 죽은 자를 위한 미사에 쓰이는 음악이다. 장엄하고 비극적인 정서의 고전음악이다. 그것은 범인의 지적 수준을 말해줄 뿐 아니라, 그것을 범인의 상징으로 활용하는 연극 자체의 고급문화적 속성을 드러내 주는 것이다.

그러나 영화에서는 모차르트의 <레퀴엠>이 대중가요인 유재하의 <우울한 편지>로 바뀐다. 그리고 그 노래가 연쇄살인과 관련 있다는 점을 밝히는 것도 주변 인물인 여경찰 귀옥이 된다.

> 반장 : (서류 보며) 뭐야 이게?
> 귀옥 : 이거 FM 방송국에서 받은 자룐데요….
> 반장 : 무슨… 노래 방송한 목록인가?
> 귀옥 : 제가 자주 듣는 라디오 프론데요. <저녁의 인기가요>라구
> 요…. 그 프로에 지금 이 음악… <우울한 편지>라는 노래를
> 꾸준히 신청하는 사람이 있어요. 거기 자세히 보시면요… 이 노
> 래가 방송된 날인데요… 사실 이게 히트곡이 아니라서, 방송에
> 서 자주 틀어주는 노래는 아니거든요.
> 두만 : 노래가 뭐… 뭔 편지?

귀옥 : <우울한 편지>요. 가수는 유재하. 조용필 밴드에서 반주하던
　　　사람인데요. 이번에 판을 냈어요.
반장 : …근데?
귀옥 : (차분하게) 그 노래 방송된 날이… 전부 여기서 사건 터진 날이
　　　랑 일치해요.(봉준호·심성보, 2003, 85)

　이것은 레퀴엠이 가지는 상징성을 다소 포기하더라도 실제 80년대의
가요를 끌어와 전형성을 강화하겠다는 것이고, 레퀴엠에 대한 상식을 가
지지 못한 관객이라도 제목에 이미 표기된 '우울'이라는 낱말을 통해 쉽
게 범인의 정서를 파악하게 하려는 것으로 이해할 수 있다. 이 점은 양
콘텐츠의 대중성의 정도와 밀접하게 관련되어 있다. 오늘날 고급문화에
속하는 연극의 관객은 노력이 필요하더라도 연극의 상징을 이해하려는
기대지평을 가지고 있다. 반면 대중문화에 속하는 영화의 관객은 손쉽게
콘텐츠에 접근하고 간편하게 이해하려는 특성(easily accessibility)을 지닌다
(Noel carroll, 1998, 13). 이런 점이 필연적으로 핵심 소재를 친밀하고 대중
적인 소재로 바꾸는 요인으로 작용한 것이다.

　연극이 영화화될 때 이해의 용이성을 만들기 위해서는 핍진성[7]을 높
일 필요도 있다. 영화 <살인의 추억>에서 범인이 노래와 관련 있다는
사실을 발견한 사람이 여형사로 바뀌는 점도 핍진성을 높인 결과이다.
거친 범죄를 다루는 형사들이 저녁 라디오 프로그램을 즐겨듣는 설정은
자연스럽지 않다. 오히려 여형사가 그것을 감지할 가능성이 훨씬 높다.

　핍진성의 측면에서 볼 때, 연극 속의 김인중 형사가 처음 출근해서 하
는 일도 자연스럽지 않다.

---

7) 채트먼은 실제적인 것보다는 오히려 그럴듯한 것에 호소하는 오랜 전통을 핍진성으로
　설명한다(S. 채트먼 / 한용환 역, 2003, 58).

이른 아침. 화성 특별수사본부 사무실. 김 형사가 금방 출근하여 자리에 앉아 있다. 음악을 들으며 시를 읽고 있다.

김 형사 : 한 여자 돌 속에 묻혀 있었네 / 그 여자 사랑에 나도 돌 속에 들어갔네 / 어느 여름 비 많이 오고 / 그 여자 울면서 돌 속에서 떠나갔네 / 떠나가는 그 여자 해와 달이 끌어 주었네 / 남해 금산 푸른 하늘가에 나 혼자 있네 / 남해 금산 푸른 바닷물 속에 나 혼자 잠기네(시집을 책상 위로 던지며) 씨팔······ 인생 좆같구나. 너는 혼자 바닷물 들여다보며 옛날 얘기 각색하고 윤색하고 지랄을 떠는데, 나는 시골 파출소 순사 짓하며 썩어 가는 여자 시체나 주무르고 앉았으니······ 하지만 여기서도 삼십 분만 나가면 태안반도 소금이 썩는 검은 바다가 있다. 너는 남해 푸른 바다 물속에 잠기고 나는 태안의 검은 바다 위에 떠 있다. (후략)(김광림, 2003, 15)

형사가 출근해서 이성복 시인의 「남해 금산」을 읽으며 평가하며 자신의 처지와 비교하는 일을 하리라고 보기는 어렵다. 연극의 관객들은 이런 사실을 용납한다. 연극의 관객들은 이미 연극이 시적 상징성을 통해 세계를 표현한다는 점을 인식하고 있기 때문이고, 그 상징성 속에 비어 있는 내용들을 채우고, 핍진성이 떨어지는 대목들을 상징화 하려는 태도를 갖추고 그런 훈련이 되어 있기 때문이다. 이는 연극이 고급문화의 영역에 속해있다는 점을 다시금 증명해주는 대목이다. 반면, 영화는 불특정 다수 대중들에게 소비되는 것이기 때문에, 핍진성의 문제를 보강하지 않을 수 없다. 영화에서의 관객들의 기대의 지평은 연극처럼 상향될 수가 없다. 특히 <살인의 추억>처럼 상업영화를 추구할 경우에는 더욱 그러하다.

이렇듯 소재와 그 활용에 있어서 연극은 시적 상징성을 자주 활용하기 때문에 핍진성이 떨어질 경우가 많은데 영화에서는 그것을 관객의 자연스러운 기대지평에 맞추어 변형시킨다.

4. 마치며

지금까지 연극 <날 보러 와요>에서 영화 <살인의 추억>으로의 전환에 대해 매체의 측면에서 살펴보았다. 매체론으로 볼 때 연극은 시각적 요소가 없지 않으나 언어적 특성이 지배적인 언어매체의 장르이고, 영화는 언어적 요소가 없지 않으나 시각적 특성이 지배적인 영상매체의 장르라고 보았다. 그리고 오늘의 문화 상황에서 언어매체 예술장르는 고급예술적 속성을 보이고 영상매체 예술장르는 대중예술적 속성을 보이기 때문에 대체로 연극은 고급예술의 특성이 나타나고 영화는 대중예술의 특성이 나타나는 것으로 파악했다.

그리고 구체적으로 이런 매체론적 차이가 연극 <날 보러 와요>에서 영화 <살인의 추억>으로의 전환에서 어떻게 나타나는지를 주제와 표현전략의 항목에서 자세히 살펴보았다. 연극에서 보여주었던 '진리 추구'라는 문학적이고 상징적인 주제는 영화에서 구체적이고 반영적인 '80년대의 성찰'로 변모하게 되었다. 상징성이 구체성으로 전환된 것이다. 표현 전략에 있어서도 인물, 에피소드, 소재의 측면에서 언어매체의 속성에서 영상매체의 특성으로, 고급예술의 특성에서 대중예술의 특성으로 전환되면서 그 기능과 세부적 내용들이 큰 차이를 보이고 있음을 밝혔다. 이런 분석 과정을 통해 연극에서 영화로의 전환의 요체가 매체 미학의 측면에서 심도 있게 드러났으리라고 본다.

이번 연구의 사례로 살펴본 연극 <날 보러 와요>와 영화 <살인의 추억>은 각기 그 방면에서 성공을 거둔 작품들이다. 이 작품들이 자기의 영역에서 성공할 수 있었던 것은 그 매체의 특성을 정확히 파악하고 거기에 적합한 주제의식과 표현 전략을 구사했기 때문이다. 앞으로도 연극과 영화, 언어매체 장르와 영상매체 장르가 조화롭게 서로 영향을 끼치며 문화를 풍성하게 만들어 나가길 기대하면서 이 글이 그 흐름에 미력이나마 보탬이 되길 바래본다.

참고문헌

김광림, 2003, 『날보러와요』, 평민사.

김만수, 2001, 희곡과 시나리오의 차이에 대한 사례 연구 : 오영진의 경우, 『한국극예술연구』 13집, 한국극예술학회.

김승옥, 2007, 매체의 차이에 따른 텍스트의 글쓰기 전략-<날보러 와요>와 <살인의 추억>의 서사 변형을 중심으로, 『한국극예술연구』 25집, 한국극예술학회.

김윤정, 2006, 희곡 '오구-죽음의 형식'의 영화화 고찰, 『한국현대문학연구』 19집, 한국현대문학회, 2006.

김정탁, 2000, 『굿바이, 구텐베르크』, 중앙일보 새천년.

박명진, 2001, 희곡의 영화화에 나타난 의미 구조 변화, 『한국극예술연구』 13집, 한국극예술학회.

봉준호・심성보, 2003, 『살인의 추억』, 이레.

이상우, 2006, 연극의 영화 각색에 나타난 확장과 변형의 양상, 『우리어문연구』 26집, 우리어문학회.

장정일, 2006, 『공부』, 랜덤하우스.

정과리, 1999, 문학 언어의 미래, 문자와 비트 사이, 정과리 외, 『21세기 문학이란 무엇인가』, 민음사.

최진아, 2003, <'날보러와요'의 작업일지>, 김광림, 『날보러와요』, 평민사.

현택수, 1999, 문학예술의 사회적 생산, 현택수 편, 『문화와 권력-부르디외 사회학의 이해』, 나남.

홍재범, 2006, 희곡의 시나리오 전환 과정 고찰, 『어문학』 91집, 한국어문학회.

데이빗 매든, 1995, 대중예술의 미학의 필요성, 박성봉 편역, 『대중예술의 이론들』, 동연.

루이스 자네티 / 김진해 역, 2006, 『영화의 이해』, 현암사.

아리스토텔레스 / 윤영주 역, 1988, 『詩學』, 청년사.,

자크 데리다 / 김성도 역, 1996, 『그라마톨로지』, 민음사.

S. 채트먼 / 한용환 역, 2003, 『이야기와 담론』, 푸른사상.

Noel Carroll, 1997, The Ontology of Mass Art, The Journal of Aesthetics and Art Criticism(Vol.55 No.2 Spring).

Noel Carroll, 1998, A Philosophy of mass art, clarendon press · oxford.
Douglas Kellner, 1998, The X-Files and the Aesthetics and Politics of Postmodern
     Pop, The Journal of Aesthetics and Art Criticism(Vol.57 No.2 spring).
<씨네21> 인터넷 기사, http://www.cine21.com/Movies/Mov_Person/person_info. php?id=3778

문학에서 영화로 스토리텔링 전환 전략*

〈지금, 만나러 갑니다〉 스토리텔링 전환 전략

박 기 수

1. 스토리텔링 전환(adaptation) 전략의 의의

문화콘텐츠 스토리텔링에 대한 관심은 최근 매우 세분화되고 구체적인 양상으로 드러나고 있다. "문화콘텐츠는 사회적 수요와 기대에도 불구하고 세계적으로 두루 통용되는 보편적인 용어는 아니며, 그 각각의 실체는 확인할 수 있지만 조형적이며 생성적인 현재 진행형 정의와 범주의 자기증식으로 인하여 개념적으로는 매우 모호한 상태다."(박기수, 2007B, 191) 이와 같은 개념적 혼란으로 인하여 문화콘텐츠에 대한 논의는 지극히 포괄적인 차원에서 전개되어 온 것이 사실이다. 생산적인 논

---

* 이 글은 〈지금, 만나러 갑니다〉 스토리텔링 전환 전략 연구(『영상문화콘텐츠 연구』 창간호, 2008)를 수정보완한 것이다.

의 결과에 대한 사회적 수요는 최근 문화콘텐츠를 둘러싼 담론들의 구체성을 요구하게 되었고, 그 결과가 논의의 세분화로 나타나게 된 것이다. 또한 문화콘텐츠의 변별적 특성[1]을 고려할 때, 그것에 대한 논의는 장르별 변별성, 구현 매체의 특성, 분야의 전문성에 대한 세분화된 관점과 그것이 통합적으로 구현된 양상에 대한 정치한 논의[2]가 필요하기 때문이다.

논자는 생산적인 문화콘텐츠 스토리텔링 전략을 수립하기 위해서는 기존 서사 장르와 뚜렷한 변별성을 확보해야만 하며, 그것은 문화콘텐츠의 변별성과 밀접한 상관을 갖고 있기 때문에 1) 스토리텔링을 통한 향유의 활성화 전략, 2) 문화콘텐츠의 한 요소로서의 스토리텔링의 정체성에 대한 분명한 인식, 3) 문화콘텐츠 개별 장르의 스토리텔링 전략에 대한 세분화와 변별성 확보, 4) 문화콘텐츠 기획·생산·유통의 전반적인 과정 안에서 스토리텔링의 역할 등에 대한 실천적이고 생산적인 접근(박기수, 2007A, 11)을 요구한 바 있다. 이와 같은 맥락에서 논자(2007A)는 "스토리텔링의 다양한 부면을 효과적으로 반영하고 전략적으로 접근하기 위해서는 논의의 세분화가 필수적"이라고 전제하고, 문화콘텐츠 스토

---

1) 문화콘텐츠의 변별적 특성을 논자(2006B, 11~18)는 1) 문화콘텐츠는 문화와 콘텐츠의 특성을 동시적으로 구현되어야만 그 가치를 극대화할 수 있다는 점, 2) 문화콘텐츠 분야가 매우 광범위하다는 점, 3) 문화콘텐츠는 One Source Multi Use를 통해 부가가치 생산을 극대화한다는 점, 4) 문화콘텐츠는 반드시 유기적인 산학협력을 통하여 연구 성과를 보장 받을 수 있다는 점, 5) 문화콘텐츠의 양적/질적 수준을 확보하기 위해서는 반드시 규모의 경제(economy of scale)를 구축해야한다는 점을 지적한 바 있다.
2) "만화, 영화, 애니메이션, 음반, 캐릭터, 게임, 드라마, 공연, 뮤지컬 등의 장르와 웹, 모바일, TV, DVD, CD, DMB 등과 같은 매체 그리고 기획, 시나리오, 창작기술, 비즈니스·마케팅 등의 분야를 고려할 때, 문화콘텐츠가 포괄해야 하는 영역이 얼마나 광범위한지 알 수 있다. 더구나 이것들이 교차적으로 조합하여 만들어내는 경우의 수까지 따진다면 통합적인 접근이 필요한 문화콘텐츠에서 정작 그러한 접근은 지극히 어렵게 된다."(박기수, 2006B, 14)

리텔링에 대한 논의를 1) 스토리텔링 원천소스 개발, 2) 콘텐츠 스토리텔링 전환(adaptation) 전략, 3) 콘텐츠 스토리텔링 전략, 4) 문화콘텐츠 스토리텔링 리터러시(literacy)로 세분화한 바 있다.[3] 이 글에서는 논의의 목적에 따라서 스토리텔링 전환 전략만을 상론할 것이다.

볼프강 가스트(1999, 126)는 전환(adaptation)을 크로이처의 정의에 기대어 "책으로 된 허구적 텍스트를 극장이나 텔레비전에서 상영할 수 있도록 영화화"하는 것이며, 여기서 '영화화'란 전혀 다른 기호체계로의 전이를 포괄하는 것이라고 규정한 바 있다. 전환은 기존에는 각색이라는 말로 사용되어 왔다. 각색은 "원안(Original)을 한 매체에서 다른 매체로 전환시키는 작업"(시드 필드, 1998, 170)을 총칭하는 말로 "연극, 소설, 자서전 등 기존의 여타 장르로 발표된 작품을 영화로 만들기 위해서 재창작하는 일"(이승구 외, 1990, 16)을 의미한다. 각색과 전환이 큰 의미상의 차이가 없음에도 불구하고 여기서 굳이 구분하는 것은 각색이 원전에서 개작으로의 일방성과 일회성을 강조하고, 원전의 예술적 가치에 비해 개작의 대중성이 강조되는 용어인데 반해, 전환은 원전과 개작 사이의 독립적이고 등가적인 상호 변환에 비중을 두고 있고,[4] 아울러 One Source Multi Use가 전략적으로 선택되는 문화콘텐츠 스토리텔링에 보다 적합한 용어라고 판단되기 때문이다.

그렇다면 이렇게 문화콘텐츠 스토리텔링 전환이 중요하게 대두되는 이유[5]는 무엇인가?

---

3) 여기 제시된 네 가지 접근법에 대한 상론은 박기수(2007A)를 참고하라.
4) 볼프강 가스트(1999, 127)는 "원전과 개작 중 어느 것이 더 가치 있는가에 대한 판단은 오직 개별적인 작품의 질의 문제"라고 주장함으로써 전환이 원전과 개작 사이의 독립적이고 등가적인 상호 변환임을 분명히 하였다.
5) 동어반복이라는 위험을 무릅쓰고 원론적으로 말하자면 스토리텔링 자체가 문화콘텐츠의 근간이기 때문이다. 문화콘텐츠 스토리텔링의 중요성(박기수, 2007A, 6)은 크게 A) 문화

표면적인 이유는 스토리텔링 전환을 통해 다수의 성공작들이 등장6)했고 이것을 벤치마킹하여 또 다른 시도들이 계속되고 있다는 데에서 찾을 수 있다. 이러한 표면적이 이유 외에 보다 심층적인 이유는 뉴미디어의 증가로 인하여 채널이 다수 확보됨으로써 스토리텔링 소재의 수요가 증가했기 때문이다. 이러한 현상은 문학 원작을 활용하여 양질의 소재를 확보하고, 이미 예술적 가치를 확보하고 있던 문학 원작의 후광을 기대했던 초기 영화의 경우에서부터 지속되어온 현상이다. 근래에는 소재 고갈과 소재 발굴의 어려움을 극복하려는 동기 외에도 향유자들이 이미 학습한 바 있는 익숙한 스토리텔링 구조를 뉴미디어 콘텐츠에서 적극 활용함으로써 스토리텔링을 안정적으로 정착시키는 또 다른 동기를 가지고 있다. 하지만 무엇보다 스토리텔링 전환의 중요성이 강조되는 것은 대중적인 지지를 이미 확보한 원천콘텐츠7)를 활용하여 제작의 위험부담

콘텐츠 스토리텔링은 향유 과정에서 텍스트와의 소통을 실현하는 기본적인 회로라는 점, B) 문화콘텐츠를 통한 경제적 수익 실현 과정에서 수직적 / 수평적 One Source Multi Use 를 활성화시킬 수 있는 중심 매개라는 점, C) 텍스트의 완성도와 대중적 소구를 결정짓는 중추적인 역할을 한다는 점으로 나누어 볼 수 있다. 이러한 이유로, 양질의 문화콘텐츠를 생산하기 위하여 투자되는 자본의 양이 점점 증가될수록 스토리텔링의 중요성은 점점 강화될 수밖에 없으며, 더구나 그것의 구현에 중추를 이루는 전환 전략은 더욱 강조될 수밖에 없는 것이다.

6) 문학작품을 원전으로 하는 <반지의 제왕>, <해리포터>, <나니아 연대기>, <황금나침판>, <베어울프> 등의 텍스트와 만화를 원작으로 하는 <스파이더맨>, <엑스맨>, <씬 시티>, <300>, <아이언 맨> 등의 텍스트와 같은 외화 대작들은 물론 국내에서도 전환의 시도는 지속적으로 전개되고 있다. 희곡을 원작으로 했던 <살인의 추억>, <왕의 남자>, <박수칠 때 떠나라>, <웰컴투 동막골> 등과 만화를 원작으로 했던 <식객>, <타짜>, <미녀는 괴로워>, 소설을 원작으로 한 <공동경비구역 JSA>, <밀애>, <서편제>, <스캔들>, <주홍글씨>, <우리들의 행복한 시간> 등이 있다.

7) 원천콘텐츠는 독립된 콘텐츠로서 대중성을 검증 받아 이미 브랜드 가치를 확보한 콘텐츠를 말하는데, 수직적 Multi Use를 활성화시킬 수 있는 요소들을 콘텐츠 내부에 포함하고 있어야만 한다. 일반적으로 원천 콘텐츠로서 활용되는 만화, 소설, 신화 등의 경우에서 확인할 수 있듯이 상대적으로 적은 비용으로 대중성 검증이 가능한 것들로서 그 자체만으로도 독립적인 콘텐츠로서의 완성도를 확보하고 있어야만 한다(박기수, 2007A, 16).

을 줄이려는 risk hedge전략 때문이다. 신화, 전설, 민담과 같이 누대에 걸쳐서 대중성을 검증 받은 소재들이나 작품성과 대중성을 검증한 소설, 희곡 등의 문학 작품 또는 만화 등은 저렴한 비용으로 향유자들의 향유 취향, 향유 구조, 향유 패턴 등을 파악하고 대중적 지지를 확인할 수 있기 때문에 오리지널 스토리텔링에 비해서 상대적으로 제작의 위험부담을 줄일 수 있다. 이와 같은 스토리텔링 전환의 양적인 증가와 전략적 수요는 그것을 성공적으로 수행할 수 있는 전환 전략의 필요성을 증대시켰다.

이 글에서는 다양한 장르별 스토리텔링 전환 중에서 문학에서 영화로 전환된 것을 선택적으로 주목하여 고찰할 것이다. 그것은 문학과 영화가 1) 서사성(narrativity)이라는 공분모를 지니고 있지만 독립적인 장르이고, 2) 예술과 대중문화의 결합으로 문화적 가치와 재화적 가치의 상생적 결합이라는 문화콘텐츠의 특성 반영이 용이하고, 3) 문학의 유구한 역사로 인하여 향후 활용할 수 있는 양질의 소스가 풍부하며, 4) 오랫동안 지속적으로 시도됨으로써 사례가 많아 선행 연구 성과를 참고할 수 있기 때문이다.

이 글에서는 논의의 구체성을 확보하기 위하여 논의 대상을 <지금, 만나러 갑니다>(いま、會いにゆきます)로 한정한다. 이치카와 다쿠지 원작소설이 도이 노부히코 감독의 영화로 성공적으로 전환된 사례에 주목하고, 영화 텍스트를 중심으로 전환의 사례를 분석해볼 것이다. 이 작품을 논의의 대상으로 선정하는 것은 1) 116만 부(2005년 기준) 이상 판매된 베스트셀러 소설을 원작으로 영화화 되어 400만 명 이상의 관객을 동원하고 48억 엔의 수익을 올렸으며, 2) 삽입곡 <꽃>이 실린 오렌지레인지의 앨범은 200만 장 이상 팔린 바 있고, 3) 동시에 원작과 영화의 흥행

에 힘입어 드라마로도 제작되어 TBS에서 방영되었고, 4) 만화로도 만들어져 큰 인기를 끈 작품이기 때문이다.

이 글에서는 이 작품의 전환 전략을 1) 세 가지 상투적 모티브의 전략적 교직, 2) 감성적 미시콘텐츠를 활용한 향유의 극대화, 3) 준아이(じゅん-あい)물의 상호텍스트적 활용을 통한 향유의 극대화로 크게 나누어 살펴 볼 것이다. 이러한 전환전략은 원작 소설의 서사적 특장을 거점콘텐츠화하는 과정에서 대중성을 강화하고, 서사를 영상콘텐츠에 적합하도록 탄력적으로 조정한 결과임을 규명할 것이다. 이러한 과정을 통해서 효과적인 스토리텔링 전환 전략8)을 살펴보는 것은 물론이다.

2. 〈지금, 만나러 갑니다〉 스토리텔링 전환 전략

스토리텔링 전환 유형을 각색 양식의 구분에 기대어 살펴보면 네 가지 견해로 수렴된다. 루이스 자네티(2003, 399~400)는 원전의 자료들을 얼마나 충실하게 반영했느냐에 따라서 대략적(loose) 각색, 충실한(faithful) 각색, 축자적(literal) 각색으로 나누었다. 더들리 앤드류(1998, 145~149)는 영화와 원작 텍스트 사이에서 가능한 관계 양식을 기준으로 차용(borrowing), 교차(intersection), 변형(transformation)으로 나누었다. 볼프강 가스트(1999, 133~139)는 문학작품을 원자재로 보는 전환, 도해로서의 전환, 변형으로

---

8) 콘텐츠 스토리텔링 전환 전략에서 가장 중요한 것은 향유자들이 전환 전후의 콘텐츠로부터 동일한 정체성을 확보할 수 있어야 하며, 동시에 두 콘텐츠가 독립적인 스토리텔링을 구현함으로써 그 개별성을 인지할 수 있어야 한다는 점이다. 이 말은 두 콘텐츠가 동일한 정체성을 지향하면서도 장르별 변별성, 구현 매체, 향유자, 향유 패턴 등을 통합적으로 반영한 독립성을 스토리텔링을 통해서 확보해야 한다는 의미다(박기수, 2007A, 17~18).

서의 전환으로 분류했다. 박기수(2006A, 194)는 원작의 변형 정도에 따라서 원작그대로, 부분개작, 전면개작, spin-off로 분류하면서도 각각 전환의 전략 포인트를 설정하였다. 이상에서 살펴본 전환 유형에 대한 주장들은 원작에 대한 충실도, 원작과의 관계, 원작의 변형 정도 등을 기준으로 하고 있다. 하지만 문화콘텐츠 스토리텔링 전환 전략은 원작에 대한 충실성이나 원작과의 관계보다는 전환의 효과나 전략적 유효성을 중심으로 접근해야만 한다. 앞에서 언급한 바와 같이 스토리텔링 전환의 중요성이 강조되는 것도 바로 그러한 전략적 유효성을 극대화하기 위한 것이기 때문이다. 따라서 논의의 대상이 되는 <지금, 만나러 갑니다>의 전환 전략에 대한 접근은 원작에 대한 충실성 여부나 원작과의 관계보다는 각각의 스토리텔링이 텍스트 안에서 성취하고 있는 바를 찾고, 그것의 전환 과정이 전략적으로 유효했는지 스토리텔링의 관점에서 이루어질 것이다.

1) 세 가지 상투적 모티브의 전략적 교직

<지금, 만나러 갑니다>는 세 가지 익숙한 이야기를 전략적으로 교직시킴으로써 극적 구조와 극적 긴장을 만들어내는 서사 전략을 구사하고 있다. 먼저 세 가지 익숙한 이야기를 살펴보면, ① 6주간 돌아온 연인/엄마(미오), ② 죽은 미오는 어떻게 돌아왔는가 하는 미스터리, ③ 첫사랑의 러브스토리9)가 그것이다.

먼저, 이 작품의 하이 콘셉트(high concept)인 '① 6주간 돌아온 연인/엄마(미오)'는 시간제한을 두어 긴장을 극대화시키는 서사 전략으로 자주

---

9) 여기서 언급된 원문자(①, ②, ③)는 아래서 문맥에 따라서 기호로만 표기할 것이다.

활용되고 있다. 애니메이션 <미녀와 야수>에서는 '마녀가 준 장미꽃이 다 떨어지기 전에'라는 시간제한이 주어져 있으며, <48시간>, <아드레날린 24>, <세븐 데이즈> 등은 아예 그러한 시간제한을 제목으로 활용할 정도로 전체 서사를 지배하는 극적 조건으로 자주 활용되는 것이다. 이 작품은 6주라는 시간제한말고도, 매년 배달되는 생일케이크는 18살이 될 때까지라고 제한되어 있고, 미오는 자신이 사랑하는 사람과 행복하게 살다가 죽을 나이로 28살을 알고 있다는 점에서 매우 흥미롭다. 18살은 그 시간 자체로 의미가 있다기보다는 죽은 엄마에게서 배달되어오는 생일 케이크 또는 죽기 전에 미래로 보내는 생일케이크라는 감성적인 코드를 강화하는 기능을 한다. 28살 역시, 미오 자신이 죽을 시간을 미리 알고 있었다는 사실이 115분의 전체 서사 중에서 114분에 드러남으로써 그것을 인지했을 때의 미오와 타쿠미의 감정에 향유자의 몰입을 용이하게 하는 기능을 하는 것이다. 6주라는 시간적 제한은 이 작품의 전체 서사를 지배하는 핵심적인 서사적 제한이 되는 것이다. 6주라는 시간제한이 전체 서사를 지배하는 기제라면, 18살과 28살은 시간제한이라기보다는 감성의 소구와 몰입을 강화시키는 극적 요소로 파악하는 것이 옳다.

두 번째, '② 죽은 미오가 어떻게 돌아왔는가의 미스터리'는 돌아온 연인 모티브와 미스터리가 결합한 결과다. <마틴 기어의 귀향>, <마농의 샘>, <겨울연가> 등이 돌아온 연인 모티브와 미스터리가 결합하여 극적 긴장을 강화한 예이다. <지금, 만나러 갑니다>는 이러한 작품들과 유사한 모티브를 지녔지만, 그것들과는 다르게 돌아올 것이 미리 예견되었었기 때문에 '어떻게 돌아왔는가'에 관심이 집중될 수밖에 없는 구조다. 더구나 죽은 미오가 돌아오는 것이기 때문에 개연성을 확보하기 위한 방법으로 어떻게 돌아왔는가의 미스터리를 활용하고 있다.

세 번째, '③ 미오와 타쿠미의 러브 스토리'도 숱하게 반복된 첫사랑의 이야기 수준을 넘지 않는다. 첫사랑의 애틋한 이야기들은 굳이 <러브레터>, <세상의 중심에서 사랑을 외치다> 등의 예를 들지 않더라도 수많은 영화의 소재로 활용되어왔다. 이 작품이 그것들과 변별되는 점은 죽을 줄 알면서도 자신의 사랑을 지키는 미오의 이야기와 둘의 러브스토리를 각각의 관점에서 진술하는 방식을 채택하고 있다는 점이다. 물론 이러한 방식도 <라쇼몽>, <오! 수정>, <영웅>, <유주얼 서스펙트> 등에서 이미 보아왔던 익숙한 방식이다.

이와 같은 세 가지 익숙한 요소의 상투성은 소설 원작이 이미 가지고 있던 요소들이며, 이것을 영화가 전환 과정에서 대부분 창조적으로 수용한 결과이다. 그러나 분명한 것은 소설에서 영화로, 문자언어에서 의사(擬似)구술언어로, 문자텍스트에서 멀티텍스트로 전환하는 과정에서 서사의 압축과 확장을 위한 취사선택이 이루어졌다는 점이다. 전환 과정에서 취사선택한 내용을 단순하게 대비하는 것은 전환 전략을 규명하는 데 별 도움이 되지 못한다.10) 그보다는 오히려 이 세 가지 익숙하고 지극히 상투적인 이야기들이 어떻게 하나의 극적 구조로 통합하여 참신한 텍스트로 재구성해서 향유를 활성화시키느냐가 중요하다. 이 세 가지 이야기들이 익숙하다는 것은 이와 유사한 선행체험을 통해 학습한 바 있음을

---

10) 소설에서 미오가 타쿠미에게 전화를 거는데 영화에서는 타쿠미가 미오에게 전화를 건다든가, 그들의 첫 데이트가 소설에서는 여름이었는데 영화에서는 겨울이었다라는 사소한 것에서부터, 농부르가 의사 선생님으로 바뀌었다든가, 타쿠미의 집이 아파트 2층에서 전원의 단독주택으로 바뀌었다든가, 영화에 임의로 첨가된 육상대회에서 미오의 에피소드나 해바라기 밭 씬 등과 같이 영화의 극적 특성을 극대화하기 위해 삽입된 것에 이르기까지 그것을 단순 비교하는 것보다는 장르 전환에 따른 변화의 원인을 규명하고 그것의 효과에 대해서 평가하는 것이 보다 생산적일 것이다.

의미한다. 향유자들은 익숙한 것을 매우 선호하는 보수적인 향유 패턴[11]
을 가지고 있다.

예술가들은 서로 다른 관람객들이 각기 다른 경험을 하게 될 것이라는
가정 하에 작품을 만드는 반면, 엔터테인먼트의 생산자들은 관객들이 특
별한 상황을 공동으로 경험하도록 할 뿐만 아니라 관객들이 비슷한 경험
을 했다는 것을 보증하기 위해 그들에게 친숙한 말, 이미지, 심볼, 테크
닉, 스토리를 사용한다. 이처럼 과거에 반응이 좋았던, 예측 가능한 요소
들의 조합을 추구하는 '하이 콘셉트'의 전략은 불특정 다수의 관객을 상
대로 하는 엔터테인먼트 자체의 본성과 그 맥락을 같이한다. 엔터테인먼
트는 낯설고 불투명한 미래 대신 확인되고 안전한 과거에 기반을 두고
있으며 놀라운 경험 대신 친숙한 재미를 선사하는데 더 익숙하다.(김희
경, 2005, 36)

원작 소설에 비해 영화는 시간적 제약이 강하기 때문에 보수적인 향
유 패턴을 전제로 한 치밀한 서사 전개 과정을 요구한다. 원작 소설에서
는 이와 같은 익숙하고 상투적인 이야기를 타쿠미의 1인칭 시점으로 감
각적인 언어를 경쾌하게 사용하며 소소한 일상의 부분을 감성적으로 세
세하게 그려냄으로써 죽은 자의 일시적 귀환이라는 개연성이 떨어지는
부분을 상쇄하려고 시도했다. 동시에 앞에서 언급한 세 가지 익숙한 이

---

11) 영화는 100~120분 내외의 시간 동안 극적 갈등을 제시하고 해결해야한다는 측면에서
3막 구조와 같은 전형적인 틀에서 벗어나기가 어렵다. 향유자는 이미 선행체험을 통해
서 이와 같은 극적 구조와 시간조절에 은연중에 노출되고 학습하게 됨으로써 그것으로
부터 벗어난 구조들에 대해서는 쉽게 몰입하지 못하는 경향을 드러낸다. 이러한 구조에
서 벗어난 것들은 강력한 시청각적인 효과나 스펙터클 등으로 그것을 상쇄시킴으로써
낯설게 느껴지는 부분을 의식하지 못하고 몰입할 수 있도록 돕는 것이 일반적인 경향
이다. 디즈니 애니메이션의 경우 전통적인 서사 구조에서 벗어나 뮤지컬적인 요소나 스
펙터클을 강화하여 즐거움을 극대화하는 전략을 사용하는 것이 대표적인 예라고 할 수
있다.

야기의 상투성을 죽은 자가 6주간 돌아온다는 하이 콘셉트를 강화하여 종속시킴으로써 역설적으로 극복하고 있다. 즉, 죽은 자가 6주간 돌아온 다는 동화적인 설정이 매우 압도적이기 때문에 다른 것들의 상투성은 소소한 일상 속에서 감성적으로 수용할 수 있는 것이다.

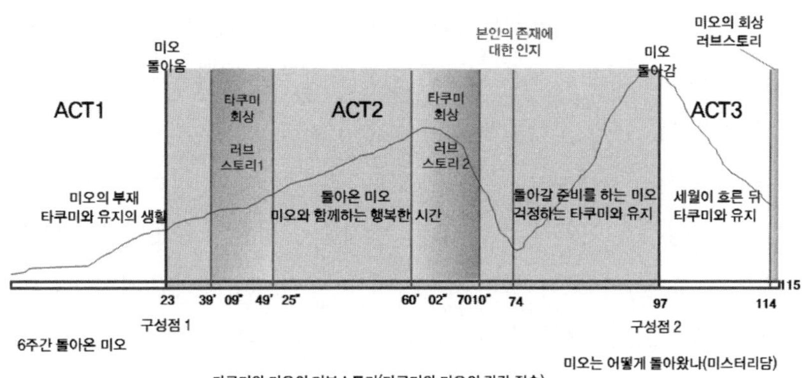

[그림 1] 〈지금. 만나러 갑니다〉의 3막 구조의 전개 과정

반면, [그림 1]에서 보는 바와 같이, 영화에서는 3막 구도의 전형적인 전개를 기반으로 '① 6주간 돌아온 연인 / 엄마(미오)'와 '③ 첫사랑의 러 브 스토리'가 상호 개입할 수 있도록 구조화하였고 '② 죽은 미오가 어 떻게 돌아왔는가의 미스터리'를 후일담 형식으로 전략화하고 있다는 점 이다. 특히 ①과 ③은 타쿠미와 미오가 각각의 관점에서 2막과 3막에서 반복 진술함으로써 서사를 완결하고 있다. 영화에서의 이와 같은 상호 개입적이고 반복적인 진술을 통한 서사의 구조화는 죽은 자가 돌아온다 는 터무니없음을 상쇄하는 데 효과적으로 기여한다. 더구나 3막 구조의 안정적인 향유 패턴은 이러한 상쇄에 결정적인 기여를 한다.

　이 작품은 1막에서는 미오가 부재하는 현실을 타쿠미와 유지의 생활을 통해 보여주었고, 2막에서는 미오가 돌아와서 그녀와 함께하는 행복한 시간을 러브스토리의 회상과 함께 드러내주고, 3막에서는 미오가 떠나고 세월이 흐른 뒤 타쿠미와 유지의 생활을 보여주며 그녀가 어떻게 돌아올 수 있었나를 다이어리를 통해서 보여주고 있다. 특히 2막은 미오가 본인의 존재가 유령임을 깨닫는 시점(74분)을 기준으로 전 / 후반부로 나누어 볼 수 있다. 돌아온 미오로 인하여 행복한 시간을 보내며 그들의 러브스토리를 듣는 전반부와 돌아갈 준비를 하는 미오와 걱정하는 타쿠미의 이야기인 후반부로 나눌 수 있다. 전 / 후반부를 가르는 시점(74분)이 제2구성점에 이르기 위한 위기 단계를 구성함은 물론이다. 아울러 '미오의 부재 → 미오가 돌아옴(제1구성점) → 미오가 돌아감(제2구성점)'이라는 미오 중심의 메인 플롯(main plot)을 완결적으로 구성하고 있으면서, '첫사랑의 러브 스토리'와 '죽은 미오가 어떻게 돌아왔는가의 미스터리'가 서브플롯(sub plot)으로 구축되었다는 점도 주목할 만하다. 메인 플롯의 터무니없음을 서브플롯의 감성적 요소(영상, 음악, 준아이물적 특성 등)와 관점을 달리하는 진술의 반복을 통하여 상쇄하려는 전략을 사용하고 있다.

　이와 같이 이 작품은 익숙한 요소들을 활용함으로써 준아이(じゅん-あい)물의 컨벤션을 극대화하고, 이를 통해 발생할 수 있는 상투성의 한계를 전형적인 3막 구조를 기반으로 안정적인 향유의 활성화와 감성적인 요소를 유기적으로 교직함으로써 자연스럽게 상쇄시키는 전략을 쓰고 있다.

2) 감성적 미시콘텐츠를 활용한 향유의 극대화

원작 소설이 영화로 전환되면서 가장 먼저 고려해야할 것은 향유의 활성화 여부다. 향유는 참여적 수행을 통하여 텍스트를 주체적으로 즐기는 능동적 해석과 자기화 과정(박기수, 2006C, 49)이다. 참여적 수행을 강화함으로써 즐거움을 극대화하는 향유에서 향유자의 체험은 절대적이며, 이 과정에서 체험을 매개할 수 있는 미시콘텐츠(micro contents)의 중요성이 부각되는 것이다.

원천콘텐츠에서 거점콘텐츠로 전환하는 가장 큰 이유는 대중적인 지지를 받는 텍스트를 대중적인 매체를 통하여 접근이 용이하고 향유를 활성화할 수 있는 텍스트로 바꿈으로써 경제적 부가가치를 극대화하기 위한 것이다. 즉, 거점콘텐츠는 "매체와 장르의 확대를 통하여 타깃의 확장을 도모할 수 있도록 보다 다수 대중의 접근이 용이한 콘텐츠로 전환을 꾀한 것"(박기수, 2007A, 16)을 말한다. 이러한 매체와 장르는 보다 많은 대중들이 손쉽게 향유할 수 있는 것이어야 하기 때문에 상당한 변환비용(Conversion Cost)을 요구한다. 변환비용의 증가는 기대 수익이 그만큼 높다는 것을 의미하며 동시에 그만큼의 수익을 내야만 되는 위험을 갖게 된다는 뜻이다. 따라서 거점콘텐츠화 과정에서 "타깃의 규모와 범위, 수평적/수직적 Multi Use의 활성화 기대 정도, 콘텐츠 자체의 대중성 확보 방안" 등이 고려 되어야하며, "메인수익 window 선정, 수평적 Multi Use의 노출 시기와 빈도, 수직적 Multi Use의 다양성, 콘텐츠 브랜드 관리 방안"(박기수, 2007A, 16) 등에 대한 콘셉트도 기획단계에서 고려되어야 한다. 또한 이러한 과정에서 거시콘텐츠(macro contents)의 스토리텔링 구현 전략 안에서 미시콘텐츠(micro contents) 효과적인 노출과 인지도 확보 등이 필수적이다. <겨울연가>의 예에서 볼 수 있었듯이 캐릭터, 배경이 되는 시공간, 중심 소재 등의 완성도나 대중적인 소구 정도에 따라 다양한 미시콘텐츠가 활성화됨으로써 경제적 수익을 창출할 수 있다. 뿐만 아니라 거시콘텐츠의 반복적인 향유 과정을 통하여 향유자들은 취향과 향유 패턴에 따라 성격화된 미시콘텐츠의 선별적인 향유를 수행하는데, 이러한 성격화된 선별적 향유의 반복을 통하여 거시콘텐츠에 대한 충성도를 제고하는 효과를 갖기도 한다.

<지금, 만나러 갑니다>는 전환 과정에서 감성적 코드를 강화함으로써 죽은 자가 돌아온다는 터무니없음을 상쇄하고 있음은 위에서 확인한 바와 같다. 고도의 개연성을 확보하려는 서사적 장치가 기본인 영화에서 향유자의 주의와 관심을 모음으로써 향유를 활성화시키고, 이것을 유지·확장시킴으로써 향유의 극대화를 기도하려는 시도는 의미 있는 시도이며, 이러한 과정에서 미시콘텐츠의 활용은 전환 과정에서 필수적으로 고려해야할 요소이다. 이 작품에서는 미시콘텐츠의 활용을 극대화함으로써 감성적 코드의 강화뿐만 아니라 경제적인 부가가치 창출의 효과도 거두고 있다.

<지금, 만나러 갑니다>에서 주목할 만한 미시콘텐츠는 동화책, 타임캡슐, 다이어리, 테루테루보우즈(てるてるぼうず)의 거꾸로 매달기, 예약배달되는 생일 케이크 등이다. 흥미로운 것은 이 모든 것들이 어린 유지와 상관되는 것들이거나 미오가 자신의 정체를 파악하는 데 결정적인 역할을 하는 것들이라는 점이다. 유지와 상관되는 동화책, 타임캡슐, 테루테루보우즈, 생일 케이크 등은 이 작품의 동화적 분위기를 조성하여 죽은 미오의 귀환이라는 비사실적 요소들을 상쇄시키는 데 결정적인 도움을 준다. 특히 이러한 미시콘텐츠들이 모두 미오의 귀환과 상관된 것

들이라는 점도 매우 흥미롭다. 원작 소설에서는 미오가 자신의 정체를 파악하는 단서가 타쿠미가 집필하고 있는 소설이고, 2막에서 벌어지는 사건의 실체를 알려주는 결정적 단서가 미오가 농부르 선생에게 맡긴 편지인 데 반해, 영화에서는 이 두 가지 기능을 미오가 타쿠미를 만나던 시절부터 기록해온 다이어리가 수행한다. 영화에서는 노쇠한 농부르 선생이 등장하지 않기 때문에 편지는 애초에 불가능했고, 타쿠미 관점으로 고정된 소설보다는 미오가 자신의 죽음과 귀환을 미리 예견하고 있는 동화책이 유지의 기다림에 향유자가 공감할 수 있는 폭이 크고, 미오의 귀환을 자연스럽게 예정할 수 있음으로써 예견된 비극의 효과를 강화하는 복합적 기능을 수행하는데 적합하기 때문이다. 더구나 죽은 자가 돌아와 6주간 머물다 돌아간다는 동화적인 내용을 표현하는 데에는 동화책이 가장 적합했을 것이라는 단순한 짐작까지 가능하다.[12] 또한 누군가가 전달해주는 편지보다는 미오가 자신의 실체를 인식하고 2막에서 벌어진 일들의 전모를 알려주는 두 가지 기능을 동시에 수행하게 하는 다이어리가 고도의 개연성을 구축하는데 보다 효과적이라는 점도 쉽게 수궁할 수 있는 지점이다. 날이 개기를 기대하며 만들었던 테루테루보우즈를 거꾸로 매달아 비가 계속 오기를 소망하는 행위는 서사 진행에서 미오의 돌아옴 / 돌아감의 긴장을 명시적으로 드러내는데 결정적인 역할을 하고 있다. 미오의 등장을 기점으로 그 이전의 것들은 미오의 돌아옴을 기원하는 소재였다면, 이후의 것들은 미오의 돌아감을 연기하고 싶은 소망의 효과적인 표현으로 볼 수 있다. 유지가 18세 될 때까지 예약 배달되는 생일 케이크는 어린 아들을 두고 다시 돌아가야 하는 미오의 안타

---

12) 이 작품의 원작자인 이치카와 다쿠지가 아카이브별에 대한 동화를 출간한 사실도 매우 흥미로운 연관이다.

까운 상황에 향유자가 공감할 수 있는 결정적인 단서이다. 더구나 죽은 자가 보내는 케이크는 뒤에서 논의하게 될 준아이물의 순애 구조에 적합한 효과적인 소재로 파악할 수 있다. 무엇보다 이 작품에서 주목할 만한 미시콘텐츠들은 유지와 미오와 상관되고 서사 구조에 유기적으로 결합된 매우 효과적인 미시콘텐츠로 볼 수 있다.

3) 준아이(じゅん-あい)물의 상호텍스트적 활용

준아이(じゅん-あい)물은 "순결한 사랑(純愛)이며 사랑을 위해 몸 바치고 희생하는 극진한 사랑(殉愛)"13)의 유일하고 영원한 세계를 그린다. 준아이물의 대표작인 <세상의 중심에서 사랑을 외치다>, <겨울연가>, <다만 널 사랑하고 있어> 등의 작품의 극단적인 순애보를 그려낸다. 이러한 작품들의 특성은 둘 간의 사랑은 변하지 않는데 주변의 상황으로 인하여 매우 어렵게 사랑을 성취하기 때문에 갈등 구조 역시 중심인물 간의 갈등이 아니라 세계와의 갈등에 비중을 두고 있다. <세상의 중심에서 사랑을 외치다>, <다만 널 사랑하고 있어>에서는 불치병이 둘의 사랑을 갈라놓으며, <겨울연가>에서는 부모세대의 잘못된 인연이 원인이다. 문제는 이러한 갈등 요소들이 상투적이고 식상하다는 점이다. 이러한 식상함을 준아이물에서는 상투적 갈등이 아니라 아름다운 사랑에 중점을 둠으로써 극복한다. 준아이물은 세상의 모든 상황을 상대적으로 배제하고 마치 선택 초점을 쓰듯이 둘의 순수한 사랑을 중심으로 극적 구조를 구축하는 특성을 지닌다. 순수한 사랑에 초점을 맞추다보니 갈등을 통한 극적 긴장의 조성과 해소에 중심을 두기보다는 순수한 사랑의

---

13) http://www.cine21.com/Article/article_view.php?mm=002001001&article_id=29171

구도와 구현 과정에 더욱 큰 비중을 두고 있고, 이러한 순수한 사랑의 구조는 지극히 감성적인 요소들을 강화시킴으로서 성취된다. 따라서 준아이물의 경우에는 이와 같은 목표를 효과적으로 성취하기 위하여 보다 보편적이고 이미 학습된 체험들의 수용내지는 변형이 중심을 이룬다. 즉, 순수한 사랑을 표현했던 기존이 다양한 선행콘텐츠들의 성취를 적극적으로 수용하거나 변형한다.

이와 같은 준아이(じゅん-あい)물의 상호텍스트적 활용은 텍스트와의 접점을 다수 확보함으로써 향유를 극대화하기 위한 전략이다. <지금, 만나러 갑니다>에서도 이와 같은 특성이 잘 반영되고 있다. 소설에서 아파트 2층에 살던 타쿠미는 영화에서 전원 속의 작은 주택에 사는 것으로 바뀐다. 호수와 숲과 자전거 통근 등의 감성적인 전원분위기, 잠만 자는 사법 서사, 간단한 일이 주 업무인 직장 일, 사람 좋은 웃음으로 모든 이야기를 들어주는 의사 선생님, 유지의 특이한 행동에도 인형이 귀엽구나하고 인정하는 담임선생님, 아버지 타쿠미를 돌보는 어린 아들 유지, 현실과 비현실의 중간지대로 설정된 5번 창고 등은 순수한 사랑을 극대화하기 위한 배경이며 소품들이다.

순애의 까다로운 조건을 성취하는 손쉬운 방법은 사랑을 동결 건조하는 것이다. 그러려면 사랑의 당사자 중 한쪽이 젊고 아름다운 시체를 남기고 죽어야 한다. 단, 죽은 자는 살아남은 연인에게 계속 말을 걸어와야 한다. 이 대목에서 '사자(死者)가 보낸 편지'라고 이름 붙일 수 있는 영화와 드라마, 소설들이 멜로드라마의 하위 장르로 가지를 친다. 한국영화 <편지>에서는 제목 그대로 죽은 남편의 편지가 도착하고 <겨울연가>는 죽은 첫사랑이 '똑 닮은' 남자의 몸을 빌려 찾아온다. <세상의 중심에서 사랑을 외치다>에서 죽은 첫사랑은 카세트테이프를 통해 어른이

된 남자친구에게 연신 속삭인다. <지금, 만나러 갑니다>에서 미오는 아예 되살아난다. 그러고도 모자라 다시 떠날 날을 대비해 아들의 십 수 년 치 생일 케이크를 예약해놓는다. 또, 순애보에서 사랑은 자연의 질서만큼 확고부동하고 위대한 섭리다. 그래서 순애보 영화와 드라마에서 날씨와 계절과 풍경은 결정적이다. 눈과 비, 안개와 태풍, 호수와 바다는 항상 사랑하는 남녀와 함께 웃고 흐느낀다.14)

이와 같이 사랑을 극적으로 표현할 수 있는 극단적인 다양한 모티브들이 이 작품으로 수렴되고 있다. 순수하고 희생적인 극진한 사랑을 극적으로 표현하려다보니 극단적인 모티브를 활용하게 되는데, 문제는 극단적인 모티브가 순애를 표현하기에 적합하지만, 고도의 개연성을 갖추고 극적 긴장을 유발시킬 만큼 극적이냐는 것이다. 순애의 극진함을 극단까지 보여줄 수 있으며 극적인 모티브를 찾는 일은 결코 쉬운 일이 아닌 까닭에 기왕의 것들을 활용하는 것이다. 이때 가장 중요한 것들은 익숙해져서 상투적이라는 혐의까지 받을 수 있는 이러한 모티브들을 어떻게 새로운 형태로 만들 것이냐이다. 원작 소설과 영화는 모두 죽은 미오가 6주 동안 돌아와 행복한 시간을 보내고 다시 돌아간다는 모티브를 지배적인 위치에 놓고 나머지 모티브들을 종속적인 위치에 배치함으로써 다양한 모티브를 효과적으로 배치하고 있다. 원작 소설에서 영화로 전환하는 과정에서는 이 작품의 지배적인 모티브의 가장 큰 약점인 개연성 부족을 감성적인 영상과 음악 그리고 시공간적 배경으로 활용하여 상쇄시키고 있음은 위에서 살펴본 바와 같다.

동화적인 공간으로 그려진 타쿠미 가족의 공간, 돌아옴과 떠남의 공간이면서 동시에 가족들의 휴식공간인 5번 창고, 환상적인 배경을 이루는

---

14) http://www.cine21.com/Article/article_view.php?mm=002001001&article_id=29171

해바라기밭, 육상대회 에피소드, 주머니를 빌려 손을 녹이는 미오, 남편에게 안기는 위치를 말하는 '베스트 포지션' 등은 소위 준아이물의 전형적인 소품들이라고 볼 수 있다. 순수한 사랑에 선택적 초점을 맞추고 있음으로써 다른 요소들은 모두 순수한 사랑을 도와줄 수 있도록 감성적 소구력을 극대할 수 있도록 배치되는 것이다. 이러한 소품들이 영화 텍스트 안에서 비주얼스토리텔링으로 구현되고 있다는 점도 이 작품의 완성도에 결정적으로 일조하는 부분이다. 특히 이 작품에서는 대부분 수평적 구도를 활용함으로써 안정적이고 친숙한 이미지로 수용할 수 있도록 유도하고 있다는 점도 주목해야할 점이다.

이와 같이 <지금, 만나러 갑니다>는 준아이물의 컨벤션을 효과적으로 전략화하고 있음을 볼 수 있었다. 이 작품에서는 원작 소설의 플롯을 대부분 활용하면서 향유자들의 감성적 소구력을 극대화할 수 있도록 감성적 모티브들을 적극 활용하고 있으며, 준아이물의 컨벤션을 효과적으로 전략화함으로써 텍스트의 완성도를 제고하였다.

이상에서 살펴본 바와 같이 <지금, 만나러 갑니다>는 1) 세 가지 상투적 모티브의 전략적 교직, 2) 감성적 미시콘텐츠를 활용한 향유의 극대화, 3) 준아이(じゅん-あい)물의 상호텍스트적 활용이라는 세 요소가 유기적인 교직을 통하여 상호 개입함으로써 효과적인 전환을 수행하고 있음을 확인할 수 있었다.

문학에서 영화로의 전환 과정에서는 1) 문학적 구조를 어떻게 영화의 시간 구조 내에서 소화할 것인가의 문제, 2) 전환의 목표에 따라서 시청각적요소와 서사적 요소를 어떻게 유기적으로 결합시킬 것인가의 문제, 3) 영화의 장르적 컨벤션을 전환과정에서 얼마나 효과적으로 반영할 수 있느냐는 문제, 4) 서사 전개 과정에서 미시콘텐츠의 유기적인 생산의 문제, 5) 원천콘텐츠로 활용할 원작의 선택 문제 등이 가장 중요한 관건이다. 이러한 문제에 대한 해결은 당위적인 요구로 해결될 것이 아니라 선행 콘텐츠에 대한 다양한 관점의 분석과 그것의 활용 과정을 통해서 해답을 찾을 수 있는 것이다. 아직도 원천콘텐츠의 대중적 지지가 곧 거점콘텐츠의 성공이라는 단순 논리가 위험한 이유가 여기에 있는 것이다.

3. 전망과 과제

스토리텔링 전환 전략은 당위적 요구로 해결될 수 있는 것이 아니라 지극히 실천적이고 생산적인 논의 과정의 반복을 통해서 모색할 수 있는 성질의 것이다. 스토리텔링 전환의 기본 전제인 원천콘텐츠의 선택의 기준에 대한 정치한 논의도 시작되지 못한 시점에 전환 전략을 논하는 것이 다소 성급한 것이라고 볼 수도 있으나, 이 문제는 스토리텔링 구현 전략과 함께 동시에 다루어져야할 문제이다. 따라서 이 글은 스토리텔링 전환 문제에 대한 시론적이며 부분적인 접근이라는 근본적인 한계를 지니고 있다.

지금껏 살펴본 바와 같이, 문화콘텐츠 향유의 보수적인 패턴을 염두에 둔 대중적인 스토리텔링 구조의 파악이 절실하다. 창의성이라는 말에 압도되어 그동안 소홀히 해왔던 장르별 컨벤션에 대한 정치한 파악도 이러한 맥락에서 매우 시급한 실정이다. 문화콘텐츠의 중심 향유층인 대중들이 익숙한 것과 이미 학습한 것을 중심으로 안정적인 향유를 지향하고 있기 때문에 익숙하고 상투적인 것에 대한 파악이 전제되지 않고서는 창의적인 요소의 발견이나 효과적인 구현이 불가능하기 때문이다.

 학제간 연구를 통한 문학의 확장 가능성 탐구

<지금, 만나러 갑니다>는 1) 세 가지 상투적 모티브의 전략적 교직, 2) 감성적 미시콘텐츠를 활용한 향유의 극대화, 3) 준아이(じゅん-あい)물의 상호텍스트적 활용이라는 전환 전략 이외에도 원작 소설이 전환에 용이한 구조였다는 점에서 원천콘텐츠 선택에서도 탁월한 작품이다. 원천콘텐츠의 선택에서부터 스토리텔링 구현 전략까지 스토리텔링 전환 과정에서 고려해야할 것들은 매우 다양하다. 그럼에도 불구하고 원천콘텐츠의 거점콘텐츠화 과정에서 단순하게 원천콘텐츠의 대중적 지지만을 믿고 전환을 시도하는 것은 다소 소박하고 무모한 일이다. 최근 국내에서 시도되고 있는 숱한 스토리텔링 전환 시도들이 안타까운 이유가 여기에 있다.

스토리텔링 전환에 대한 논의는 현재진행형으로 지속되어야할 부분이다. 그 과정에서 전환 사례에 대한 다양한 분석과 결과를 활용한 적용 등이 순환적으로 이루어지면서 성과를 기대할 수 있을 것이다. 따라서 이와 같은 전환에 대한 논의는 당위적인 요구가 아니라 세분화되고 구체화된 실천적 논의 과정을 통해서 진행되어야만 한다. 언제나 그렇듯 문화콘텐츠 스토리텔링에 대한 논의는 당위가 아니라 실천이다.

참고문헌

김희경, 2005,『홍행의 재구성』, 지안.

노시훈, 2005, 문학에서 영화로의 각색에 있어서의 서술의 문제,『프랑스학 연구』32권, 프랑스학회.

더들리 앤드류 / 김시무 외 역, 1998,『영화 이론의 개념들』, 시각과 언어.

박기수, 2004,『애니메이션 서사 구조와 전략』, 논형.

박기수, 2006A, <소나기> 거점콘텐츠화 전략,『One Source Multi Use & Storytelling』, 랜덤하우스.

박기수, 2006B, 한국 문화콘텐츠학의 현황과 전망 : 스토리텔링을 중심으로,『대중서사연구』16호.

박기수, 2006C, 애니메이션 리터러시, 향유의 전략화,『한국학연구』25집, 고려대 한국학연구소

박기수, 2007A, 문화콘텐츠 스토리텔링의 생산적 논의를 위한 네 가지 접근법,『한국언어문화』32집, 한국언어문화학회.

박기수, 2007B, 문화콘텐츠 정전 구성을 위한 시론,『한국문학교육학회 추계 학술대회 발표논문집』, 한국문학교육학회.

볼프강 가스트 / 조길예 역, 1999,『영화』, 문학과지성사.

시드 필드 / 유지나 역, 1998,『시나리오란 무엇인가』, 민음사.

신봉승, 2000,『TV드라마, 시나리오 창작의 길라잡이』, 선.

윤성은, 2005, 각색 영화 연구의 의의와 방향성에 관한 소고,『시네마』1호, 한양대학교대학원논문집.

이상우, 2006, 연극의 영화 각색에 나타난 확장과 변형의 양상 : 연극 <이>와 영화 <왕의 남자>의 경우를 중심으로,『우리어문연구』26집, 우리어문학회.

이승구 외, 1990,『영화용어해설집』영화진흥공사.

이치카와 다쿠지 / 양윤옥 역, 2006,『지금 만나러 갑니다』, 랜덤하우스중앙.

루이스 자네티 / 김진해 역, 2003,『영화의 이해』, 현암사.

http://www.cine21.com/Article/article_view.php?mm=002001001&article_id=29171

디지털 시대의 프랑스 문화정책과
문학의 확장 양상*

정 해 수

1. 들어가면서

프랑스 투자 진흥청장이자 국제투자유치 특별대사인 클라라 게마르가
프랑스는 "구식이고, 비생산적이며, 삶의 질에 너무 집착한다"고 인정한
바도 있는 것처럼(정정숙 외, 2006, 386)[1] 문화와 예술의 나라 프랑스는 사
고방식이나 일상생활에 있어서 다른 유럽 국가의 국민들처럼 급격한 변
화를 탐탁해하지 않는 보수적인 경향을 지니고 있다. "디지털혁명"으로
세상이 엄청나게 바뀌었음에도, 그리고 이제 싫든 좋든 잠자리에서조차

---

* 정해수, 디지털 시대의 프랑스 문화정책과 문학의 확장 양상에 대한 연구, 『한국언어문화』
32집, 2007, 수록논문 개고.

1) http://www.zdnet.co.kr/itbiz/column/hotissue/0,39030451,39136869,00.htm에서 재인용

디지털 세상에서 호흡하며 살아야만 하는 조건에도 불구하고 얼마 전까지 프랑스 국민들은 여전히 새로운 물결에 둔감하다거나 애써 무시하는 듯한 인상을 주어온 것도 사실이다. 그러나 프랑스는 일찍이 고도의 과학기술을 요구하는 TGV, 에어버스 또는 라팔을 개발하여 상용화했을 뿐만 아니라 지금의 인터넷과 유사한 성격을 띤 미니텔(Minitel) 단말기를 국영기업이었던 프랑스 텔레콤이 1982년부터 무료 보급하여 이미 날씨 정보를 비롯하여 전화번호 검색, 기차표 예약 등을 가능케 했을 만큼 독창적인 상상력을 보여준 나라이다. 더구나 프랑스는 인구의 노령화로 인해 인터넷 이용자 비율이 유럽 각국에 비해 다소 떨어지는 느낌은 있지만(정정숙 외, 2006, 377)[2] 2002년 장 피에르 라파랭 총리가 주창한 "디지털 공화국(République dans la Société de l'information)" 건설계획에 힘입어 초고속 정보통신망 보급률(DSL의 경우)이 100명당 14.3명에 이를 정도로 세계 최고수준을[3] 자랑하는 정보통신 인프라를 갖추고 있다.

사실 프랑스는 다른 선진국들에 비해 오래 전부터 정보화 사회에 대해 깊은 관심을 기울여 왔다. 1970년대 초반 프랑스 대통령은 두 명의 관료인 시몽 노라(Simon Nora)와 알랭 민크(Alain Minc)에게 정보화 사회에 관한 연구보고서를[4] 제출하도록 하였고 이를 토대로 대통령과 여러 고위정치인들은 정보화 사회와 관련된 정책을 입안하게 되었다. 정보화 사회에 관해 가장 두드러진 정책적 성과는 앞서 언급한 것처럼 프랑스 텔레콤 고객들(즉 모든 유선전화 가입자)에게 무료로 미니텔 단말기를 보급한

---

2) 2006년 3월 31일 자료에 따르면 프랑스의 인터넷 사용자는 전체인구 6,100명 가운데 2,621만 명으로 인구대비 인터넷 침투율은 43%이다. 참고로 한국의 인터넷 침투율은 67%, 미국은 68.6%이며 인터넷 침투율이 가장 높은 국가는 스웨덴으로 74.9%이다.
3) 한국, 미국 그리고 캐나다는 케이블을 사용하는 가입자 비율이 상당히 높은 국가로서 DSL과 케이블 이용자 수를 합친다면 프랑스보다 초고속 정보통신망 보급률이 높아진다.
4) 이 보고서는 『정보화 사회(L'informatisation de la société)』라는 제목으로 출판되었다.

것으로서 프랑스는 1980년대 초반에 이미 전국을 하나로 묶는 전자 네트워크를 이룩했다. 디지털 시대를 선도하게 된 인터넷이라는 변화의 물결로 비록 미니텔이 구식으로 전락해 버렸지만 우리나라를 비롯한 세계 각국은 프랑스가 국가적 차원에서 정보화 사회를 건설하는 과정을 세심하게 지켜보고 있었다.

한편 프랑스가 마자랭 재상과 루이 14세 시대에까지 거슬러 올라가는 문화적 '국가사회주의'의 오랜 전통에 힘입어 문화 전반에 걸쳐 지적 창조를 촉진시켜 문화와 예술의 발전을 도모했음을 우리는 잘 알고 있다. 제5공화국의 출범과 함께 문화부를 창설하여 "문화유산에 대한 국민의 의식을 확산시키고, 문화유산을 풍부하게 하는 예술적·정신적 작품의 창작을 장려"(Debbasch Ch. & Pontier J.-M, 2004, 539)한 것은 이러한 전통에 다름 아니다. 이러한 관점에서 볼 때 최근 프랑스에서 정보화 사회가 구축되는 과정에 정부가 적극적으로 개입하여 새로운 문화적 패러다임의 전환을 꾀한 것도 문화적 '국가사회주의'의 전통을 계승한 것이라 볼 수 있은데, 우리가 프랑스 문화부의 정책과 역할에 관심을 가지는 이유는 최근 프랑스의 문화적 현상이 바로 여기에 기인하기 때문이다.

이러한 맥락에서 우리는 우선 프랑스의 정보화 사회 구축을 위한 기본 정책을 살펴볼 것이다. 특히 1998년 1월 조스팽 수상은 프랑스 국민의 삶을 근본적으로 변화시킬 수 있는 인터넷, 멀티미디어 등과 같은 새로운 정보통신기술을 장려하기 위해 '정보화 사회를 위한 각 정부부처공동위원회'에서 연설을 했는데, 수상의 발의에 뒤이어 문화통신부가 취한 정보통신 관련 정책과 이미 시행한 조치들을 고찰하는 것이 중요하다. 당시에 수립된 정보통신정책의 기조가 지금까지도 특별한 변화 없이 유지되고 있기 때문이다. 다음으로는 정보통신정책의 시행 이후 이전과는 상당히 변화된 문화적 양상, 특히 정보통신기술이 문화계에 유입된 이후의 동향을 살펴볼 것이다. 마지막으로 정보화 사회로의 진입과 함께 문학이 문학 자체로 머물러 있지 않고 다른 장르로 확장되는 양상, 현대 대중문화의 용어로 다시 말하면 '미디어믹스'의 측면을 조망해볼 것이다. 여기에서 우리는 『아스테릭스와 오벨릭스』의 예를 통해 사례분석을 할 것이다.

2. 신기술로 인한 새로운 프랑스 문화정책 방향과 적용양상

1990년대는 프랑스를 비롯한 문화강국들은 고부가가치 산업으로 등장한 문화산업의 주도권을 취하기 위해 각축을 벌이던 시기였다. 정보통신 분야의 비약적 발전으로 말미암아 지적소유권과 저작권문제가 첨예한 쟁점으로 부각되었고 다양한 분야의 문화산업이 지역간, 다자간 무역정책의 쟁점으로 등장하기까지 했다(이복남, 2003). 문화와 통신 주무부처인 1998년 당시의 문화통신부가[5] 풍부한 문화유산을 자랑하는 자국이 웹상에서 프랑스어로 된 콘텐츠와 서비스가 부족하다는 역설적인 상황에 처해져 있다는 사실과, 정보통신 기술이 새로운 지식과 이전과는 다른 예술적 접근을 가능케 한다는 사실, 그리고 인터넷이 문화와 미디어 산업을 근본적으로 변화시키고 풍부한 자국의 문화유산을 자국국민들뿐만 아니라 전 지구상에 보급할 수 있는 결정적인 역할을 할 것이라는 사실을 깨닫고 적극적으로 정보통신산업육성에 모든 노력을 기울이게

---

5) 스트라스부르 시장을 역임했던 꺄트린느 트로트만이 장관으로 재직했음.

된 것은 당연한 일이다. 따라서 향후 정보사회로의 진입과 정보통신기술의 적용은 결국 프랑스의 야심에 찬 문화정책의 주요 과제가 된다.[6]

1990년대 이전의 문화정책을 여기에서 논하는 것은 무의미한 일일 것이다. 이미 많은 관련학자들이 프랑스 문화정책에 대해 심도 있는 연구를 수행했을 뿐만 아니라 신기술의 출현으로 말미암아 정책의 패러다임이 이전과는 상당히 다른 양상을 띠고 있기 때문이다. 따라서 여기에서는 작금의 프랑스 문화정책의 틀을 제공한 1998년 문화통신부가 취한 정책과 조치들을 중점적으로 다루는 것으로 충분할 것이다.

1998년의 문화정책과 조치는 다음과 같이 크게 4가지 방향으로 나뉘어 지는데, 이 가운데 마지막 항목은 우리가 다루는 주제와 거리가 있어서 논외로 할 것이다.

① 문화콘텐츠와 멀티미디어 서비스 개발지원
② 문화유산의 디지털화 및 인터넷을 통한 문화자료의 보급
③ 문화관련 정보기술의 숙련과 멀티미디어 개발지원
④ 프랑스와 프랑스어권 국가의 국제적 위상을 강화하기 위한 정보통신기술의 활용

문화콘텐츠와 멀티미디어 서비스 개발지원 분야에서 문화통신부가 중점을 둔 것은 먼저 정보통신기술에 대한 지원대책을 유도하는 것으로서 여기에는 멀티미디어 영화제작과 온라인 서비스, 활자화된 신문 잡지의 멀티미디어화, 멀티미디어 제작회사에 문화산업보장기금 할당, 도서출판 분야에서 정보기술 활용을 위한 공적지원 확대 등이 포함된다. 다음으로

---

6) http://www.culture.gouv.fr/culture/actual/communiq/plangouv.htm

는 공공음성영상매체에서 정보통신기술을 확장하는 것이다. 즉 Cinquième (지상파 5번 채널)의 주도로 설립된 BPS(Banque de Programmes et de Services)가 디지털화된 음성영상자료 및 TV 프로그램을 시청자의 요구에 따라 제공하도록 지원하는 것과 '국립음성영상연구소'(INA : Institut national de l'audiovisuel)로 하여금 음성영상자료를 디지털화 하도록 재정 지원하는 것 그리고 공공음성영상부문, 특히 대외 라디오 프랑스(RFI : Radio France International)와 TV5 방송을 인터넷을 통해 국외로 송출하는 등의 지원 사업이다. 문화콘텐츠와 멀티미디어 서비스 개발지원 분야에는 문화상품에 대한 조화로운 세제개편과 디지털환경에서의 저작권보호문제를 포함시켰는데, 이 두 항목은 우리의 주제와는 차이가 있어서 여기에서 언급하지 않을 것이다. 한편 상기 분야에서 '국립음성영상연구소'의 음성영상자료 디지털화 사업은 문화통신부가 추진한 사업 가운데 가장 흥미로운 결과를 보여주었다. '국립음성영상연구소' 홈페이지[7] 디지털자료목록에는 2007년 1월 현재 100,000만 건에 달하는 라디오와 TV 방송 프로그램이 수록되어 있다. 자료는 키워드로 간편하게 검색하는 방법과 다음과 같이 주제별로 검색하는 방법이 있다. 즉 모든 음성영상자료는 '예술과 문화', '경제', '환경', '지리', '역사', '정치', '과학', '사회', '스포츠' 그리고 '텔레비전, 미디어' 등 10개의 대주제로 분류되어 있고, 하부주제는 2~3단계로 세분되어 있다. 예를 들어 칸느영화제 관련 주제에서 영화감독 인터뷰에 대한 자료를 찾고자 한다면 '예술과 문화' → '칸느영화제' → '칸느영화제 : 인터뷰' → '영화감독 인터뷰'와 같은 방식으로 상위주제로부터 하위주제로 내려가 원하는 감독의 인터뷰 자료를 찾

---

7) http://www.ina.fr/

으면 된다. 음성영상관련 전문직종 종사자, 연구자 및 학생 그리고 교육 및 문화관련 종사자 등 전문가들은 물론 자료를 원하는 모든 일반인도 무료로 인터넷을 통해 시청할 수 있으며, 파일을 다운로드 받을 경우 파일 용량에 따라 일반적으로 1~4유로, 영화, 오락 또는 스포츠 프로그램처럼 시청시간이 긴 경우는 6유로부터의 요금을 지불해야 한다. 디스크, 서적, 간행물, 오디오 및 비디오 카세트, DVD, CD 등의 형태로 된 자료도 주문할 경우 몇몇 제휴업체를 통해 구매할 수 있다.

문화통신부 주도로 시작된 음성영상자료의 디지털화는 대학으로도 확산되고 있는 추세이다. 파리 대학의 주관으로 프랑스의 여러 대학과 러시아, 불가리아, 독일, 튀니지의 여러 대학이 참여하여 구축한 '음성백과사전' 사이트는[8] 대표적인 온라인 무료 음성자료은행으로서 대학교에서 이루어지는 강의와 강연을 디지털화하여 제공하고 있다. 2007년 1월 현재 모든 학문영역과 관련된 346개의 주제와 6967개의 자료를 보유하고 있으며 계속해서 자료를 보완해가고 있는 중이다. 주로 대학생이 이용하는 이 사이트는 일반인에게도 무료 개방되어 있다.

문화유산의 디지털화 및 인터넷을 통한 문화자료의 보급 분야는 거리상의 제약 때문에 문화유산을 접하기 어려운 문화소비자의 불편함을 해소하여 대다수 국민이 문화를 향유할 수 있도록 만들기 위해 마련된 정책으로서, 문화유산에 대한 국가의 지배력을 공고히 하는 부가적인 성과를 얻고자 했다. 디지털화하려는 대상은 총 458곳에 이르는 박물관 및 미술관 소장 문화유산을 비롯하여 인쇄물, 필사본, 그림, 스탬프, 사진, 화폐, 메달 등을 포함하는 모든 종류의 문화유산으로서 1,151개의 컬렉

---

8) http://e-sonore.u-paris10.fr/

션이 해당된다.[9]

프랑스 사상과 문학, 그리고 지식의 보고인 인쇄물의 디지털화는 문화통신부의 중점사업 가운데 하나로서 국립도서관(BN : Bibliothèque nationale de France)은 2007년 현재 정기간행물을 포함하여 문학, 과학, 철학, 법률, 경제 및 정치학 등 모든 분야를 망라하는 90,000종의 저작, 80,000건의 이미지, 그리고 500건 이상의 음성자료를 디지털화하여 Gallica 인터넷 서버를[10] 통해 무료제공하고 있다. 대부분의 자료가 이미지 형식으로 디지털화되어 있는 가운데 1,250종의 저작은 CNRS(국립과학연구소)와 멀티미디어 출판 및 제작사인 Bibliopolis, Académia 그리고 Champion의 공동작업으로 문서화되었다. 프랑스 전국의 270곳에 달하는 박물관 및 미술관의 소장품 목록을 작성하고 작품을 디지털화하여 일반에 무료로 공개한 Joconde 사업[11] 역시 문화통신부가 오랜 기간동안 역점을 두고 진행해 왔다. 박물관국 주도로 1975년부터 시작된 이 사업은 2007년 현재 고고학, 회화, 장식, 인류학, 역사 과학기술 분야의 소장품 347,000건에 대한 개요와 더불어 절반 이상에 해당하는 각 개요에는 1점 또는 여러 점의 이미지가 첨부되었다.

문화관련 정보기술의 숙련과 멀티미디어 개발지원은 국민들로 하여금 정보통신기술에 적응하도록 만드는 것이다. 신기술은 그 자체로 문화적 목적이 되므로 국가는 국민에게 문화 및 지식을 습득하는 새로운 방법을 제시해야 한다. 따라서 멀티미디어 기술의 개발 및 교육은 중요한 쟁점이 되고 있으며, 이에 따라 대중교육을 위한 '멀티미디어 문화공간'(ECM :

---

9) http://www.numerique.culture.fr/mpf/pub-fr/index.html
10) http://gallica.bnf.fr/ Gallica에 대한 보다 자세한 내용은 프랑스 문화통신부에서 발간하는 『Culture & Recherche』, n°100, janvier-février-mars 2004 참조.
11) http://www.culture.gouv.fr/documentation/joconde/fr/pres.htm

Espace Culture Multimédia)의 조성이 시급한 과제로 등장했다. 1998년 당시 조성하기로 계획한 ECM의 수는 100곳이었는데 2005년 현재 130곳으로 수가 늘어났다. 주로 도서관, 조형미술학교, 문화원, 음성영상센터, 철도역 등 기존의 지방공공시설에 설치된 ECM에서는 예술적·문화적 표현과 창작의 도구(텍스트, 그래픽아트, 음악, 비디오 등)로서 신기술을 전수하는 과정을 설치하여 운영한다.12) 문화 인프라의 기본인 도서관도 국민들이 정보통신기술을 자연스럽게 그리고 효과적으로 습득할 수 있는 훌륭한 교육의 장으로 자리매김하고 있다. 2005년 기준으로 6,003만 명 가량의 인구에 4,186개의 도서관(2003년 기준)을 보유하여 인구 천 명당 0.07개의 도서관 비율을 보이고 있고 674만 명이 도서관에 정기적으로 가입한(정정숙의 연구, 2006, 160~177) 프랑스에서 도서관은 국민이 이용하는 어떤 곳보다 이용률이 높은 문화공간으로서 적은 투자만으로도 최대의 효과를 이끌어낼 수 있기 때문이다. 즉 기존의 활자로 된 자료에 온라인으로든 오프라인으로든 디지털화된 멀티미디어 자료를 도서관에서 이용하는 것으로도 이용자가 정보통신기술을 습득하는데 큰 도움을 받을 수 있는 최적의 장소가 된다. 마지막으로 정보통신기술과 연계된 기술학교는 그 자체로 학제적이며 정보처리, 텔레커뮤니케이션, 그리고 음성영상 등과 관련된 기술적 교육과 깊은 관련이 있다. 따라서 1998년부터 조형예술, 텔레비전, 영화, 디지털영상, 만화, 출판 및 문화유산관련 직종과 같은 기술적이고 문화적인 교육에 있어서 높은 수준의 멀티미디어 교육이 강조되고 있으며, 이에 따라 문화통신부는 디지털 음성영상과 멀티미디어를 중심으로 한 연구 네트워크를 구상하고 문화관련 멀티미

---

12) http://www.ecm.culture.gouv.fr/ ECM의 활성화는 대중교육과 컴퓨터 관리기술 분야에서 많은 일자리가 창출되는 부수적 효과를 거두는 계기가 되었다.

디어 기술의 연구과 개발지원을 계획했다. 이러한 계획은 궁극적으로 예술, 과학 그리고 기술이 결합된 창작과 멀티미디어 제작을 장려하는 것으로서 교육연구기술부와 문화통신부가 협력하여 시너지효과를 극대화하는 것을 목표로 삼고 있다.

2006년 1월 신년 국정연설에서 자크 시라크 프랑스 대통령은 독일과 공동개발로 유럽판 검색엔진 '콰에로(Quaero)'를 개발하여 구글에 맞서겠다고 선언했다. 비록 독일정부가 자체검색엔진인 '테세우스'를 자체 개발하기위해 2007년 1월에 '콰에로'의 공동개발을 포기하기로 결정하여 이 사업이 프랑스 단독 프로젝트가 되었기는 했으나 유럽판 검색엔진의 개발은 프랑스문화와 관련하여 상당한 의미를 갖는다. 무엇보다도 프랑스 정부의 '정보화 사회'에 대한 계획과 실천이 지난 수십 년간 일관성을 띠고 추진되어왔다는 점이 흥미롭다. 콰에로는 아직 일반에 공개되지 않아 어떠한 내용과 특징을 가지고 있는지 알 수 없다. 그러나 프랑스측 전문가들에 의하면 콰에로는 검색기능 가운데 구글이 갖지 못한 3가지 장점이 있다. 즉 이미지, 오디오, 비디오 등 멀티미디어 콘텐츠 검색기능을 강화한 점, 전문가용 검색기능을 갖추었다는 것, 그리고 유럽의 문화 및 역사에 대한 검색능력을 보완했다는 점을 말한다.[13] 이러한 주장은 콰에로가 유럽의 고급 문화콘텐츠, 그 가운데에서도 특히 프랑스가 오랜 기간에 걸쳐 준비한 디지털화된 콘텐츠를 보다 전문화된 기능으로 검색 가능하도록 하여 구글이나 야후와 차별화됨을 의미한다. 이와 같은 맥락에서 앞서 언급한 시몽 노라와 알랭 민크가 1970년대에 정보화 사회에 관한 연구보고서를 대통령에게 제출한 이후 문화유산의 디지털화를 모

---

13) http://www.ohmynews.com/articleview/article_view.asp?at_code=305326에서 재인용.

  학제간 연구를 통한 문학의 확장 가능성 탐구

토로 한 1998년 문화통신부의 문화정책과 조치들, 그리고 2002년 11월 12일 프랑스 총리 라파랭이 EBG(Electronic Business Group)에서 행한 연설에서 밝힌 RE/SO 플랜(Pour une REpublique numérique dans la Société de l'information) 가운데 강조된 문화정책, 즉 인터넷은 프랑스문화를 널리 알릴 수 있는 훌륭한 도구인 만큼 새로운 매체에 디지털화된 문화유산이나 프랑스문화관련 포털 사이트 같은 풍부하고 다양한 콘텐츠를 개발하려는 정책은 디지털 문화콘텐츠를 강조한 검색엔진 콰트로의 개발과 무관해 보이지 않는다.

3. 인쇄매체에서 디지털매체로

정보화 사회를 향한 정부의 지속적인 노력으로, 특히 RE/SO 2007 플랜의 발표 이후 프랑스는 가시적인 성과를 일궈냈다. 2007년 1월에 발표된 'GfK-Sciences et Vie micro'의 연간통계에 따르면 2006년 컴퓨터 단말기 보유세대수는 1천 400만으로 2005년에 비해 150만 가구가 증가했으며, 2007년 1월 'Médiatrie'의 통계에서는 프랑스인 3명당 1명이 인터넷을 통해 상품을 구매한 것으로 나타났다. 또한 2006년에는 5백70만 명이 온라인으로 세금신고를 했는데 이 수치는 2005년보다 200만 명이나 늘어난 것이다.14) 여기에 '넷퓌블릭(NetPublic)'과 '멀티미디어 문화공간'의 확대로 6천만 인구 가운데 5천만 명이 초고속 인터넷을 사용할 수 있게 되었다. 프랑스인 평균 인터넷 접속시간도 2003년에 월 14시간 6

---

14) http://internet.gouv.fr/informations/information/statistiques/에서 재인용.

분으로 2002년에 비해 30% 증가했다.[15]

상기 통계와 조사들은 이제 디지털문화가 프랑스인의 일상 깊숙이 침투했음을 보여주는 바, 형식적인 틀에 있어서 변화를 좋아하지 않는 프랑스문학이 디지털문화로 어떠한 영향을 받았는지 그리고 어떠한 양상으로 변화했는지 궁금하지 않을 수 없다. 디지털 혁명으로 컴퓨터와 정보네트워크가 모든 분야에서 창작과 소통의 장이 된 마당에 문학도 점진적이든 급진적이든 형식과 내용에 있어서 문화적 변화의 흐름을 거스를 수 없기 때문이다. 더구나 모든 창작분야에 정보통신기술의 적용을 유도하는 등, 정부가 적극적으로 문화적 변화를 주도하고 있는 상황에서 보수적인 프랑스 문단이라고 해서 새로운 물결을 비껴나갈 수 없다. 사실 문화통신부는 1998년의 정책에서 e-book의 활성화에 대해 서적출판과 관련된 인사들과 관계당국의 공무원으로 구성된 위원회의 구성하는 한편, 서적과 독서에 대한 정책에 인터넷의 확대와 디지털화가 미칠 파장을 면밀히 검토했다. 이는 서적의 출판에 있어서 신기술을 접목하려는 직접적인 정책으로서 문인들과도 깊은 연관성을 갖게 된다. 만일 e-book이 활성화된다면 작가의 글쓰기 방식도 상당부분 달라져야 하지 않겠는가? 왜냐하면 전자책을 놓고 독자는 이제 책을 읽는다는 것보다는 이미지를 본다는 느낌이 더 강해질 것이기 때문이다. 이에 대해서는 다시 언급할 것이다.

아무튼 문화적 변화의 바람 앞에서 학계와 문단에서도 인터넷을 문학

---

15) http://internet.gouv.fr/information/information/plan-re-so-2007/mise-oeuvre-du-plan-re-so-2007-bilan-mi-parcours-58.html 참고로 '넷퓌블릭'은 인터넷의 혜택을 일반인이 고루 누리도록 하기 위해 총리직속기구인 '정부부처간 정보화사회 위원회'(CISI : Comité interministériel pour la société de l'information)가 제안하여 중앙정부와 지방자치단체가 협약을 체결하여 설립된 공간이다.

에 접목시켜야 한다는 목소리가 점점 커지고 있으며, 그동안 열린 많은 학술대회 가운데 다음의 두 학술대회에서 논의된 내용들은 이를 반영하고 있다. 우선 2002년 3월 15~16일 <문학과 인터넷(Colloque international Littérature et Internet : Nouvelles Formes d'Ecriture Electronique)>이라는 제목으로 파리 소르본느 대학에서 열린 국제학술대회는 인터넷 환경에서 미래의 문학이 나가야 할 방향을 타진하고 있다. 이 학술대회에서 기조가 되는 발표는 노팅엄 트렌트 대학의 수 토마스(Sue Thomas)의 「문학정체성의 위기 : 웹은 어떻게 글쓰기와 작가를 변화시켰는가?」로서 나머지 발표자들은 디지털이라는 새로운 환경에서 오늘날 인터넷과 접목된 문학의 제 양상을 검토했다. 「문학 웹 사이트 : 인터넷 이전 세대 아티스트를 위한 새로운 매체」, 「멀티미디어와 시」, 「학생들을 위한 인터넷 글쓰기 교육」, 「원탁회의-온라인 매거진」, 「웹상에서의 시 쓰기, 읽기 그리고 가르치기」 등은 문학과 컴퓨터의 관계를 심도 있게 검토한 연구들이다. 2005년 8월 13일부터 20일까지 '프랑스어권 문학과 인터넷'이라는 주제를 가지고 1주일간 쓰리지 라 쌀 국제문화센터에서 열린 학술대회도 인터넷과 문학의 문제를 다루고 있다.[16] 물론 연구, 교육, 커뮤니케이션, 디지털 자료와 인터넷의 관계를 검토하는 발표도 있었으나 대회의 초점은 디지털시대의 문학에 맞춰졌다. 먼저 이자벨 아블린(Isabelle Aveline)는 전자독자(e-lecteur)들을 하나의 동호회로 묶어주는 http://www.zazieweb.fr/에 대한 발표에서 개인적인 글(특히 서평)을 올리는 사이버공간, 공동작업이 가능한 웹, 웹 블로그[17] 등과 같은 기능을 갖춘 새로운 형식의 이 사이

---

16) http://www.ccic-cerisy.asso.fr/internetlitt05.html
17) 이 사이트가 흥미로운 점은 독자와 출판사가 추천할 책을 게시판에 올리고 서평 또는 비평하는 공간, 독자들의 개인 블로그, 포럼을 위한 공간, 문학관련 채팅 공간, 출판사 공간, 문학공동체 공간, 신간 안내 공간을 마련하여 책을 둘러싼 모든 글이 혼재한다는

트야말로 미래의 인터넷을 재창조하는 전형을 보여준다고 강조하면서 장차 작가는 글쓰기에서, 그리고 전자독자들은 독서습관에 있어서 상당히 다른 양상을 보여줄 것이라고 전망했다. 이자벨 에스콜랭(Isabelle Escolin-Contensou)는 '인터넷에서의 문학적 아방갸르드'라는 제목의 발표를 통해 출판인, 작가, 연구자, 예술가들이 웹사이트에서 끊임없이 토론하는 인터넷 환경에 문학의 미래가 있음을 내비쳤다. 세르주 부샤르동(Serge Bouchardon)은 온라인 '대화형소설'을(Jean Clément, 1994) 다뤘는데 이런 유형의 실험적 소설이 서사성(narrativité)과 쌍방향성(interactivité)을 동시에 지니기 때문에 모순이 있기는 하지만 독자와 이야기를 만들어나간다는데 가장 큰 관심을 끌 수 있다고 주장했다. 물론 보수적인 프랑스 문단과 학계에서 위와 같은 논의가 전면적으로 이루어질 수는 없다. 침체에 빠져있는 문학은 앞으로 인터넷을 기회의 장으로 삼아야한다고 주장하는 '문학적 진보주의자들'은 여전히 소수로서 몇몇 웹진과[18] 블로그를 중심으로 자신들의 이론을 펼치고 작품 활동을 하고 있다.

한편 정기간행물, 특히 잡지의 경우 인터넷을 생존의 조건으로 적극 받아들여야 한다는 진단이 나오고 있다는 사실도 우리의 눈길을 끌고 있다. 2006년 9월 7일자 르몽드지 출판관련 부록에서 알랭 뵈브(Alain Beuve-

---

것이다.
18) 다음은 문학과 인터넷의 접목을 주장한 대표적인 온라인 잡지들이다.
    Dock(s) : http://www.sitec.fr/users/akenatondocks/
    La revue x : http://60gp.ovh.net/%7ecaroline/larevuex/
    Tapin : http://tapin.free.fr/
    Sitaudis : http://www.sitaudis.com/
    Le Terrier : http://www.atol.fr/lldemars2/index.html
    Chaoïd : http://www.chaoid.com/portail.htm
    Panoplie : http://www.panoplie.org/
    Le Matricule des anges : http://www.lmda.net/

Méry)는 인문・사회과학 분야의 잡지들을 중심으로 고사 직전에 처해져 있는 인쇄된 잡지들이 어려움을 극복하기 위해서는 인터넷을 통해 기사를 독자에게 공급하는 것이 중요하다고 주장했다. 사실 2,000에 달하는 문화관련 프랑스 잡지들 가운데 2005년도에 457개의 잡지가 국립서적센터(CNL : Centre national du livre)로부터 재정적 지원을 받았음에도 불구하고 이 가운데 75% 이상의 잡지는 1,000부 이하의 매출실적을 올렸다. 예수회 기관지『신학연구(Etudes)』가 15,000부(이 가운데 11,000부는 정기구독)로 가장 많은 판매부수를 기록했고,『정신(Esprit)』과『논쟁(Le Débat)』 같은 유명잡지도 3,000부가 약간 넘을 뿐이다. 이와 같이 문화관련 잡지가 독자의 외면을 받는 현상을 소피 바를뤼에(Sophie Barluet)는 서적과 긴밀한 관계가 있는 잡지사와 출판사 사이의 유대가 많이 약화되었기 때문이라고 분석했고, 알랭 뵈브는 번역본을 내놓지 않아 외국으로부터의 수요가 없다는 점에 기인한다고 지적했으며,[19] - 즉 자국의 훌륭한 지식이 전 세계로 대량 유통되지 않았다는 지적 - 그리고 상기 뵈브가 쓴 기사의 제목(Le salut des revues passera par Internet)처럼 인터넷이야말로 잡지를 구할 것이라는 피상적인 주장이 간혹 있기는 했으나 정작 많은 사람들은 디지털 시대의 독자가 필요한 지식을 인쇄물에서 보다 인터넷에서 얻는다는 사실을 간과하고 있다. 오늘날 같은 지식의 시대에서 연예인, 운동선수, 정치인의 인기 또는 뉴스의 가치는 포털 사이트의 검색순위로 매겨지는 경향이 있다. 이 시대에 검색이 되지 않거나 내용이 미미한 존재는 도태된다는 의미로 받아들여질 정도이다. 이러한 상황에서 야후나 네이버 같은 사이트에서 검색할 때 프랑스 잡지명이나 기사의 내용이

---

19) http://medias.lemonde.fr/mmpub/edt/doc/20060907/810383_sup_livres_060907.pdf

없다면, 그것도 검색리스트 첫 페이지에 올려져 있지 않다면 그 잡지는 이미 버려진 존재가 되는 것이다. 더구나 인터넷이 창작과 소통의 장으로 자리매김하게 된 오늘날 인쇄매체가 점차 영향력을 잃어감과 동시에 그 자리를 전자매체가 채우는 것은 당연한 일이라 할 수 있다.

인쇄매체에서 디지털매체로의 전환시대, 이제 관심은 '전위적인' 문학 작가들의 창작방식으로 쏠린다. 글쓰기 매체가 바뀌면 내용과 형식에 있어서도 변화가 불가피하기 때문이다. 그렇다면 디지털 시대를 맞이하여 시인과 소설가는 어떠한 방식으로 독자들에게 다가서려고 했는가? 물론 가장 눈에 띄는 것은 매체의 변화이다. 활자로 이루어진 작품을 고집하지 않는 여러 작가들, 특히 시인들은 신기술을 창작에 적극 활용했다. 그들은 음성과 영상에 익숙해진 오늘날의 독자들이 인쇄물로 된 작품보다는 멀티미디어를 채택한 작품을 선호한다는 사실을 잘 알고 있다.

1992년 아스티드(A. Astide)를 중심으로 구성된 10명의 시 동인 '언어의 눈으로(par les yeux du langage)'의[20] 작업은 우리의 관심을 끌기에 충분하다. 그들의 실험적인 시는 활자와 종이에 의존한 전형적인 텍스트도 있지만 시와 이미지, 음악, 영상, 행위, 조형예술, 멀티미디어 등과 연계된 작품이 주를 이루고 있기 때문이다. 물론 그들은 각자 복수의 직업, 또는 복수의 예술적 재능을 가진 시인들이어서[21] 다양한 매체를 이용한 창작이 가능했을 것이다. 그러나 무엇보다도 그들이 개설한 사이트 홈페이지에서 밝힌 모토처럼 그들은 시 창작에 있어서 읽기 / 듣기 / 보기를 동시에 추구했다. 즉 그들의 작업은 시를 쓴다기보다는 제작하는 일에

---

20) http://www.artcilab.org/index2.html
21) 이들은 조형예술, 사진, 퍼포먼스, 설치예술, 출판, 멀티미디어, 행위예술, 판화 관련 직업을 병행하거나 다양한 예술 장르를 자신들의 시에 적용할 만큼 조예가 깊은 특성을 지니고 있다.

더 가까운데, 텍스트로만 이루어진 작품을 제외하고 텍스트/이미지, 비디오, 음악을 곁들인 낭송 등 3가지 범주의 시작품을 '제작'했다. 그들은 작품에서 가능한 모든 멀티미디어 요소를 삽입하여 인쇄매체 작품에 익숙한 독자에게 새로운 시적 세계를 선보임으로써 시단에 새바람을 불어넣어주었다. 끌로드 레비 스트로스의 제자로 인류학자이자, 작가, 영화감독, 번역가 등으로 다양하게 활동하고 있는 장 모노(Jean Monod)는 2003년 상형문자와 유사한 이미지와 텍스트가 결합된 작품집 『격정적 시집(poemes volcaniques)』을 출판했다. 텍스트 없이 이미지만으로 시를 '제작'하려는 시도도 있었다. 다양한 예술장르에 능통한 지네 에므(Giney Ayme)는 <아무것도 보이지 않아(On ne voit rien)>라는 작품에서 뿌연 이미지에 역시 뿌연 3개의 비디오화면 설치라는 독특한 기법을 사용하여 대체될 수 있는 것, 사용될 수 있는 것 그리고 쓸모없는 것에 대한 독자의 사색을 유도했다. 비디오 제작에서 읽을 수 있는 시는 흔적도 없이 사라지고 음성과 이에 상응하는 동영상이 그 자리를 대신한다. <낯 뜨거워(Je rougis)>는 2004년 마르세유에서 발표된 것으로 쥘리앙 블렌느(Julien Blaine)의 시낭송, 리샤르 레앙드르(Richard Léandre)의 콘트라베이스 연주 그리고 지네 에므가 촬영한 비디오 작품이다. 일상적인 삶과 직관의 실험을 통해 인간과 자연의 관계를 천착한 스트리드(A. Strid)는 한 여성의 시낭송과 멀티미디어 동영상을 접목한 작품 <길들여지지 않기(Ne pas plier)>에서 시청자를 자연의 내밀한 곳으로 인도하는 듯한 인상을 주고 있다.[22]

이들 작품은 어떤 면에서 뷔르고(Patrick-Henri Burgaud)가 1997년 제작

---

22) 언급된 작가와 작품에 대해서는 http://www.artcilab.org 참조.

한 시디롬 <시와 몇몇 편지들(Poèmes et quelques lettres)>에서 추구한 '살아있는 시(poèmes animés)',23) 즉 소리, 배경음악, 저장된 시낭송, 색상 그리고 움직이는 활자가 어우러진 시작품들과 유사하다. 하지만 그들의 작업은 가능한 모든 매체를 사용하여 작품을 만듦으로써 독자 또는 시청자/네티즌과의 폭넓은 교감을 꾀하였다는 점에서 뷔르고의 그것과 차별성을 지닌다. 게다가 그들은 작품의 유통에 있어서도 다양한 방법을 모색했다. 사실 독자들이 간헐적이나마 1980년대부터 컴퓨터 화면으로 문학작품을 '보기' 시작했을 때부터(Alain Vuillemi, 2000, 45) 문학적 '진보주의자'들은 '읽혀지는' 것보다 '보이기' 위한 문학작품의 '제작'에 관심을 가져왔다. 시 동인 '언어의 눈으로'가 온라인상이든 오프라인상이든 텍스트로서 읽히기에 앞서 이미지로 보이거나 소리로 들리는 PDF 파일, 비디오, 시디롬, DVD, MP3 등 신기술의 도움으로 '제작'된 작품으로 시청자 / 네티즌과의 끊임없는 접촉을 시도한 것은 당연한 일이다.

디지털이 일상의 필요불가결한 조건이 되어버린 오늘날 소설의 형식에 있어서도 새로운 시도들이 있어왔다. 가장 눈에 띄는 것은 컴퓨터를 중심으로 컴퓨터사용자인 작가와 독자가 함께 참여하여 이야기를 만들어 간다거나 여러 작가 또는 독자가 작품의 일부분을 써나가는 방식 또는 이야기 전개과정에서 복수의 상황이 설정되고 독자가 선택하여 이야기의 흐름이 바뀌어 나가는 '대화형 소설(roman interactif)'의24) 등장이다.

---

23) Alain Vuillemin, <Littérature et informatique: de la poésie électronique aux romans interactifs> Revue de l'EPI, mars 2000, n°97, 45~56쪽 참조. 이 논문은 다음의 온라인 주소에서도 찾아볼 수 있다: http://www.epi.asso.fr/revue/97som.htm#b97p

24) 프랑스에서는 이야기 전개과정에서 주어진 여러 상황 가운데 독자로 하여금 하나를 선택하여 이야기의 흐름이 전개되는 소설을 '대화형소설'이라고 일컫는다. '대화형소설'에 대한 자세한 내용은 Jean-Marie Pelloquin, <Roman pour ordinateur>, *Revue de l'EPI*, n°76, décembre 1994, 135~142쪽 참조. 이 논문은 다음의 온라인 주소에서도 찾아볼

이러한 양식의 소설은 일단의 전위적 작가들에 의해 1994년부터 꾸준하게 시도되어 왔다. 대표적인 작품으로는 라파이으(Jean-Marie Lafaille)의 『한 이야기의 단편들(Fragments d'une histoire)』, 꿀롱(François Coulon)의 『게다가 20%의 사랑을(20% d'amour en plus)』, 그리고 뻴로껭(Jean-Marie Pelloquin)의 『증오의 국경들(Frontières Vomies)』로서 텍스트는 물론 이미지, 소리 그리고 비디오가 어우러진 이 작품들은 인쇄된 책자가 아닌 시디롬 형태로 보급되었다.

우리나라에서도 시도된 바 있는 '쌍방향소설'과[25] 유사한 온라인 소설도 웹 사이트와 블로그를 통해 자주 등장한다. 이런 소설은 기성 작가들의 작품처럼 완성도가 높은 것은 아니지만 작품의 생산과정에 있어서 독자의 반응이 개입된 글쓰기 방식이 문단의 주목을 받아왔으며, 글쓰기에 관심이 많은 네티즌이 엄청나게 증가한 근래에는 온라인 글쓰기 사이트에 네티즌이 직접 작품을 쓰는 것이 유행이 되었다.

쌍방향소설이 만들어지는 방식은, 우선 다수의 작가 / 네티즌이 정기적으로 글의 주제를 게시하는 온라인 글쓰기 사이트에 등록하여 주제에 알맞은 문체 또는 이야기의 전개방향을 취하여 순서에 맞게 각자 글을 사이버공간에 올리고, 이렇게 해서 완성된 작품을 다시 전자우편으로 받아 읽어본 후 느낌을 또 다시 사이버 공간에 올리면 그 반응에 따라 최초에 주제를 게시한 작가 / 네티즌이 작품을 수정하여 완성하는 것이다. 이러한 작품은 글쓰기에 참여한 다수의 작가 / 네티즌이 공감한 만큼 많은 독자 / 네티즌도 공감할 수 있기에 상당한 흥미를 유발하고 있는데,

수 있다. http://www.epi.asso.fr/revue/76/b76p135.htm

25) 우리나라에서 '쌍방향소설'은 시인이자 소설가인 박덕규가 최초로 시도한 것처럼 작가가 독자의 반응을 참조하면서 쓴 소설을 말하는 경우가 많다. 이에 대해서는 문화일보 2003년 3월 17일자 참조

작가 / 네티즌이 글쓰기에 참여할 수 있는 대표적인 사이트로는 '아틀리에',26) 'ALO'27) 등이 있다. 쌍방향소설이 만들어지는 또 다른 방식은 다수의 작가 / 네티즌이 직접 탐정소설이든, 공상과학소설이든, 콩트이든 특정작품의 공동 집필에 참여하는 것으로서, 여기에서는 처음 주어진 1개 또는 2개의 에피소드로부터 출발해 작가 / 네티즌이 직접 다음 에피소드를 만들어갈 수 있다. 이렇게 해서 모인 글 가운데 정해진 기간에 편집위원회가 가장 훌륭한 에피소드를 2번째 또는 3번째 에피소드로 결정하며, 이런 과정은 작품이 완성될 때까지 반복된다. 여러 명의 작가 / 네티즌이 공동작업한 쌍방향소설의 또 다른 예를 가장 간단하고 적절하게 보여주는 것은 카테고리별 사이트 검색순위제공 사이트인 웨보라마의28) 문학 분야에서 오랜 기간동안 1위를 유지했던 웹사이트 '내 연습장(Mon cahier de brouillons)'에29) 게시된 몇몇 작품들이다. 2003년에 완성된 콩트 형식의 단편소설 「모험(aventure)」은 4명이 공동집필한 작품으로 사이트 개설자인 알리자 라하브(Aliza Claude Lahav)30)가 먼저 이야기의 흐름을 예시하는 몇 문장을 썼고, 5월에 루이지안느가, 10월에 프랑신느와 알리자가, 11월에는 로라, 루이지안느가 각각 일부분씩 그리고 11월 말에 소설의 마지막 부분을 로라가 맺었다. 또 다른 작품인 「비밀(Le secret)」은 알리자 라하브를 포함해 4명이 그리고 「실수(L'erreur)」는 3명이 동일한 방식으로 공동 집필했다.

---

26) http://www.atelier-ecriture.com
27) http://www.alo.free.fr/
28) http://www.weborama.fr/
29) http://www.moncahier.net/
30) 유태인인 라하브는 1933년 파리에서 태어나 이스라엘과 프랑스를 넘나들며 살아온 여류작가이자 정신운동훈련자 및 심리요법의사로서 1997년 은퇴한 이후 본격적인 글쓰기를 해오고 있다.

프랑스와 봉(François Bon)은[31] 자신이 개설한 인터넷 사이트에 2006년 10월 26개의 단상으로 이루어진 <인터넷은 작가들에게 위기인가 기회인가?(Internet : péril ou chance pour les auteurs?)>[32]라는 제목의 글을 올렸다. 인터넷문학의 전도사를 자임하는 그의 글을 읽지 않더라도 인터넷이 작가들에게는 기회가 된다는 내용의 글이라는 것은 누구라도 충분히 짐작할 수 있을 것이다. 디지털혁명으로 학생이든 일반인이든 또는 각 분야의 전문가들조차 원하는 자료를 얻기 위해 사전을 뒤적이거나 도서관을 찾는 것보다 인터넷을 먼저 검색하게 되었을 뿐만 아니라, 일상에서 직업적이든 개인적이든 전자메일을 사용하고, 신문을 읽고 / 보고, 가족 사진을 저장 또는 전송하고 은행업무까지 이제 인터넷은 우리의 생활에서도 필요불가결한 조건이 된 마당에 인쇄매체에 의존했던 작가들도 인터넷을 기회의 공간으로 삼아야 한다는 빤한 내용이기 때문이다. 그럼에도 불구하고 이 글이 인터넷상에서 자주 거론되고 있는 이유는 인쇄된 책과 문학관련 인터넷사이트는 유기적이며 상호보완적이라고 주장하는 데 있다. 즉 독자 / 네티즌은 인터넷 사이트에서 책의 외형적 이미지나 책과 관련된 글 그리고 책의 일부분을 찾으려하며 인터넷 사이트는 책을 둘러싼 내용의 글을 올리기 위해 책과 함께 할 수밖에 없는 숙명이라는 것이다. 이와 관련하여 인쇄된 책과 인터넷상에서의 독서는 동시에 이루어질 수 없는 만큼 책과 인터넷 사이트는 상호보완적이지 않다는 반론도 꾸준히 나오고 있다.[33] 또한 디지털 출판의 성행으로 2006년에

---

31) 인터넷 문학에 지대한 관심을 가진 프랑스와 봉은 엔지니어 출신의 소설가로서 온라인 글쓰기 사이트를 운영하고 있다.

32) http://www.tierslivre.net/spip/spip.php?article=253

33) http://lalitterature.blogspot.com/atom.xml. 이 블로그를 개설한 사람은 작가라고만 밝혔을 뿐 개인에 대해서 아무런 설명을 하지 않았다.

도 여러 출판사가 문을 닫았고 온라인 서점의 등장으로 수많은 일반서
점도 도산 위기에 처해져 있다고 출판사 및 판매상들은 아우성이다.[34]
하지만 혁명에 비견할만한 디지털기술과 인터넷이라는 거대한 물결은
이미 인류의 삶 자체를 엄청나게 변화시켰고 이제 그 변화에 적응하는
것이 생존의 조건이 되었다. 책의 생산과 유통의 주체들－작가, 출판사,
유통업자 그리고 서점－가운데 특히 작가는 새로운 세계를 적극 받아들
여야 할 것이다. 프랑스와 봉의 지적이 아니더라도 몽테뉴 시절의 작가
들이 독서, 일상, 산책 그리고 여행에서 끊임없이 글쓰기의 소재를 찾았
다면, 몇 세기가 지난 오늘날의 작가들은 자료를 즉각적이고 무한정 제
공하는 인터넷에서 글쓰기를 위한 모든 것을 찾아야 하는 시대가 되었
기 때문이다.

4. 미디어믹스의 한 사례

　최근의 대중문화현상인 미디어믹스의 사례를 프랑스 문화계에서 찾아
언급한다는 것은 상당히 힘든 일이다. 프랑스 문화계는 여전히 전통을
고수하는 경향이 강할 뿐만 아니라 문화영역 사이의 경계가 허물어지는
경우가 많지 않아 문학작품에서 영화 또는 애니메이션 영화로 미디어믹
스가 이루어지는 경우를 제외하고는 미디어믹스라고 할 만한 현상이 잘
드러나지 않기 때문이다. 그럼에도 불구하고 우리나라를 비롯하여 세계
각국에 널리 알려진 만화 시리즈『아스테릭스(Astérix)』로부터 촉발된 미

---

34) http://lalitterature.blogspot.com/2007/01/crise-de-ldition-et-crise-de-la.html

디어믹스는 문학의 확장이라는 관점과 문화산업적인 관점에서 우리의 관심을 끌기에 충분하다.[35]

어떤 의미에서 『아스테릭스』 시리즈의 시나리오 작가인 르네 고시니(René Goscinny)는 스스로 미디어믹스를 실천하려는 의도를 가지고 있었다. 왜냐하면 그는 『아스테릭스』의 창작 이전부터 12세기의 우화집 『여우이야기(Roman de Renart)』를 만화형식으로 현대화하려고 생각했을 뿐만 아니라,[36] 카이사르의 『갈리아 전쟁기』를 프랑스인 입장에서 각색하여 만화 『아스테릭스』를 탄생시켰기 때문이다. 이미 문학작품에서 만화로의 1차 미디어믹스가 이루어졌던 것이다. 여기에서 전 세계적으로 107개 언어로 번역되어 3억 부 이상이 판매된 이 만화시리즈의 내용과 대성공에 대해서 다시 언급할 필요는 없을 것이다. 다만 『아스테릭스』가 프랑스인들을 비롯하여 모든 독자들의 사랑을 받게 된 이유가 문학적으

---

35) 여기에서 만화를 문학으로 여기고자하는 입장이 문제가 될 수 있다. 그러나 프랑스의 만화는 두 가지 측면에서 다른 국가에서와는 확연히 다른 위상을 지닌다. 우선 치밀한 스토리 구성과 전개, 풍부한 문화·역사·사회적 소재, 이런 소재를 현실적으로 그러나 뛰어난 상상력으로 다루는 방식, 철학이나 문학보다 더 철학적이고 문학적인 내용, 게다가 예술적이고 자유로운 그림이 어우러져 어린이들이나 보는 가벼운 읽을거리가 아니라 하나의 독립된 예술장르로 대접받고 있는 사실이 특이하다. 즉 프랑스 만화는 하위문화의 범주가 아니라 이미 다른 장르의 예술과 어깨를 나란히 하는 종합예술의 성격을 띤다. 이러한 위상은 프랑스 남부의 엑스-마르세유 교육청을 비롯한 여러 교육청에서 만화를 문학의 범주에 포함시켜 교육할 것을 권고하고 있는데서 잘 드러나 있다. 프랑스 교육청에서 만화를 소설, 단편소설 또는 콩트와 동일한 수준에서 다루는 이유는 비록 만화의 특성상 이미지가 강조되고는 있으나 다른 문학 장르와 동일하게 서사성을 지니고 있는데다 초등·중등학교 학생들의 언어구사능력 향상에 많은 도움을 주기 때문이다. 또 다른 측면은 1981년 자크 랑(Jacques Lang) 문화부 장관의 입각과 더불어 "문화적 민주화"가 이루어진 이후 만화도 문화부의 문화정책 대상이 되었을 만큼 위상이 높아진 점이다. 즉 상위문화를 대표하는 문학, 미술, 건축, 과학 등과 함께 만화는 이제 제도권 상위문화에 편입된 것을 말한다. 보다 자세한 내용은 http://pedagogie.ia 84.ac-aix-marseille.fr/와 Vincent Dubois, La politique culturelle. Genèse d'une catégorie d'intervention publique, Paris, Blin, 1999, 236~7쪽 참조.

36) http://www.goscinny.net/prog/fr_ast.htm

로 완성도 높은 고시니의 시나리오와 알베르 위데르조(Albert Uderzo)그림으로 고대 "골족의 정신을 잘 구현함으로써 프랑스인들에게 잠재된 집단적 무의식"을(서정기·이혜숙, 2002, 245) 훌륭하게 드러냈다는 데 있음을 아는 것으로 충분할 것이다.[37]

만화작품의 대성공에 이어 미디어믹스가 활발하게 이루어진 분야는 영화로서 『아스테릭스』는 10여 편의 애니메이션 영화와 2편의 일반영화로 재탄생되었다. 특히 일반영화로 개봉된 <아스테릭스 1(Astérix & Obelix contre César, 1999)>은 프랑스 영화사상 최대 액수인 4,900만 달러의 제작비를 들여 개봉 첫날에만 42만 3천 명의 관객을, 그리고 8주간 1천만 명의 관객을 동원했고, <아스테릭스 2-미션 클레오파트라(Astérix & Obelix : Mission Cléopatre, 2002)>는 7주 만에 1500만의 관객을 동원하여 프랑스 문화산업에서 상당한 비중을 차지했다. 게다가 원작에 기초한 여러 편의 영화가 제작중이거나 제작이 예상되고 있는 사실과 예전의 영화는 물론 최근의 영화가 DVD로 제작되어 세계 각국으로 수출되고 있다는 사실을 감안하면 『아스테릭스』는 프랑스를 대표하는 문화상품 가운데 하나임을 알 수 있다.

『아스테릭스』와 관련된 문화콘텐츠 가운데 가장 흥미로운 사례는 파크 아스테릭스이다. 파리에서 북쪽으로 35km 지점에 위치한 아스테릭스는 157ha의 넓은 부지에 조성되어 당시 문화부장관이었던 자크 랑이 1989년 개장을 선포했고, 4월부터 10월까지 연간 160일에 지나지 않는 짧은 기간에만 개장함에도 불구하고 180만 명이 입장객을 유치, 6,450만 유로의 매출실적(2003년 현재)을 올려 프랑스 동종업계에서 유로디즈

---

37) 이러한 이유로 세계 각국의 대학에서 프랑스를 연구할 때 『아스테릭스』는 언제나 참고 자료가 된다.

니 다음으로 많은 입장객과 매출액을 자랑하고 있다.[38] 아스테릭스는 전형적인 테마파크로서 만화『아스테릭스』의 배경, 즉 로마시대 골족의 주거지와 생활상을 중심으로, 고대 그리스와 로마의 몇몇 상징적 유적과 중세로부터 현대에 이르기까지 변화된 파리의 모습을 감상할 수 있는 파리의 거리, 장인들의 공방 등을 충실하게 재현하고『아스테릭스』에서 모티프를 얻은 각종 공연을 곁들임으로써 방문객들에게 특별한 볼거리를 제공하고 있다. 게다가 테마파크의 성격에 공원 내의 놀이시설과 호텔, 레스토랑, 간이음식점 그리고 상점 등의 편의시설을 가미함으로써 문화를 산업화한 모범적인 사례로 꼽히고 있다.

캐릭터 상품을 비롯한『아스테릭스』관련 문화상품의 개발도 활발하게 이루어지고 있다. 15세 이상의 프랑스인들이라면 대부분『아스테릭스』의 등장인물과 배경을 알고 있다고 한다. 이런 상황에서 식품회사를 비롯한 여러 업종의 제조업체에서 자사의 상품 마케팅을 위해 프랑스인들에게 친숙한 아스테릭스 캐릭터를 사용하는 것은 당연한 일일 것이다. 아스테릭스 캐릭터를 채용한 대표적인 회사는 프랑스 어린이들의 각별한 사랑을 받는 치즈인 '웃는 암소(Vache qui rit)'를 생산하는 치즈회사로서 지금부터 40년 전인 1967년부터 이 캐릭터를 사용해왔다. 뿐만 아니라 등장인물 인형, 가톨릭 축일에 쓰이는 작은 인형, 다과상자, 포장지, 가정용 놀이기구, 퍼즐, 식기, 문방구, 서양장기세트, 달력, 맥도날드 선물세트, 지갑, 액자, 시계, 테이블 세트, 열쇠고리, 욕실용품, 우편엽서, 벽장식, 카드세트 등 일상생활에서 마주칠 수 있는 캐릭터 제품이 광범위하게 개발되어 있다.[39]

---

38) http://www.newsparcs.com/
39) 프랑스에는 아스테릭스 관련제품을 수집하는 마니아들이 많이 있으며 블로그를 통해

　　게임에서도 『아스테릭스』의 미디어믹스가 다양하게 이루어지고 있다. 아스테릭스를 소재로 한 게임이 처음 출시된 시기는 1980년대 후반부터였으며, 1993년에는 게임 소프트웨어 기업인 앵포그람(Infogrames, 나중에는 Atari로 개명)사에서 70만 개의 비디오게임 아스테릭스를 판매하여 당시 유럽매출실적 1위를 기록했다.[40] 최근에는 디지털기술의 비약적인 발전과 더불어 조이스틱을 사용하는 구형 게임기는 사라지고 아스테릭스 공식 홈페이지에서도 볼 수 있는 것처럼[41] 다양한 종류의 온라인 게임이 제작되고 있다. 휴대전화용 모바일게임은 최근 게임 애호가들 사이에서 많은 인기를 받고 있는 분야로서 2005년에 출시된 '오벨릭스 구하기(Sauver Obelix)'와 2006에 출시된 '아스테릭스와 바이킹(Astérix et les Vikings)'은 대표적 모바일게임이다. 게임개발사 인 퓌지오(In-Fusio)가 개설한 아스테릭스 모바일게임 공식홈페이지에서는 컴퓨터용 게임과 휴대폰용 게임 프로그램을 제공하고 있는데, 세계 각국에서 프로그램을 다운로드 받을 수 있도록 해놓았다.[42]

　　『아스테릭스』 시리즈는 첫 출판이 이루어진 이후 수십 년간 계속해서 폭넓은 문화콘텐츠화가 이루어져왔다. 이러한 문화콘텐츠화의 성공은 오늘날의 프랑스인들이 로마군으로 상징되는 외세의 어떠한 압력에도 굴복하지 않는 자유롭고 독립적인 골족의 정신에 동화되려는 집단무의식이 있었기에 가능했을 것이다. 게다가 문화상품 제작자들도 원작의 의미를 고스란히 간직한 제품을 선보여 프랑스인들의 지속적인 사랑을 이

아스테릭스 관련소식과 제품소식을 공유하고 있다. 대표적인 블로그는 다음과 같다.
http://www.blog-doubleclix.com/, http://aspyrathor.tchatcheblog.com/, http://petet.midiblogs.com/
40) http://www.omnsh.org/imprimer.php3?id_article=60
41) http://www.asterix.com/indexfr.shtml
42) http://www.asterixmobile.com/accueil.html

끌어냈으며 앞으로도 이러한 추세는 계속될 것이다.

5. 나가면서

문학을 포함한 인문학의 위기를 염려하는 목소리가 여기저기에서 쏟아져 나오고 있다. 언제부터인지 인문학은 무한경쟁시대에서 낙오한 학문으로 인식되고 있고 우리 사회의 많은 구성원들은 인문학 학습 및 연구를 무용한 일로 취급해왔다. 인문학 교육을 담당한 교수들조차 자녀들이 인문학을 전공한다면 만류하는 것이 작금의 현실이다. 인문학을 전공하는 학생들도 대부분 취업에 도움이 되는 분야로 진로를 바꾸려하고 있다. 이런 분위기에서 2006년 9월 15일 고려대학교 문과대학 교수들이 "시장논리와 효율성에 대한 맹신으로 인문학의 존립 근거가 위협받고 있다"고 주장하면서 발표한 '인문학 선언'과 9월 25부터 30일까지 전국 인문대학장단과 한국학술진흥재단이 주최한 '인문주간' 행사는 우리 사회에 경종을 울려주기에 충분한 사건이다. 실제로 두 행사 이후 인문학의 위기에 대한 다양한 의견이 각계에서 분출되고 있다. 그러나 인문학의 중요성을 주장하거나 당국의 인문학 분야에 대한 부실한 지원을 되풀이하여 강조하고 있을 뿐 인문학의 위기를 타개하기 위한 근본적인 대책은 나오지 않고 있는 실정이어서 아쉬움이 남는다. 다행스러운 일은 인문학에 대한 자성의 목소리와 더불어 간헐적이고 단편적이기는 하지만 이전에 비해 보다 진전된 위기 타개책이 나오고 있다는 사실이다. 이 가운데 역사학자인 숭실대학교 박정신 교수의 "인문학의 위기는 없고, 그 학문에 기대어 삶을 꾸려가는 인문학자의 위기가 있을 뿐"이라는 최근의 주장은 우리로 하여금 깊은 성찰을 하도록 만든다. 그가 밝힌 바대로 인문학의 위기는 인문학 자체에 있는 것이 아니라 인문학적 가치를 제대로 밝히지 못했던 국내 인문학자들의 태만과 급속도로 변화하는 시대상황에 적극적으로 대처하지 못해 나타난 현상이기 때문이다.

사실 박정신 교수가 지적한 것처럼 많은 학자들은 미국을 비롯한 서구나 우리 주변국에서 인문학이 위기에 처해있다는 소식은 접해본 적이 없을 것이다. 오히려 선진 각국은 인문학을 모든 학문과 사회, 기술, 경제, 정치 분야의 수원지로 삼아 인문학적 상상력을 국가발전의 원동력으로 활용하도록 장려하고 있다. 마이크로소프트사의 창업자인 빌 게이츠가 "인문학이 없었더라면 나도 없고 컴퓨터도 없었을 것"이라고 즐겨 말하는 것은 전혀 우연이 아니다. 대혁명 이후 프랑스를 이끌어온 엘리트양성 교육기관 가운데 하나인 이공계 그랑제콜 에콜폴리테크닉에서 인문학교육에 박차를 가하고 있는 것도 엄연한 현실이다. 인문학은 인류가 세상을 살아가는데 꼭 필요한 보편적 윤리와 도덕의 기준을 제시해 주었고, 모든 상황이 급변하는 이 시대에서도 여전히 동일한 역할을 한다는 믿음을 선진국들은 가지고 있기 때문이다.

우리는 위와 같은 반성으로부터 출발하여 디지털 시대의 프랑스 문화정책과 문학의 확장양상을 살펴보았다. 여기에서 주목해야 할 일은 전통에 충실했던 프랑스 문단과 학계가 정보통신기술과 인터넷이라는 새로운 환경에 적응하려고 끊임없이 노력해왔다는 사실이다. 물론 이러한 노력이 프랑스정부의 정책에 기인하는 경향이 있기는 하지만 문화적 패러다임의 변화에 보다 신속하게 대처하려는 프랑스 지식인들의 의지도 큰 작용을 했다. 현대를 살아가는 사람이라면 인류가 디지털문화와 떨어져서는 살 수 없는 시대에 진입했음을 느끼고 있다. 이런 마당에 문학과 인문학이라고 해서 급속한 문화적 변화의 물결을 피해갈 수는 없는 노릇이다. 우리의 문단과 학계도 프랑스에서처럼 새로운 환경에 능동적으로 적응하려는 태도의 변화가 절실한 시점이다.

문화의 시대인 21세기에는 문화콘텐츠가 국가간의 경쟁력을 좌우한다는 말은 더 이상 할 필요도 없다. 하지만 문화콘텐츠의 축적이 국가경제에서 큰 몫을 차지한다는 사실을 깨닫고 문화콘텐츠 네트워크를 구축하기 위해 프랑스가 국가차원에서 엄청난 인적·물적 자원을 투자한 사실도 눈여겨보아야 할 점이다. 사실 바르니에의 지적이 아니더라도 경제의 중요한 부문 중 하나가 문화산업이며, 모든 경제정책은 문화적인 면을 지닌다.[43] 우리가 열거한 아스테릭스에 대한 미디어믹스의 몇몇 사례는 하나의 문학 작품이 문화콘텐츠화되는 과정을 잘 보여주고 있는데, 이 과정에서 수많은 일자리와 관광자원 그리고 엄청난 재화가 창출되는 만큼 우리의 현실에서도 충분히 적용 가능한 일이라 하겠다.

---

43) Jean-Pierre Warnier, 2000, 91.

참고문헌

김예숙, 2006, 프랑스 BD의 산업적 고찰, 『프랑스문화연구』 제12집.
김중순, 2005, 『문화가 디지털을 만났을 때』, 계명대학교출판부.
김춘미 편저, 1997, 『프랑스 문화정책의 흐름』, 한국예술종합학교 한국예술연구소.
백욱인, 1998, 『디지털이 세상을 바꾼다』, 문학과지성사.
서정기, 이혜숙 공저, 2002, 『프랑스 문화와 예술』, 한국방송통신대학교출판부,
이복남, 2003, 프랑스 문화산업 : 신기술의 출현과 정책의 변화, 『EU 연구』, 제13호
정정숙 외, 2006, 『OECD 주요국가의 문화경쟁력 분석』, 한국문화관광정책연구원.

Clément J., 1994, <Fiction interactive et Modernité>, Littérature, n°96.
Debbasch Ch. & Pontier J.-M., 2004, La Société française (프랑스 사회와 문화 II),
　　　김형길, 박균성, 김재협 옮김, 서울대학교출판부.
Dubois V., 1999, La politique culturelle, Genèse d'une catégorie d'intervention
　　　publique, Paris, Blin,
Pelloquin J.-M., 1994, <Roman pour ordinateur>, Revue de l'EPI.
Vuillemin A., 2000, <Littérature et informatique : de la poésie électronique aux
　　　romans interactifs>, Revue de l'EPI.
Warnier J.-P., 2000, 주형일 역, 『문화의 세계화』, 한울.

http://www.alo.free.fr/
http://www.artcilab.org/index2.html
http://aspyrathor.tchatcheblog.com/
http://www.asterix.com/
http://www.asterixmobile.com/
http://www.atelier-ecriture.com
http://www.atol.fr/lldemars2/index.html
http://www.blog-doubleclix.com/
http://www.ccic-cerisy.asso.fr/internetlitt05.html

http://www.chaoid.com/portail.htm

http://www.culture.gouv.fr/

http://e-sonore.u-paris10.fr/

http://gallica.bnf.fr/

http://www.goscinny.net/prog/fr_ast.htm

http://www.ina.fr/

http://internet.gouv.fr/

http://lalitterature.blogspot.com/atom.xml

http://www.lmda.net/

http://medias.lemonde.fr/mmpub/edt/doc/20060907/810383_sup_livres_060907.pdf

http://www.meshistoires.com/

http://www.moncahier.net/

http://www.newsparcs.com/

http://www.numerique.culture.fr/mpf/pub-fr/index.html

http://www.omnsh.org/imprimer.php3?id_article=60

http://www.ohmynews.com/articleview/article_view.asp?at_code=305326

http://www.panoplie.org/

http://pedagogie.ia84.ac-aix-marseille.fr/

http://petet.midiblogs.com/,

http://www.sitaudis.com/

http://www.sitec.fr/users/akenatondocks/

http://tapin.free.fr/

http://www.tierslivre.net/spip/spip.php?article=253

http://www.weborama.fr/

http://www.zdnet.co.kr/itbiz/column/hotissue/0,39030451,39136869,00.htm

http://60gp.ovh.net/%7ecaroline/larevuex/

웹 콘텐츠를 통한 중국어권 고전문학의 현대적 확장*

최 형 욱

1. 서론

오늘날 한국은 IT강국을 자처하면서도 과학기술적 사고와 인문학적 사고를 고루 발전시키고 융합시키지 못하는 까닭에 실속 있는 디지털 문화콘텐츠 대국에는 한발 못 미치고 있는 것으로 보인다.

이를 개선하기 위해, 고전문학을 원천으로 하는 인문학적 상상력과 디지털 기술의 환상적 결합을 통해 영화와 애니메이션 분야 등에서 새로운 경계를 개척하는 미국·영국·일본 등 선진국들의 장점도 배워야 하겠지만, 아직 IT나 영상매체 기술 분야에서 다소 뒤져있는 중국어권에서도 배울 점은 배워야 하겠다.

---

* 최형욱, 중국어권의 고전문학 관련 웹 콘텐츠 현황과 그 시사점, 『한국언어문화』 32집, 2007, 수록논문 개고

특히 문학을 중심으로 말하자면, 중국인들에게 있어 이른바 '문화콘텐츠로의 확장'은 쉽게 떠오르는 현대적 인터넷 소설뿐만 아니라 고전문학과도 밀접하게 관련되어 있다. 죽은 줄로만 알았던 고전문학은 오늘날 중국어권에서 영화·드라마뿐만 아니라 많은 사람들이 점점 더 쉽게 접할 수 있는 웹 사이트1)를 통해 적극적으로 전파·확장되고 있다.

전반적으로 볼 때, 중국의 경우는 문학 관련 문화콘텐츠 중에서도 고전문학 웹 콘텐츠 개발 노력이 두드러져 보인다. IT 수준에 상관없이 성의를 가지고 의욕적으로 민족의 문화유산인 고전문학을 웹 콘텐츠화하여 새로운 의미를 찾고 부가가치를 창출하는 모습은 분명 참고할 만하다.

이에 필자는 본 연구를 통해 우선 최근 웹상에서 구현되고 있는 중국어권의 고전문학 관련 디지털 문화콘텐츠의 사례들을 조사·분석하여 그 현황을 파악하고, 나아가 이를 통해 한국 고전문학 연구 및 대중화의 새로운 방법이 될 수 있거나, 웹 문화콘텐츠 원천소스를 개발하는데 도움이 될 만한 시사점들을 탐색해보고자 한다.

근래 한국은 인터넷 환경이 급속도로 발전하고, 그에 따라 문화 환경도 상상하기 힘들 정도로 변화·발전하고 있다. 컴퓨터 없는 가정이 없고, 초고속 인터넷망은 세계적인 수준으로 구축되어 있다. 이렇게 한국의 하드웨어적 기술력은 세계가 주목할 정도로 앞서가고 있지만, 그 알맹이라고 할 수 있는 콘텐츠의 질과 양은 아직 그에 발맞춰가지 못하고 있다. IT 기술면에만 관심과 지원이 집중되어온 결과라고 할 수 있다.

---

1) 중국 정부기관인 '인터넷네트워크정보센터(CINIC)'는 2006년도 이용자 수가 약 1억 3700만 명으로 미국에 이어 세계 2위의 인터넷 대국인 중국의 인터넷 인구가 2년 내에 미국을 추월할 것으로 전망했다. 특히 모바일 이용이 늘고 3세대 통신 서비스가 도입되면서 인터넷 붐이 가속화 될 것으로 보고 있다. 아울러 모건스탠리는 "인터넷 이용자가 중국 인구의 10%에 근접하면서 인터넷은 미디어의 '주류'가 되고 있다."고 말했다(<머니투데이>, 2006. 1. 25).

인문학과 과학기술이 본격적으로 만날 수 있는 동기부여가 안됐고, 더구나 고전문학과 같은 과거의 문학유산은 냉대 속에 디지털 기술과 거의 연계되지 않았던 데서 반성의 실마리를 찾아야 한다고 생각한다.

반면에 중국은 인터넷 환경이 상대적으로 열악하지만, 고전문학을 비롯한 인문학 관련 콘텐츠는 한국보다 훨씬 알찬 내용들로 채워가고 있다. 중국의 경우는 문화에 대한 자부심과 최근 급성장한 경제력을 바탕으로 한 각계각층의 조직적이고 체계적인 노력을 통해, 또 대만의 경우도 중국과 경쟁적으로 새로운 활로를 적극 모색하는 국가·사회 시스템의 전폭적인 지원 아래 훌륭한 콘텐츠들을 만들어내고 있다. 특히 선조들이 물려준 문학을 새로운 차원에서 연구하고 국내외에 전파하며 더불어 부가가치를 창출하려는 학자들과 네티즌 및 사업가들의 열정으로 인해 웹상에는 고전문학과 관련된 사이트가 기하급수적으로 증가하고 있다. 각급 기관·연구소·대학은 물론 일반 기업과 지역사회 및 개인에 이르기까지 관련 데이터베이스를 구축하고 인터넷을 통해 대중들이 이용할 수 있게 하고 있다.

우리는 이제 거의 모든 문화가 웹 기반 콘텐츠로 개발되고 유지되는 시대에 살고 있다. 웹에 기반을 두지 않는 문화는 젊은 세대를 비롯한 대중들에게 다가서기 어렵다. 고전문학 역시 웹 기반 콘텐츠로 발굴·유지·확장되지 않으면 계속 대중들로부터 외면당하고 유리되는 결과를 초래할 가능성이 크다. 문학을 비롯한 인문학 위기의 시대에 전공자들이 심각하게 논의해야 할 문제가 아닐 수 없다.

이참에 고전문학 연구자들도 문학을 뒤쫓아 가기만 할 것이 아니라 오히려 능동적으로 활용하고 새로운 길을 여는 데 나서기를 제안한다. 웹 콘텐츠를 비롯한 디지털 문화콘텐츠로의 확장을 통해 풍부하게 축적된 우리의 고전문학을 발굴·유지·보급하는 것은 물론이고, 독자로 하여금 텍스트에 개입할 수 있게 함으로써 문화적·경제적으로 새로운 길을 만들어 갈 수 있을 것이다. 이에 본 연구가 하나의 단서를 제공할 수 있기를 기대한다.

최근에 이르기까지 한국 중국어문학계에서의 관련 연구는 주로 인터넷을 통한 중국어와 중국문화의 학습 문제, 문화콘텐츠 상의 용어 및 수사 문제 또는 연구용 데이터베이스의 구축에 관한 문제를 고찰하는 것 등이었다.

웹 콘텐츠 현황에 관한 연구로는 필자 등이 지난 2002년 발표한 「한·중 전통문화 관련 디지털 인문콘텐츠 실태비교 및 수준향상 방안 연구」(정민·조성문·이인호·최형욱, 2002, 12)가 대표적이다. 이 연구는 인문학의 위기극복과 발전에 기여하려는 목적으로 국문학과 중문학의 학제적 실제 사례 연구를 진행한 것으로, 한국과 중국의 전통문화 관련 주요 사이트를 조사하여 비교·분석한 뒤 이를 바탕으로 한국의 전통문화 관련 인문콘텐츠의 수준을 향상시킬 수 있는 몇 가지 방안을 제시한 것이었다.

상기 논문은 연구 목적상 한국과 중국의 콘텐츠를 같은 비중으로 다루었고, 고전 문학뿐만 아니라 문화 전반에 걸쳐 논의하였다. 이제 본 연구는 '문학의 확장'이라는 큰 주제 아래, 중국의 고전문학이 웹 콘텐츠로 확장되고 보급되는 상황을 보다 세밀하게 조사·분석하고, 더불어 그 시사점들을 논의하는 데에 집중하고자 한다.

본 연구의 연구방법은 실제 사례 조사·분석과 비교를 중심으로 한다. 이에 우선 중국어권의 고전문학 관련 웹 사이트들을 폭넓게 검색하고 서핑을 한 후, 성격에 따라 분류하고, 일정한 기준에 따라 주요 사이트를 선정한다. 다음으로 주요 사이트에 대해 집중적인 분석을 하고 평가를 내리며, 아울러 한국 고전문학 관련 콘텐츠 개발에 도움이 될 만한 시사점들을 논의해보는 과정으로 진행하고자 한다.

2. 중국어권 고전문학 관련 웹 사이트 개황

2002년의 「한·중 전통문화 관련 디지털 인문콘텐츠 실태비교 및 수준향상 방안 연구」에서는 중국어권의 전통문화 관련 사이트를 검색하여 일정 수준 이상의 것으로 17개를 선정하고, 다시 5개를 집중분석한 바 있다.[2]

이제 2006년 하반기 현재 본 연구의 주제에 맞춰 다시 조사해본 결과, 특히 중국 대륙에서 관련 웹 사이트 수가 기하급수적으로 늘어난 점과 고전문학 중에서는 소설 관련 사이트가 성황을 이루고 있는 점이 특히 두드러진다.[3] 물론 주소를 파악한 것들 중에는 현재 열리지 않거나 열린다 해도 다소 부실한 상태에 있는 것들도 있다. 반면에 시간이 지날수록 발전적인 모습을 보이는 것들도 상당히 많다. 여러 분류방법이 있겠지만, 고전문학과 관련된 사이트를 아래와 같이 몇 종류로 정리해 보았다.

첫째, 중국 문화·문학·예술·역사·교육 등에 관한 종합적 성격의 사이트에서 고전문학을 다루고 있는 경우이다.

---

2) 당시 이인호 교수와 필자가 조사한 수십여 개 중 회의를 통해 공통적으로 인정한 것들로, 中國傳統文化網·國學網·網路展書讀·故宮博物院·中國歷史博物館·錦繡中華·象牙塔·中國寶·中國傳統文化在臺灣·國家文化網·中華萬年網·中國文化信息網·漢籍電子文獻·四庫全書·孔子·中國文物大典·歷史 등이다.
3) 2005년 봄 무렵의 대략적인 통계에 의하면 700종 이상의 고전소설이 디지털화 되었으며, 인기 있는 명청 시기 주요 작품들의 경우는 다수의 버전이 만들어져 있다(陳文新·王煒, 數字化時代的中國古代小說, 『東南大學學報(哲學社會科學版)』, 2005년 3기 참고).

故鄉	http://www.guxiang.com/(이하 가나다 순)
故宮博物院	http://www.npm.gov.tw/
國家文化網	http://www.nationculture.com/
國學網	http://www.guoxue.com/
錦繡中華	http://www.chinapage.com/
象牙塔	http://www.xiangyata.net/
新國學網	http://www.sinology.com/
首相網	http://www.chudu.net/
中國江蘇網	http://jschina.com.cn/
中國古典文化論壇	http://gudian.net/
中國文藝	http://www.wenyi.com/
中國文化信息網	http://www.ccnt.com.cn/
中國寶	http://www.chinabao.com/
中國傳統文化網	http://www.enweiculture.com/
中國傳統文化在臺灣	http://www.gio.gov.tw/
中文硏究網	http://www.zwyjw.net/
中靑網	http://www.youth.cn/
中華國粹網	http://zhgc.com/
中華萬年網	http://www.china10k.com/
漢籍電子文獻	http://www.sinica.edu.tw/

사실상 일일이 예를 들기 어려울 정도로 많으며, 성격과 수준 또한 다양하다. 국가·지방정부·기업·교육기관 또는 개인[4]이 자국 문화의 유지·발전을 위해 당장의 상업적 효과보다는 장기적 안목으로 봉사하거나 일종의 투자를 하는 차원에서 운영하는 사이트들이라고 할 수 있다.

둘째, 디지털 도서관이나 도서 판매를 포함한 상업적 성향의 사이트에

---

4) 일일이 예를 들 수 없으나 중국어권 주요 대학의 중문과·연구소·도서관 및 일부 개인들의 사이트 중에서도 훌륭한 것들이 많다.

서 고전문학을 다루고 있는 경우이다.

當當網	http://www.dangdang.com/
讀易	http://www.readease.com/
東方書譚	http://www.dtnets.com/
博大書庫	http://www.bwsk.com/
百度國學	http://guoxue.baidu.com/
白鹿書院	http://www.oklink.net/
北極星書庫	http://www.ebook007.com/
上海數字圖書館	http://www.digilib.sh.cn/
書路文學	http://www.shulu.net/
書生之家數字圖書館	http://www.21dmedia.com/
書香門第網路圖書館	http://www.bookhome.net/
昭龍信息網	http://www.joylong.com/
搜狗	http://www.sogou.com/
數字典籍網	http://cn-classics.com/
搜狐	http://www.sohu.com/
新浪網	http://www.sina.com.cn/
新世紀家園	http://www.qfxl.com/
亦凡公益圖書館	http://www.shuku.net/
流行書站	http://www.popbook.com/
中國數字圖書館	http://www.d-library.com.cn/
中華青少年新世紀讀書網	http://cnread.com/
天涯在線庫	http://tianyabook.com/gudian.htm/
超星數字圖書館	http://www.ssreader.com/

　　상업적 성향의 사이트들도 수박 겉핥기식이 아니라 고전문학에 대해 상당한 정성을 기울이고 있다. 대체로 이 사이트들은 우선 수적으로 많

은 작품들을 구비하여 주로 고전문학의 전파라는 점에서 큰 의의를 지니고 있다. 다만 고전문학에만 초점을 맞추지 않기 때문에 아무래도 전문성과 종합성을 고루 구비하지는 못했고, 체계적이고 풍부한 연구 자료와 멀티미디어적 부가 기능 등을 제공하는 점에서는 부족함이 많다.

셋째, 고전문학을 전문으로 하거나, 고전문학 중에서도 어느 한 장르를 전문으로 하는 사이트들이 있다. 이 가운데 산문과 희곡 관련 사이트는 비교적 적고, 다음으로 詩·詞 관련 사이트가 조금 있으며, 소설을 전문으로 하는 사이트들은 셀 수 없을 정도로 많다. 장르별 균형은 맞지 않는 편이다.

아무튼 중국 고전문학의 여러 장르 중에서도 소설 관련 사이트가 특히 많은 것은 서사성과 관련이 있는 것으로 여겨진다. 기본적으로 텍스트를 읽는 것도 중요한데다 텍스트에 개입할 여지가 많기 때문이다. 그 중에서도 우리 인간 삶의 모습에 관한 거의 모든 소재와 다양한 환상적 소재까지 두루 내포하고 있는 명청소설 관련 내용이 가장 많다.

古代小說百科全書網	http://tww.xiaoshuo-book.db66.com/
古典小說之家	http://wave99.xilubbs.com/
國家文學新息網	http://wenxue.net.cn/
唐宋八大家資料庫	http://www.paiai.com/
唐詩宋詞	http://shiandci.net/
網路展書讀	http://cls.admin.yzu.edu.tw/
明淸小說硏究期刊	http://www.jsass.net.cn/
明淸小說硏究網	http://www.mqxs.com/
文學視野	http://book.ayinfo.ha.cn/
小說村	http://novelasia.com/
詩詞總彙	http://sczh.com/

神州戲曲網	http://www.szxq.com/
中國文學在線	http://www.china-lo.com/
中國詩歌網	http://www.poetry-cn.com/
中國詩學網	http://www.shixue.com/
中國傳奇古典小說大系	http://home.kimo.com.tw/twbk.tw/novel2.htm
中華小說網	http://www.cn-novel.com/

전문성이 높아질수록, 즉 범위가 좁아지고 특정 집단을 대상으로 할수록 위 둘째 부류에서 언급한 부족함을 극복하고 있다. 예를 들어 <古代小說百科全書網>은 중국 고전소설의 거의 모든 부류에 걸쳐 근 600여 종의 작품을 수록하고 있으며, 뒤에서 자세히 논의하겠지만 <明淸小說研究網>은 고전소설 연구 분야의 선도적 역할을 할 정도로 전문성을 갖추고 있다.

넷째, 개별 고전문학 작품 및 작가를 전문으로 하는 사이트들도 있다. 시인을 주제로 한 사이트로는 <中國李白網 : http://www.chinalibai.com/> 이 대표적이다. 이 부류 중에도 역시 명청시기 개별 소설 작품·작가 관련 사이트들이 압도적으로 많다. 특히 중국 고전문학 연구에서 紅學이 차지하는 비중에 비례하듯이 『紅樓夢』에 관한 사이트가 가장 많고 발전되었다.5) 문학적 측면 외에도 다양한 측면에서 중국의 전통문화를 소개하거나 연구하기에 적합한 작품이기 때문인 것으로 여겨진다. 즉 『紅樓夢』 속에는 淸代 北京을 비롯한 중국의 관혼상제 및 각종 명절 풍습 등과 관련된 민속학 자료가 풍부하고, 淸代 乾隆년간의 정통 북경어로 쓰

---

5) http://bbs.guoxue.com의 2004년 말 개략적인 조사에서만 해도 약 80여 개의 사이트가 검색되었다. 한편 『홍루몽』에 관해서는 홍콩 城市大學 洪濤 교수가 『紅樓夢』的數字化與飜譯研究에서 데이터베이스의 구축 역사와 텍스트 판본의 문제 및 데이터베이스가 번역에 미친 영향에 이르기까지 논의한 바 있다(『中國小說論叢』 제23집, 2006. 3).

여 언어학적 소재도 매우 많고, 당시 官界의 모습이 여실히 담겨있어 정
치학적 가치도 상당히 크며, 이밖에도 음악·미술·의학·건축·조경
및 음식에 이르기까지 다양하고 풍부한 소재를 지니고 있기 때문이다.
기본적으로 문화콘텐츠적 요소가 매우 풍부한 작품인 것이다.

　사실 앞의 세 부류에서도『홍루몽』의 비중이 매우 크다. 예를 들어 고
전문학 전반을 다루고 있는 <網路展書讀>은 홍루몽에 관한 최고의 사
이트로 손꼽힌다.6)『홍루몽』다음으로는『西游記』와『三國志演義』를 꼽
을 수 있다. 문학사상의 중요성이나 대중적 인기와 비례하는 것으로 보
인다.7)

　우선『홍루몽』에 관한 주요 사이트로는 다음과 같은 것들이 있다.

悼紅軒	www.reddream.net/
夜看紅樓	http://readred.com/
怡然軒	http://www.yiranxuan.com/
情結紅樓	http://mayflower.go2.icpcn.com/
中國紅樓在線	http://www.chinahlm.net/
紅樓大觀	http://www.5ilog.com/qq/mz/hlm/
紅樓夢	http://shunlai.net/hlm/
紅樓夢	http://mtv.5music.org/hong/
紅樓夢官方網站	http://www.hongloumeng.com/
紅樓夢譚	http://www.honglm.net/

---

6) 이 사이트는 원래 대만 元智대학에 설립된 '홍루몽 멀티미디어 네트워크 자료센터(紅樓
　夢多媒體網路資料中心)' 주관으로,『홍루몽』관련 교육·연구부터 시작하여 고전문학 전
　반으로 발전하였다.

7) 2006년 11월 현재 위의 明淸小說硏究 사이트에서 진행 중인 인기도 조사에 의하면,『서유
　기』와『삼국지연의』가 각각 39.13%, 17.21%로 1, 2위를 차지하고 있다. 그리고 1994년
　이후의 주요 중국 학술지 논문을 수록하고 있는 '中國期刊全文數據庫'에서 키워드로 검
　색해본 결과, 2006년 11월 현재『서유기』관련 논문은 1,351편,『삼국지연의』관련 논문
　은 1,858편이 검색되어『홍루몽』을 제외하고는 가장 많은 편수를 나타냈다.

紅樓夢大學	http://www.hlm80.net/
紅樓夢天地	http://honglm.go3.icpcn.com/
紅樓驛站	http://www.sqhgz.cz.jsinfo.net/
紅樓藝苑	http://www.opennow.net/
紅樓在線	http://hlm.diy.myrice.com/
紅樓燭隱	http://vip.6to23.com/yanyezhi/
紅學館	http://www.hongxue.org/
The Dream of the Red Chamber	
	http://www.wsu.edu/~dee/CHING/DREAM>HTM[8]

일반 개인들이 만든 소규모 사이트까지 합치면 그야말로 부지기수이며, 종합적 성격의 것은 물론 연구자료 제공 위주의 것 또는 외국어로 운영되는 사이트에 이르기까지 그 성격도 매우 다양하다. 참고로 개별 작품 사이트는 아니지만 <故宮『寒泉』古典文獻全文檢索資料庫 : http://libnt.npm.gov.tw/s25/>와 <網路展書讀> 두 대만 사이트가 『홍루몽』에 관한 한 학술적으로 상당히 정확하고 규모도 큰 사이트로 평가할 수 있다.

다음으로 『西游記』와 『三國志演義』 관련 사이트를 소개하면 다음과 같다.

美猴網	http://www.liuxiaolingtong.com/
西游記2000	http://www.xiyouji.org/
西游記經典網	http://www.chichongrui.com/
西游記宮	http://www.xyjg.com/
西游記研究	http://www.dassjs.com/
西游記音樂歌曲	http://monkeykingweb.diy.myrice.com/

---

8) 미국 워싱턴 주립대학 사이트의 일부로 운영되고 있는 영문사이트로서 아직 많은 자료를 싣지는 못하고 있다. 이밖에 紅樓夢小辭典・紅樓空間 등 日文 사이트들도 있다.

| 西游文化網 | http://xywh.ycn.edu.cn/ |
| 吳承恩紀念館 | http://cn.netor.com/ |

關公網	http://guan-gong.com/
三國演義Online	http://sg.online-game.com.cn/
三國藝苑	http://www.sanguocn.com/
尙香網三國	http://ssxweb.com/sanguo/
沈伯俊周文業三國學術	http://202.204.208.66/[9]
海天三國	http://www.htsanguo.com/

이중 많은 사이트들은 작품과 연고가 있는 지역사회에서 다양한 목적으로 운영하고 있다. 또 본 연구에서 주로 다루는 대상은 아니지만 <西游記2000>이나 <三國演義Online>과 같이 게임용으로 개발된 사이트도 다른 작품에 비해 많다.[10] 이밖에 『水滸傳』·『金甁梅』·『儒林外史』·『聊齋志異』 등 다른 고전문학 작품 관련 사이트들도 많으나 다음 지면을 기약하고자 한다.

3. 주요 사이트 분석

국제사회에서 중국이 강대국으로 부상한지 이미 오래되었다. 대중화 경제권(홍콩, 대만, 싱가포르, 마카오 및 동남아)과 전 세계 화교사회까지 합

---

9) 『三國志演義』를 비롯한 명청소설 연구의 대표적 학자인 두 사람이 오랜 기간 준비하여 2006년 7월 6일 정식 개통하였으나 아직 안정화되지 못했는지 11월 현재 아쉽게도 열리지 않았다.
10) 大話西游OnlineⅡ·三國群英傳 등 비슷한 게임 사이트들도 수없이 많으며, 특히 『三國志演義』 관련 사이트들은 더 많다.

치면 그 영향력은 실로 가공할 만하다. 특히 중국의 경제력은 갈수록 급속도로 성장하여 2020년경에는 일본을 따라잡고 2040년경에는 미국을 따라잡을 것이라고들 한다.[11]

경제가 번영하면서 중국인들은 근대 이후 무참히 구겨졌던 '中華'의 자존심을 만회라도 하려는 듯이 경제적·문화적 자신감을 바탕으로 현재 웹 언어의 패권인 영어에 대항하여 조직적으로 전통문화 관련 콘텐츠를 올리고 있다. 대만·홍콩까지 가세하여 웹 언어의 종주국 자리를 넘보고 있는 형국이다. 중국의 경우, <國學網> 등에서 세계 최대의 백과전서라고 할 수 있는 『四庫全書』와 『古今圖書集成』까지 웹상에 올려놓고 온라인 검색 기능도 제공하고 있다. 대만의 경우도, 일찍부터 중국 고전의 디지털화를 추진하여 <漢籍電子文獻>을 중심으로 방대한 양의 데이터베이스를 구축하였다. 또한 <멀티미디어 홍루몽>이라고도 불리는 <網路展書讀>는 20여 개 국가를 순회 연출했을 정도로 문학작품의 디지털 콘텐츠화에 상당한 성취를 거두고 있다.[12]

많은 사이트들 가운데 앞 절에서 나열한 것들도 일부에 불과하지만 각 종류별로 일정 수준 이상이 되거나 독특한 경우의 것들이다. 이제 본 절에서는 그 가운데서도 다시 대표적이면서 우리에게 여러 시사점을 제공할 수 있는 것들을 골라 자세히 분석하고자 한다. 다음과 같은 것들이다.

1) 國學網	http://www.guoxue.com/	
2) 中國傳統文化網	http://www.enweiculture.com/	
3) 錦繡中華	http://www.chinapage.com/	

---

11) 2005년 12월 골드만삭스의 분석.

12) 정민 외, 한·중 전통문화 관련 디지털 인문콘텐츠 실태비교 및 수준향상 방안 연구, 3~4쪽 참고.

4) 網路展書讀	http://cls.admin.yzu.edu.tw/
5) 明清小說研究	http://www.mqxs.com/
6) 西游記宮	http://www.xyjg.com/
中國李白網	http://www.chinalibai.com/

앞의 3개는 학술·문화 전반에 걸친 종합적 사이트에서 고전문학을 다루는 것들이다. 차례대로 대학 및 학술계에서 주관하는 것, 기업에서 운영하는 것, 개인이 운영하며 대외 보급을 위주로 하는 것 등이다. 뒤의 3항목 총 4개는 고전문학을 주제로 하는 사이트들로, 차례대로 고전문학 전반을 다루는 것, 명청소설을 중심으로 하는 것, 개별 작품이나 작가를 위주로 하는 것 등이다. 이것은 또 차례대로 인문학과 공학의 학제적 연구기관에서 운영하는 것, 전국적 문학 연구자 학회에서 운영하는 것, 지역 사회의 학자·공무원·교사 등으로 구성된 모임에서 운영하는 것이기도 하다.

이제 위의 사이트들에 대해 개괄적으로 소개하고, 구성과 콘텐츠 운영 기조 및 디렉토리 분류 특징을 살펴보고, 그 가운데 고전문학 관련 디렉토리 내용을 분석하고, 독특한 특징이나 기타 관련 사항 등에 대해 논의하고자 한다.

1) 國學網 http://www.guoxue.com/

중국학 네트워크라는 의미의 이 사이트는 중국어 간체자로 구축된 文史哲 중심의 순수 학술 사이트로, 北京國學時代文化傳播公司가 주관하고, 首都師範大學中國詩歌研究中心이 협찬하고 있다.

전체적으로 볼 때, 이 사이트는 자체의 노력은 물론 많은 연구기관과의 연계를 통해 전문성을 제고시키고 있다. 이에 문헌의 수록이 방대하면서도 검색이 매우 용이한 점이 특히 두드러진다. 초기화면 최상단의 총 메뉴에는 국학 각 분야의 최신 소식을 전하는 國學資訊를 비롯하여 新書推薦·今人新著·國學圖庫·國學詩詞·國學論壇·聊天室·國學産品 등의 디렉토리가 있다.

총 메뉴 아래 본 화면에도 다양한 코너들이 있는데, 文獻部·專題部·學術部·學人部·學術期間·學人論文·常用工具·專題新數據·學術爭鳴·書畫頻道 등등이며, 새로이 구축된 中國古籍全文 데이터베이스인 <國學寶典> 사이트로 연결되는 코너도 있다. 이 가운데 文獻部·專題部·學術部·學人部가 특히 중요한 부분이다.

우선 文獻部에는 經·史·子·集 別로 방대한 고전문헌들의 全文을 수록한 것은 물론이고, 그 목록작업을 거의 완벽하게 해놓음으로써 종류별·작자별·필획순·병음순 등으로 쉽고 다양하게 검색할 수 있게 하였다.

고전문학과 관련해서는 주로 專題部 코너 내에 전문적이고 다양한 항목들이 있다. 예를 들면, 古籍整理·國學入門·佛學硏究·唐代硏究·詩歌硏究·小說硏究·戲曲硏究·古籍善本·李白硏究·蘇軾硏究·納蘭硏究·中國楹聯 등등 문학·문화 전반에 걸친 40여 개의 다양한 전문 연구 항목들이 있다. 기본적으로 작품 원문을 풍부하게 수록하고 있고, 작가·작품 소개·감상은 물론 관련 논문들도 찾아볼 수 있다. 무엇보다 상당히 많은 작품과 자료들을 수록해 놓은 점이 돋보인다.

다음으로 學術部에는 많은 관련 연구기관 정보들이 제시되어 있고,『文學遺産』·『中國詩學』및『人民大學復印報刊資料』등 수준 높은 전문 학술지 논문들이 수록되어 있으며, 하위의 學人論文에는 當代 저명 학자들

의 논문들이 실려 있다. 그리고 學人部 역시 중요한데, 國學大師·近現代
學者·當代學人 세 항목을 통해 문학을 비롯한 국학계의 저명 학자들에
대해 주요 작품부터 일화에 이르기까지 매우 자세히 소개하고 있다.

총 메뉴 중의 國學詩詞에서는 네티즌들이 직접 지은 詩詞작품들을 감
상하고 의견을 제기할 수 있으며 우수한 작품을 뽑는 투표를 하는 등 이
벤트를 벌이기도 한다. 직접 고전문학을 창작하고 품평하는 인상 깊은
부분이다. 專題部 중의 國學入門 코너와 더불어 국학의 대중화에 노력하
는 부분이기도 하다. 聊天室이나 이런 코너들을 통해 서버와 클라이언트
간의 양방향성에 신경을 많이 쓰는 것으로 보인다.

역시 총 메뉴에 있는 常用工具는 현재 故事成語나 歷代紀年表·歷代度
量衡을 찾아볼 수 있는 정도에 머물고 있다. 다양한 辭典류들도 개발하
면 훨씬 편리할 것으로 기대된다. 또한 國學産品에서는 중국학 관련 CD
나 서적을 판매하여 운영비의 일부를 조달하고 있다. 끝으로 여러 기관
과 연계된 사이트답게 화면 최 하단에 대학·도서관·연구소 및 사이트
로 연결되는 관련링크를 상당히 많이 제시하고 있다.

2) 中國傳統文化網 http://www.enweiculture.com/

중국어 간체자로 구축된 사이트로, 中國 四川省 成都市 高新區 創業路
에 위치한 언웨이그룹(恩威集團公司)이 사회봉사의 명분 아래 운영하고 있
다. 2000년 4월 본격적으로 운영되기 시작하여 얼마 지나지 않은 2001
년 12월에 중국 100대 브랜드(中國百佳, Top100 in China)의 하나로 선정될
정도로 성의 있게 운영되는 사이트이다.

총 메뉴는 宗敎哲學·歷史人文·文學藝術·中華醫藥·文化圖庫·文化

論壇・社會科學・電子書籍・文網介紹 등의 디렉토리들로 구성되어 있다. 이밖에도 다양한 항목들이 체계적이고 밀도 있게 배치되어 있으며, 각 항목을 소개하는 문구가 미려한 것도 돋보인다.

언웨이그룹은 成都 소재의 한・양방 의약품, 건강 보조식품, 미용 및 기타 생활용품을 제조하는 기업으로, 특별히 콘텐츠 운영 기조 및 디렉토리 분류 기준이 분명하다. 즉 이 사이트는 그룹이 표방하는 기업문화인 道家思想을 핵심으로 하고, 그에 따라 宗教哲學을 기초로 하며, 眞・善・美라는 가치를 큰 줄기로 하여 디렉토리를 분류하였다. 예를 들자면 眞을 준거로 역사적・객관적 내용의 디렉토리들 즉 歷史人文과 社會科學을 두었고, 善을 준거로 지혜와 건강을 내용으로 하는 宗教哲學과 中華醫藥을 두었고, 美를 준거로 전통적・민족적인 내용의 디렉토리들 즉 文學藝術과 文化圖庫(그림 및 사진자료)를 두었으며, 이밖에 기타 디렉토리를 두고 있다.

고전문학과 관련된 文學藝術 디렉토리에서는 역대 문학작품들과 서화 등을 수준 높은 해설과 더불어 감상할 수 있는 점이 두드러진다. 구체적으로 보면, 우선 첫 화면에 매일 새로이 역대 美文들을 수록하고 그 감상을 자세히 곁들이고 있으며, 故事 풀이 등의 부대 코너도 있다.

文學藝術에는 古典詩詞・古典散文・古典小說・古典戲曲・理論陣地 등 주요 장르별로 수많은 작품들의 원문을 수록하고 상당 부분 해설까지 곁들여 놓았으며, 연구논문도 꽤 많이 실었다. 다음으로 傳統藝術에서는 서화 및 다양한 문화재들에 대한 소개와 감상・감별 방법 및 이론연구 등을 세밀히 다루고 있다. 그리고 傳世名家에서는 역대 名人들을 논하고 그 업적과 일화 등도 소개하고 있다.

사실 이 사이트를 통해 기업을 홍보하고 상품을 광고하는 효과도 상

당히 클 것으로 짐작되지만 어쨌든 명분은 기업의 사회봉사 및 공익실
현이며, 형식적인 차원에 그치지 않고 매우 알찬 콘텐츠들을 제공하고
있음은 물론 앞으로 문학과 종교 관련 온라인 사전을 구축하여 학자 및
애호가들에게 편의를 제공하고자 계획 중이며, 나아가 다양한 계층을 대
상으로 하는 전통문화 관련 온라인 교육까지 구상하고 있다.

3) 錦繡中華 http://www.chinapage.com/

영어를 기본으로 하고 중국어 간체·번체로 전환될 수 있게 구축되었
다. 고전문학을 비롯한 중국의 전통문화를 외국인들에게 소개·보급하
려는 목적이 분명히 드러나 보인다. 이미 대학에서 정년퇴임한 중국계
교수(裴明龍, Dr. Ming L. Pei) 개인이 운영하고 있는 점도 독특하다. 영문
타이틀인 <China the beautiful>을 비롯해 곳곳에 중국의 문화유산에 자
부심이 드러난다.

이 사이트 관계자는 1994년 2월 개설 이래로 150여 개 국가에서 하루
약 12,000명 이상의 접속자들이 한 달 약 2백만 쪽 이상의 자료를 검색
하거나 다운로드하고 있으며, 이는 문학예술을 비롯한 인문학도 대중적
일 수 있음을 증명한다고 주장하고 있다.

초기화면 최상단의 총 메뉴에는 Classical Chinese Art, Calligraphy,
Poetry, History, Literature, Painting, Philosophy 등의 디렉토리가 있고,
본 화면상에 한자와 영문 한 세트로 된 40여 개의 다양한 코너들이 있다.

중국 문화를 소개하고 배울 수 있는 다양한 항목들 가운데, 고전문학
과 관련해서는 詩詞·吟詩·詩中有月·詩中有情·木蘭詞·京劇·古典文
學·文學/小說 등이 중요하며, 詩를 비롯한 韻文의 비중이 큰 편이다.

예를 들어 詩詞 코너에서는 詩·詞·賦·民歌 등 중국의 운문에 대해 역대 주요 작가들을 소개하고, 주요 작품을 번역해 수록하고, 특히 낭송을 들을 수 있게 해놓았다. 京劇의 경우도 실제 듣기가 중요한 요소이다. 唐詩三百首 중에서 달과 관계된 시를 골라 감상·분석할 수 있게 한 詩中有月 같은 코너도 외국인들에게 큰 관심을 끌 수 있을 것으로 보인다. 중간에 中國字·聽中文·學中文과 같이 외국인들이 중국의 언어와 문자를 배울 수 있는 코너들을 넣은 것도 새겨볼 만하다.

4) 網路展書讀 http://cls.admin.yzu.edu.tw/

臺灣 사이트이면서 중국문학 관련 사이트 중 가장 대표적이라고 할 수 있으며, 그만큼 우리가 참고할 가치도 크다. 이 사이트는『紅樓夢』을 중심으로 출발하여 <멀티미디어 홍루몽>으로도 불린다. 주지하듯『홍루몽』은 淸代 백화소설의 대표작으로 중국 고전 소설 중에서도 문학적 가치가 커서 관련연구가 '紅學'이라는 일종의 학문이 되어있을 정도이다. 이 사이트는 이러한『홍루몽』의 문학·예술·언어·민속·정치·의학·건축·조경 및 음식에 이르기까지의 다양하고 풍부한 소재를 여러 가지 방법으로 전달함으로로써 중국 전통문화의 현대적 발전과 보급에 힘써왔다. 현재는 다른 소설 작품뿐만 아니라 다른 고전문학 장르로도 확대되어 있다.

이 사이트는 대만 각계각층의 큰 관심 속에 羅鳳珠를 비롯한 元智大學 인문사회대학과 공과대학 교수 및 전문가들이 학제적 협력을 통해 인문학과 IT기술의 이상적인 결합을 실현하고 있다. 즉 고전문학 텍스트에서 웹 기반 문화콘텐츠로의 진보와 확장에 대한 모범사례가 되고 있다. 특

히 원문 텍스트 검색기능을 강화·다양화하고 관련 연구 자료를 수록하
여 연구자들에게 편의를 제공하고, 한편으로는 교육과 놀이를 겸한 에듀
테인먼트를 실현함으로써 전문화와 대중화의 수준 높은 조화를 이루고
있다.

전체적인 구성을 보면, 이 사이트는 중국어 번체자로 구축되었고, 왼
쪽 상단에 發展理念·網路討論 등 사이트를 소개하거나 의견을 수렴하
는 항목들이 있고, 그 아래에는 快速連結이 있으며, 본 화면 왼쪽에는 크
게 網路私塾과 詩詞韻文 두 디렉토리가 있고, 오른쪽에는 古典小說·數
位文物·網路資源 세 디렉토리가 있다. 많은 내용을 의욕적으로 담으려
다보니 초기 화면이 복잡하고 중복도 많아 보인다.

먼저 快速連結을 통해 宋詩·唐宋詞·全唐詩·唐詩典故·臺灣古典漢
詩·中國情詩·中國飲食詩·詩歌飲唱·大家來吟詩·大家來作對·古今名
家墨跡·依韻入詩·依聲塡詩·孟郊詩集校注·歷史年表·唐宋代歷史地圖
등 별도의 소규모 사이트들로 접속된다. 모두 모체인 <網路展書讀>과
같이 元智大學 주관 하에 운영되고 있다. 이들 타이틀만으로도 <網路展
書讀>이『홍루몽』專門에서 고전문학 전반에 걸쳐 진취적으로 확대해나
가고 있음을 알 수 있다. 특히 에듀테인먼트 사이트의 취지를 살려 네티
즌들로 하여금 시를 음미할 수 있도록 지도하거나 여러 가지 방법으로
직접 시를 지을 수 있게 하며, 臺灣 고유의 중국문학에 대해 발굴·소개
하는 노력도 빼놓지 않고 있는 점 등이 두드러진다.

다음으로 본 화면 구성을 통해서도 역시 연구와 교육에 중점을 두고
있음과 고전소설에 집중되기 쉬운 현상을 극복하고 장르의 다양성을 추
구하고 있음을 쉽게 알 수 있다. 구체적으로 보면, 왼쪽의 網路私塾 디렉
토리에는 주로 唐詩三百首·宋詩三百首를 비롯해서 韻文 중심의 다양한

학습 코너들이 있다. 그 아래 詩詞韻文 디렉토리에는 詩經·唐宋文史資料庫·臺灣古典漢詩·全臺詩知識庫 및 續資治通鑑長編 등 전문적 연구 데이터베이스가 있다.

오른쪽 위부터 古典小說 디렉토리에는 『紅樓夢』·『三國演義』·『水滸傳』·『金瓶梅』 등 명청대의 주요 소설 작품 코너가 있다. 주요 장회소설 중 『西游記』가 빠진 점은 다소 아쉽다. 그 아래 數位文物 디렉토리에서는 鍾理和數位博物館과 臺灣客家文學館 등 디지털 가상 문학박물관을 의욕적으로 추진하고 있다. 맨 아래의 網路資源 디렉토리에는 관련 자원과 뉴스 및 회의에 관한 코너들이 모여 있다.

여러 항목 가운데서도 고전소설 디렉토리 중의 紅樓夢이 가장 많은 자료와 노하우를 축적하고 있으며, 크게 系統簡介·細品紅樓·藝文多媒體·敎學硏究討論 등 네 코너로 구성되어 있다. 중요한 내용 위주로 살펴보기로 한다.

우선 系統簡介(시스템 소개) 디렉토리는 다소 장황한 느낌이 들지만, 사용법과 구성·판권 및 업데이트 내력 등 사이트 전반에 대한 사이트 맵이 텍스트로 자세히 작성되어 있다. 그리고 細品紅樓에서는 『홍루몽』과 저자 曹雪斤에 대한 설명을 하였고, 원문을 章回별로 수록했으며, 이를 현대 중국어로 옮겨 놓았고, 脂硯齋의 評註도 실음으로써 텍스트와 해설 등 기본에 충실한 모습을 보여주고 있다.

다음으로 藝文多媒體(예문 멀티미디어)에는 『홍루몽』의 예술·문화·인물·족보·지도·물품 관련 멀티미디어 자료들이 일목요연하게 정리되어 있다. 특히 영화·드라마·연극·음악 및 조각 등 이른바 홍루몽 문화콘텐츠들이 고루 구비되어 있고, 텍스트에 보이는 민속·예술·의학·음식·문물 등과 관련된 방대한 자료를 입체적으로 검색할 수 있게 되어 있다.

또한 敎學硏究討論도 에듀테인먼트와 학술연구 두 부분으로 구성된 중요한 디렉토리이다. 구체적으로 作詩·塡詞·學習區 항목은 게임을 응용하여 시·사 짓기를 하는 등 신세대 취향에 맞게 학습할 수 있게 한 에듀테인먼트 부분이다. 敎學·硏究 항목은 교사와 연구자들이 관련 교육·연구 자료를 검색하고, 자신의 연구 성과를 직접 입력할 수 있는 데이터베이스이고, 討論 항목에서 관련된 논의를 벌일 수 있다.

이 사이트의 중요한 특징은 우선 기본에 충실한 점이다. 텍스트 입력 단계부터 신경을 많이 쓴 것으로 보인다. 洪濤의 연구에 의하면, 사실 많은 『紅樓夢』 관련 사이트들의 경우, 판본에 대한 지식이 없이 서로 퍼오기를 하고, 저본에 대한 명확한 설명을 하지 못하는 경우도 많다. 또한 교정이 정확치 않아 오탈자 문제도 많다. 그러한 가운데 이 사이트는 『홍루몽』의 텍스트로 여러 판본의 장점을 두루 취한 蔡義江 校注本13)을 채택하였고, 그 판권 문제를 명확히 하였다.14) 그리고 전체 원문에 대한 자구 검색을 지원하고 나아가 인물·지명 등 다양한 분야별로 색인을 제공하고 있다.

이렇게 기본에 충실한 가운데 작품에 내재된 방대한 문화콘텐츠 자원을 체계적으로 정리하고 멀티미디어로 재구성함으로써 콘텐츠의 질과 양을 지속적으로 제고시키고 있다. 텍스트로부터 멀티미디어로 진보한 하나의 전형을 제공하고 있다고 할 수 있다. 특히 學習區 코너에서 플래시 동영상을 이용하여 게임을 하듯이 놀면서 문학작품 『홍루몽』과 내재된 중국문화를 자연스럽게 공부하게 하는 것과 같이 신세대를 비롯한 일

---

13) 杭州, 浙江文藝出版社, 1994년판.
14) 洪濤, 『紅樓夢』的數字化與飜譯硏究 참고.

반 대중들을 위한 에듀테인먼트를 구현하고 있는 점도 매우 인상적이다.

5) 明清小說研究 http://www.mqxs.com/

중국어 간체자로 구축된 사이트로, 중국 명청 소설 연구 전문이며, 취지는 '명청 소설 연구자들에게 정신적 고향이 되는 가운데 중국의 민족 문화를 창달하는 것'이다. 정부 기관이 아닌 순수 민간 연구자들의 노력으로 운영되고 있다.15) 2002년 7월에 개통되었고, 이듬 해 7월부터 현재의 기본 틀을 갖추었으며, 2006년에 들어서서도 2차 전면개정을 진행하고 있는 등 업데이트가 매우 활발하다.

이 사이트의 초기 화면은 화려하면서 다소 복잡한 편으로 학술계의 다양한 요구를 의욕적으로 수용했기 때문인 것으로 여겨진다. 우선 최상단의 총 메뉴에는 小說在線·資料文論·藏家天下·期間檢索·書目著錄·明淸新聞·明淸掌故·小說史略 등의 디렉토리가 있다. 小說在線에는 e-book의 형태로 소설 작품들을 수록하고 있으며, '명청소설연구클럽' 가입 후 열람할 수 있다.16) 資料文論은 각종 명청소설 관련 논문들을 수록하고 있으며, 특히 하부의 首發論文專區에는 전문 연구자 및 애호가들이 이곳에 처음으로 발표하는 논문들이 실린다.

藏家天下에는 주로 명청소설 관련 출판계의 소식들이 소개되며, 期間檢索에는 『明淸小說研究』·『紅樓夢學刊』 등 학술지의 총목록을 제공하고 있다. 書目著錄에는 현존하는 여러 명청소설의 판본·작자·원류 등

---

15) 비슷한 명칭과 성향의 明淸小說硏究雜誌(http://www.jsass.net)라는 사이트는 官方이라고 할 수 있는 江蘇省 社會科學院 文學研究所에서 운영하고 있다.
16) 일반회원은 일부 소설 작품들을 열람할 수 있고, VIP회원은 전 작품과 연구자료 및 옛 版刻들까지 살펴볼 수 있다.

에 관한 문제를 설명하고, 각종 판본의 사진과 揷圖 및 序跋·목록 등을 수록하고 있다. 관련 자료들을 통해 失傳된 도서에 대해서도 적극적으로 소개하고 있다. 明淸新聞은 주로 명청소설 연구 학계의 동태 및 학술회의 소식을 전하고 있다. 明淸掌故는 소설 작자에 관한 일화나 소설작품을 많이 연재했던 晩淸시기의 신문잡지 및 소설 서점 등에 관한 내용 등을 담고 있다.

총 메뉴 밑은 좌·중·우 삼등분을 기본으로 하면서 중간에 나누지 않고 횡으로 길게 다 사용하며 더 중점을 두는 항목들도 있다. 주요 작품에 대한 전문가들의 해설을 연재하는 코너, 한 작품에 대한 데이터베이스를 집중적으로 개발하는 코너, 명청 소설 연구자와 애호자들의 전문적 교류를 위한 커뮤니티인 明淸社區 등이 그 예이다.

그밖에 주요 코너를 보면, 최신 e-book 다운로드 코너에서는 고전소설을 神怪·講史·才子佳人·晩淸小說 등으로 나누어 정기적으로 몇 작품씩 꾸준히 올리고 있다. 연구 자료와 관련해서는 십여 명 이상의 중진 학자들이 각각 전용 코너에 논문이나 칼럼을 싣고 있으며, 최근 발표된 논문 중에서 화제가 될 만한 것을 골라 요약문을 싣고 관심이 있는 경우 클릭하여 전체 문장을 볼 수 있게 했다. 또한 역대 소설 작가나 주요 학자들에 대한 연구 자료 및 일화들을 수록한 코너들도 있다. 아울러 소설 사적으로 매우 중요한 의미를 지니는 만청시기 소설 관련 신문·잡지의 모습을 볼 수 있는 코너와 주요 작품별 인물론 코너 등 소설과 관련된 문화 정보를 주제별로 살펴볼 수 있는 코너도 두고 있다.

총체적으로 볼 때, 이 사이트는 짧은 역사에 비해 상당한 수준의 전문성을 갖추고 있다. 다만 자료의 양은 아직 전문성에 부합하지 못하고 검색기능이 만족스럽지 못한 것으로 여겨진다. 반면에 다른 사이트들에 비

해서 양방향성 내지 다방향성은 주의를 기울인 편이다. 특히 '명청커뮤
니티' 등을 통해 학자·애호가들이 교류할 수 있는 장을 마련한 점을 높
이 평가할 수 있다.

6) 西游記宮 http://www.xyjg.com/,
　　中國李白網 http://www.chinalibai.com/ 등

　〈西游記宮〉은 중국어 간체자로 구축된 개별 고전문학 작품 전문 사이
트로 지난 1999년 7월 개통되었다.『西游記』의 연고 지역 중 하나인 江
蘇省 淮安市[17]의 지역사회 학자·공무원·교사 등이 조직한 연구모임이
무료 회원제로 운영하고 있다. 이 모임과 사이트의 취지는『서유기』에
대한 연구 수준 제고와『서유기』관련 자료의 완벽한 수집·정리이다.
　이 사이트는 초기화면에서부터 상당히 많은 내용을 포괄하고 있음을
알 수 있다. 상단에 두 줄로 나열된 것이 총 메뉴로, 原著欣賞·戲曲影
視·全國學會·讀書種種·作者研究·學者介紹·論文索引·專著介紹·版
本研究·熱門話題·珍奇收藏·民間故事·玄奘本事·連環畵·兒童樂園·
名城淮安·西游書庫·專家論壇·研究會 등의 디렉토리가 있다. 그 아래
본 화면은 삼등분 되어 있는데, 왼쪽에는 회원등록·검색·관련링크 등
이 있고, 가운데는 관련 사업 안내를 비롯한 公告 및 專家論壇에 대한
안내와 연결, 네티즌 논단 등이 있으며, 오른쪽에는 주로 최신 자료 안

---

17)『서유기』의 작자인 吳承恩이 살던 집(故居)이 남아 있으며, 市에서는 이를 중요 유적지
　　로 관리하며 여러 사업을 적극적으로 기획·진행하고 있다. 참고로 江蘇省 連云港도 孫
　　悟空과 관련된 지방으로 역시 民官이 함께『서유기』관련 사업을 벌이고 있다. 이 지방
　　에서는 특히『서유기』문화연구 데이터베이스 구축이라는 주제를 가지고 '중소형 특성화
　　도서관 데이터베이스 건설 사업'에 노력하는 점이 두드러져 보인다(陳秀衛 外, 基于WEB
　　的西游記文化研究數據庫的建設,『連云港師範高等專科學校學報』제2기, 2005. 6. 참고).

내와 관련 신문잡지 기사 및 학회소식 등의 항목이 있다. 요약하자면 『서유기』에 관한 전문적 학술 자료를 총 망라하고 있고, 영화·드라마 등으로의 확대에 관한 자료 소개 등 대중성과 에듀테인먼트적 요소에도 신경을 고루 쓰면서, 이를 통해 지역사회 발전을 위해 노력하는 사이트라고 할 수 있다.

한편 앞서 열거한 古典散文 관련 사이트 <唐宋八大家資料庫>나 詩歌 관련 사이트 <中國詩歌網> 등의 수준도 상당히 높아 보인다. <唐宋八大家資料庫>의 경우는 총 메뉴 상에 韓愈를 비롯한 唐宋八大家별[18]로 전문 디렉토리를 두고 생애·문장·일화·詩詞 및 후인들의 비평에 이르기까지 풍부한 자료를 수록하고 있다. 2006년 11월 현재 2,430편의 문장을 수록하고 있고 古文論을 비롯한 문학지식과 관련 서화·사진 등도 풍부하게 제공하고 있다.

<中國詩歌網>의 경우는 <國學網>을 운영하는 北京首都師範大學 중국시가연구센터에서 같이 운영하는 사이트이다. 중국 교육부의 지원과 그동안의 노하우를 바탕으로 심혈을 기울여 새로이 구축한 것이다. 한마디로 <國學網>의 시 전문 버전이라고 할 수 있으며, 古詩와 新詩 전반에 걸쳐 백과사전식의 다양하고 풍부한 정보를 제공하고 있다.

고전시가와 관련해서는 <中國李白網> 사이트가 독특하다. 이 사이트는 李白과 관련된 유적이 많이 소재한 安徽省의 馬鞍山 시정부를 중심으로 中國李白研究會와 馬鞍山李白研究會 및 南京大學 중문과 등이 협력하여 이백 탄생 1300주년인 지난 2001년 10월 정식 개통하였다. 역시 지역사회의 발전을 위한 노력의 일환으로 의욕적으로 운영되고 있다.

초기화면 최상단 메뉴에는 이백과 연구회를 설명하는 두 디렉토리와

---

18) 蘇軾 삼부자는 한 디렉토리로 묶었음.

연구자료·이백논단·문물과 예술품 등의 디렉토리가 있다. 아래 본 화면에 李白詩文·李白硏究·李白硏究會·李白論壇·李白與馬鞍山 등 주요 디렉토리가 펼쳐져 있고, 이밖에 각종 자료를 검색할 수 있는 分類搜索과 관련 주요 학자와 명인들을 소개하는 디렉토리도 있다.

여러 디렉토리 가운데서도 李白詩文과 李白硏究가 특히 중요하다. 전자에서는 宋本『李太白文集』, 王琦本『李白全集』등 여러 판본을 두루 수록하고 이를 쉽게 검색할 수 있게 했다. 또한 후자에서는 최근 논문을 비롯한 각종 연구 자료와 관련 문물 및 예술품들을 풍부하게 제공하고 있다. 전체적으로 볼 때 구성이 비교적 간결한 편이고, 대중성은 다소 미비하지만 이백에 관한 자료의 풍부함과 전문성이 돋보임은 물론 검색 기능도 뛰어난 사이트라고 할 수 있다.

4. 몇 가지 시사점

앞에서 풍부한 고전문학 관련 콘텐츠를 적극적으로 웹상에 올리고 있는 중국어권의 현황을 인문학 연구자 입장에서 고찰해보았다. 간략히 말해서, 많은 사이트들이 소설 등 고전문학의 텍스트에 대해 판본·오탈자 문제 등까지 고려하며 수준 높게 디지털화 하고, 고전문학과 관련된 인물·지리·역사 및 제반 문화 정보들에 대해 종합적·체계적으로 데이터베이스를 구축하고, 강력하고 다양한 검색 기능을 제공하며, 이를 통해 학술연구의 선도적 역할을 추구함은 물론 고전문학의 전파와 멀티미디어 자료를 통한 에듀테인먼트적 보급에도 주의를 기울이는 방향으로 가고 있다. 다만 대만의 <網路展書讀>을 제외하고는 멀티미디어 자료의 양과 검색기능 면에서 아직 부족한 점이 많고, 전체적으로 접속 속도가 느리며 서버와 클라이언트 간의 양방향성 역시 소홀한 단점들도 있다.

아무튼 고전문학 관련 웹 콘텐츠의 질과 양 면에서는 중국어권이 한국보다 앞서 가는 것으로 여겨진다. 무엇보다 특히 대중과 유리되어 가는 고전문학을 되살리고 다양하게 확장시키려는 인문학자들과 네티즌들의 의욕이 매우 인상적이다. 이제 앞서 살펴본 내용을 바탕으로 우리의 웹 콘텐츠 발전을 위한 몇 가지 전략적 시사점들을 생각해보고자 한다.

1) 학술·교육·국제화적 측면

새로운 시대의 문학 연구자들은 새로운 문화 환경 및 테크놀로지 환경의 적극적인 활용이 문학에서도 필연적으로 요구된다는 인식을 해야 한다. 변화된 환경으로 인하여 학제간의 경계가 허물어지면서 문학의 영역이 오히려 확장되고, 새로운 문화장르를 창조해내며, 나아가 총체적인 인간 경험을 대상으로 하는 인문학을 발전시키고 그 영역을 확장시킬 수 있기 때문이다.

구체적으로 말하자면, <網路展書讀> 사이트에서와 같이, 멀티미디어의 적극적 활용으로 우선 고전문학 텍스트의 단조로움을 보완함으로써 텍스트에 대한 접근을 자극할 수 있을 것이다. 그리고 텍스트 원문 자구 검색은 물론이고 분야별 색인을 통해 다양한 조건의 검색이 가능하도록 기능을 강화함으로써 문학을 통해 인간 삶의 여러 다른 분야로도 탐구를 확장시킬 수 있을 것이다.

이때 理想的으로 보면, 전문화와 대중화를 겸비한 시스템을 구축하고 양자 간의 조화를 유지하는 것이 바람직하다. 전문화를 위해서는 풍부한 연구 자료 데이터베이스를 구축·유지하는 것 못지않게 텍스트 및 관련 자료의 정확성을 기해야 한다. 물론 고전문학 사이트가 대중적 보급과 엔터테인먼트만을 목적으로 한다면 상관없겠지만, 만일 학술적 연구와 교육을 고려한다면, 텍스트의 판본 문제나 오탈자 문제 등 문학연구의 토대가 튼튼해야만 한다는 것이다.

앞서 살펴본 바와 같이 <網路展書讀>의 경우는 기본적으로 우수한 저본을 가려 채택했고, 그 저작권 문제를 명확히 했으며, 세심한 교정을 통해 오탈자를 최소화하면서 다양한 검색 기능을 제공함으로써 인터넷 콘텐츠가 학술연구를 선도하는 상황에 이르러있다고 할 수 있다.

<國學網>의 경우에서도 다양한 클라이언트를 대상으로 전문성과 대중성을 동시에 추구하고 있는 점을 확인할 수 있다. 전문가를 위해 방대한 양의 원문 자료와 수준 높은 연구 자료를 수록하고 있는데, 이를 위해서 여러 연구기관들과의 협조체계를 구축하고, 일부 운영비 조달을 위한 사업도 시행하고 있다. 예를 들어 주요 연구단체 및 영향력 있는 학술지와 유기적인 협조체계를 구축한 상태에서 일부 전문적인 서비스에 대해서 유료화하고 관련 자료 판매도 하고 있다. 또 일반인들을 대상으로 하는 부분에선 고전문학을 비롯한 이른바 '國學普及'을 위한 교육적 노력이 돋보인다. '시대와 국학의 거리를 좁히자'는 슬로건 아래 대중적이거나 입문의 성격을 띤 디렉토리에도 정성을 쏟고 있다.

나아가 바람직한 대중화는 게임이나 엔터테인먼트에서 그치는 것이 아니라 놀이와 교육을 결합한 에듀테인먼트를 구현하는 것이다. 이것은 특히 멀티미디어에 익숙한 신세대 취향에 적합하고, 자연스럽게 학습효과를 증대시킬 수 있으며, 또한 고전문학도 학술문화와 대중문화 사이의 정형화된 반대개념 틀에서 벗어나 갈수록 비중이 커지는 매체 문화나

테크놀로지 문화의 주요 부분이 되게 하는 길이기 때문이다. <網路展書讀>은 기본적으로 『홍루몽』을 중심으로 한 고전문학의 교육을 주요 목표 중 하나로 출발하여 'TEENS' 코너를 비롯하여 전체적으로 에듀테인먼트를 염두에 두고 있음이 분명해보이고, <西游遊宮> 사이트가 관련 학계의 학술적 선도 역할을 하면서도 '兒童樂園'과 같은 디렉토리에 신경 쓰고 있는 점도 그러한 이유에서 비롯된 것으로 여겨진다.

사실 '수요자 중심' 교육개념은 진작부터 강조되어 왔다. '읽고 해석하고 설명하는' 전통적 교육방식도 필요하지만, '보고 듣고 느끼는' 차원의 멀티미디어 교육도 현실적으로 크게 요구되고 있다. 위와 같은 우수한 문학관련 디지털콘텐츠는 멀티미디어 환경의 교육 현실에 적합하고, 교육 수요자들의 달라진 수용방식을 수렴할 수 있으며, 최근 중시되는 미디어 리터러시 능력을 강화하는 데 도움을 줄 수 있을 것이다.

물론 위와 같이 되기 위해서는 <網路展書讀>과 같이 인문학과 정보통신 기술 및 여러 다양한 분야의 학제 간 협동 시스템이 원활히 구축되어야 한다. 운영 주체인 '홍루몽 멀티미디어 네트워크 자료센터'가 인문사회대학 내에 설립되어 있지만 주요 구성원들 중엔 공과대학 출신들이 상당히 많은 점이 이를 잘 말해준다.

이와 관련하여 웹 콘텐츠를 비롯한 디지털 문화콘텐츠는 이제 언제 어디서나 이용할 수 있는 만큼 특정 국가의 전유물이 아니라 다양한 분야의 전문가들과 국제적인 협동 연구·작업으로 발전할 수 있다는 점도 중요하다. <網路展書讀>도 北京大學 등 중국이나 미국의 여러 대학들과 협력관계를 구축하였고, 다른 사이트들도 활발한 국제 교류를 진행하고 있다. 이러한 점들에서는 눈앞의 경제적 효과에 급급하지 않는 국가·사회적 지원이 요구된다고 하겠다. 특히 한국 고전문학은 남북의 공유 자산인 만큼 공동개발의 명분이 분명하며, 이를 통해 남북교류의 중요한 계기를 만들 수도 있을 것으로 사료된다.

2) 사회·문화·경제적 측면

디지털 환경은 문학이 더 이상 고정적인 텍스트가 아니라, 독자의 접근방식이나 취향에 따라 얼마든지 다양한 조합의 활동이나 작품으로 재구성될 수 있게 한다. '독자'가 텍스트를 읽고 분석하는 것에서 나아가 '사용자'가 되어 텍스트에 대해 거의 전지전능하게 개입할 수 있게 하는 단계로 발전하고 있다. 이것은 곧 새로운 문화 및 경제적 가치의 창출 가능성과 연계된다.

이미 웹 콘텐츠도 하나의 산업이자 자국의 문화적 가치를 다른 나라에 전파하는 공격적이고 전략적인 매체가 되었다. 자국의 산업을 육성한다는 경제적 차원과 함께 타국의 문화 수준에 뒤지지 않고 나아가 이끌어 갈 수 있는 영향력을 형성한다는 문화적 차원에서도 그 위치가 갈수록 중요해지고 있다. 그런데 고전문학과 관련된 부분에서 현재 한국의 상황은 그리 긍정적이지 못한 것으로 여겨진다. 한중 양국 관련 사이트에 대한 비교조사에 의하면, 상당수의 문학 및 문화관련 콘텐츠들이 피상적이고 나열식이며, 단순하고 초보적인 정보 소개에 머물러 있는 실정이다. 또한 네트워크가 원활히 구축되어 있지 않고, 잘못된 정보들이 많으며, 합리적인 지원시스템은 결여된 것으로 보인다.[19] 이에 중국의 고전문학 관련 디지털 웹 콘텐츠의 장점들을 적극 참고하기를 바라는 것이다.

---

19) 정민 외, 한·중 전통문화 관련 디지털 인문콘텐츠 실태비교 및 수준향상 방안 연구, 4, 16~19, 40~96쪽 참고.

이 점에서는 우선 국가기관의 효율적 지원이 필요하다. 고전문학 관련 웹 콘텐츠의 구축은 성격이 매우 다른 분야 전문가들의 협력 없이는 이룰 수 없기 때문에 국가 기관이 나서서 유기적인 협력 체제를 조성하는 것이 효율적이다. 구체적으로는 <國學網>과 같이 여러 연구기관들을 연계시켜 콘텐츠를 만들고 유지하게 할 수 있을 것이다. 또 <望路展書讀>과 같이 개인 연구자나 대학이 먼저 학제적 작업을 시작하여 일정한 성과를 보이는 경우 국가나 사회적 차원에서 일정한 지원을 할 수도 있을 것이다.

이밖에도 고전문학을 비롯한 인문학에 대해 열린 자세를 가지고, 당장의 경제성 보다 장기적인 전략 하에 디지털 문화의 기반을 튼튼하게 하는 시스템은 주로 국가적 차원에서 가능한 것으로 여겨진다. 특히 <國學網>과 같은 대규모 컨소시엄을 구성하고, 문학연구자들을 문화콘텐츠 분야로 유도하거나 신진 전문 인력을 양성하며, 관련 사이트 개발을 장려할 수 있는 공모·시상 시스템을 상설하고, 수준 높은 외국어 버전을 구비하도록 지원하거나 외국어 전용 사이트를 개발하여 국제화를 추구하는 등의 사업은 국가 차원의 주도를 필요로 한다고 할 수 있다.

다음으로 일반 기업의 적극적 참여도 요구된다. <中國傳統文化網> 사이트가 바로 전통문화에 대한 기업의 공헌노력 및 산학협동 모델을 제시하고 있는 경우이다. 내적으로 기업 자체의 기업문화를 정립하고, 또 이를 외적으로 소개하는 장치로서 디지털 문화콘텐츠를 적극 활용하고 있는 것이기도 하다. 기업의 수준과 가능성을 홍보하며, 아울러 기업의 제품을 광고하는 등으로써 기업을 더욱 발전시키며 동시에 전통문화의 창달과 인문학 부흥이라는 면에서 기업이 적극적인 사회·문화적 기여를 해나갈 수 있을 것이다.

또한 지역사회 역시 중요한 역할을 할 수 있을 것이다. 특히 고전문학과 연고가 있는 지역에서는 유적지자료관·도서관 및 행정기관·학교·연구회 등이 디지털 아카이브를 구축하여 문화콘텐츠를 축적하고 다양하게 활용할 수 있도록 해야 한다. 이것은 근래 성행하고 있는 지역축제 등의 문화적 기반이 되거나, 지역 경제 활성화의 계기가 될 수 있을 것이다. 주로 李白 등 작가나 <西游記>·<三國志演義> 등 개별 작품 관련 사이트들에 참고할 점들이 있다. 예를 들어, 吳承恩과 연고가 있는 淮安에서는 <西游記宮> 사이트를 통해 학술연구를 활성화하며 관련 비즈니스로 확대해나가고 있다. 또 孫悟空과 연고가 있는 連云港에서는 『서유기』로 특성화된 도서관 중심의 디지털 아카이브 구축에 노력하고 있다. 아울러 이 두 도시가 소재한 江蘇省은 이러한 노력들을 기반으로 <明淸小說硏究> 사이트 등과 같이 중국 고전소설 연구를 선도하는 학술적 분위기를 조성하고 있다. 남원에서든 서울에서든 『춘향전』을 가지고 신명나는 디지털 굿판을 벌일 날을 기대해본다.

끝으로 누차 강조했듯이, 고전문학도 디지털 문화콘텐츠로 확장되어 제한 없이 전 세계에 전파될 수 있고 새로운 문화 특산품이 될 수 있다. 말하자면 근래 아시아 여러 나라에서 일고 있는 한류 현상을 지속시켜 나가는 데에도 한 몫 할 수 있다는 것이다. 때문에 비슷한 성격의 한국 일부 사이트에서와 같이 요약 수준의 형식적 영어 버전에 그치는 것이 아니라 완전한 전문적 버전이 되어야 하고, 가능한 한 중국어·일어 버전까지도 구축되는 것이 바람직하다. 여건이 성숙될 때까지 기다리기만 할 것이 아니라 우선 <錦繡中華>와 같이 인문학자 개인부터 시작하여, 출판사 등 관련 기관, 나아가 국가적 사업으로 발전시켜 나가기를 제안한다.

5. 결론

오늘날 우리는 '인문학의 위기', '문학의 위기', '교육의 위기'가 화두가 된 '위기의 시대'를 살고 있다. 위기는 능동적 변화를 요구한다. 변화하지 않으면 자칫 도태될 수도 있다.『周易』에서 "궁하면 변하고, 변하면 통하며, 통하면 오래 유지할 수 있다"고 했듯이, 문학도 새로운 환경에 맞게 변화하여 인문학이 지닌 '인간 삶의 본질을 탐구하고 수준을 제고시키는' 가치를 유지하고 발전시켜야 한다.

이러한 취지에서 본 연구를 통해 한국과 비교가 안 될 만큼 적극적으로 고전문학 관련 웹 콘텐츠를 가꿔가고 있는 중국어권의 모습을 인문학 연구자의 시각으로 살펴보았다. 비록 현재의 IT 수준은 미흡하더라도 풍부한 인적·물적 자원을 기반으로 영어를 제치고 웹 언어를 주도하겠다는 큰 전략 하에 학술·교육·문화·경제·국제교류 등 각 분야에서의 전술적 기획이 동시다발적으로 무섭게 진행되고 있으며, 그 가운데에서 고전문학도 새로운 전기를 맞고 있다.

韓流는 寒流가 되어가고 어느새 東北工程이라는 가공할 음모가 도사리고 있음을 연결시켜 보면 이 분야의 모습도 강 건너 불구경하듯 방관할 일만은 아닌 것으로 생각된다. 반만년 유구한 역사와 문화를 자랑하는 한국이 이제부터라도 앞선 기술력을 바탕으로 웹 콘텐츠를 비롯한 디지털 문화콘텐츠의 질과 양을 명실상부하게 제고시키고, 그 가운데 우수한 고전문학을 제대로 활용하는데 힘쓴다면, 디지털 문화대국으로서의 위상을 확고히 하는데 큰 도움이 될 수 있을 것이다.

참고문헌*

김의숙·이창식, 2005,『문학콘텐츠와 스토리텔링』, 역락.

류현주,『하이퍼텍스트 문학』, 김영사, 2000.

송성욱, 2006, 디지털기술과 한국고전소설 연구,『中國小說論叢』제23집

심상민, 2002,『미디어는 콘텐츠다』, 김영사.

이무진, 2005, 중국 고전소설의 데이터베이스 구축,『中國小說論叢』제21집.

장미영 외, 2005,『문학, 디지털 시대의 화려한 변신』, 글솟대.

정민·조성문·이인호·최형욱, 2002. 12, 한·중 전통문화 관련 디지털 인문콘텐츠
　　　　실태비교 및 수준향상 방안 연구,『인문사회연구회 인문정책연구총서』.

歐陽建, 2005, 數字化與『三國演義』版本研究論,『東南大學學報(哲學社會科學版』제7권 3기.

羅香妹, 2006, 超文本文學與中國傳統思惟方式,『中南大學學報(社會科學版)』제10권 2기.

楊素平, 2002, 網絡文學芻議,『江蘇石油化學工學院學報』제3권 4기.

王瑾, 2004, 經典的解構與重建,『中國比較文學』.

王一天, 2003, 中國文學與電影的關係,『中國文化研究』Vol.3.

王　平, 2000, 論『紅樓夢』的網絡式敍事結構,『東岳論叢』제21권 5기,

劉勇强, 2005, 網絡時代的明淸小說,『中國小說論叢』제21집,

申載春, 1999, 試論中國古典小說的影視特性,『青海師專學報(社會科學版)』.

張璟·胡勤友, 2002, 信息時代的國學研究,『江淮論壇』.

鄭笑兵, 2006, 超文本文學的後現代性特徵,『齊齊哈爾大學學報(哲學社會科學版)』.

鄭永曉, 2005, 古籍數字化與古典文學研究的未來,『文學遺産』.

周文業, 2006, 中國古典小說數字化的最新進展,『中國小說論叢』제23집.

陳文新, 2005, 數字化時代的中國古代小說,『中國小說論叢』제21집.

陳秀衛 외, 2005, 基于WEB的西游記文化研究數據庫的建設,『連云港師範高等專科學校學報』.

陳斯華, 2002. 11, <從網絡文學雜誌看網絡媒體對傳統文學文本的改寫>,『山東大學學報
　　　　(哲學社會科學版)』제6기.

陳　卉, 2004, 網絡時代的『西游記』,『甘肅廣播電視大學學報』제14권 1기.

洪　濤, 2006,『紅樓夢』的數字化與飜譯研究,『中國小說論叢』제23집.

---

* 인터넷 사이트는 본문에 분류·나열하고 주소를 소개하였으므로 생략함.

현대 일본문학의 월경 현상과 문학의 확장*

권 연 수

1. 들어가며

현대일본의 문학 환경은 새로운 매체의 등장과 더불어 미디어믹스에 따른 작가와 저작권자의 판권과 2차 사용권 문제에 이르기까지 기존의 문학환경은 거대한 패러다임의 변화에 직면하고 있다. 이와 함께 새롭게 형성되고 있는 쓰기와 읽기의 관계는 전통적 작가와 독자의 관계의 틀을 넘어서는 쓰기의 문제, 즉 익명성 장에서의 쓰기라는 문제와 시나리오 엔진이라 불리는 소설 및 시나리오 창작지원 소프트웨어의 등장 등으로 인하여 지금까지 문학이라는 제도를 지탱해 온 '작가'로서의 '나'의 고유성이 실효되고 있는 상황(오스기 시게오(大杉重男), 2004)을 보이고

---

* 권연수, 현대 일본문학의 현상(現狀)과 문학 확장 양상에 관한 연구, 『한국언어문화』 31 집, 2006, 수록논문 개고.

있다.

여기에 과연 '현대문학이란 무엇인가'라는 정의가 혼란양상에 빠져들며 순수문학의 경계가 애매해지고 서브컬처를 끌어들이며 확장되는 양상 또한 보이고 있다. 이러한 상황 속에서 가라타니 고진(柄谷行人)은 '일본의 근대문학은 끝났다. 이제 그 무엇도 기대할 수 없다.'고 선언했다. 가라타니는 1980년대에 이미 근대문학의 특수한 중요성과 특수한 가치가 존재했던 근대문학은 종언을 고했다고 보고(柄谷行人, 2005, 36) 1992년에 별세한 나카가미 겐지(中上健次)의 죽음을 근대문학의 상징적 죽음으로 파악하고 있다(柄谷行人, 2005, 31). 한편 국가나 사회에 대해 작가가 어떤 역할을 해야 하는가 라는 고민에서 자유로워진 작가는 무라카미 하루키(村上春樹)와 무라카미 류(村上龍), 이른바 W무라카미였다. 그리고 W무라카미 중 한 사람인 무라카미 류 또한 일본의 근대화가 끝났으니 근대문학도 종말을 맞이해야 한다(村上龍, 2002)고 말하고 있다. 이러한 논의는 일본의 현대문학이 근대문학에서 단절을 보이고 새로운 패러다임을 맞이하고 있음을 말해주고 있다.

따라서 이 글에서는 현대 일본 문학의 현상을 짚어보고 일본에서 보여지고 있는 문학의 확장양상을 세 가지 측면에서 바라보고자 한다. 세부적으로는 문학 범주의 확장 양상, 문학을 담는 매체의 확장 양상, 문학콘텐츠의 확장 양상에 대해 고찰하고 각 항목마다 구체적인 사례를 분석하기로 한다. 문학범주의 확장 양상을 순수문학과 서브컬처 문학의 월경 현상, 국문학과 일본문학, 그리고 일본'어'문학이라는 측면에서 바라보고, 구체적 사례연구로써 J문학에 대해 살펴본다. 이어 문학을 담는 매체의 확장 양상을 알아보기 위해 종이매체와 전자매체의 상호 연계로 보여지는 출판의 다양화 현상 / 상황과 새로운 '쓰기' 형식으로 출현된

디지털문학의 확산을 짚어보고 그 구체적 예로써 모바일 소설 「덧없는 섬(儚き島)」을 제시한다. 마지막으로 문학콘텐츠의 확장 양상이라는 관점에서 다양한 형태의 미디어믹스 전략과 문학의 문화콘텐츠 양상을 일본의 대표적 고전문학 「겐지모노가타리(源氏物語)」의 사례를 가지고 살펴보고자 한다.

2. 문학 범주의 확장 양상

1) 순수문학과 서브컬처(Subculture) 문학의 월경(越境) 현상

1980년 이후 일본에서는 뉴 아카데미즘이 등장하면서 '80년대 서브컬처 붐'이 일어났다. 일본에서 흔히 사용되어지는 서브컬처는 각 문맥에 따라 크게 세 가지 의미로 사용되고 있다. ① 서구사회에서 지배적 문화인 메인 컬처에 대응하는 개념으로의 서브컬처, ② 순수문학, 미술, 클래식 음악과 같은 하이컬처에 대응하는 개념으로서의 서브컬처, ③ 오락을 주목적으로 하는 마이너적인 취미 문화로서의 서브컬처로서 근래에는 고도경제성장 이후에 일반화된 만화, 애니메이션, 컴퓨터 게임, 피겨,[1] 특수촬영 작품 등과 같은 일명 오타쿠문화를 지시하는 경우도 많다. 이렇게 일본에서 서브컬처라는 용어는 그 용어사용에 혼돈이 보이기도 하며, 같은 서브컬처라는 용어를 사용하는 경우에도 서로 전혀 다른 개념으로 사용하는 경우를 종종 볼 수 있다. 이 글에서는 '서브컬처'라는 용

---

1) 프라모델(플라스틱모델)의 일종으로, 영화, 만화, 게임 등에 등장하는 캐릭터를 축소시켜 정교하게 만든 인형을 말한다.

어를 넓은 의미에서는 ②와 ③, 좁은 의미에서는 ③의 개념으로 사용하고 있음을 밝혀둔다.

　일본에서 넓은 의미에서의 서브컬처 분야는 매우 다양하게 전개되고 있다. 문학은 물론 영화, TV, 만화, 게임, 아트, 패션, 잡지, 인터넷 커뮤니티, 스포츠, 성풍속, 휴대전화, 정신세계에 이르고 있으며, 대형서점에 가면 '사부카루본(sub-cul 本)'이라는 코너가 따로 마련되어 있을 정도로 하나의 장르를 형성하고 있다. 특히 1990년대 이후 미디어믹스[2]가 활발히 진행되면서 만화가 애니메이션으로 제작되고 애니메이션이 게임으로, 게임이 소설로 재창조되는 현상이 빈번해지면서 이른바 오타쿠문화 향유자들이 하나의 동질성을 갖는 집단을 형성하게 된다(사사키바라 고, 2004, 31~33). 이렇게 장르가 서로 교차하며 통합되어 가는 양상을 보이면서 현재는 이미 오타쿠문화가 서브컬처의 최대여당이며 심지어 서브컬처 그 자체라는 시각까지도 나오고 있는 상황이다(아즈마 히로키, 2001). 또한 하이컬처의 조락과 함께 고상함과 저속함이라는 구별자체가 의문시되며 '양식 있는 사람들'로 하여금 비난의 대상이 되었던 서브컬처도 근래에는 학교교육과 같은 공적 영역으로까지 침투되고 있는 양상을 보이고 있다. 오타쿠문화라는 마이너적 성격이 짙었던 일본의 서브컬처가 세간의 주목을 받게 된 것은 일본에서 전후사상의 거인으로 불리는 요시모토 다카아키(吉本隆明)가 80년대에 소녀만화와 애니메이션에 대해 논하기 시작한 것이 계기가 되었다. 이후 90년대를 지나면서 오츠카 에이지(大塚英志), 아즈마 히로키(東浩紀), 후쿠다 가즈야(福田和也)와 같은 평론가들에 의해 오타쿠문화, 서브컬처 등의 용어를 사용한 본격적인 서브컬

---

2) midia mix. 일본에서 1976년부터 사용된 용어로, 최근 한국에서 사용되고 있는 one source multi use라는 용어와 동일하게 이해해도 무방하다.

처 평론들이 발표되면서 서브컬처는 일약 수면 위로 떠오르게 되었다.

문학과 서브컬처의 관계를 보면 문학이라고 하면 당연히 순수문학으로 여겼던 시대에서 벗어나 서로의 영역을 넘나들며 문학 범주의 확장 양상을 보이고 있다. 특히 80년대 등장한 무라카미 류와 무라카미 하루키는 일본 현대문학에 있어 매우 중요한 전환점이 된 작가들이다. 기존의 순수문학의 틀에서 벗어난 문체와 방법론의 혁신으로 순수문학을 라이트 노벨화하는 계기가 된 작가로 평가받기도 한다. W무라카미 이후 라이트 노벨,3) 캐릭터 소설들과 같은 이른바 서브컬처 영역의 문학이 수면 위로 떠오르는 계기가 된 것이다.

그러나 현대 일본의 문학범주의 확장은 문학상(文學賞)의 흐름과도 무관하지 않다. 서브컬처 문학이 자연스럽게 혹은 순조롭게 문학의 영역으로 받아들여진 것은 아니며 일본 문학환경의 새로운 변화를 문학상 수상작에서 읽어볼 수 있기 때문이다. 1976년 무라카미 류가 『한없이 투명에 가까운 블루(限りなく透明に近いブルー)』로 군조문학신인상 수상하고, 같은 해 아쿠타가와상(芥川賞) 수상, 3년 후인 1979년에는 무라카미 하루키가 『바람의 노래를 들어라(風の歌を聴け)』로 군조문학신인상을 수상하면서 W무라카미 시대가 막을 열었지만, 이후 80년대에 아쿠타가와상은 '수상작 없음'이 8번에 달하며 새 시대의 작가를 배출하지 못했다.

---

3) Lite Novel. 라이트 노벨이라는 용어는 인터넷 동호회(Nifty-SF / Fantasy forum)에서 처음 사용된 것으로, 기존의 순수문학 영역에서 벗어나 있으면서 도시적인 가벼운 소재와 알기 쉬운 문체로 쓰여진 SF, 판타지, 미스터리, 연애소설 등의 작품군을 뜻하며, 최근에는 권위있는 문학상 수상작이 배출되고 있다. 이와 같은 장르에 대해 일본의 출판업계에서는 '쥬브나일(juvenile)', 혹은 '영 어덜트(young adult)'라는 용어를 사용하기도 하였으나 언론에서도 '라이트 노벨'이라는 용어가 일반적으로 사용됨에 따라 현재는 '라이트 노벨'이라는 용어가 가장 많이 쓰인다. '라이트 노벨즈', 혹은 줄여서 '라노베'라고 하기도 한다. 그러나 도서관학 학술용어로는 '영 어덜트'라는 용어가 사용되고 있어 일부 혼용되고 있다.

이는 새롭게 대두되는 문학을 인정하지 않았다는 증거이며 시대의 흐름을 명확히 읽어내지 못한 결과이기도 했다. 이에 반해 1988년 신쵸사(新潮社)에 의해 창설된 미시마상[4]은 80년대를 대표하는 작가들을 연이어 수상작으로 선정하면서 새 시대를 여는 재능 있는 작가 발굴이라는 면에서 아쿠타가와상보다 한 수 위의 모습을 보였다. 그러나 미시마상 또한 초대 수상작 선정을 둘러싸고 논쟁을 피할 수는 없었다. 초대수상작인 다카하시 겐이치로(高橋源一郎)의 『우아하고 감상적인 일본야구(優雅で感傷的な日本野球)』를 반소설(反小說)이라고 평가한 나카가미 겐지(中上健次)와 다카하시 작품을 옹호했던 에토 준(江藤潤)의 논쟁은 상징적 사건이다. 서브컬처와 문학의 경계선을 논한 이 논쟁은 결국 에토의 승리로 끝을 맺고 다카하시 겐이치로(高橋源一郎)의 『우아하고 감상적인 일본야구(優雅で感傷的な日本野球)』가 초대 수상작으로 선정되었다.[5] '일본 최초로 의식적으로 쓰여진 포스트모더니즘 문학의 첨병으로서의 대중문학(나카마타 아키오, 2002, 63)'[6]이라는 평가를 받고 있는 이 작품을 초대 수상작으로 선정함으로써 미시마상의 성격이 결정지어졌다고 볼 수 있다. 물론 다카하시 겐이치로 이후의 모든 수상자가 대중문학적인 작품은 아니지만 그

---

4) 三島賞 : 1970년 자위대 이치가야 주둔지에서 할복자살로 생을 마감한 미시마 유키오(三島由紀夫)를 기리며 만들어진 상.

5) 미시마상 심사위원으로서 다카하시 겐이치로를 지지했던 에토가 서브컬처 영역의 문학에 대해 일관적인 입장을 보인 것은 아니었다. 에토는 1978년 무라카미 류의 아쿠타가와상 수상에 대해 난센스라 비판하며 문예평론 절필을 선언하기도 했다. 에토의 서브컬처문학에 대한 입장에 대한 연구로는 오츠카 에이지의 「서브컬처문학론(サブカルチャー文學論)」이 있다.

6) 「포스트 무라카미의 일본문학」에서는 'pop문학'이라는 용어를 사용하고 있다.
원래 'pop문학'이라는 용어는 평론가 요시모토 다카아키(吉本隆明)에 의해 사용된 것으로써, 요시모토는 다카하시 겐이치로의 『안녕, 갱들이여(さようなら、ギャングたち)』의 추천문에서 'pop문학'을 미스터리와 SF 작가인 구리모토 가오리(栗本薰), 츠츠이 야스타카(筒井康隆), 그리고 70년대 후반에 기존의 문학과의 단절을 시도했던 W무라카미에서 미시마상 초대 수상자인 다카하시 겐이치로로 이어지는 흐름으로 포착하고 있다.

래도 순수문학이라는 이미지와는 거리가 있는 작가들이 주요 수상자들이다. 이런 관점에서 볼 때 미시마상은 90년대 이후 <J문학>이라는 문학현상과 더불어 새로운 소설의 가치를 인정하는 하나의 장이 되었다는 점에서 매우 중요한 전환점을 제시했다고 볼 수 있다(나카마타 아키오, 2002, 66~67).

한편 이러한 문학환경의 변화는 사회적 이슈가 되고 있는 출판업계의 판매부수 감소 문제와 젊은 세대들이 독서를 하지 않는다는 우려와도 맞닿아 있다. 즉 여기서 문제가 되는 것은 '책'을 어떻게 정의하느냐 라는 것이다. 판매부수가 감소하고 있는 '책'은, 그리고 젊은이들이 책을 읽지 않는다고 하는 '책'은 전통적인 교양서나 순수문학과 같은 '양서(良書)'라는 개념에서의 '책'을 말하는 것이다. 여기서 말하는 '책'에는 서브컬처 영역의 책들은 포함되지 않는다. 따라서 다음과 같은 반론도 제기된다. 나가에 아키라는 일본의 젊은이들이 예전 젊은이들보다 책을 읽지 않는다는 것은 오해일 뿐이라고 말한다. 즉 '통계로 보면 오히려 70대, 60대 이상의 고령자들이 더 책과 멀리하고 있다. 10대가 책을 읽지 않는 것처럼 보이는 것은 그들이 읽고 있는 것은 중장년층이 보기에는 책으로 보이지 않기 때문'[7]이라는 것이다. 젊은 세대들이 읽는 책들은 독자세대가 매우 편협하지만 각각의 스타일에 따라 거대한 마켓을 형성하고 있는 것이다. 이런 현상이 계속되면서 하이컬처와 서브컬처의 경계는 점점 애매해지고 심지어는 서브컬처야말로 일본문화의 주류라는 목소리가 나올 정도이다(사토 아키, 2005, 14).

이렇게 순수문학과 서브컬처 문학의 경계가 허물어지고 서로 월경하

---

7) 나가에 아키라(永江朗), www.web-across.com.

는 양상을 보이면서 문학 범주의 확장이 이루어지다보니 일본에서는 독특한 문학환경이 조성되고 있다. 보통 메인컬처에 대응하는 서브컬처는 반체제적이며 젊은이가 주도가 되는 문화를 말하지만 일본의 경우는 꾸준히 서브컬처의 역사가 축적되어 오면서 30대, 40대가 되어도 서브컬처의 발신자 및 향유자로서 존재하는 것이 가능해지게 된 것이다. 그렇게 됨으로써 서브컬처 문학은 물론 서브컬처를 대표하는 만화, 애니메이션 등도 10대나 20대의 문화라고만 할 수는 없게 된 것이다. 30대, 40대도 주류가 될 수 있는 서브컬처 문학이 점점 순수문학과의 경계를 허물고 있는 것이다.

이러한 시대적 흐름을 반영하듯 근래에 들어와서는 아쿠타가와상에서도 서브컬처문학 작가들이 연이어 수상을 하고 있는 것을 볼 수 있다. 아쿠타가와상은 근대문학가 아쿠타가와 류노스케(芥川龍之介)를 기리며 제정된 순수문학상으로 각 신문 잡지에 발표된 무명 또는 신진작가의 우수작을 선정하여 연 2회 수여하는, 일본에서 권위있는 문학상으로 알려져 있다. 그러한 아쿠타가와상이 80년대와는 다른 모습으로 19세, 20세의 젊은 작가들이나 미스터리, 게임, 애니메이션의 공통적인 지식을 배경으로 한 독특한 세계관과 문체를 인정받는 서브컬처적 작가들의 작품을 연이어 수상작으로 선정하고 있는 것이다.

J문학 작가에서 아쿠타가와상 수상자로 이름을 알린 아베 가즈시게(阿部和重)는 이러한 월경 현상을 상징적으로 보여준다. 1994년 <아메리카의 밤>으로 데뷔한 아베는 1998년 <인디비듀얼 프로젝션>이라는 작품으로 '90년대 신문학(新文學)의 최고 걸작'이라는 평을 받는다. 당시 문학계는 이러한 문학의 월경 상황을 '신문학(新文學)'이라는 용어에 담아냈다고 할 수 있다. J문학의 기수라 불리며 큰 인기를 구가했던 아베의 작

품은 일본 도심의 현재성을 살리면서 현대 일본의 면면들이기도 한 스토커, 로리컴플렉스의 주인공이 미소녀들과 함께 등장하는 라이트노벨의 특성을 갖고 있다. 아베는 2004년 <그랜드 피날레(グランド·フィナーレ)>라는 작품으로 아쿠타가와상을 수상하였으며, 이는 보다 다양한 독자의 니즈를 반영한 이야기들이 문학이라는 범주에 포함되어가는 움직임을 반영한 것이라 볼 수 있다.

2) 국문학과 일본문학, 그리고 일본'어'문학

일본은 대학개혁의 바람을 타고 국문학과에서 일본문학과, 혹은 일본문화학과로 명칭변경을 단행한 학교가 눈에 띄게 증가했다. 이러한 추세에 따라 근래에는 국문학이라는 용어보다는 일본문학이라는 용어가 더 일반적으로 사용되고 있는 것을 볼 수 있다.

원래 '국문학'이라는 용어는 일본이 메이지시대 근대국민국가를 형성하면서 만들어진 '국가'라는 개념이 매우 농후하게 내포된 용어이다. 따라서 '국어'라는 용어도 '국가'의 통일언어로서의 의미를 갖고 있으며 국어학이나 국문학이라는 학문도 '국가'의 형성과 밀접한 관계가 있었다. 그러나 청일전쟁과 아시아 침략의 역사와 함께 타 국민에 대한 언어지배를 강요한 일본의 근대와 그 와중에 형성된 국문학과 국어학에 대한 비판적 검토의 필요성이 대두되기 시작하였고, 국제화·세계화라는 시대적 요구와 맞물려 일본문학이라는 명칭이 빈번히 사용되게 된 것이다.

한편 이민문학, 망명문학, 크레올문화와 같이 모국어 이외의 언어로 표현하는 표현자가 흔한 서구사회와는 달리 일본문학에서는 재일교포문학이나 아이누문화, 오키나와문화와 같은 소수문화가 존재하기는 했으

나 국가의 경계를 넘나드는 일본문학에 대한 관심은 그다지 크지 않았
다. 그러한 가운데 세계문학에 대응하는 개념으로서의 일본문학이 주목
되면서 그 관심은 일본'어'문학으로 확대되고 있다.

　일본어문학이라는 용어는 일본문학이라고 할 경우 일본인 작가에 의
한 문학이라고 생각하게 되기 때문에 일본어로 쓰여진 문학이라는 의미
로 사용되고 있다. 재일교포 작가인 김석범도 재일교포문학은 일본문학
이 아니라 일본어문학이라고 주장한 바 있다(金石範, 2005).8)

　이러한 움직임의 일환으로 일본의 근대문학사, 전후문학사에서 중요
한 일부분을 차지해 온 재일 조선인, 재일 한국인 작가와 시인들의 작품
이 『<재일(在日)>문학전집』(전 8권, 勉誠出版)이라는 이름으로 처음 엮어
져 나왔다. 이번 전집을 계기로 한국 민단계와 조총련계로 분단된 현실
속에서 재일교포 사회의 융화 문제, 그리고 그들이 일본어로 문학표현을
할 수 밖에 없었던 사실의 의미를 진지하게 성찰해야 할 것이다. 또한
이회성을 비롯하여 이양지, 현월, 유미리와 같은 아쿠타가와상을 배출한
이른바 <재일>문학이 전후 일본문학사에 어떤 문제점을 던졌는가, 일
본어표현양식에는 어떠한 영향을 미쳤는가 라는 문제도 일본 현대문학
에 있어 매우 중요한 시사점이 될 것이다.

　재일교포 이외에도 재일 외국인으로서 1990년대 일본 문학계에 등장
한 리비 히데오(リービ英雄), 노마 필더(ノーマ・フィールド)는 비모국어민
에 의한 일본어문학을 발표하였고, 그들의 시도는 이후 아서 비나드(アー
サー・ビナード), 모단청(毛丹淸)으로 이어져 새로운 양상을 보이고 있으

---

8) 용어와 관련하여, 한국에서는 '재일교포문학'이라고 하지만 일본에서는 '재일조선인문학
　(在日朝鮮人文學)', 혹은 '재일 조선인·한국인 문학(在日朝鮮人·韓國人文學)'이라는 용어
　를 사용한다.

며 비모국어민에 의한 일본어문학은 점차적으로 확대되고 있다. 이러한 비모국어민에 의한 일본어문학은 문학의 확장과 일본어의 재발견을 가져오기도 한다. 일명 월경문학자라 불리는 비모국어민 작가들의 일본어에 대한 새로운 시도가 이루어지면서 일본어표현의 새로운 개척자로서 종래의 문학규범을 파괴하고 재구축하거나 종래의 일본어표현을 계승하면서도 새로운 시도를 도모하며 일본문학의 확장에 기여하고 있다.

또한 다와다 요코(多和田葉子)와 같이 해외경험이 풍부한 일본인 작가에 의한 모국어 및 외국어 창작물 등 일본어문학의 월경성, 경계성 문제를 새롭게 제시하고 있다.

3) 사례분석–J문학

90년대 일본문학계에는 <J문학>이라 카테고라이즈된 새로운 문학군이 등장하게 된다. 이는 한 출판사(河出書房新社)가 마케팅전략의 일환으로 90년대 작가들의 작품들을 모아 <J문학>이라 명명하면서 시작되었다. J문학의 'J'는 'Japan / Japanese'의 'J'를 뜻하며, 요즘에는 의미가 확장되어 세계문학에 대한 일본문학의 의미로 쓰이기도 한다. J문학은 기존의 문학이라는 범주에 속하기 어려웠던 젊은 세대들의 작품을 모아 『90년대 J문학 맵』(1998), 『J문학을 보다 더 즐기기 위한 북 차트 베스트 200』(1999)으로 선정하면서 정착된 것이었다.9) 이들 작품들은 약간의 사회문

---

9) J문학은 어떤 특정한 장르나 유파를 나타내는 것이 아니다. 90년대 등장한 작가들의 소설을 문예잡지 편집자가 90년대의 문학을 편의상 묶으면서 명명한 이름이다. J문학의 작명자로 알려진 <분게이(文藝)> 편집장 아베 하루마사(阿部晴政)는 편집후기에서 다음과 같이 밝히고 있다. "이 용어는 90년대 문학을 하나로 묶기 위한 편의상의 명명일 뿐이라는 것을 강조해 두고 싶다. 편집부의 바람은 비록 이런 싸구려 이름일지라도 문학과 독자를 이어주는 계기가 되었으면 하는 것이었다." <분게이(文藝)>, 1999년 여름호 From

제도 건드리면서 90년대 독자와 공감형성을 중시한 젊은 세대들의 도시소설이 주를 이루었다.

90년대 일본은 버블경제에 춤추다 나락으로 떨어지는 경험을 하였고, 한신아와지 대지진, 오움 진리교 지하철 독가스 사건, 대형 은행과 증권회사의 도산을 통해 '잃어버린 10년'을 살아가야 했다. 세계적으로는 소련의 해체와 구공산권 국가들의 붕괴, 냉전 종결, 그리고 민족분쟁이 분출했다. 이러한 시대를 호흡했던 90년대의 문학은 그 이전의 문학과 분명 다른 단절이 있었고, J문학은 편의상 명명되었다고는 하나 결과적으로 명확히 그 단면을 포착해 낸 것이었다.

일본의 문예잡지는 보통 문예지(文芸誌)와 소설지(小說誌)로 구분된다. 통상적으로 문예지라 불리는 잡지에 수록되는 작품은 순수문학, 소설지에 수록되는 작품은 대중문학으로 분류되지만 양쪽 잡지에 작품이 수록되는 작가들도 있다. 현재 일본의 대표적 문예지라고 하면 군조(群像-講談社), 신쵸(新潮-新潮社), 분가쿠카이(文學界-文藝春秋), 스바루(すばる-集英社)의 4개 문예지를 꼽는다. J문학이라는 용어를 처음 사용한 잡지 <분게이(文藝)> 또한 자사 문학상을 갖고 있는 전통있는 문예지였지만, 월간에서 계간으로 전환하게 되면서 권위가 떨어지고 말았다. 분게이가 계간으로 전환할 수밖에 없었던 상황은 결국 분게이를 문예지도 소설지도 아닌 애매한 위치에 놓이게 하였고, 이러한 상황이 오히려 분게이로 하여금 기존의 '순수문학'관 자체를 타파하고자 하는 방향으로 독자적인 노선을 밟게 하였던 것이다. 또한 분게이는 편집자, 뮤지션, 일러스레이터 등 타 분야에서 재능을 보이는 인재를 소설의 세계로 끌어들여 발표

Editors.

의 장을 마련해 줌으로써 새로운 재능을 발굴해 온 문예지이기도 했다. 이러한 분게이의 특징이 J문학의 탄생으로 이어진 것이었다.

당시 J문학에 대한 명확한 기준이 제시되지는 않았지만 대체적으로 전통적 문학에서 멀리 떨어져 있는 20대, 30대 소비자의 공감대를 끌어낼 수 있는 새로운 리얼리즘으로 삶의 방식 및 스타일 면에서 서로 '같은 공기를 마시며 사는 사람들'의 이야기를 전개하면서 젊은이들의 지지를 받았다. 요컨대 J문학은 시부야계(澁谷系),[10) 신주쿠계(新宿系)[11) 등 도쿄 도심부 지역의 개성을 대표하는 대중소설들이 주를 이룬다. 시부야계 젊은이들의 가벼운 삶, 또 그들의 삶이 자신들의 삶과 같다는 느낌을 공유할 수 있는, 있는 그대로의 그들의 생활을 그려낸 소설들이 <J문학>이라는 이름을 얻어 일약 각광을 받고 많은 지지를 얻은 것이다. 이러한 소설들은 독자들에게 감정 및 감성 공유의 만족감, 소설 안에 내가 있다는 느낌이 인기의 중요한 코드로 작용한다. J문학으로 카테고라이즈된 작가는 물론 독자들도 기존의 문학사 및 문학적 전통이나 제도와는 거리가 먼 부류였으며, 그런 의미에서 J문학은 표현자과 수용자 측면에서 새로운 가능성을 보여주고 있다.

J문학의 특징으로는 90년대 등장한 작가들의 작품군이라는 점과 제목

---

10) 1990년 초반부터 사용되기 시작한 용어. 주로 1980년대 후반부터 활동해 온 피치카트 파이브, 오리지널 러브 등 음악성에서 정평이 나 있던 부류의 음악을 지칭하는 말. 기존의 뉴뮤직과 같은 일본 대중음악의 차원을 넘어서는 서양음악적 요소를 갖는 세련된 음악으로 많은 팬들을 확보했다. 이후 음악 이외에도 시부야라는 지역적 특성에서 풍기는 도시적이고 세련된 것을 시부야계라고 부르기도 한다. 일례로 J문학 작가로 꼽히는 아베 가즈시게도 시부야계라고 평하는 경우가 있다.

11) 신주쿠계는 시나 링고(椎名林檎)라는 여가수가 <가부키쵸(歌舞伎町)의 여왕>이라는 노래를 발매하면서 신주쿠계라 칭하게 되었다. 가부키쵸는 신주쿠 중에서 가장 번화한 유흥가이다. 음악에서 벗어나 작품에서 신주쿠를 다룬 후지사와 슈(藤澤周), 하나무라 만게츠(花村萬月)와 같은 작가들도 신주쿠계라 불린다.

의 특이함과 의미가 불분명한 소설 제목, 그리고 북 디자인의 참신한 파괴를 들 수 있다. J문학은 「록큰롤 재봉틀(ロックンロールミシン)」, 「인디비듀얼 프로젝션(インディヴィジュアル・プロジェクション)」, 「굴욕 폰치(屈辱ポンチ)」, 「매리 & 피피의 학살 송 북(マリー&フィフィの虐殺ソングブック)」과 같이 소설 제목이 소설의 내용과 전혀 무관하며 제목과 내용에서 어떠한 연관성도 전혀 찾아볼 수 없다는 특징을 보이고 있는 것이다. 또한 비주얼 전략을 구사하여 사진작가의 사진 등으로 매우 스타일리시한 북 디자인을 선보였고, 이러한 북 디자인 또한 책 표지에서 소설 내용을 유추할 수 있는 연관성은 전혀 없는 경우가 대부분이다. 또한 J문학은 대중소설의 특징인 한자, 한자어를 적게 쓰고 가나를 다용하는 문체[12]를 사용하여 딱딱한 느낌을 배제하고 시각적으로 읽기 쉽도록 한 점도 특징으로 들 수 있다. 내용면에서는 현대 풍속도를 순수문학의 틀에 접목시키며 너와 나의 일상을 그림으로써 독자들이 또 하나의 나, 소설 속 주인공처럼 될 수도 있었던 나 자신과 대면하고 출구 없는 답답함, 분출되지 못하는 분노에 공감하며 큰 지지를 얻어냈다.

 J문학은 1998년을 정점으로 하는 시각이 일반적이지만 J문학 작가로 인기를 얻은 후 정통 문학상을 수상하는 경우가 많아지면서 점차 일본 현대문학의 축을 형성해 오고 있다. 2005년에는 아베 가즈시게(阿部和重)가 아쿠타가와상을, 츠노다 미츠요(角田光代)가 나오키상(直木賞)을 수상했

---

12) 일본어의 문자는 히라가나(平仮名), 가타카나(片仮名), 한자로 구성된다. 히라가나와 가타카나를 통틀어 가나라고 한다. 가타카나는 외래어나 특별한 의미를 부여할 때 주로 사용되며, 보통 화한혼용체(和漢混交文)라 하여 한자와 히라가나를 함께 쓴다. 따라서 일본 출판업계의 경우 문장에서 한자와 가나의 비율이 차지하는 비중과 독자층이 매우 밀접한 관계를 갖는다. 즉 한자가 많아지면 어려운 책, 가나가 많아지면 읽기 쉬운 책으로 간주된다. 라이트노벨의 가장 두드러진 특징으로 가나의 다용을 드는 것도 이러한 이유에서이다.

다. 아즈마는 이를 J문학이 일본문학의 적자로서 인정받은 순간으로 평하고 있다.[13]

3. 문학을 담는 매체의 확장 양상

1) 종이매체와 전자매체의 상호 연계

문학을 담는 매체의 확장이란 기존의 종이매체에서 e-book이라 불리는 전자매체로의 변화, 즉 열람용 휴대단말기에 다운로드를 받아 읽는 전자서적이라고 하는 매체의 출현을 말한다. 전자출판의 방식은 책 내용 전체를 다운로드 받아 PDA, 독서전용단말기, 컴퓨터 등에서 이용하는 다운로드형과 휴대폰이나 PDA로 정해진 시간에 정해진 양이 송신되는 송신형이 있다.

일본에서는 2004년부터 휴대폰, PDA, 컴퓨터로 읽는 전자 출판, 전자서적 시장이 급성장을 보이고 있고, 2006에는 디지털 콘텐츠를 제공하는 사업이 본격적으로 이루어져, 전자서적시장이 본 궤도에 올랐다는 평가를 받고 있다. 이러한 전자출판, 전자서적의 출현은 휴대폰이라는 매체를 통해 더욱 확대되고 있으며, 급속히 발전하고 있는 휴대폰 만화 등의 확산과 함께 전통적 독서방식의 변화를 불러오고 있다.

일례로 일본 유수의 출판사 신쵸사(新潮社)는 2002년 1월부터 〈신쵸 휴대문고〉를 시작으로 모바일콘텐츠 사업에 진출했다. 독서층 확대를 목표로 휴대전화를 통해 인기작가의 연재소설 등을 송신하고 있으며, 해

---

13) 아즈마 히로키, 평론 〈J문학〉, www.hirokiazuma.com

외 마케팅 강화로 인터넷, 휴대전화와 융합한 콘텐츠비즈니스로의 진출도 활발히 진행 중에 있다. 이렇게 기존의 서적을 e-book의 형태로 출판하는 전자출판은 일본에서의 문학환경에 일대 변혁을 가져오고 있다. 새로운 그릇의 출현이 기존의 문학 환경을 위협한다기보다는 새로운 독자층의 확보로 문학 환경이 오히려 확장되고 있는 면이 있는 것이다.

또한 디지털 기술의 발전은 문학을 표현하는 방식에도 변화를 불러왔다. 기존의 개인적인 원고작업이 출판사를 통해 세상 밖으로 발표되는 방식에서 즉각적인 반응이 일어나는 인터넷 매체를 통해 표현하는 방식으로 변화하고 있으며 그 변화의 중심에는 작가와 독자가 함께 있다.

각종 전자 텍스트는 기존의 책이나 잡지의 전자화된 e-book이나 온라인 매거진에 그치지 않고 블로그와 같은 개인적 글쓰기로 확장되고 있으며 블로그를 통해 얻어지는 단편적 지식 및 정보는 과거 잡지 분야가 담당하고 있던 잡학성 정보에서 서적 분야가 담당하고 있던 전문성에 이르는 영역으로까지 확대되고 있음을 볼 수 있다. 즉 e-book이 서적의 전자적 계승물에 그치지 않고 인터넷 자체가 점차적으로 책이나 잡지의 기능을 획득해 가고 있는 상황인 것이다.

그러나 여전히 e-book이 종이 출판물의 2차 상품, 혹은 3차 상품으로 폄하되고 있고 현실적으로도 그런 면이 없지 않으나, 한편으로는 종이 출판물도 인터넷 콘텐츠의 2차 상품화되는 경우도 점차 늘고 있다. 이러한 변화는 인터넷상에서 화제가 되었던 내용을 서적으로 출판함으로써 기존의 방식과 반대의 양상을 탄생시키고 있다.

이러한 기존의 종이매체와 전자매체의 상호연계의 사례로, 이노우에 유메토(井上夢人)가 홈페이지에 게재했던 「99명의 마지막 전철(99人の最終電車)」이라는 소설이 상품화되기도 하고 인터넷 게시판에서의 소통을 책

으로 옮겨 놓은 『전차남(電車男)』,『이번 주에 아내가 바람을 핍니다(今週、妻が浮氣します)』 등이 출판되는 등 인터넷상의 콘텐츠가 종이매체로 출판되어 큰 호응을 얻기도 했다.

『전차남』 이야기는 2004년 책으로 출간되어 단숨에 100만 부를 돌파하였고 이어 2005년에는 영화, 연극, TV 드라마로 새롭게 태어났다. 영화 또한 개봉 2주만에 100만 명 관객을 동원하는 기염을 토했다.

『전차남』의 성공이 밑거름이 되어 2005년 출간된 것이『이번 주에 아내가 바람을 핍니다』이다. 일본에서 출간 즉시 100만 부를 넘는 판매부수를 기록한『전차남』이 순수한 첫사랑을 다루었다면, 이 책은 '기혼자의 외도'을 다룬 이야기로, 조금은 심각한 부부 간의 사랑에 대해 이야기하고 있다. 일본 최대 커뮤니티 goo 게시판에서 이루어진 질문과 답신 111건을 그대로 수록하고 있으며 아이디와 함께 게시판 투고일시도 그대로 기록되어 있다. 요컨대 리얼 스토리에 의거한 감동적인 러브스토리를 콘셉트로 하여 출간된 것으로, 리얼리즘과 주인공 남성의 감정의 변화를 면밀히 따라감으로써 독자들의 호응을 얻었다. 또한『이번 주에 아내가 바람을 핍니다』는 게시판 글임에도 불구하고 배경이 되는 스토리와 연속성이 있으며, 무성의한 댓글이 거의 없고 메시지 하나하나가 풍부한 내용과 함께 진지하게 기술되어 있는 점이 큰 특징이다. 이 작품의 출간으로 '부부간의 사랑이란 과연 무엇인가'라는 문제에 대해 다시 한 번 되짚어 볼 수 있는 계기를 만들어 주었다는 평을 받고 있다.

이렇게 블로그나 웹 게시판에서의 소통을 종이매체로 출판하는 움직임은 새로운 출판의 가능성을 열어줬다는 긍정적 측면을 갖고 있다고 할 수 있으며. 또한 이러한 변화는 기존의 출판 편집형식에도 변화를 가져오게 되었다. 『이번 주에 아내가 바람을 핍니다』의 경우에서도 볼 수 있듯이, 웹의 시각적 분위기를 훼손시키지 않고 그 특징을 극대화시키기 위해 기존의 편집형식을 과감히 타파하는 시도가 이루어졌다.

첫 번째 시도는 가로쓰기 단행이었다. 일본에서는 어학관련 서적, 요리책, 그림책 이외에는 기본적으로 세로쓰기를 한다. 특히 스토리라인이 있는 문예서적에서는 절대적으로 세로쓰기를 고집하고 있는 상황에서 『이번 주에 아내가 바람을 핍니다』는 최초로 가로쓰기를 단행했다. 두 번째 시도는 폰트이다. 기존의 출판물에서는 사용되지 않는 MS 고딕체를 웹다움을 살리기 위해 그대로 사용하였다. 세 번째 시도는 교열을 무시한 기호의 다용이다. 이러한 과감한 시도는 '웹'다움과 웹에서의 상황을 그대로 재현하기 위한 시도였으며, 결과적으로 이러한 시도가 독자들에게 긍정적으로 받아들여지게 된 것이다. 향후 편집은 물론 교열부분에서도 기존의 편집형식을 벗어난 종이매체의 출판물이 다양한 형태를 띨 것으로 예상되는 대목이라 할 수 있다.

이와 같이 출판의 다양화는 종이매체가 전자매체로 대체되는 것이 아니라 상호 연계하며 소통하면서 출판의 다양화가 이루어지고 또 이러한 현상이 자연스럽게 문학 범주의 확장으로도 이어지고 있는 모습을 볼 수 있다. 이러한 흐름 속에서 온라인문학을 종이매체로 발행, 유통시키는 출판사14)도 새로이 생겨나고 있다. 일본 출판업계의 고질적인 폐쇄성으로 인하여 어려움도 있지만 새로운 바람을 일고 있음에는 틀림없고 향후 이러한 새로운 출판사의 향방이 주목된다.

---

14) (株)パレード(大阪市北區). (주)퍼레이드는 웹상에서 공개되고 있는 문예작품이나 비평과 같은 온라인문학을 종이매체로 발행, 유통시키는 사업체이다. http://homepage3.nifty.com/hatanaka/

2) 디지털문학의 확산

　디지털기술의 발전과 컴퓨터, 인터넷의 보급에 따라 새로운 '쓰기'의
형식이 선보이고 있다. 독자와 소통하며 스토리가 진행되는 인터넷 소설
이 보편화되면서 시나리오 형식의 소설, 릴레이 소설, 게임 북, 사운드
노벨, 드림 소설(독자가 등장인물 명을 임의로 변경할 수 있는 소설)과 같은
새로운 형식의 문학이 웹상에서 창작되고 유통되고 있다. 이러한 흐름은
웹상에서 활발한 활동을 보이고 있는 투고소설 사이트를 통해서도 더욱
가속화되고 있다. 오리지널 소설을 자유롭게 읽고 쓸 수 있는 투고소설
사이트의 존재는 작가와 독자의 경계를 더욱 불분명하게 하고 있다.
　일본에서 인터넷 소설이 화제가 된 계기는 이와이 슌지(岩井俊二) 감독
의 「릴리슈슈의 모든 것(リリィシュシュのすべて)」이었다. 이 「릴리슈슈
의 모든 것」은 2000년 4월에서 7월에 걸쳐 인터넷 게시판을 통해 네티
즌들과 대화를 거치며 채집한 메시지들을 반영하는 형태로 스토리를 전
개해 나간 인터넷 소설이었다. 그리고 이와이 감독은 이 소설을 2001년
에 같은 제목으로 영화화했다.
　「릴리슈슈의 모든 것」 이후 넷 소설, 네트워크 소설, 온라인 소설 등
의 이름으로 다양한 웹상에서의 문학이 독자들과 만나고 있다. 이러한
인터넷 소설은 문자매체뿐만 아니라 다양한 효과를 부가할 수 있기 때
문에 향후 더욱 다양하고 새로운 소설 스타일이 나올 것으로 예상되고
있다. 최근에는 웹과 연계하면서 모바일 소설 시장도 급성장하고 있다.
이 모바일 소설 또한 문학의 표현양식을 변화시키고 있다. 모바일의 특
성상 회당 5분 분량으로 한정되어 있어 1회당 내용이 매우 짧게 진행되
고 1회마다 이야기의 완결성이 요구되는 것이 특징이기 때문에 이러한

모바일 소설의 방식은 기존의 종이매체와는 확연히 다른 '쓰기'의 대두라고 할 수 있다.

이러한 디지털문학의 다양함과 함께 오츠카 에이지의 『캐릭터 소설 만드는 법(キャラクター小説の作り方)』, 아즈마 히로키의 『동물화하는 포스트모더니즘』 이후, 라이트 노벨이나 게임 시나리오 영역에서 스토리텔링의 데이터베이스화가 활발히 이루어지면서 방정식, 데이터베이스를 활용한 '쓰기' 방식이 활발해 지는 경향도 보이고 있다. 이러한 새로운 '쓰기'의 발표의 장이자 장르를 총망라한 넷 소설 검색 사이트인 <카오스 파라다이스(カオスパラダイス)>와 같은 인터넷상의 문학포털사이트 또한 문학이 새로운 도전을 받고 있는 국면이라 할 수 있을 것이다.

3) 사례분석-모바일 소설 「덧없는 섬(儚き島)」

「덧없는 섬」은 '종이는 유한, 전자는 무한'을 슬로건으로 내걸고 2002년부터 시작된 인터넷 연재소설이다. 이후 소설이 서적으로 출간되고, 2003년부터는 휴대폰에서 구입해서 읽을 수 있게 되었다. 또한 다운로드형 소설과 함께 웹사이트가 마련되어 있어 안내기능, 사전기능, 체험판 등이 무료로 제공되고 있다. 「덧없는 섬」은 책으로 읽고, 웹에서 보충지식을 얻고, 블로그를 통해 쌍방향 커뮤니케이션이 가능한 문학엔터테인먼트로 주목을 받았다.

이후 2003년부터 제공된 모바일에서는 월 210엔의 이용료로 1회당 5분간의 이야기가 매주 전개된다. 특히 미리 써놓은 원고를 5분씩 제공하는 것이 아니라 매주 새롭게 라이브로 집필이 진행된다는 점이 특징이다. 문학을 읽는다는 관점에서 벗어나 '문학의 섬으로 여행을 떠난다'는 것을 콘셉트로 하는 「덧없는 섬」은 다음과 같은 특징을 가지고 있다.

❶ 문학적 테마성

태평양 한 가운데 떠 있는 작은 섬을 무대로 '문명과 자연이 공존하는 인류의 풍요로운 미래'를 모색한다. '남국을 테마로 한 문학', '낙원을 테마로 한 문학'이라는 문학적 장르이며, 출판업계의 전자화에 따른 환경적 효과를 메시지화하여 환경문제와의 접목도 시도한다.

❷ 동시대적 진행

이 작품은 5분 분량의 1장 내용이 매주 송신되며 이미 완성된 작품을 잘라서 보내는 것이 아니라 동시진행형으로 작품 집필이 이루어지는 형태이다. 픽션으로써 주인공의 일상과 현실세계의 세태, 뉴스가 작품 속에 교차하는 동시대성을 즐길 수 있다는 특징이 있다.

❸ 연재성

백넘버 정비가 가능한 인터넷 소설은 언제든지 독서에 참가할 수 있으며 이 작품은 1회마다 완결성이 높아 과거로 거슬러 올라가서 읽거나 자신의 관심에 따라 읽는 부분을 선택할 수 있다는 장점이 있다.

❹ 쌍방향성

이 작품은 트랜스 아일랜드는 가공의 섬에 사는 일본인 작가가 주인공으로 그의 독백적인 수기형식으로 그려지는 소설이다. 휴대전화 기능으로 독자가 독후감을 작가에게 메일로 송신할 수 있어 쌍방향 커뮤니케이션 결과가 이후 작품 내용에 영향을 미치는 경우도 있다.

❺ 사전기능

다운로드형의 소설과는 달리 웹사이트를 통해 등장인물이나 전문용어에 대한 실시간 정보검색이 가능한 사전 기능을 완비하고 있다.

❻ 멀티미디어성

작품 속의 중요 표현을 모아 보여주는 어록이나 작품의 무대를 사진과 시와 함께 소개하는 기행록 등 멀티미디어를 활용한 작품의 부수적 즐거움을 줄 수 있도록 배려하고 있다.

「덧없는 섬」은, '가공의 섬 트랜스 아일랜드에서 생활하는 작가의 수기'라는 형식을 빌어 남국의 풍경이나 생활상은 물론 현실사회에서 일어난 사건들을 접목시키면서 현대문명사회에 대한 비판도 담고 있다. 네트워크 소설의 특성을 살려서 실제사건들이 등장하기 때문에 독자의 일상과 같은 시간의 흐름으로 진행된다는 점도 인기를 얻고 있다. 이러한 인터넷 소설, 모바일 소설은 하이퍼텍스트의 장점과 함께 앞으로도 다양한 작품들이 향유될 것으로 전망된다.

4. 문학콘텐츠의 확장 양상

1) 미디어믹스 전략의 다양성

원래 '미디어믹스'는 1976년 출판사 가도카와서점(角川書店)이 자신의 출판사에서 발간된 소설 『이누가미가 일족(犬神家の一族)』을 영화화하면서 사용되기 시작한 용어이다. 1945년 창립한 가도카와서점은 1949년부터 가도카와문고를 창간한 이후 문고 원작을 영화화하는 방식으로 소설과 영화의 상승효과를 꾀했다. 이러한 미디어믹스전략은 당시 판매 마케팅에서 성공한 대표사례로 유명해졌다. 이후 하나의 매체로 표현된 작품을 원작으로 하여 소설, 만화, 애니메이션, 게임, 음악 CD, TV 드라마, 영화, 탤런트, 캐릭터 상품 등 다방면으로 확장되는 양상을 보이게 되었다.

대표적인 예로는 우리에게 친숙한 TV 만화영화 <우주소년 아톰>도 『철완 아톰(鐵腕アトム)』이라는 만화가 TV 만화영화로 재창조된 것이었다. 일본에서는 만화영화뿐만 아니라 TV 드라마로도 만들어졌다. 애니메이션이 원작인 경우는 만화, 게임, 영화, 소설화되는 경우를 많이 볼 수 있으며, 우리에게 친숙한 예로는 <신세기 에반게리온(新世紀エヴァンゲリオン)>을 들 수 있다. 애니메이션 방영보다 만화가 먼저 연재되기는 했으나 원작은 애니메이션이다. <신세기 에반게리온>은 만화 이외에도 영화, 게임으로도 만들어졌다. 또한 게임이 원작인 경우도 많다. 대표적인 예가 <포켓몬스터(ポケットモンスター)>이다. 카메라 액션 게임이었던 <포켓몬스터>는 애니메이션은 물론 만화, 카드게임, 라디오 드라마 등 다양한 미디어믹스 양상을 보여주고 있다.

이러한 양상은 디지털 기술의 발전과 인터넷, 휴대전화의 보급에 따라 더욱 가속화되고 있다. 문학을 담는 그릇의 변화와 함께 다양한 미디어믹스가 이루어지고, 텍스트 형태의 일대 변혁을 가져온 하이퍼텍스트 문학이 새로운 전개양상을 보이고 있다. 이러한 변화에 따라 종래의 종이 출판시장은 축소되면서 문학은 변용되며 확장하고 있다.

일례로 노벨라이즈도 문학 확장의 한 모습이다. 일본에서는 노벨라이즈본(ノベライズ本)15)이라는 용어를 심심치 않게 볼 수 있다. 2004년 대히트를 기록했던 한국의 TV 드라마 <겨울연가>도 노벨라이즈본16)이 출간되었다. 이 노벨라이즈는 초기에는 특히 라이트 노벨 분야에서 적극적으로 사용되었으며 1970년대 후반부터 1980년대에 창간된 소노라마문고(ソノラマ文庫), 가도카와 스니커문고(角川スニーカー文庫), 후지미팬터지문고(富士見ファンタジー文庫) 등이 원조격 대표사례로 꼽히고 있다. 이러한 움직임은 순수문학과는 거리를 두고 만화나 애니메이션에 심취해 있는 청소년 독자들을 끌어들이기 위해 그들과 친숙한 기존 만화나 애니메이션을 소설화함으로써 시장 확대를 도모한 것이었다. 따라서 초기 노벨라이즈 작가들은 만화 원작자나 애니메이션 극작가가 대부분이었다. 그러나 근년에는 노벨라이즈 작가에서 메이저 작가로 등극하는 사례도 많아지고 있으며, 라이트 노벨 장르에 국한되지 않고 TV 드라마나 영화도 이라 불리며 드라마나 영화의 종영 시기나 영화 개봉 직전에 노벨라이즈 작품이 발표되는 경우도 빈번히 볼 수 있다. <겨울연가>도 바로 이러한 미디어믹스에 따른 노벨라이즈 수법이 도입된 경우이다.

또한 소설이나 만화, 게임 등을 애니메이션으로 제작하는 애니메이션화도 활발히 이루어지고 있다. 데즈카 오사무(手塚治虫), 미야자키 하야오(宮崎駿)와 같은 작가는 만화와 애니메이션 양쪽의 표현수단을 갖고 있었

---

15) 노벨라이즈란 영화나 드라마, 만화, 애니메이션, 게임과 같이 소설 이외의 표현수단으로 제작, 발표된 작품을 소설의 기법으로 재창조한 것을 말한다. 소설화라는 용어를 사용하기도 한다.

16) <겨울연가>의 노벨라이즈본은 「겨울연가(冬のソナタ) 上下」(김은희·윤은경 저, 미야모토 나오히로(宮本 尙寬) 번역, 日本放送出版協會, 2003. 6), 「겨울연가 완전판(冬のソナタ 完全版) 1~4」(김은희·윤은경 저, 네모토 리에(根本 理惠) 번역, ソニーマガジンズ, 2004. 5)의 두 종류가 출간되었으며 겨울연가의 속편 「또 하나의 겨울연가(もうひとつの冬のソナタ)」(김은희·윤은경 저, 번역, 우라카와 히로코(うらかわ ひろこ) 번역, ワニブックス, 2004. 9) 등도 출간되었다. <겨울연가>는 일본에서의 미디어믹스전략의 전형을 볼 수 있는 작품이다.

다. 이러한 애니메이션화의 문제점은 원작의 의도에 충실하게 제작된다고는 볼 수 없으며 반대로 의도에 반하는 작품으로 재창조되는 경우도 있다는 점이다. 독자 측면에서도 원작의 독자와 원작을 접하지 않고 애니메이션작품을 접한 시청자 사이의 평가가 크게 달라지는 경우도 있다. 이러한 현상은 영화화, TV 드라마화와 같이 다른 표현양식의 원작을 영상화, 혹은 희곡화, 무대화했을 때 나타나는 공통적 현상이라고 볼 수 있다. 그럼에도 불구하고 이러한 미디어믹스는 문학이라는 문자매체가 다른 전자매체들에 대체되며 영화, TV, 라디오, 애니메이션 등 다른 매체에 의해 재생산됨으로써 문학적 소통의 공간을 넓혀주는 긍정적 역할을 하고 있다.

2) 문학의 문화콘텐츠화 양상

앞서 미디어믹스 전략에 따라 각 미디어의 상호연계가 활발히 이루어지면서 문학이 영화로, TV드라마로, 만화, 애니메이션으로 변용되고, 또 반대로 다른 표현수단으로 발표된 작품들이 노벨라이즈라는 형식으로 소설화되는 양상을 살펴보았다. 그런데 한편으로 문학의 확장 양상에서 주의 깊게 보아야 할 부분이 문학의 문화콘텐츠화 양상이다.

문학이라는 문자매체가 다른 매체에 의해 재생산되고 전자매체에 의해 대체되면서 문학의 소통 공간을 넓혀주고 있는 것이 바로 문학의 문화콘텐츠화이다. 문학이 문화콘텐츠화되면서 문자라는 공간을 초월하여 문학의 영역을 확장시키고 콘텐츠는 문학의 상상력과 미학을 밑거름으로 발전하며 서로 영향을 주고받고 있다.

문학의 문화콘텐츠화 양상에서 대표적인 작품이 사례분석에서 살펴볼 고전문학 「겐지모노가타리(源氏物語)」와 시인이자 동화작가, 작사가, 농업 지도자였던 미야자와 겐지(宮澤賢治)이다. 1996년에는 미야자와 겐지 탄생 100주년을 기념하여 수많은 관련서적이 출판되고 콘텐츠가 개발되기도 하였다. 출판업계에서는 「겐지모노가타리」와 미야자와 겐지가 출판산업을 견인한다는 말이 나올 정도로 이 두 아이콘은 일본에서 많은 사랑을 받고 있다. 그중에서도 특히 일본의 문학텍스트에서 다른 미디어나 표현양식으로 변용된 사례로써 가장 규모와 범위가 큰 작품이 바로 「겐지모노가타리」이다. 따라서 일본에서 문학이 문화콘텐츠로 확장되고 있는 고전의 현대화 양상을 살펴봄으로써 한국의 문화콘텐츠 개발에도 참고가 될 수 있을 것이다.

3) 사례분석 – 고전문학 「겐지모노가타리(源氏物語)」

1999년 10월 5일 당시 오부치 게이조(小渕敬三) 전총리는 밀레니엄 프로젝트의 일환으로 2000엔 지폐 발행을 발표했다. 새로운 2000엔 지폐의 그림은 오키나와 서미트[17]의 무대인 오키나와 수례문(守礼門)과 「겐지모노가타리」[18]로 결정되었다. 이는 수례문은 2000년의 오키나와 서미트를, 「겐지모노가타리」는 약 1000전을 대표하는 일본문화의 상징[19]으로 선정함으로써 앞선 밀레니엄과 현대의 밀레니엄을 연결한 것이다. 이 2000엔 지폐 발행이 계기가 되어 일본열도는 또 한번 겐지붐에 휩싸였

---

17) 2000년 일본 오키나와(沖縄)에서 개최된 주요국(G8)정상회담. 참가국은 일본, 미국, 프랑스, 러시아, 캐나다, 영국, 독일, 이탈리아, EC.
18) 「겐지모노가타리」는 일본문학의 백미로 불리며 헤이안시대 궁녀 무라사키시키부(紫式部)에 의해 쓰여진 것으로 알려져 있다. 히카루겐지라는 주인공의 일대기와 그 자손들의 이야기로 구성되어 있다.
19) 니혼게이자이신문, 1999. 10. 29일자.

다. 「겐지모노가타리」를 원텍스트로 하는 겐지붐은 1000년에 걸쳐 일본에서 주기적으로 형성되었고 그 겐지붐의 중심에는 문학의 문화콘텐츠화의 다양한 모습이 있었다.

1000년 전 궁녀였던 한 여성에 의해 집필된 겐지모노가타리는 1000년이라는 세월동안 일본인들에게 수용되어 온 일본을 대표하는 작품이다. 또한 「겐지모노가타리」는 일본의 문학 텍스트에서 다른 미디어나 표현양식으로 변용된 사례로써 가장 규모와 범위가 가장 큰 작품이다. 영화는 물론 TV 드라마, 라디오 드라마, 만화 등의 대중문화콘텐츠는 물론 오페라, 전통극 가부키, 전통가면극 노, 연극, 인형극, 뮤지컬, 낭독 등의 극문화, 나아가서 음악, 전통의상 기모노, 꽃꽂이, 병풍, 공예, 향로, 일본자수 등 문화적 영역까지 폭넓게 확장되면 현대에서도 일본 문화를 견인하고 있다. 또한 꾸준히 현대 일본어 번역본이 나오면서 재탄생되고 있으며 「겐지모노가타리」를 소재로 한 추리소설, 비즈니스 독본, 심리학·정신분석학에 이르는 서적도 출간되고 있다. 정보통신의 발달로 최근에는 인터넷 상에서도 겐지모노가타리를 하나의 문화콘텐츠로 한 다양한 시도들이 이루어지고 있다.

「겐지모노가타리」의 문화콘텐츠화 양상을 다음과 같이 정리해 볼 수 있다.[20]

1. 미디어믹스를 통한 표현매체의 변화에 의한 재창조
   예) 영화, 드라마, 연극, 노, 가부키, 뮤지컬, 인형극, 가극, 낭독 등
2. 내용을 알기 쉽게 전달하기 위한 다이제스트

---

[20] 「겐지모노가타리」의 문화콘텐츠화 양상은 실로 방대하다. 그러나 본고에서는 지면 관계상 대략적인 양상만을 정리하고 보다 심도 있는 분석은 추후 별도 논문을 통해서 시도할 것임을 밝혀둔다.

예) 만화, 잡지. 일러스트 그림이야기 등
3. 문화공간
예) 겐지모노가타리 박물관, 웹상에서의 문화공간 – 겐지대학.com 등
4. 전통문화 계승
예) 기모노, 공예, 향, 향로, 요리, 일본자수, 향, 차, 음악 등
5. 겐지모노가타리의 한 부분을 극대화하거나 소재로 활용하는 경우
예) 「겐지모노가타리」 및 극중 주인공을 소재로 한 추리소설, 비즈
니스 독본, 심리학·정신분석학에 이르는 서적 등
6. 겐지모노가타리의 이미지 및 모티브를 차용한 콘텐츠
예) 관광, 기름종이, 과자, 엽서, 우표, 점(占) 등

하나의 고전문학을 소재로 다방면에서의 문화콘텐츠화가 이루어지면서 「겐지모노가타리」는 현대 일본인들에게 여전히 유효성을 발휘하고 있으며 적극적인 변용의 대상이 되면서 변함없는 공감과 애정을 얻고 있다. 이러한 면에서도 자국의 대표문학을 대표문화로 승화시켜 전승하는 일본의 모습을 볼 수 있다.

「겐지모노가타리」는 끊임없이 재생산되어 왔으며 앞으로도 그럴 것이다. 그러나 이러한 폭넓은 문화콘텐츠화의 문제점은 너무나 다양한 콘텐츠의 범람으로 향유자들은 정작 원작에서는 멀어지는 현상을 보이고 있다는 점이다. 작품을 읽더라도 현대 일본어로 재창조된 번역본이나 의역본 중심으로 읽힘으로써 원작과 멀어지게 되고, 다양한 콘텐츠를 통해 「겐지모노가타리」를 모르는 일본인은 없지만 제대로 깊이 있게 아는 사람, 또는 원작을 처음부터 끝까지 읽은 사람은 점차 줄어드는 현상을 보이고 있다. 그럼으로써 재창작자가 제시하는 일면을 원작 「겐지모노가타리」로 착각하는 경우가 있어 「겐지모노가타리」라는 숲을 보지 못하는 경우가 많은 것도 문제점으로 지적할 수 있다. 그럼에도 불구하고 문학

의 다양한 문화콘텐츠화를 통해서 고전문학을 보다 친근하게 느끼고 접
하게 됨으로써 원작과의 소통의 길이 열리고, 원작의 재창조를 통해 보
다 다양한 창작의 장이 제공되고 있는 것은 매우 긍정적으로 평가된다.

5. 나가며

　지금까지 현대일본문학의 현상을 문학범주, 매체, 문학콘텐츠라는 측
면에서 살펴보았다. 무라카미 하루키와 무라카미 류의 등장이 일본 현대
문학에 있어 중요한 전환점이 된 것은 무엇보다 기존 순수문학의 경계
에 균열을 주었다는 점이다. 당시 문학계에서 이 두 사람과 쌍벽을 이루
며 전후세대 작가로서 최초의 아쿠타가와상 수상자가 되었던 나카가미
겐지의 문학세계는 매우 토착적이며 심오함과 무거움으로 대변된다. 이
에 반해 W무라카미는 이국적이자 도시적이며 가벼움으로 특징지어지는
새로운 시대의 문학을 추구했다. 그리고 그 흐름은 W무라카미의 영향
을 받은 신진 작가들의 J문학으로 이어지면서 순수문학과 서브컬처문학
의 경계를 허물고 문학범주의 확장을 가져오고 있다.

　한편 전자매체시대의 도래와 함께 문자를 멀리했던 영상세대들이 오
히려 문자를 다시 가까이 하고 있는 상황도 보이고 있다. 전자매체의 발
달로 조성된 새로운 문학환경이 일본의 영상세대들로 하여금 문자문화
를 가깝게 하는 계기를 제공하고 있는 것이다. 종이매체와 전자매체의
상호 연계는 동일한 콘텐츠를 다양한 텍스트 및 매체로 즐기고자 하는
욕구를 충족시키고 전통적 작가와 독자의 관계의 틀을 넘어서는 디지털
문학의 확산은 기존과는 다른 형태의 문학 창작과 향유를 통해 새로운

소통의 가능성을 열고 있다. 또한 미디어믹스 전략과 함께 문학이 문화콘텐츠로 변용되고 확장되면서 문학텍스트가 갖는 문자 공간을 초월하여 문학의 소통공간을 넓혀주고 있다는 점도 문학의 확장 양상으로 지적된다.

일본을 대표하는 고전문학이자 확고한 메인컬처가 된「겐지모노가타리」도 이 작품이 쓰인 1000년 전 당시에는 메인컬처가 아닌 서브컬처였다. 당시의 메인컬처는 한문이었지만「겐지모노가타리」는 여성들의 표현수단이었던 히라가나로 쓰인 것이었고 궁중에서 메인이 되지 못하는 여성들이 주요 향유자였기 때문이다. 그러나 이후「겐지모노가타리」는 1000년이라는 세월동안 메인컬처로서 군림해 오고 있다. 그리고 그 1000년이라는 세월을 거친 후 일본은 다시 이 시대의 서브컬처가 기존의 문학과의 경계를 허물고 디지털 기술의 발전과 미디어믹스의 보편화와 함께 당당히 시민권을 획득하며 메인컬처의 영역으로 진입해 오고 있는 상황을 보여주고 있는 것이다. 과연 문학 확장 양상의 일면으로 새롭게 등장하고 있는 문학들이「겐지모노가타리」와 같이 향후에도 생명력을 갖고 진정한 문학으로 남을 것인가, 일본문학의 향방이 주목된다.

참고문헌

문헌

오스기 시게오(大杉重男), 2004, 작가의 죽음 / 저작권자의 연명 / 독자의 불사—카피라
　　　　이터에 대한 시론(作者の死・著作權者の延命・讀者の不死-コピーライトについ
　　　　ての試論), 『早稻田文學』, 2004年 7月号

柄谷行人, 2005, 『근대문학의 종언(近代文學の終り)』、インスクリプト.

村上龍, 2002, 『라인(ライン)』 후기, 幻冬舍.

사사키바라 고, 2004, 『<미소녀>의 현대사(<美少女>の現代史)』, 講談社<現代新
　　　　書>.

아즈마 히로키, 2001, 『동물화하는 포스트모더니즘(動物化するポストモダン)』, 講談社
　　　　<現代新書>.

나카마타 아키오(仲俣 曉生), 2002, 『문학 : 포스트 무라카미의 일본문학(文學 : ポス
　　　　ト・ムラカミの日本文學)』, 朝日出版社.

사토 아키(佐藤亞紀), 2005, デーブリーンをよろしく, 『文學界』, 2005년 6월호.

金石範, 2005, 『주간독서인(週刊讀書人)』.

권연수, 2004, 『헤안시대 뇨보 연구』, 보고사.

柄谷行人, 2005, 『近代文學の終り』, インスクリプト.

ササキバラゴウ, 2004, 『<美少女>の現代史』, 講談社.

物語硏究會編, 1993, 『物語とメディア』, 有精堂.

永江朗, 1988, 『ブンガクだJ』, イーハトーヴ.

立石和弘、安藤徹, 2005, 『源氏文化の時空』, 森話社.

三田村雅子・河添房江・松井健兒, 2000, 『源氏硏究』5号, 翰林書房.

大塚英志 2004, 『サブカルチャー文學論』, 朝日出版社.

仲俣曉生, 2002, 『ポスト・ムラカミの日本文學』, 朝日出版社.

東浩紀, 2001, 『動物化するポストモダン』, 講談社.

大杉重男, 2004, 作者の死・著作權者の延命・讀者の不死-コピーライトについての試論,
　　　　『早稻田文學』, 2004年 7月号.

森田、藤田, 2003, 小說のハイパーテキスト化とメディア比較, 日本認知科學會論文集.

森田、藤田, 2002, ハイパーテキストと小説の修辞, 人工知能學會全國大會論文集.

玉井、西島、藤田, 2001, 小説文の形式化と文間の關係記述, 電子情報通信學會九州支部
　　　論文集.

森田、藤田, 2001, ハイパーテキスト文學論, 日本認知科學會論文集.

藤田、森田、西島, 2001, 文學におけるコミュニケーションの構造, 日本認知科學會論文集.

玉井、西島、藤田, 2001, 小説文の形式化　－常識の取り扱いに向けて, 日本認知科學會
　　　論文集.

藤田米春, 2001, 文學の非／反コミュニケーション的側面, 日本認知科學會論文集.

藤田米春, 2000, 讀者、讀者論、サービス、テキストを作り替える、視点、インタラク
　　　ション, 日本認知科學會論文集,.

藤田米春, 1999, コミュニケーションとしての文學, 日本認知科學會論文集.

藤田米春, 1999, 文學における『感情』と『常識』, 日本認知科學會論文集.

인터넷 사이트

コンピュータ文學 http://www-ai1.csis.oita-u.ac.jp/~fujita/research.htm

關西文化研究センター http://mkcr.jp

Between Web http://www.between.ne.jp/

Ｎｉｉ 國立情報學研究所 http://www.nii.ac.jp/index-j.html

學術振興會 http://www.jsps.go.jp/

全國大學図書館図書檢索(NACSIS Webcat) http://webcat.nacsis.ac.jp/

研究活動資源ディレクトリ(NACSIS-DiRR) http://dirr.nacsis.ac.jp/

研究者公募情報(NACSIS-CIS) http://cis.nacsis.ac.jp/

情報檢索サービス(NACSIS-IR) http://webfront.nacsis.ac.jp/

電子図書館サービス(NACSIS-ELS) http://els.nacsis.ac.jp/

學會ホームビレッジ http://wwwsoc.nacsis.ac.jp/

國文學研究資料館 http://www.nijl.ac.jp/

靑空文庫 http://aozora.gr.jp/

書籍デジタル化委員會 http://www.eonet.ne.jp/~log-inn/

日本文學テキストファイル http://www.konan-wu.ac.jp/~kikuchi/link/index.html

市川毅研究室 http://www.kyu-teikyo.ac.jp/~ichikawa/wwwjml/mindex.html

菊池眞一研究室 http://www.konan-wu.ac.jp/~kikuchi/index.html

渡部芳紀研究室 http://comet.tamacc.chuo-u.ac.jp/

ChaosParadise(カオスパラダイス) http://chaosparadise.net/

한국문학의 위기와 전환, 그 가능성 탐구*

이 재 복

1. 문학위기론의 대두와 전환기로서의 90년대 문학

우리 근현대문학사에서 1990년대는 전환기적인 특성을 강하게 드러낸다. 그것의 한 징표가 문학의 위기론과 관련된 담론이다. 전환으로서의 위기나 종말의 담론은 19세기 말이나 1930년대 후반, 1940년대 전반 식민지 시대에도 팽배했던 것이 사실이지만(김기림, 1988, 43~52) 90년대의 그것은 '묵시록적인 의식'의 차원에서 이전 시대와 일정한 차이를 드러낸다고 할 수 있다. 90년대의 묵시록적인 의식은 세기말의 파토스와 맞물려 이성적인 판단보다는 감성적인 느낌을 널리 확산시킴으로써 현상에 대한 인식론적인 투명성을 확보하는데 장애가 된 것이 사실이다.

묵시록적인 의식과 함께 90년대의 인식론적인 투명성 확보의 실패에 결정적인 영향을 미친 또 하나의 요인으로 거론할 수 있는 것은 '포스트

---

* 이재복, 90년대 이후 나타난 한국문학 담론의 변화와 그 전개 양상에 대한 일고찰, 『한국 언어문화』 31집, 2006, 수록논문 개고.

주의'의 확산이다. 이러한 인식의 확산으로 인해 어떤 거대한 이행의 느낌, 하나의 역사적 문화적 구성체가 파국에 도달했다는 느낌을 지니게 된 것이다. 문학의 위기론이 이러한 흐름 속에 놓이면서 어떤 구체적인 검증 과정 없이 보편적인 진리처럼 인식되기에 이른다. 위기의 담론이 발생한 맥락이나 원인 그리고 징후에 대한 면밀한 검토와 판단의 과정을 거치지 않은 채 위기 그 자체에 대한 의미만을 과도하게 내세움으로써 문학, 더 나아가 문화 담론의 헤게모니를 쥐려는 음험함이 여기에 도사리고 있다고 할 수 있다. 이것은 90년대에 대두한 문학위기론이 전혀 근거 없는 허황된 것이라는 말이 아니라 그것이 상당부분 과장되고 왜곡되어 있다는 것을 의미한다.

90년대의 문학위기론은 상당한 복잡성을 함의한 용어이다. 여기에서 우리가 가장 먼저 제기할 수 있는 의문은 '과연 문학이 위기인가?' 하는 점이다. 이 문제는 '문학이란 무엇인가?' 하는 점과 긴밀하게 연결되어 있다. 문학 혹은 문학성을 어떻게 규정하느냐에 따라 문학이 위기일 수 있고 또 그렇지 않을 수도 있는 것이다. 만일 문학을 변하지 않는 본질적인 것으로 규정하면 그것은 위기에 가까운 것이 되지만 그것을 시대에 따라 변하는 역사적인 맥락으로 규정하면 그것은 위기라기보다는 새로운 변화 과정으로 이해될 수 있을 것이다. 이렇게 되면 문학은 위기나 죽음을 맞은 것이 아니라 단순히 그 개념이 변한 것이 되는 것이다. 시대에 따라 문학에 대한 개념이 새롭게 규정되어야 한다는 논리가 여기에 존재하는 것이다. 이 논리대로라면 90년대에 대두한 문학위기론은 문학 일반의 위기가 아니라 어떤 특정한 시기에 의해 정의된 문학의 위기 즉, 근대문학의 위기가 되는 것이다.

그러나 문학을 개념의 변화로 규정하더라도 문제가 해결된 것은 아니

다. 그렇다면 '문학의 개념 혹은 문학성의 개념이 무엇이냐?' 하는 문제
가 여전히 남는다. '문학성이란 무엇인가?'에 대한 탐색을 본격적으로
행한 이들은 러시아 형식주의자들과 신비평가들이다. 하지만 이들의 문
학성에 대한 탐색은 그것의 출생과 성장의 전 과정이 역사적이라는 사
실을 망각함으로써 역사로부터 망각되는 운명을 맞는다. 문학성이라는
개념도 시공간적 조건 위에서 만들어지고 그 조건에 종속되는 역사적
개념인 것이다. 이처럼 문학성이 역사적 개념이라면 문학의 위기는 새로
운 문학성을 구성하기 위한 혼돈의 한 양태로 이해할 수 있을 것이다.
이 과정에서 중요한 것은 문학성을 구성하기 위한 담론 주체들 간의 인
식론적인 태도와 소통 양상이다.

　　이런 점에서 볼 때 90년대 문학위기론은 문학 혹은 문학성의 개념 변
화에 대한 가치의 문제를 포함한다고 할 수 있다. 문학성이라는 개념이
시공간적 조건 위에서 만들어지는 것이기 때문에 그것에 참여하는 담론
주체들은 모두 90년대적인 변화에 대해서만큼은 생각을 공유하고 있다.
90년대가 비트(bit)를 토대로 한 전자문명시대이며, 문자보다 영상이 더
우월한 지배력을 행사하고, 민중보다는 대중, 생산보다는 소비가 사회·
문화적인 인식 코드로 부상하면서 우리의 시공간이 점차 새로운 변화를
맞이하고 있다고 생각한다. 하지만 이러한 변화에 대한 가치평가는 일정
한 차이를 보인다. 세대에 따라서도 다르고, 동일한 세대라고 하더라도
권력의 헤게모니에 대한 입장과 태도에 따라서도 다르다. 90년대 문학
의 위기는 이 가치에 대한 보편타당한 합의를 도출해내고 있지 못한 상
태에서 소모적인 싸움과 거짓 화해, 그리고 이중적인 잣대의 적용에서
비롯된 것이라고 할 수 있다.

2. 시장의 전면적 지배와 전통적인 규범의 해체

90년대 문학위기론을 문학성의 역사적 개념 차원에서 바라보면 그것은 변화에 대한 담론주체들의 인식태도로 규정된다. 이들이 바라보는 변화는 두 층위로 나누어진다. 하나는 문학을 둘러싼 환경의 변화를 강조하는 외적 인식이고, 다른 하나는 문학 내부의 변화를 강조하는 내적 인식이다. 일반적으로 외적 인식은 전자 영상매체의 등장에 따른 활자매체의 쇠퇴와 탈장르 또는 장르확산 현상으로 드러나며, 내적 인식은 실증주의 언어이론의 파산, 저자의 죽음, 수정주의 문학이론의 대두 등으로 드러난다. 90년대 우리 문학에서 이러한 외적, 내적인 인식에 대한 논의가 없었던 것은 아니지만 그것은 대부분 서구의 포스트모더니즘 하에서 이루어졌다고 할 수 있다. 사회 경제적인 토대가 서구와 다른 우리의 경우 그것은 탈근대가 아니라 오히려 근대에 대한 논의를 확산시키는 아이러니를 연출하였다. 이것은 주로 90년대 담론 주체 중의 하나인 지식인들을 중심으로 전개된 문학위기론의 양상을 보여주는 것이라고 할 수 있다. 이러한 포스트모더니즘론이 확산되면서 후기자본주의의 특성을 지닌 시장의 전면적 지배에 대한 논의와 계몽성, 창조성, 재현 같은 전통적인 규범의 해체 등이 거론되기에 이른다.

1) 전지구적 자본의 침투와 시장의 논리

우리 문학이 자본주의 시장의 원리에 전면적으로 지배당했다는 논리는 전지구적인 자본의 침투가 본격화되고 대중문화산업의 성장 과정 속에서 문학이 상대적으로 위축된 90년의 시점에서 보면 그것은 위기의 여지를 많이 가지고 있다. 하지만 그것을 바라보는 담론 주체들의 인식은 차이를 드러낸다. 한편에서는 '90년대를 문학시장 자체만 놓고 보면 역사적으로 유례없는 팽창을 기록한 시기이며, 문학 생산과 수용의 여건이 개선되었고, 전업작가 수가 급증한 것이 엄연한 사실'(황종연, 2000, 375)이라고 주장하고 있고, 또 다른 한편에서는 '자본의 위협이나 지배가 문학에 이중고를 안겨주기 때문에 절대 시장의 지배를 과소평가할 수 없으며, 출판 시장의 절대적 규모는 커졌지만 시장 점유율이나 영향력은 감소한 것이 사실'(김미현, 2000, 377)이라고 주장하고 있다. 이 두 입장은 차이점을 보이지만 90년대 문학에서 자본과 시장의 영향력을 인정하고 있다는 점에서는 공통점을 드러낸다.

그러나 90년대 문학에서 자본과 시장의 문제가 중요한 것은 단순히 전업작가 수나, 출판시장 점유율이라는 측면이 아니라 창작 주체의 의식이라고 할 수 있다. 창작 주체들은 무의식 중에 '팔리는 문학'에 대한 억압을 받으며, 그것이 실질적으로 창작에 반영된다는 사실이다. 팔리지 않는 문학은 곧 창작 주체의 존재 자체를 위협하고, 그것은 다시 말하면 창작 주체가 어쩔 수 없이 출판 시장의 메커니즘에 함몰될 수밖에 없다는 것을 의미한다. 이러한 출판 자본과 시장의 메커니즘의 변화에 대한 인정과 그것에 대응하는 문학적인 방식을 강구하는 일은 그래서 중요하다고 할 수 있다. '팔리는 문학'의 문제는 문학의 수용성과 대중성의 문제가 맞물려 있기 때문에 간단히 결론을 내릴 수 없는 뜨거운 감자 같은 것이라고 할 수 있다. 대부분의 지식인들은 '팔리는 문학'에 대해 부정적이든 아니면 긍정적이든 그것에 대해 혹은 그 이외의 것에 대해 최첨단 이론으로 무장해 있다. 이에 반해 대중 독자들은 여기에 아주 둔감할 뿐만 아니라 그것에 대한 필요성을 전혀 느끼지 못한다.

　　지식인 사회에서는 포스트모더니즘 논쟁이 진행되는 동안 대중들은『무
궁화꽃이 피었습니다』식의 극단적인 민족주의와 신경질적인 반일감정에
젖어들어 갔다는 사실이 중요하다. 즉 소위 포스트모던 시대에 대중의
의식에서는 유령이 출몰하고 민족주의라는 대중문화의 수호신이 다시
배회하는 반면 지식인들 사이에서는 온갖 현란한 최첨단 이론이 난무하
면서 양자 간의 거리가 점점 현격하게 벌어져온 과정은 소위 고급 예술
의 핵심 부분을 차지해온 문학의 변동과 관련해서도 많은 함의를 갖고
있다.
　　원래 지식이과 대중의 관계는 여러 가지로 복잡한 문제를 함축할 수밖
에 없지만 그럼에도 불구하고 현재 이 양자의 관계가 아주 현격하게 벌
어져 있으며, 심지어는 대학사회 내에서도 대학생과 교수 간에 메울 수
없는 간격이 존재하고 있는 사실은 문학이나 문화의 향배와 관련해서도
많은 점을 시사해준다.(조형준, 1995, 31)

　　지식인과 대중 사이의 갭(gap)은 출판에서의 자본과 시장의 의미를 예
측 불가능한 혼돈 속으로 몰아갈 뿐만 아니라 그것에 대한 반성과 성찰
을 불가능하게 하고 있다. 대중문화가 지식인을 매개로 시대정신과 매개
되고 접맥되지 않은 상태에서 대중들은 현대의 음란한 문화 앞에 거의
전면적으로 노출될 수밖에 없다. 대중들이 개성의 표현이나 주체의 인격
을 드러내지 못하고 사회의 음란함을 드러내는 징표로 의미화된다면 그
것이 곧 자본이나 시장에 의해 문학이 지배당하는 결과를 초래하게 될
것이다. 이런 식으로 우리 문학 출판 시장이 형성된다면 그것은 곧 문학
의 위기라고 할 수 있을 것이다. 문학이 상품이 된 이상 상품을 생산하
고 유통시키는 자본 그리고 이를 소비하는 사회에 대해 보다 깊이 있는
성찰이 있어야 문학의 위기는 전면화되고 그것을 극복할 수 있는 방법
이 찾아질 것이다.

　자본과 시장의 논리에 지배를 받는 문학은 철저하게 상업화된 미국문화의 세계 시장 지배와 직결된다는 점에서 경계 대상이 된다. 이 논리 하에서는 상업적인 성공 여부가 대중성을 가능하게 하는 조건이 된다. 이것은 문학의 대중성을 결정하는 것이 문학 외적인 생산조건이며, 그것에의 높은 종속의 정도라는 것을 의미한다. 그런데 생산조건을 결정하는 세력은 작가나 시인이 아니라 생산 관계인 것이다. 이 생산 관계는 문학의 생산력과는 별개 차원에 존재하면서 그 생산력을 동원, 조직, 규제하는 세력이며, 투자성 대중문학 품목일수록 생산 관계의 결정성과 지배력은 클 수밖에 없다. 따라서 이러한 생산 관계의 결정성과 지배력으로부터의 이탈의 정도가 문학성 확보에 필요조건이 된다는 판단을 내릴 수 있다. 문학성은 여러 개의 인자들에 의해 규정되기 때문에 생산 관계로부터의 이탈의 수준만으로 그것이 모두 보장되는 것은 아니다. 이 경우 우리가 주목해야 하는 것은 한 시대의 사회를 지배하는 이념, 가치 체계, 에피스테메(지배적 인식틀), 상징질서 등이 문학의 생산조건을 이루고 있고 이것들이 문학 생산관계의 일부로서 작용하고 있다는 사실(도정일, 1995, 138)이다. 시장의 전일적인 지배가 문학의 위기를 반영하지만 문학의 이러한 생산조건들이 생산관계의 일부로써 작용하고 있기 때문에 또한 그것을 극복할 수 있는 방법을 제공한다고 할 수 있다.

　문학이 자본과 시장의 지배를 받고 있음에도 불구하고 그것에 예속되거나 함몰되지 않고 문학의 사용가치를 추구할 수 있는 이유가 바로 여기에 있다. 문학의 사용가치를 강조하다보면 궁극적으로 만나게 되는 것이 문학이 충족시킬 수 있는 욕구가 과학이나 학문, 종교, 철학, 경제 등이 충족시킬 수 있는 욕구에 의해 대체될 수 없다는 사실이다. 문학과 시는 무엇보다도 소박한 인간 욕구의 정당한 산물이며, 특히 시는 그 어떤 형이상학적이거나 과학적인, 또는 종교적인 문제를 통해서도 해결되지 않을 인간 욕구의 뚜렷한 한 양상으로 존재한다는 것이다. 이런 점에서 시의 운명은 이미 결정되어 있다고도 할 수 있다. 이것은 인간의 모든 욕구가 소진되어 버린 인류 역사의 종말의 단계에서야 시는 존재의 의미를 상실할 것이라는 것을 뜻한다. 시의 종말이 인류의 종말 이후에나 가능하리고 생각하는 것이다. 또한 시는 시 자체에 대해서도 저항적이고 파괴적일 수 있다. 시는 스스로 파괴와 부정의 징후가 됨으로써 자본의 세계화, 자연의 기계화라는 물신주의가 지배하는 소비사회와 정보화사회에 대한 고통스러운 저항의 기제로 남게 되는 것이다.

문학을 독특한 욕구 차원에서 해명하는 논리는 문학이 더 이상 물러설 수 없는 절체절명의 긴박한 상황을 반영한다. 문학은 이 시대의 테크놀로지의 속도를 따라잡을 수 없을 뿐만 아니라 영상 매체가 제공하는 다양한 문화양식의 유희성과 재미의 감각을 충족시켜 줄 수 없다. 하지만 문학은 이 세계가 충족시켜줄 수 없는 독특한 욕구 차원을 가지고 있다. 그것이 느림이든 눈에 보이지 않는 세계든, 아니면 영성이든, 그 나름의 독특한 욕구 충족의 영역을 가지고 있는 것이 사실이다.

하지만 이것은 '지금', '여기'에서 문학이 쓸 수 있는 마지막 카드 중의 하나라는 점에서 숭고성을 드러낸다. 문학의 의미가 여기까지 이르면 담론이 성립되기 어렵다. 이것은 문학만의 신성한 영역으로의 도피적인 의미가 강하다. 문학만이 가지는 독특한 욕구 차원에서는 자본과 시장의 논리가 통용되지 않을 것이다. 그곳은 마치 고대의 '소도'와 같은 신성한 차원으로 존재하는 세계로 여기에서는 절대적인 가치만 존재할 뿐 상대적인 가치는 존재할 수 없다. 문학이 신성하지만 아무도 접근할 수 없는 소도와 같은 존재가 된다면 그것은 문학이 상실한 아우라, 신성성의 회복인가? 아니면 대중성의 종말, 곧 소통의 종말인가?

그러나 이러한 의문이 곧 문학의 대중성이 상업주의적 성공이나 상품성의 차원에서 전면적으로 논의되어야 한다는 것을 의미하는 것은 아니다. 문학은 문학으로서 감당해온 역사적인 사명과 존재성을 가지고 있으며, 이러한 사실은 90년대 이후 전개되어온 우리 문학에 대한 섣부른 단정이나 판단이 일정한 왜곡의 위험성을 내포하고 있다는 것을 말해준다. 문학을 다른 학문 영역이나 사회·역사적인 담론체들과 동일하게 간주해서 시대적인 흐름 위에 위치시켜 놓은 채 그것을 이해하고 판단해버리면 90년대 이후 대두된 문학의 위기 담론의 정체성을 제대로 진단할 수 없을 뿐만 아니라 문학 논의의 폐쇄성과 고립화를 초래할 수 있다.

> 문학의 자기 파괴는 현실에 대한 자신의 이해를 수정하고, 스스로를 반성하는 방식으로 출발했다. 문학은 자기를 혐오하면서 동시에 대중을 혐오해 왔지만 그 또한 대중을, 현실의 대중이 아니라면 적어도 미래를 대중을 선택하는 방식이라고 믿어왔다. 상업주의는 어떤 방식으로도 반성하지 않으며, 그것은 군중을 동원할 뿐 결코 대중을 선택하지 않는다. 상업주의적 군중 속에 문학적 대중이 있다고 믿는다면 순진한 생각이다. 상업주의는 모든 것이 자연의 법칙에, 다시 말해서 약육강식의 법칙에 맡겨져야 한다고 주장한다. 문학이 상업주의와 손 잡기는 어렵다. 문학의 신화는 반성되어야 하는 것이고, 끝내는 포기되어야 하는 것이라 하더라도, 미래 사회에 대한 열망과 그 알레고리로서의 문학이 포기로딜 수는 없기 때문이다.(황현산, 1995, 143)

문학의 자기 파괴성, 비상업주의적인 속성과 알레고리성에 대한 완곡한 주장이 담지하고 있는 의미를 수긍하면서도 이러한 논의가 불러올 문학의 폐쇄성과 고립화를 염려하지 않을 수 없는 것이 사실이다. 문학이 결코 상업주의와 손잡기 어렵다는 논리는 사실에 가깝다기보다는 당위에 가깝다. 문학의 상업성과 상업주의의 문제는 우려할만한 일이지만 그것에 대한 이런 식의 당위론적인 접근은 문학 논의에서 어떤 생산적인 차원을 담보할 수 없다는 것이 문제라고 할 수 있다. 상업주의에 대한 반성과 경계의 문제는 비단 문학의 문제만이 아니라 후기자본주의 사회의 모든 예술의 문제지만 그것에 대한 생산적인 대안은 절대적으로 결여되어 있는 것이 사실이다. 후기자본주의 문화논리 하에서 상업주의에 대한 무조건적인 적대감은 비생산적인 대응 방식이며, 문학의 대중성이나 상업성의 실체를 파악하고 그것을 토대로 적절한 대안을 마련하기 위해서는 생산조건을 결정하는 생산력과 생산관계에 대한 이해가 선행되어야 한다. 특히 대중문화 품목들이 거의 전적으로 매체산업과 문화산업체, 산업적 유통업체에 의해 생산 공급되는 체제에서는 생산관계가 행사하는 결정력은 강력하다고 할 수 있다(도정일, 1995 : 138). 이러한 생산관계의 메커니즘에 대한 이해가 전제될 때 문학의 대중성 및 상업성의 문제는 그 해결의 돌파구를 마련할 수 있을 것이다.

2) 전통적인 규범의 해체와 신세대 문학론

90년대 문학위기론의 또 다른 논의로 계몽성, 이성, 이념, 창조성, 재현 같은 전통적인 규범의 해체에서 오는 위기론을 들 수 있다. 전통적인 문학 규범의 해체에서 오는 위기론은 문학관의 차이일 수도 있지만 그것은 문학에 대한 뿌리 깊은 보수성을 반영하는 것으로도 볼 수 있다. 문학이 계몽성, 이성, 이념, 창조성, 재현의 규범을 지녀야 한다는 인식은 근대적인 문학관에서 비롯된 것으로 우리 문학의 경우 그것은 80년대에 들어와 한 정점을 보여준다. 흔히 80년대를 '운동으로서의 문학'의 시대라고 하지만 이때의 운동이란 이성에 의한 합법칙적인 세계 변혁의 역사성과 현실성을 반영하고 있는 개념이다. 더욱이 식민지와 분단, 개발 독재로 이어진 우리의 근현대사에서 역사와 사회에 대한 변혁과 진보의 이념은 문학성의 중요한 요소로 간주되어 온 것이 사실이다.

우리의 근현대문학사를 리얼리즘 문학사라고 해도 과언이 아닌 이유가 바로 여기에 있는 것이다. 이러한 전통적인 규범이 해체된 것은 우리의 근대성의 야만이 폭로된 80년 광주 이후이며, 문학사에서 그것은 이인성, 최수철, 박남철, 황지우, 이성복 등의 해체적인 글쓰기 속에 이미 내재해 있었다고 할 수 있다. 하지만 이들의 작업은 여전히 역사와 사회에 대한 변혁적인 차원의 믿음이 존재했으며, 이것이 이들의 문학이 90년대 젊은 작가들과 변별되는 지점이라고 할 수 있다. 90년대 작가들이 추구한 것은 집단이 아니라 개인, 역사나 민족이 아니라 일상, 외면이 아니라 내면의 논리라고 할 수 있다. 역사와 사회에 대한 변혁의 의지보다는 개인의 내면적인 세계로의 침잠 같은 특성들을 강하게 보여주고 있기 때문에 90년대 문학은 탈정치성의 개념 하에서 이야기되고 있는 것이다. 물론 90년대 문학에도 가벼움이 아닌 무거움, 유희가 아닌 환멸, 농담이 아닌 블랙 유머를 발견할 수 있고, 이것이 곧 90년대 문학의 정치적 무의식으로 읽어낼 수 있는 점이며, 이것을 토대로 80년대와 연장선상에 있는 90년대 문학의 문제의식을 밝혀내는 작업이 필요하다. 하지만 80년대의 정치성과 90년대의 탈정치성 사이의 틈을 메우는 일은 쉽지 않아 보인다. 이것은 분명 80년대와 90년대의 차이이다.

이 차이를 편차의 차원에서 보면 80년대에서 90년대로의 이행은 문학의 위기가 아니지만 그것을 격차의 차원에서 보면 그 이행은 문학의 위기가 되는 것이다. 80년대적인 규범이 하나의 우월한 문학성으로 존재하면서 상대적으로 열등한 입장에 놓인 90년대 문학은 계몽의 대상으로 존재하게 되는 것이다. 하지만 이런 시각은 90년대 문학이 가지는 가치를 소외시킴으로써 90년대적인 징후를 제대로 드러내지 못한 채 그것을 억압하는 결과를 초래하게 되었다. 80년대적인 규범으로 인해 억압된 것 중에는 '내면성의 논리'와 '기호놀이로서의 문학'이라는 개념이 포함되어 있다. 90년대의 내면성의 논리는 이전 문학에서 제대로 수행하지 못한 자기 정의의 문제, 즉 '나는 누구인가?'와 관련된 자의식의 문제를 새롭게 성찰하는 계기를 제공하고 있다(신수정, 2000, 391). 신경숙이나 윤대녕으로 대표되는 90년대의 내면성의 문학은 집단이나 민중으로 대표되는 80년대의 관계성이 무너진 자리에서 새롭게 관계 모색을 위해 나 자신에 대한 물음을 던지고 있다는 점에서 의의가 있다고 할 수 있다. 이들의 문학에 대한 비판은 여러 각도에서 다양하게 제기될 수 있지만 그것이 단순한 개인의 고백이나 독백의 맥락에서 잉태된 것이 아니라 거대 이념 혹은 서사의 퇴조와 함께 새롭게 전면으로 부상한 우리 사회 문화적인 맥락에서 잉태된 것이라는 사실은 중요한 의미를 가진다고 할 수 있다(이재복, 2004A, 146~177).

이런 점에서 1990년대는 우리 현대문학사에서 가치의 변화를 의미하는 전환기적인 속성을 지닌다고 할 수 있다. 그동안 계속되어온 이성적이고 합리적인 가치에 대한 회의와 부정을 통해 새로운 삶의 가치를 구현하려는 움직임이 90년대에 들어서면서 우리의 사회·문화의 전면으로 부상하게 되었다고 할 수 있다. 90년대 이전까지 우리의 사회·문화 전반을 지배한 사상적인 조류는 세계에 대한 이성적인 판단과 합법칙성, 그리고 그것의 변증법적인 실천에 대한 신뢰였다. 이성적인 합리성에 의

한 세계의 변증법적인 이해는 그 자체가 합목적성을 띠기 때문에 자기 반성성의 결핍을 드러내게 된다. 이러한 합리성에는 내적인 모순이 있을 수 없다. 비록 목적론적 혹은 전략적 합리성에 맞서 아펠이나 하버마스적인 언어소통합리성과 수렴적인 상호교섭의 비판적이고 반성적인 합리성이 존재하지 않은 것은 아니지만, 이러한 합리성은 세계를 철저하게 개념화하고 형식 논리적으로 파악할 수 있다고 믿었던 소크라테스에서 비롯되어 헤겔로 이어지는 저 오만한 '이성 절대주의'적인 도그마로부터 자유롭지 못한 것이 사실이다.

이성 자체의 합목적성을 신뢰하는 이러한 논리는 그것이 하나의 관념의 덩어리임에도 불구하고 90년대 이전의 우리 사회 문화 전반을 통찰하는 눈으로 기능 해 왔다. 이것이 가능했던 것은 90년대 이전의 우리의 사회 문화 전반이 이념이나 이데올로기로 인해 지나치게 경직되어 있었기 때문이다. 이념이나 이데올로기의 득세는 사회·문화 전반의 다양한 흐름을 차단하고 그것을 일정한 틀 속에 집어넣어 거대한 아폴론적인 신전을 만들어내기에 이르렀던 것이다. 사회·문화 전반의 다양한 흐름 속에 개인의 욕구 충동은 물론 집단적인 무의식 내지 환상이 존재한다는 점을 고려한다면 그것에 대한 차단은 곧 '억압된 것들의 거대한 귀환'을 전제하고 있다는 것을 의미한다. 이성 자체의 합목적성의 논리가 작동하면서 억압되고 배제되었던 감성의 도래는 90년대 이후 우리의 사회 문화를 충격해 그 운동의 방향성과 결과를 예측하기 어려운 카오스의 상태로 만들어버렸다.

90년대 이후 우리 사회·문화 전반의 이러한 카오스적인 현상의 대두는 그동안 세계 해석의 틀로 이용되어온 이성 자체의 합목적성의 논리가 더 이상 그 기능을 발휘할 수 없게 되는 결과를 낳았다. 이 논리로

90년대 이후 우리의 사회·문화 전반을 들여다본다는 것은 단순히 '본다는 것' 이상의 의미밖에는 없다고 할 수 있다. 실질적인 현상에 대한 탐색을 통해 세계를 해석하는 것이 아니라 이미 틀 지워진 형식 논리 속에 그것을 강제로 편입시킴으로써 그 세계는 생명성을 상실하게 된다. 90년대라는 시대를 이성 자체의 합목적성의 논리로 재단하는 경우 그것은 계몽의 의미밖에는 띠지 못한다. 90년대가 드러내는 감성의 패러다임을 이성적인 것이 아니라는 또는 못 된다는 이유로 그것을 계몽의 대상으로만 인식하다보면 시대적인 감각을 잃어버리게 되고, 이렇게 되면 결국에는 시대정신에 대한 제대로 된 이해를 가지지 못하게 된다.

90년대는 이성 자체의 합목적성의 논리로 보면 정상적인 궤도에서 벗어난 병리적인 시대라고 할 수 있을 것이다. 이성에 의해 억압되고 배제되었던 욕구나 욕망과 같은 감성적인 것들이 과도하게 분출되면서 그 동안 견고함을 유지해온 모든 체계와 제도가 기능을 상실하게 되고, 이 과정에서 언어에 의한 소통 구조에 혼란이 오게 된 것이다. 언어에 의한 소통 구조의 혼란이란 기표와 기의 사이 혹은 언어와 대상 사이의 개연성 및 내적 필연성이 제거된 상태를 말한다. 언어가 대상을 찾지 못하고 끊임없이 떠도는(미끄러져 내리는) 세계는 틈이나 균열이 존재한다는 점에서 불완전함과 불안함을 기저에 가지고 있는 징후적인 세계이지만 이 징후적인 것은 감성이 귀환하면서 새롭게 생겨난 것이 아니라 이미 이성의 기저에 잠재해 있던 것이다. 라깡식으로 이야기하면 모든 인간은 태어날 때부터 '오인(meconnaissance)의 구조'를 가지고 있는 징후적인 존재인 것이다. 인간이 언어를 통한 상징체계의 구현을 통해 고도의 문명을 유지하고 있지만 그 문명의 이면에는 언제나 징후적인 존재로서의 인간이 놓여 있는 것이다. 언어의 미끄러짐을 통해 드러나는 죽음 충동,

과도한 성욕이나 식욕, 감각에의 탐닉, 광기, 극단적인 허무, 미래에 대한 불안과 공포, 의식의 분열 등 징후적인 것들은 필연적으로 근대 문명이 가지고 있던 특성이라고 할 수 있다. 이것은 90년대에 우리 사회·문화 전반에 걸쳐 드러나는 이러한 징후적인 것들이 이전 시대와의 단절 속에서 잉태된 것이 아니라 연속선상에서 잉태된 것이라는 것을 말해준다.

이런 점에서 보면 90년대의 징후적인 것들의 출현은 근대적인 문명이 숨기고 있던 환부의 드러남이라고 말할 수 있을 것이다. 환부를 드러냈다는 것은 근대가 앓고 있던 딜레마를 세계 밖으로 끄집어냈다는 것을 의미하며, 이것은 질병이 아니라 건강을 얻기 위한 새로운 출발로 볼 수 있을 것이다. 자신이 앓고 있는 환부를 드러낸 환자는 적어도 그것을 숨기고 태연자약하는 음험한 환자보다 더 건강한 것은 분명한 사실이다. 90년대 우리 사회 문화 전반에 걸쳐 드러난 징후적인 것들은 '죽음에 이르는 병'이 아니라 '삶에 이르는 병'을 표상하고 있다고 할 수 있다. 90년대가 징후적이라면 그 시대의 한계로부터 자유로울 수 없는 혹은 그 시대를 넘어설 수 없는 작가는 그 징후적인 것 속에서 자신의 글쓰기를 수행하지 않을 수 없는 것이다. 징후적인 것에 대한 민감한 자의식이 드러나지 않는 작가들도 있지만 90년대 대부분의 작가들의 심층에 이것이 짙게 드리워져 있는 사실을 발견하는 것은 어려운 일이 아니다. 이성에 의해 억압되고 배제된 감성의 출현은 이미 그 안에 가치에 대한 전도를 내장하고 있기 때문에 기존의 글쓰기 방식 즉, 리얼리즘적인 글쓰기 방식에 대한 전환을 표상할 수밖에 없다. '리얼리즘은 리얼하지 않다'고 한 이광호의 선언이 바로 이러한 가치 전도에 의한 글쓰기 방식의 변화를 잘 말해준다.

그러나 이광호의 선언이 가지는 한계는 글쓰기 방식의 변화를 단순한 쓰기의 차원으로 환원하고 있다는 점이다. 글쓰기 방식의 변화는 단순한 쓰기의 차원의 문제에 머무는 것이 아니라 그것은 문명사적이고 문화사적인 패러다임의 전환의 문제에 맥이 닿아 있다고 할 수 있다. 하지만 90년대 작가들이 보여주는 글쓰기를 통해 이 패러다임의 전환의 문제를 발견하는 것은 쉬운 일이 아니다. 이것은 90년대 작가들 중에는 글쓰기를 단순히 개인적인 취향쯤으로 인식하고 있는 사람들이 있다는 것을 의미한다. 당대의 문명이나 문화에 대한 탐색을 괄호 친 상태에서 개인의 내면을 들추어내는 일에 전념하는 그런 독아론적인 글쓰기를 하는 작가들이 존재한다. 개인의 내면을 들추어내는 일이 잘못되었다는 것이 아니라 그 내면이 밖(당대의 문명이나 문화)의 세계와 닿아 있어야 한다는 것이다. 우리가 흔히 90년대의 문제적인 작가라고 하는 신경숙, 은희경, 함정임, 하성란, 조경란, 이응준, 구효서 등의 글쓰기에서 발견할 수 있는 문제가 바로 그것이다. 많은 평자들이 이들을 90년대를 대표하는 작가군으로 이야기해 왔지만 90년대라는 당대의 시대정신을 이들의 글쓰기가 제대로 반영하고 있는지에 대해서는 일정한 차이를 드러낸다.

그러나 이들이 보여주고 있는 자기 고백적이고 독백적인 글쓰기의 방식은 우리 근현대문학사 전체의 맥락에서 볼 때 결코 간과할 수 없는 하나의 현상이라고 할 수 있다. 그것은 이들이 보여준 이러한 현상이 단순한 개인의 글쓰기의 취향의 문제가 아니라 당대의 사회·문화적인 구조 하에서 잉태된 것이라는 사실을 말해준다. 이런 맥락에서 보면 이들에 대한 논의의 초점은 '내면의 문학인가 아닌가에 대한 논의가 아니라 어떤 내면의 문학인가? 또는 내면을 문제삼았다는 것이 아니라 어떻게 내면을 문제삼았느냐가 되어야 한다'(김미현, 2000, 388)는 점이다. 시에서의 내면성은 기형도의 우울의 영향과 세기말적인 정서가 만나서 빚어진 것으로 그것은 이전의 것과는 또 다른 정서적인 세계를 보여주고 있다고 할 수 있다.

　신을 부정함으로써 검은 영혼을 가진 시적 자아는 금기에 대한 해체 욕망과 죽음에 대한 환상 그리고 신과의 관계를 벗어난 단독자적인 고독에 대한 향수를 늘 운명처럼 지니고 있는 인간에게 매혹적인 대상임에 틀림없다. 기형도의 시가 많은 사람들의 정서 속으로 거침없이 스며들 수 있는 이유도 따지고 보면 여기에 있다고 할 수 있다. 기형도가 가지는 대중적인 흡인력을 스물 아홉에 요절한 그의 죽음에서 찾을 수 있을 것이다. 그의 죽음은 단순한 신체적인 죽음을 넘어서 하나의 문화사적인 사건으로 기억되고 있다. 그의 죽음은 온갖 이야기들을 낳음으로써 죽음에 대한 혹은 어떤 대상에 대한 되쓰기의 효과를 창출하는 대표적인 예로 간주된다. 정과리식으로 이야기하면 그의 죽음은 "자율성과 자족(합목적성)이라는 문학의 고유한 자질이 붕괴되는 문학 공간을 탄생시켰다"는 것을 뜻한다. 그러나 그의 죽음이 대중의 관심을 불러일으킨 것은 이러한 신체의 죽음과 함께 검은 영혼으로 상징되는 그의 시적 자아의 세계에 대한 성찰이 있었기 때문에 가능했던 것이다.

　기형도의 시가 보여주는 이러한 양상은 그의 죽음 이후 우리 시단에 큰 반향을 불러일으켰다. 특히 세기말이라는 시대 상황과 맞물려 그의 시가 보여주고 있는 죽음과 검은 영혼의 이미지로 표상 되는 악마성은 새로운 시의 형식을 창출하는 토대가 되었다고 할 수 있다. 그의 죽음 이후 우리 시단에 일기 시작한 도저한 부정성의 세계관과 허무주의 그리고 죽음에 대한 환상은 그의 시의 영향으로 볼 수 있다. 그러나 그의 영향권 안에 있던 젊은 시인들이 그의 시의 세계를 확장하고 심화했다고 말할 수 없다. 죽음을 살아내는 생의 개념이라는 차원에서 보면 젊은 시인들이 보여주는 죽음 의식은 그의 시의 계승으로 볼 수 있지만 그들이 죽음을 유희적인 차원, 다시 말하면 현실원칙과 쾌락원칙이라는 고정된 틀 안에서 보고 있다는 점에서는 일정한 한계를 드러낸다고 할 수 있다. 기형도가 보여준 신을 배제한 상황에서의 절대 고독과 부정성, 단독자적

인 개념의 재해석 등은 그의 사후 죽음을 노래한 젊은 시인들의 시에서
는 좀처럼 발견할 수 없다.(이재복, 2004A, 195~196)

　기형도의 시가 드러내는 우울의 속성과 도저한 부정성의 세계관과 허
무주의가 90년대 우리 젊은 시인들에게 영향을 주었다는 점에서는 별다
른 이견이 없을 것이다. 하지만 신을 배제한 상황에서의 절대 고독과 부
정성, 단독자적인 개념의 재해석 등이 90년대 우리 젊은 시인들의 시에
서 부재하다는 것은 우리 문학의 내적 성숙의 차원에서 아쉬움으로 남는
다. 90년대 젊은 시인들의 우울이 단순한 자기모방성에 머물러 있다면
그것은 90년대 문학의 한 특성인 자기 정체성의 회의와 불안이 가지는
사회 문화적인 보편성을 제대로 구현하고 있지 못하는 것을 의미한다.
　80년대적인 문학의 규범에서 그 어떤 것보다도 강한 비판의 대상이
된 것은 기호놀이로서의 문학의 개념이라고 할 수 있다. 장정일에서 그
단초를 발견할 수 있는 이 개념은 현실 재현의 위기에서 비롯된 것이다.
장정일 이후 김영하, 백민석, 송경아 등의 문학에서 그것은 다양하게 드
러난다. 그것은 '어디에도 없지만 어디에도 있는' 세계, 곧 이미지나 기
호의 세계를 말한다. 이 작가들은 이러한 기호나 이미지를 자유자재로
조작하면서 그 속에서 자신의 삶을 살아낸다. 이 작가들에게는 오리지널
리티에 대한 가치 판단이 무의미한 것이다(이성욱, 2000, 395). 기호나 이
미지가 현실이 되는 세계에서 80년대적인 재현 미학인 리얼리즘은 더
이상 리얼하지 않을 수도 있다. 리얼리즘에 대한 이러한 해석은 결국 우
리 근현대문학사에 대한 비판적 성찰의 계기를 제공한다. 리얼리즘의 위
기는 곧 그것을 하나의 규범으로 의식하고 실천해온 민족문학 진영의
위기로 나타난다. 리얼리즘의 규범으로 90년대적인 현상을 해명할 수

없다는 데서 오는 위기의식은 결국 모더니즘의 수용이라는 개념을 제기하기에 이른다. '리얼리즘의 고수냐 모더니즘의 수용이냐'를 놓고 벌인 진정석과 윤지관의 논쟁은 우리 민족문학 혹은 민족문학론이 처한 딜레마를 반영하고 있다고 할 수 있다. 민족문학을 갱신하려는 이들의 의지는 그 논리적인 시시비비를 떠나 이들 진영의 이념을 표상해 줄 창작물을 발견할 수 없다는 데에 문제의 심각성이 있다. 이들 진영에서 한껏 추켜세운 최영미, 신경숙, 배수아 같은 작가들의 경우 오히려 이들의 논점을 더 혼란스럽게 하는 결과를 초래했다.

'90년대는 80년대와는 다르다'라는 인식이 우리 문단 안팎으로 팽배해 있는 것이 사실이다. 이것을 반영한 담론이 바로 '신세대 문학론'이다. 새로운 문화소비층의 등장을 알리는 저널리즘적인 용어였다가, 문학의 영역으로 옮겨오면서 저널리즘과 기성문단 일각에서 새로 등장한 젊은 작가들을 지칭해서 사용한 용어이다(이광호, 1999, 27). 비록 장석주나 하응백 등 몇몇 비평가들이 새롭게 등장한 젊은 작가들을 80년대에 대한 상대적 새로움과 단절을 전략적으로 강조하기 위해 이 용어를 사용하기도 했지만 그것보다는 이들 젊은 작가들에 대한 이질감과 거부감을 강조하기 위해 사용된 용어라고 할 수 있다. 신세대 문학론은 90년대 문학의 보편적인 개념으로 정립되지는 못했지만 우리 문학의 현재와 미래를 전망하는데 시사 받을 만한 점이 많다. 신세대들은 잠재적인 우리 문학의 생산자이자 소비자이다. 이들은 청바지를 찢어 입는 것을 통해 알수 있듯이 효용가치의 인습에 젖은 기성세대와는 차별되는 존재이며, PANTS(personal, amusement, natural, trans-border, service) 증후군(하응백, 1994, 33~37)을 특징으로 하는 집단이다. 또한 이들은 단순하지 않는 중층적인 감수성과 이미지 세대들이며, 풍요 속의 소비자, 도시에서 태어나 도시에서 죽어가는 젊은이들이다. 따라서 이들의 정체성을 해명하기 위해서는 반동일시라는 렌즈, 역사 혹은 이념의 죽음이라는 차원, 해체의 방법론이라는 차원을 적용해야 한다. 기성세대 다시 말하면 90년대 이전의 전통적인 규범을 지난 세대와는 상반된 문화 체계를 가지고 있는 이들은 분명 문학의 개념 변화 혹은 문학의 위기나 죽음이라는 지형도를 그려나갈 주체들이다. 우리 문학에 대한 전망은 이들의 취향과 보다 구체적인 일상의 삶의 양태에 대한 관찰, 여기에서 기인하는 그 의식과 행위 차원의 변화까지 검토할 때 가능한 것이다.

3. 새로운 매체의 등장과 근대문학의 종언

신세대 문학론과 관련된 논의에서 우리가 빠뜨릴 수 없는 것은 매체, 특히 컴퓨터를 통한 문학의 변모 양상이다. 컴퓨터의 등장은 문학의 위기나 죽음 담론을 빠른 속도로 확산시켰을 뿐만 아니라 문학의 개념 변화를 또한 가속화시켰다고 할 수 있다. 컴퓨터의 등장 이후 문학의 정체성 논의가 활발하게 전개된 이유가 여기에 있다. 컴퓨터의 등장은 '글쓰기란 무엇인가?'를 다시 물었으며, 글쓰기의 방식에 무한한 탐색 가능성과 생산 가능성의 장을 열어 놓았다. 그것은 기성 작가들에게는 하나의 불안 요인이었고, 차츰 그것이 외면할 수 없는 현실로 인식되면서 다양한 실존의 몸부림을 보여주었다. 단순히 컴퓨터를 이용한 글쓰기로부터 컴퓨터 통신망이 제공하는 방대한 자료 구축 및 검색 시스템을 동원한 혼성 교차적인 글쓰기와 문자와 동영상과 음향이 하나로 겹쳐지는 하이퍼텍스트적인 글쓰기가 바로 그것이다. 컴퓨터를 통한 이러한 새로운 개

넘의 문학에 대해 한 평론가는 다음과 같이 그 필요성을 설파하고 있다.

통신망 속에 '문학'이 필요하다면, 그것은 왜일까? 새 문명이 그의 체질과 들어맞는 것들만을 수용한다면, 문학란 같은 것은 존재할 필요가 없을 것이다. 효용이 최우선시되는 공간에서 도저히 써먹을 데가 없는 문학나부랭이가 끼어들 자리는 없는 것이다. 또한, 개인의 변별성을 분쇄하는 토양에서 문학은 정상적인 신진대사를 하기가 어려운 것이다. 그러나, 새 문명이 일상에 뿌리내리기 위해 낡은 신화를 이용하였듯이, 새 문명은 낡은 세계의 모든 것을 흡수한다. 새 문명은 몇몇 사람들, 특별한 집단을 위한 문명이 아니라, 만인을 행복을 확대하는 것이며, 당연히 옛날의 모든 유산은 버려질 것이 아니라 거두어질 것이 때문이다. 개인주의 시대의 신화에 속하는 '문학'은 무시되기는커녕 오히려 새 문명이 공략할 가장 효용가치가 높은 분야가 된다. 그것은 새 문명이 얼마나 개인들의 행복을 위해 존재하는지를 선명하게 가리켜 보여주는 증거인 것이다. 바로 여기에서 새 문명은 개인을 말소시키는 것이 아니라 '은폐'한다는, 그 사회학적 특성이 어김없이 나타난다. 새 문명은 익명성 위에서 성장하는 것이 아니라, 저마다 개인성의 욕망으로 들끓는 동색의 바다, 즉 익명화된 광장성 위에 확대재생산된다. 그리고 문학은 바로 그러한 새 문명의 사회적 전략을 가장 잘 엄호해줄 지원화기로서 발탁되는 것이다. (정과리, 1995, 26~27)

문학의 개인주의적인 속성이 컴퓨터를 토대로 한 새로운 문명의 코드와 맞아떨어져 그 효용가치를 인정받게 될 수밖에 없다는 정과리의 논지는 컴퓨터의 등장으로 인한 문학의 위기론에 젖어 있는 문학론자들의 생각과는 일정한 차이를 드러낸다. 문학의 개인성이 익명화된 광장성 위에서 확대재생산된다는 그의 확신에 찬 전망은 논리 그 자체만 놓고 보면 타당한 면이 없지 않다. 하지만 그의 기대와는 달리 컴퓨터 통신망을 이용한 문학은 일정한 성과를 거두지 못하고 있다. 여기에는 문학의 범주를 어디까지 또 어떻게 정의하느냐에 따라 그 성과가 달라질 수 있겠지만 적어도 그것을 현재의 제도권적인 범주 안에서의 실천 행위로 간주한다면 이러한 판단은 크게 틀린 것이 아니다. 가령 '멀티포엠'이나 '디지털 구보 2001'과 '팬픽션' 같은 작업들은 단순한 실험 이상의 의미 밖에는 그 성과를 획득하지 못했다. 이것은 기성 작가가 아니라 일반인의 경우도 마찬가지이다. 컴퓨터, 가상공간, 네티즌이라는 새로운 문학 조건은 조성되었지만 아직 뚜렷한 미학적 성과물로 구체화되지 못한 채 다양하고 실험적인 실천적 형태로만 존재하고 있다. 가령 내러티브의 붕괴와 마디적 구성을 보여주고 있는 하이퍼 픽션, RPG나 애니메이션에서 상상력을 부분 복사하고 있는 환타지 소설, 온라인 공동 창작과 모자이크 텍스트, 멀티미디어 제작 소프트웨어를 사용한 멀티 텍스트, 비트시, 사이버 에고를 강조하는 젠더적 글쓰기 등 가상공간에서의 실험적이고 실천적인 형태의 글쓰기는 다양한 형태로 활발하게 전개되고 있다(이용욱, 2004).

이들이 보여주는 이러한 다양한 형태의 글쓰기가 우리 문학과 관련해서 어떤 가능성을 내포하고 있는 것은 틀림없는 사실이다. 하지만 사이버 문학이란 그 매체의 특성상 제도화를 거부하는 속성을 지니고 있다는 것이다. 문학도 하나의 제도이고 그것은 고정된 것이 아니라 일정한 변화의 속성을 지닌다. 그러나 그 변화는 그것을 뚜렷이 인식하고 시기적으로 구분할 정도로 느리다. 이에 비해 사이버 문학은 그 속성상 제도적인 것을 거부하는 측면을 지니고 있으며. 변화의 속도 또한 말할 수 없을 정도로 빠르다. 문학이 하나의 제도라면 사이버 문학은 제도 밖의 제도로 존재하는 문학이라고 할 수 있을 것이다. 또한 하나의 문학 텍스트를 구성하는 주체들이 복수이고 익명이고 불투명하다는 점을 들 수 있을 것이다. 그 결과 이들이 가지는 인식은 그것이 고전적인 의미로서의 문학이 아니라 단순히 재미를 추구하는 유희적인 의미로서의 텍스트의 개념이라고 할 수 있다. 제도적인 구속 없이 그냥 재미있게 즐기는 유희적인 텍스트로서의 문학으로 인식하려는 경향이 강할 것이다. 사이버 공간에서의 네티즌들은 모두 어느 정도는 아방가르드라고 할 수 있다.

사이버 공간에서의 문학이 어떻게 변화고 또 정립될 수 있을지는 예측을 하기가 어렵다. 하지만 분명한 것은 이 문학 담론의 주체는 기성세대가 아니라 'Next세대'(신세대, 네트워크 세대)라는 것이다. 이 두 세대의 차이는 기성세대가 컴퓨터를 편리한 도구로 생각한다면 N세대는 그것을 놀이기구 정도로 생각한다는 것이다. 앞으로 문화는 놀이성이 강화되는 쪽으로 나아갈 것이고, 문학은 이 흐름에 강한 지배를 받게 될 것이다. 이런 점에서 일본의 예는 시사하는 바가 크다. 가라타니 고진은 일본의 근대문학은 종언을 고했으며, 기존의 순수문학은 무라카미 하루키의 예에서 볼 수 있듯 엔터테인먼트화 된 상품으로 변했고, 일본사회에서 문학이 일찍이 가지고 있었던 역할이나 의미는 끝났다고 말한다.

소설은 '공감'의 공동체, 즉 상상의 공동체인 네이션의 기반이 됩니다. 소설이 지식인과 대중 또는 다양한 사회적 계층을 '공감'을 통해 하나로 만들어 네이션을 형성하는 것입니다.

그 결과 그때까지만 해도 낮기만 했던 소설의 지위가 상승합니다. 그러나 그것에 대한 짐(負荷)도 큽니다. 왜냐하면 그것이 단지 '감성'적 쾌(快)에 지나지 않는다면 미학적이지 않게 되기 때문입니다. 문학이 지적이고 도덕적인 것을 넘어선다는 것은 역으로 끊임없이 지적이고 도덕적이야 하는 짐을 지는 것이기도 합니다. 옛날에는 종교 도덕에 대하여 '시

의 옹호'가 이루어졌습니다. 그러나 문학에 맞서는 지적이고 도덕적인
것은 현대로 말하자면 정치적인 또는 마르크스주의적인 것이 될 것입니
다. '종교와 문학'이나 '정치와 문학'이라는 논의는 문학이 단순한 오락
에서 승격했기 때문에 생겨난 것입니다. … (중략) … 그러나 문제는 그
리 간단하지 않습니다. 문학의 지위가 높아지는 것과 문학이 도덕적 과
제를 짊어지는 것은 같은 것이기 때문입니다. 그 과제로부터 해방되어
자유롭게 된다면, 문학은 그저 오락이 되는 것입니다. 그래도 좋다면 그
것으로 좋은 것입니다. 자, 그렇게 사시기 바랍니다. 더구나 나는 애당초
문학에서 무리하게 윤리적인 것, 정치적인 것을 구할 필요는 없다고 생
각합니다. 분명히 말해 문학보다 더 큰 것이 있다고 생각합니다. 그와 동
시에 근대문학을 만든 소설이라는 형식은 역사적인 것이어서, 이미 그
역할을 완전히 다했다고 생각하는 것입니다.(가라타니 고진, 2006, 52~53)

고진의 말에서 주목해야 할 점은 종언의 이유이다. 그는 근대문학의
존재 이유를 문학의 사회적인 역할 속에서 찾고 있다. 그에 의하면 사회
적 계층을 공감을 통해 하나로 만들어 국가를 형성하는 역할을 담당한
것이 근대문학이라는 것이다. 그래서 그는 근대문학을 공감의 공동체,
즉 상상의 공동체인 네이션의 기반이 된다고 보았다. 하지만 근대문학의
형식은 역사적인 것이어서 이미 그 역할을 완전히 다했기 때문에 굳이
문학이라는 이름으로 존재할 이유가 없다는 것이다. 그 역할을 다른 그
무엇, 이를테면 영화나 만화, 애니메이션이 할 수 있다는 것이다. 즉 지
금 여기에서는 문학이 오락이 되어도 좋다는 것이다.

근대문학, 특히 근대 소설이 드러내는 사회학적인 상상력의 종언을 통
해 근대문학 일반을 성찰하고 있는 그의 논리는 비단 일본뿐만 아니라
우리에게도 시사하는 바가 크다. 그의 근대문학 종언은 헤겔주의의 낡은
유산으로 볼 수도 있지만 문학의 사회적 기능과 작가의 역할을 강조한

다는 점에서 그것은 문학의 본질과 기능을 다시 한 번 생각하게 하는 의미 있는 선언으로 볼 수 있다. 특히 문학의 유희성과 개인의 욕구의 극대화를 지향하고 있는 현시점에서 그것은 우리 문학의 미래에 대한 반성과 성찰의 계기를 제공하고 있다고 할 수 있다. 신세대 문학의 유희성과 상반되는 또 다른 차원의 문학이 가능할 수도 있는 것이다. 이것은 마치 '포스트모더니즘을 모더니즘의 연속이냐 아니면 단절이냐'로 보는 논리와 다른 것이 아니다. 연속의 차원에서 보면 지금 우리 시대의 문학은 종언을 고한 것이 되지만 단절의 측면에서 보면 그것은 또 다른 개념을 지닌 문학의 출현으로 볼 수 있는 것이다. 가라타니 고진과 같은 근대론자의 눈으로 보면 90년대 이후 출현한 우리의 신세대 문학은 근대와는 단절된, 다시 말하면 근대문학의 죽음을 드러내는 한 징표로 이해될 수 있다. 이것은 순수와 참여, 리얼리즘과 모더니즘 논쟁의 동어반복으로 보일 수도 있지만 지금 이 시대(개인과 사회)를 어떻게 해석하느냐에 따라 그것은 또한 이 논쟁과 큰 차이를 보일 수도 있다.

디지털 매체에 의해 성립된 신세대 문학에서의 개인은 전체보다 앞선다. 익명의 세계에서 자유로운 개인적인 유출을 통해 전체를 형성한다. 국가나 민족 같은 이념이나 이데올로기적인체제 하에서의 개인이 아니라 자유롭게 그것을 탈영토화 하는 개인인 것이다. 개인의 의미가 국가나 민족 단위 차원을 넘어서버림으로써 사회의 의미도 이전과는 다를 수밖에 없다. 그리고 그 사회를 이루는 현실의 의미 또한 변할 수밖에 없다. 여기에서의 현실은 리얼리즘 차원을 넘어 시뮬레이션이나 버추얼 리얼리티의 차원까지 확대되어 드러난다. 따라서 신세대들에게 현실은 이 새로운 현실까지를 포함하는 개념으로 드러난다고 할 수 있다. 이런 맥락에서 신세대 문학에 대해 현실 반영성이 떨어지고 사회적 상상력이 부재하다는 평가는 재론의 여지가 있다. 이들에게 현실과 사회는 현실 같지 않은 현실, 사회 같지 않은 사회인 것이다. 이들은 현실과 사회에 관심이 없는 것이 아니라 이전과는 다른 방식으로 관심을 갖는 것이다. 가라타니 고진의 근대문학의 종언은 이런 점에서 근대적인 인식틀에 갇힌 지식인의 한계를 보여준다고 할 수 있다.

4. 문학이라는 이상한 제도

가라타니 고진의 근대문학의 종언을 통해 한국문학의 정체성 문제를 다시 생각해 볼 수 있을 것이다. 문학의 사회적 역할의 소멸을 근대문학의 종언으로 보는 그의 논리는 다분히 헤겔주의적이고, 리얼리즘적인 문학관에 갇혀 있지만 그것이 곧바로 문학 논의의 종결을 의미하는 것은 아니다. 문학이 아닌 다른 양식들이 사회적인 역할을 대신한다면 그것으로의 이행은 자연스러운 것이라는 그의 말은 개인과 사회(민족, 국가)를 어떻게 정의하느냐에 따라서 수정될 수도 있지만 대체로 공감할 수 있는 여지가 많다. 가령 일본의 만화와 애니메이션을 보면 그것은 근대문학이 담당했던 사회적인 역할과 의미를 대신하고 있다고 볼 수 있다. 근대문학이 담당했던 사회의 모순이나 부조리, 그리고 대안적인 사고와 인식론적인 깊이를 미야자키 하야오의 작품에서 발견할 수 있는 것이 그 한 예이다. 만화, 애니메이션, 영화보다 문학이 우월하다는 논리는 문화적인 주도권을 차지하려는 헤게모니 전략에 지나지 않을 수도 있다는 것을 이러한 예들은 잘 말해주고 있다. 이들 양식들이 문학의 도움을 필요로 하는 것은 사실이지만 그것은 어디까지나 도움의 차원인 것이다.

문학의 활용이라는 말은 문학의 측면에서 보면 그것은 매우 자존심 상하는 일이지만 그것이 현실이라는 것은 부인할 수 없는 사실이다.

미래에도 문학은 사라지지 않고 존재할 것이다. 인간의 상상과 표현의 본질적인 욕구와 문학을 연결하는 궁색하지만 어쩌면 그것은 문학의 존립기반을 가능하게 하는 가장 든든한 끈이 될 것이다. 이런 맥락에서 문학의 정체성을 찾는 방법의 하나로 생각해 볼 수 있는 것이 바로 드뢰피스식의 전략이다. 버클리 대학 철학과 교수인 그는 우리 시대의 전일적인 지배력을 행사하는 컴퓨터의 인공지능에 맞서 그것이 할 수 없는 것에 대한 연구를 수행하고 있다. 그 결과물이 바로 '컴퓨터가 할 수 없는 것 혹은 컴퓨터가 할 수 있는 것'이다. 컴퓨터가 할 수 없는 것을 찾아낸다는 것은 인공지능이 아닌 사람의 감성이나 느낌을 찾아낸다는 것을 의미한다(Hubert L. Dreyfus, 1993). 인간의 정체성을 다시 생각해 보는 그의 전략은 문학의 정체성 탐색에도 적용해 볼 수 있는 방법이다. 가령 소설이 소설로 살아남으려면 영화나 만화, 컴퓨터 게임에 스토리를 제공하는 역할에 머물러서는 안 된다는 것, 즉 즉각적인 반응, 몰입, 속도 등에서 소설은 다른 시각적 매체를 따라갈 수 없다는 것, 그래서 소설만의 문자적 상상력에 토대를 둔 반추, 여백, 느림 등을 강조하는 것, 이것이 바로 소설의 살 길이라는 것 등이 그것이다. 90년대 문학 속에서 등장한 '문학주의'(문학의 자율성)라는 용어도 비록 그것이 80년대에 문학에 대한 반발로 등장한 것이지만 좀 더 깊이 따져들어 가면 그것 역시 문학의 정체성 찾기와 연관된다고 할 수 있다. 여타 양식들과 다른 문학의 고유한 것들을 찾아서 문학의 정체성을 정립하는 이러한 연계가 아닌 단절의 전략은 문학의 고립화라는 위험성에도 불구하고 차이를 통해 그 가치를 높이려는 의도를 포함한다고 할 수 있다. 문학에 대한 사용가치의 극대화가 곧 교환가치의 극대화라는 논리라고 할 수 있다.

단절의 전략이 문학의 존립 근거를 마련하는 하나의 방법이라면 연계의 전략 역시 그 한 방법이 될 수 있을 것이다. 여전히 우리 문학의 헤게모니는 순수나 정통문학이 쥐고 있다고 할 수 있다. 이것은 근대적인 문학제도가 엄존한다는 것을 의미한다. 미학적인 차원에서는 근대적인 차원이 해체되고 있지만 제도적인 차원에서는 여전히 그것이 남아 있다. 근대적인 문인을 배출했던 등단제도(문학잡지와 신춘문예)의 경우 1920~30년대 방식을 거의 그대로 유지하고 있다. 모집 장르, 심사제도, 상금방식 등에서 근대 초기의 형식과 크게 다르지 않다(이재복, 2006, 365~391). 근대적인 등단제도의 유지는 곧 근대적인 문학의 생산을 의미한다. 그런데 이러한 등단제도는 대학의 문학제도와 긴밀하게 연결되어 있다. 최근 등단한 문인의 대부분은 대학의 국문과나 문창과 출신이다. 이들은 대부분 대학의 근대적인 제도로서의 문학 교육을 받은 사람들이다. 대학의 문학교육 역시 근대중심의 체계와 구조를 그대로 유지하고 있다. 국문과와 문창과의 위기는 여기에서 기인한다. 이 구조 속에서는 문학의 대중성이라든가 유희성, 상업성 같은 후기자본주의 시대의 문학의 논리를 교육 받을 수 없다. 대학의 문학 제도는 이러한 논리를 수용해야 한다. 이것은 곧 대중문학의 양적 질적 팽창을 의미한다. 대중문학에 대한 부정적인 인식은 질 높은 대중문학의 생산을 통해서 극복될 수 있다. 대중문학의 저급화와 통속화, 상업화를 무조건적으로 부정하는 것은 시대적인 흐름에 맞지 않는다는 점을 고려하면 교육을 통한 그것의 질적 향상은 의미 있는 일이라고 할 수 있다.

문학에서 교육이 중요하다는 점을 인식한다면 미국에서 1980년대에 말엽 스탠포드 대학에서 단행한 교육과정 개편은 참조할만한 좋은 예가 될 것이다. 교육과정을 담당하던 교육 당국자들은 이른바 위대한 저서들에 기초한 필수과목에서 사망한 백인남성 작가들의 고전적인 작품들을 제외시키는 대신 그동안 이 과목의 목록에서 빠져 있던 여성작가들과 흑인 작가들 그리고 제3세계 작가들의 작품을 포함시켰다. 당연히 이 사건은 진보와 보수의 논쟁으로 발전했고, 문학에 대한 개념과 정체성 문제를 되돌아보게 하는 계기를 제공하였다(김욱동, 1993, 104~106). 비록 미국의 예지만 이것은 우리에게도 많은 시사점을 줄 수 있다고 본다. 우리의 문학교육과정 역시 보수적인 작가들과 그들의 텍스트를 중심으로 이루어져 있다고 볼 수 있다. 문학이 역사성의 개념이라는 사실을 고려한다면 '억압된 것들의 귀환'이라는 시대적인 문맥을 교육 과정에 포함시키는 것은 의미가 있다고 할 수 있다.

우리가 알고 있는 문학, 곧 근대문학이 종언을 맞이했든 안 했든 중요한 것은 그것이 하나의 제도라는 사실이다. 문학은 인간의 출현 이전부터 이미 존재한 것이 아니라 인간이 그것을 규정짓고 의미화한 것이다. 우리가 자연스럽게 인지하고 있는 문학은 근대의 의식이나 세계관, 물적 조건을 반영하는 제도 속에서 형성된 근대적인 제도로서의 문학이다. 따라서 이러한 조건들이 변하면 문학도 변할 수밖에 없다. 이러한 조건의 변화를 어떻게 바라보느냐에 따라서 다양한 관점이 나타날 수 있다. 문학이 문자로 표현되어야 하고, 아우라를 드러내야 하며, 작가는 장인정신을 지녀야 하고, 현실을 재현하고 시대와 사회에 대한 윤리와 정치적인 의식을 내재하고 있어야 한다는 것은 근대적인 의미로서의 문학이다. 문학은 그것이 제도인 이상 때가 되면 그 운명을 다 할 수밖에 없지만 그것은 곧 문학의 소멸이 아니라 또 다른 탄생을 위한 징후라고 할 수 있다. 우리가 근대의 영역 안에서 오랫동안 존재해 왔기 때문에 문학이

소멸하고 생성하는 변화의 속성을 지닌 양식이라는 것을 망각하고 있는
지도 모른다. 그러나 문학이 하나의 제도라고 해서 그것이 법이나 정치
또는 윤리나 도덕과 같은 그런 제도와 동일한 의미를 가지는 것은 아니
다. 문학은 이들과는 다른 제도, 곧 '이상한 제도'이다(Jacuque Derrida,
1992, 33~75). 여기에 문학의 정체성이 있는 것이다.

참고문헌

가라타니 고진, 박유하 옮김, 1997, 『일본근대문학의 기원』, 민음사.
가라타니 고진, 조영일 옮김, 2006, 『근대문학의 종언』, 도서출판 b.
김기림, 1988, 우리 신문학과 근대의식. 『김기림 전집 2』.
김미현, 2000.3, 다시문학이란 무엇인가. 『문학동네』.
김병익, 1997, 『새로운 글쓰기와 문학의 진정성』, 문학과지성사.
김성곤, 1999, 『현대문학의 위기와 미래』, 다락방.
김욱동, 1993, 『문학의 위기』, 문예출판사.
자크 데리다 외, 1995. 9~2004. 8, 새로운 문학이론을 찾아서, 『세계의 문학』.
도정일 외, 1995, 90년대 문학계의 신쟁점을 논한다, 『실천문학』.
도정일, 1997, 시대에 맞서서, 시대로부터, 시대를 위하여, 『실천문학』.
민족문학사연구소기초학문연구단, 2004, 『한국 근대문학의 형성과 문학장의 재발견』,
        소명.
방민호 외, 1998. 9, 90년대 문학을 결산한다, 『창작과비평』.
방민호, 1997. 3, 언어 수사학, 『한국문학』.
서영채, 1994.12, 환멸의 시대와 소설 쓰기, 『문학동네』.
서영채, 2000.8, 왜 문학인가, 『문학동네』.
신수정, 1999.12, 푸주간에 걸린 고기, 『문학동네』.
신수정, 2000.3, 다시 문학이란 무엇인가, 『문학동네』.
엘빈 커넌, 최인자 옮김, 1999, 『문학의 위기』, 문학동네.
이광호, 1999, 90년대 문학을 어떻게 볼 것인가?, 『90년대 문학 어떻게 볼 것인가?』,
        민음사.
이성욱, 2000. 3, 다시 문학이란 무엇인가, 『문학동네』.
이용욱, 2004, 『문학 그 이상의 문학』, 역락.
이재복, 2002, 『몸』, 하늘연못.
이재복, 2004A, 『비만한 이성』, 청동거울.
이재복, 2004B, 『현대문학의 흐름과 전망』, 작가.
이재복, 2006, 신춘문예의 문학제도사적 연구, 『한국언어문화』 제29집, 한국언어문화학회.

임규찬, 1995. 3, 새로운 현실상황과 문학의 길, 『문학동네』.

정과리, 1995. 3, 문학의 크메르루지즘, 『문학동네』.

조형준, 1995. 9, 문화의 새로운 지배양식과 '문학의 위기'론에 관한 소론, 『문학동네』.

하응백, 1994. 8, 신세대 문학의 탐색과 전망, 『동서문학』.

황종연, 2000. 3, 다시 문학이란 무엇인가, 『문학동네』.

Hubert L. Dreyfus, 1993, *What Computers Still Can't Do : A Critique of Artificial Reason*, MIT Press.

Jacuque Derrida, 1992, *This Strange Institution Called Literature, Acts of Literature*, ed, by D. Attridge, Routledge.

로빈슨 크루소와 문화적 공간*

전 세 재

1. 타 장르로의 확산과 교류 가능성

영미문학계에서는 다양화된 영상 환경 속에서 여러 형태로 자기 변신이 시도되고 있으며, 그 변신의 다양한 문화적 실험이 행해지고 있다. 종이활자 위주의 영미문학교육, 연구, 그리고 창작은 이미 많은 부분이 영상디지털 환경 속에서 많은 도전에 직면해 왔다. 특히 교육의 대상이 되는 학생들이 디지털 환경 속에서 성장하고 문화자본을 흡수해오는 상황에서 문학교육의 일차적 자료가 되는 여러 문학 작품들이 재해석, 재창조의 과정을 거쳐 디지털화되어 사용되고 있으며, 연구 및 창작행위가 더 이상 종이활자 위주로는 그 효용이 심각하게 의심되는 상황이 벌어지고 있다.

---

* 전세재, 로빈슨 크루소와 문화적 공간,『영미문화』7집, 2007, 수록논문 개고

  이런 상황에서 영미문학계는 독특한 양식으로 자기 변신을 시도해왔
다. 가장 주목할 만한 예는 소설 탄생의 기점으로 삼는 18세기에 출판된
영국소설들로 현재까지도 원작소설의 내용에 기대어서 그 원작소설의
문학적 계승, 논박, 변형, 그리고 확장이라는 독특한 문화적 현상을 만들
어내고 있다. 예를 들면 다니엘 디포(Daniel Defoe)의 소설 『몰 플랜더스』
(Moll Flanders)인 경우 대표적으로 테렌스 영(Terence Young) 감독의 <몰
플랜더스의 연애모험>(Amorous Adventures of Moll Flanders, 1965), 펜 덴샴
(Pen Densham) 감독의 <몰 플랜더스>(Moll Flanders, 1995), 그리고 데이비
드 앳우드(David Attwood) 감독의 <몰 플랜더스의 행운과 불운>(Fortunes
and Misfortunes of Moll Flanders, 1996)으로 영화화 되었으며, 조나단 스위프
트(Jonathan Swift)의 『걸리버 여행기』(Gulliver's Travels)는 수많은 영화와 패
러디한 작품을 양산시켰고, 헨리 필딩(Henry Fielding)의 소설 『톰 존스』
(Tom Jones)인 경우, 토니 리처드슨(Tony Richardson) 감독의 <톰 존스>
(Tom Jones)와 스탠리 큐브릭(Stanley Kubrick) 감독의 <배리 런던>(Barry
London)으로 영상화되었다.

  문학 작품의 타 장르로의 확산과 교류에 대해서 일부 문학 비평가들
은 특히 원작 소설의 개작 자체에 대해서 매우 비판적인 시각을 견지해
왔다. 그들은 원작 자체의 개작 혹은 다른 장르로의 문학의 확산 자체가
문학의 입지를 축소시키고 문학 작품이 내재적으로 지닌 유기적 상관성
을 해친다고 주장해왔다. 특히 어빙 배빗(Irving Babbit)과 같은 형식주의
자는 활자문화의 변화와 대중 매체의 발달로 20세기 초에 불어 닥친 영
화제작과 소설의 영화 개작 자체를 19세기부터 불기 시작한 예술의 혼
란의 연속이라고 그의 책 『새로운 라오쿤』(The New Laocoon) 전반에 걸쳐
서 지적했다. 미국의 신비평가로서 영향력 있는 르네 윌렉(Rene Wellek)과

오스틴 웨런(Austin Warren)도 이론적으로 개작이라는 것은 불가능하다고 결론지음으로써 소설의 타 장르로의 확산자체를 봉쇄했다(128~29). 이러한 경향은 문학 자체의 고유한 영역을 지키려는 시도에서 비롯되었다고 판단되기도 하지만, 몇몇 학자들에 의해서 보다 혹독한 비판을 받아왔다. 대표적으로, 영화학자인 벨라 발라즈(Bela Balazs)는 문학작품의 영화화 자체는 비예술적이라고 혹평하고(257~58), 조지 블루스톤(George Bluestone)과 같은 비평가는 개작은 영화자체의 내재적인 영화성을 드러내지 못하기 때문에 개작 자체는 유행으로만 끝날 것이라고 평했다(218~19).

하지만 활자문화에서 영상문화로의 빠른 전환 및 디지털 문화의 확산과 대중 취향의 변화에 따라서, 문학작품의 영화화라는 시도는 문학 자본 시장에서 문학의 유포와 팽창, 그리고 적응이라는 측면에서는 전향적이라고 판단된다. 원작의 영화화과정에서 보이는 주제의 변주 및 원작을 패러디한 현대 소설은 문학의 영역을 확장해나가며 호미 바바(Homi K. Bhabha)가 주장하는 것처럼 문화의 위치를 기존 문화의 경계와 위치를 넘어서 새로운 지평을 여는 것도 아니며, 또한 과거를 뒤에 남겨두지도 않는 전환의 순간 속에서 재평가하고 자리매김하려는 시도와 유사하다고 할 수 있다(1~7). 특히 신자본주의의 거센 물결 속에서 디지털화되어가고 있는 문학작품 자체도 위협받고 있는 가운데에서 영화화를 통한 원작 소설의 확장과 다양한 종류의 패러디, 인접학문으로의 제휴와 협상은 문학의 위기라고 일컬어지는 시기에 새로운 돌파구로 여겨질 수도 있을 것이다.

특히 소설의 영화화와 패러디는 단순히 소설의 영화화 혹은 타 장르로의 변질이 아니라, 20세기의 소설가들이 영화에서 쓰이는 기법을 동원해서 소설의 기법을 현대독자의 기호에 맞도록 변화시켜왔던 것처럼,

상호 영향을 주고받는 관계가 상호 장르간 교섭을 통해 이루어져왔다. 즉 20세기 소설가들은 영화적인 기법, 예를 들어서 분절적인 회상장면, 장면 겹치기, 다자시점, 시간과 공간의 급격한 이동 등과 같은 기법과 부분적으로 장면을 자르고, 붙이고, 대조시키는 영화적 기법을 사용하여 소설의 지평을 넓혀갔으며, 또한 내용상으로도 시대의 요구와 관점을 수용하여 새로운 문화자본을 창출해내게 되었다. 즉 재구성과 재협상의 과정을 통해 탄생한 상호간섭적인 소설과 영화들은 현대 독자들에게 원작이 제한적으로 제공하고 있는 해석의 확장된 지평을 제공하며 그 지평 속에서 현대독자들에게 보다 농밀하게 다가올 수 있는 주제를 탐구할 수 있는 공간을 제공하고 있다.

상호간섭적인 소설과 영화, 그리고 타 장르로의 문학의 확산이라는 주제를 보다 구체적으로 검토하기위해 이 글에서는 1719년 다니엘 디포(Daniel Defoe)에 의해서 쓰인 『로빈슨 크루소』를 개작한 영화들을 분석하고자한다.

다니엘 디포(Daniel Defoe)의 소설 『로빈슨 크루소』(Robinson Crusoe)가 1719년 처음 발간된 이래로, 『로빈슨 크루소』를 직접적으로 패러디한 작품이 끊임없이 출간되고 있으며, 또한 수많은 영화가 제작되고 있다. 예를 들면 소설로는 『로빈슨 크루소』 출간 당시 수많은 아류작은 말할 것도 없고, 20세기 들어서는 대표적으로 프랑스의 미셸 투르니에(Michel Tournier)의 『방드르디』(Vendredi)는 『로빈슨 크루소』에서 부재한 성의 문제를 자연묘사를 통해서 재서술하고 있으며, 남아프리카 공화국의 쿳시(J. M. Coetzee)는 탈식민주의와 여성주의의 관점에서 수잔 바통(Susan Barton)이 프라이데이를 통해서 로빈슨 크루소의 이야기를 재구성한 『포』(Foe)와 같이 로빈슨 크루소를 간텍스트적으로 재구성한 소설이 있고, 얀 마텔(Yann Martel)은 『파이의 삶』(The Life of Pi)에서 한 소년이 배에서 살아남아, 호랑이와 함께 지내는 이야기로 로빈슨 크루소의 이야기를 패러디하고 있으며, 연극 『팬터마임』(Pantomime)에서 데릭 월콧(Derek Walcott)은 백인인 로빈슨 크루소를 트리니디아의 칼립소 예술가로 변형시켜, 인종적 정체성을 뒤바꾸고, 카리브해안을 배경으로 패러디를 감행했다. 또한 시인 엘리자베스 비숍(Elizabeth Bishop)은 <고향의 크루소>(Crusoe at Home)라는 제목의 시에서 로빈슨 크루소가 영국에 돌아와서 자신이 섬에 버려졌을 때를 긍정적으로 회고하는 시를 지었다.

영화로는 20세기 초반에 <로빈슨 크루소 씨>(Mr. Robinson Crusoe, 1932), <로빈슨 크루소의 땅>(Robinson Crusoe's Land, 1952), <화성의 로빈슨 크루소>(Robinson Crusoe on Mars, 1964)라는 제목의 영화가 제작되었으며, 20세기 후반에는 루이스 부뉴엘(Luis Bunuel) 감독의 <로빈슨 크루소의 모험>(The Adventures of Robinson Crusoe, 1952), 잭 골드(Jack Gold) 감독의 <맨 프라이데이>(Man Friday, 1975), 캘럽 세샤넬(Caleb Seschanel)의 <로빈슨 크루소>(Robinson Crusoe, 1989), 그리고 가장 최근에는 로버트 즈멕키스(Robert Zemeckis) 감독의 <캐스트 어웨이>(Cast Away, 2000)를 들 수 있다.

1719년 처음 출판된 『로빈슨 크루소』가 이렇게 많은 아류작을 생산하면서 그 명맥을 유지해온 이유는 무엇일까? 무엇으로 인해서 그 작품은 끊임없이 생명력을 유지할 수 있었을까? 문학의 위기를 논하는 시기에 『로빈슨 크루소』와 같은 작품이 계속해서 살아남아 아메바와 같은 촉수로서 그 영역을 넓힐 수 있는 것은 어떤 이유에서 일까?

다니엘 디포(Daniel Defoe)의 『로빈슨 크루소』는 기상천외한 여행담, 바다에서 폭풍을 만난 일, 무인도에서의 독립생활, 도구의 개발, 원주민과의 만남과 같이 영화로 변용하기에 유용한 소재를 많이 가지고 있다. 이러한 소재의 풍부함과 대중성은 『로빈슨 크루소』가 출판되고 나서부터 로빈스네이드(Robinsonade)라는 아류 장르를 탄생하게 만든다. 소재적인 다양성과 특이성 뿐만 아니라, 시대에 따라서 내용과 주제에 변주를 줌으로써 당대 문화 이데올로기의 지탱 및 비판이라는 이데올로기적인 기능을 수행함으로써 문학적 명맥을 계승, 확대시켜왔다. 이런 점에 착안하여, 『로빈슨 크루소』를 분석하고, 어떻게 시대의 흐름에 따라서 원작 소설의 형태와 내용이 변화되어 왔으며 끊임없이 문학의 생명력과 활력을 유지해 나왔는가를 분석함으로써, 18세기의 소설이 그러했던 것처럼, 문학 자체가 변화하는 시대에서 문학의 확산과 사회적 이데올로기의 반영과 영향 관계를 유지해 왔는가를 밝히고자 한다. 특히 이 글에서는 1950년대, 1960년대, 그리고 1970년대 개작된 로빈슨 크루소 영화 중 루이스 부뉴엘(Luis Bunuel)이 감독한 <로빈슨 크루소의 모험>(The Adventures of Robinson Crusoe, 1954), 바이런 해스킨(Byron Haskin)이 감독한 <화성의 로빈슨 크루소>(Robinson Crusoe on Mars, 1964) 그리고 잭 골드(Jack Gold)가 감독한 <맨 프라이데이>(Man Friday, 1975)를 분석할 것이다.

2. 『로빈슨 크루소』의 변용 양상

1) <로빈슨 크루소의 모험>(The Adventures of Robinson Crusoe, 1954)

『로빈슨 크루소』는 단순한 모험소설이기 이전에 영국의 시대상을 반영하는 제국주의적인 경향을 보이는 문학작품이다. 로빈슨 크루소는 흑인노예 무역 상인이면서, 사탕과 연초 농장의 경영자이다. 루이스 부뉴엘(Luis Bunuel)이 감독한 영화 <로빈슨 크루소의 모험>(The Adventures of Robinson Crusoe, 1954)은 원작에 충실한 만큼 제국주의적인 면모가 곳곳에서 발견되고 그것은 <로빈슨 크루소의 모험>에 여과 없이 반영된다.

하지만 <로빈슨 크루소의 모험>에서 루이스 부뉴엘(Luis Bunuel)은 제국주의자로서의 로빈슨 크루소를 그대로 재생하는 것이 아니라 현대적인 의미에서 다양한 변형을 시도했다. 우선 이 영화에서는 다니엘 디포의 개인적 수완에 대한 설명이 인간정신의 완전한 고립의 결과에 대한 탐구로 변형되는데, 환상 속에서 고통 받는 그의 아들에게 물을 주지 않으려 하는 로빈슨 크루소 아버지의 가학적인 태도, 천둥이 치자 안절부절못하다 다시 잠드는 로빈슨 크루소의 모습, 발자국을 발견하고 숙소로 돌아온 후 이리저리 방황하는 장면, 프라이데이가 방으로 들어온 모습을 보고 불안해하고 그에 반응하여 가학적으로 그를 대하는 장면 등을 강조함으로써 고독한 자아의 심리상태를 농밀하게 묘사하고 있다.

원작에서는 로빈슨 크루소의 신앙에 대한 내면적인 갈등과 깨달음이 여러 부분에서 비중 있게 자주 표현되고 이러한 낙담과 좌절을 신앙으로서 극복해내지만, <로빈슨 크루소의 모험>에서는 낙담과 좌절 부분이 축소되고, 역시 이를 극복하는 데 할애되는 신앙적인 부분 역시 축소되었다. 즉 원작에서 종교적 관점에 상당부분 할애되는 부분 대신 <로빈슨 크루소의 모험>에서는 그의 환경적응력을 부각시킴으로서 로빈슨 크루소라는 인물 스스로가 지닌 인간의 용기, 의지와 낙천성 등이 강조된다.

원작에서는 악몽을 통해 주인공의 깨달음을 서서히 진행시키고 있는 반면, <로빈슨 크루소의 모험>에서는 이 장면의 효과에 중점을 두고 있다. 원작에서 로빈슨 크루소가 표류한지 몇 개월이 지나지 않아 악몽을 꾸게 된다. 꿈속에 한 남자가 나타나 "넌 모든 일을 겪고도 뉘우칠 줄 모르니 이제 널 죽여야겠다"(Robinson Crusoe, 87)고 말하며 창으로 그를 죽이려한다. 로빈슨 크루소는 이 꿈으로 하느님의 존재에 대하여, 지금까지 신을 모르고 단순히 살아온 것에 대하여 공포감을 느끼며 자신이 느끼지 못하는 동안에도 자신의 삶에 하느님이 존재하셨음에 대하여 진지하게 생각하게 되는 계기가 된다.

루이스 부뉴엘의 <로빈슨 크루소의 모험>에서는 꿈에서 로빈슨 크루소의 아버지가 등장한다. 이를 통하여 영화상 생략되어 있는, 주인공이 아버지의 애정 어린 충고를 받아들였다면 누렸을 편안한 삶, 이를 무시하고서 나서게 된 그의 고행을 알려준다. 또한 "이런 어리석은 생활에 발을 들여놓는다면 하느님은 널 축복해줄 리 없고 아무도 너를 도와주지 않을 것이다. 지금 내 충고를 받아들이지 않는다면 언젠가 후회하게 될 때가 온다"고 말했던 아버지의 충고를 인용함과 동시에 "신께서는 너를 용서치 않으실 것"이라는 대사와 물이 절실히 필요한 그에게 물을 주지 않음으로써 그를 곤란한 지경에 빠트리는 상황을 새로이 설정하여 원작에서와 같이 로빈슨 크루소가 이 꿈을 통해 느끼게 되는 공포심과 기묘한 분위기를 묘사하고 있다. 그러나 원작과는 달리 신에 대한 암시만을 줄 뿐, 꿈을 통한 신에 존재에 대한 자각과 영적 깨달음이 거의 나타나 있지 않고 있으며, 애정 어린 아버지의 모습이 비난하고 힐책하는 모습으로 바꿔 묘사된다.

또한 로빈슨 크루소와 프라이데이와의 대화는 기독교 신앙에 대한 핵심적인 물음과 답을 보여주는 부분으로서 독선적인 로빈슨 크루소의 신앙관을 풍자적으로 묘사되고 있으며, 프라이데이가 로빈슨 크루소와 동격, 혹은 그 이상의 위치와 가치를 획득하게 되는 순간이기도 하다. 프라이데이에게 하느님의 존재와 전능함을 알려주던 로빈슨 크루소에게 프라이데이는 하느님이 악마보다 강하냐고 묻는다. 즉 하느님이 악마보다 더 강하고 힘이 세다면 왜 하느님은 악마가 더 악을 행하지 못하도록 죽이지 않는지 묻는 것이다. "악마를 왜 지금 죽이지 않느냐는 것은, 우리가 악을 행하여 하느님을 노엽게 하였는데 왜 하느님은 우리를 죽이지 않느냐는 질문과 같지, 우리가 회개하고 용서받을 때까지 우리를 살려주는 거야."라는 로빈슨 크루소의 가상적 대답을 생략하고, 프라이데이의 결론만을 부각시키고, 오히려 프라이데이가 "우리 모두가 회개하면 하느님께서는 모두를 용서해주시는 거군요"하고 결론짓는 장면은 야만인으로서 하느님을 모르고 살아온 프라이데이가 오히려 로빈슨 크루소에게 깨달음을 줌으로써 기독교 신앙을 혹은 로빈슨 크루소가 이해하고 있는 기독교 신앙을 풍자한다.

주인과 노예의 관계로 시작되지만 로빈슨 크루소가 프라이데이에게 친구라고 말하는 장면에서도 이러한 역전관계가 드러난다. 프라이데이가 로빈슨 크루소를 만나고 정착해가는 과정 속에서 그들의 관계는 원작과 같이 주인과 노예의 관계로 시작한다. 로빈슨 크루소는 책을 보고 프라이데이는 빵을 만드는 장면 등은 원작에 나타난 주인과 노예의 관계에 충실했다 할 수 있다. 하지만 〈로빈슨 크루소의 모험〉 종반으로 가면 프라이데이가 해적들 틈으로 위장 잠입하여 영웅적 모습까지 보여줄 정도로 그 존재감이 부각된다. 원작에서는 유럽인 한 명을 구하기 위하여 식인종인 야만인들 16명을 살상한다. 로빈슨 크루소는 한 순간, 신앙인으로서 자신에게 해를 직접적인 위험을 가하지 않는 야만인들을 죽이고 하느님을 대신하여 심판할 자격이 있는지 갈등하지만, 결국은 유럽인 한 명을 구하기 위하여 원주민들을 죽이는 것으로 묘사되고 있다. 이

부분은 신앙적인 관점에서 논란이 될 수 있는 부분이지만, <로빈슨 크루소의 모험>에서는 이 부분들이 축소 생략되었다.

원작과 영화 <로빈슨 크루소의 모험>을 통해 재현되는 여성상은 유사한 부분이 있다. 원작이 쓰인 18세기의 상황에서 몇몇 예외적인 작품을 제외하고는 많은 재능 있는 여성들이 그 재능을 억누르거나 안락하고 평온한 삶 속에서 안주하는 것만이 여성의 역할이라 여겨졌다. 원작에서는 안락, 평온과는 거리가 먼 로빈슨 크루소의 섬에 여성은 어떤 중요한 역할을 하지 못한다. 로빈슨 크루소의 성적욕망은 과감히 묘사되지도, 거부되지도 않는 애매한 테마가 되어버렸다. 배에서 가져온 짐을 뒤져보다가 로빈슨 크루소는 여자 옷을 꺼내어 여자의 향기를 맡아본다. 하지만 곧 여자 옷을 집어 던지고 성경을 옆구리에 끼고 가는 로빈슨 크루소의 모습에서 고립된 삶에서도 엄격한 기독교인으로서의 자각을 보여준다. 여성의 역할이 남성의 생활 속에서 생기는 욕구분출의 한 통로로만 여겨지는 모습이 소설과 영화 속에서 부각되어, 여성은 오로지 유혹과 신앙심에 대한 시험만을 가져다주는 존재로 인식함으로써 무인도 생활에 방해가 될뿐더러 적응하기 힘든 존재로 간주된다.

결론적으로 루이스 부뉴엘은 <로빈슨 크루소의 모험>에서 로빈슨 크루소와 프라이데이의 관계를 역전시키면서 프라이데이를 도덕적으로 우월한 모습으로 등장시켰으며, 프라이데이의 광기가 로빈슨 크루소의 비인간적인 폭력성에 기인하고 마침내 프라이데이가 자신을 죽여 달라고 로빈슨 크루소에게 애원하는 장면에서 로빈슨 크루소는 자신의 폭력성을 깨닫게 되는데 이는 명백하게 로빈슨 크루소가 대변하고 있던 청교도적인 진지성, 성적 억압, 부르주와의 가치관, 유럽중심적인 우월주의에 대한 비판의식이 반영된 것이다.

2) 〈화성의 로빈슨 크루소〉(Robinson Crusoe on Mars, 1964)

바이런 해스킨(Byron Haskin)이 감독한 영화 〈화성의 로빈슨 크루소〉
(Robinson Crusoe on Mars)는 1964년 미국 파라마운트(Paramount) 영화사에
서 제작한 영화이다. 1960년대의 미국은 많은 사회적, 문화적 변화를 겪
으며 이전 시대와는 비교할 수 없을 정도로 그 양상이 빠르게 바뀌어 가
는 시발점에 서있었다. 1960년대 미국의 사회적 문화적 이슈는 제 3세
계 신생독립국가들의 등장, 케네디의 대통령 재임과 암살, 우주시대에
대한 열망, 냉전, 전쟁과 반전, 히피문화의 등장, 흑인 인권운동 등으로
대변될 수 있다. 〈화성의 로빈슨 크루소〉에는 이러한 사회, 문화적 현
상들이 녹아 들어가 있다.

1960년 쿠바의 공산화, 1961년 베를린 장벽 건설, 1962년 쿠바 핵미
사일 기지 건설계획과 미국의 해상봉쇄가 보여주듯 1960년대 초 미국과
소련 체제의 대립은 극으로 치닫게 된다. 특히 인공위성 발사에서 소련
에 한발 늦은 미국은, 1961년 소련의 유리 가가린이 최초의 우주인이 되
자 우주 탐사에 박차를 가하게 된다. 케네디(J. F. Kennedy) 대통령은 한
연설에서 향후 10년 안에 인류를 달에 착륙시키고 무사히 지구로 귀환
시키겠다는 원대한 우주계획을 발표함으로써 미국은 우주시대에 대한
흥분으로 가득 차게 된다. 케네디는 소련의 우주계획을 원색적으로 비난
하면서 오직 미국이 우주개발의 선두 위치에 자리 하는 것만이 지구의
평화를 유지할 수 있으며, 반대 경우에는 전쟁의 위험에 직면할 것이라
고 경고했다.[23] 〈화성의 로빈슨 크루소〉에서도 이러한 사회 문화적 분

---

23) "We set sail on this new sea because there is new knowledge to be gained, and new rights
to be won, and they must be won and used for the progress of all people. For space
science, like nuclear science and technology, has no conscience of its own. Whether it will

위기를 확인할 수 있다.

원작에서 로빈슨 크루소가 미지의 신세계를 탐험하였다면, <화성의 로빈슨 크루소>의 주인공은 우주 공간을 탐험한다. 시종일관 주인공이 지구와는 다른 험난한 환경에 굴하지 않고 극복해 나가는 모습들은 원작이나 다른 개작들에서도 볼 수 있지만 인류역사상 아무도 이루지 못했던 우주개척을 시도하는 모습은 <화성의 로빈슨 크루소>에서만 볼 수 있다.

흥미롭게도 <화성의 로빈슨 크루소>는 미국인들의 애국심을 고취시키는 역할을 수행한다. 소련에 내어준 우주개척의 첫 걸음을 단숨에 뛰어넘어 미국이 소련보다 우월하다는 것을 은연중에 보여주고 있는 것이다. 영화 중간 중간에 성조기가 확대화면으로 잡히고, 주인공이 성조기에 대해 경례를 하는 모습, 또한 미국 남북전쟁 때 북군의 군가였으며 현재까지 미국의 준 국가로 인정되어 널리 불리어지는 "양키 두들"(Yankee Doodle)을 주인공은 계속해서 흥얼거린다. 또한 영화 전반부에서 로빈슨 크루소는 불시착 직후 우주선에서 리볼버 권총(revolver)을 챙긴다. 원작의 구식 라이플이 제국주의와 제국군대의 상징이라면 서부개척시대 카우보이들이 휴대했음직한 리볼버 형태의 권총은 미국인들에게 조상들의 개척 정신을 상징하면서 주인공이 화성의 열악한 환경 속에서 생존 혹은 개척 활동을 펼칠 것임을 암시한다.

원작에서는 주인과 노예의 관계가 매우 명확하게 드러난다. 로빈슨 크루소는 자신이 주인임을 강조하거나 프라이데이의 발에 족쇄를 채우는 장면을 통해 이러한 관계를 명확히 알 수 있다. 반면 <화성의 로빈슨

become a force for good or ill depends on man, and only if the United States occupies a position of preeminence can we help decide whether this new ocean will be a sea of peace or a new terrifying theater of war."(http://www1.jsc.nasa.gov/er/seh/ricetalk.htm)

크루소>에서는 로빈슨 크루소와 프라이데이의 관계가 주종 혹은 신분 관계를 넘어서서 상사와 부하직원의 관계처럼 그려진다. 로빈슨 크루소 역할을 하는 크리스토퍼 드레이퍼(Christopher Draper)는 자신을 상사(Boss)라고 소개한다. 주종관계와는 대별되는 이들의 관계는 기술을 사용할 줄 아는 자와 사용할 줄 모르는 자의 관계로 생각할 수 있다. 상사(Boss)이라는 단어에는 여러 가지 의미가 있지만 <화성의 로빈슨 크루소>의 문맥에서 보면 '지배자'라는 의미보다는 '실력자'라는 의미가 더욱 강하다. 크리스토퍼 드레이퍼는 당시의 최신 기계들을 사용해 지구와 연락을 시도하고, 가족들의 녹음된 목소리를 재생시키며, 직접 접근하여 관찰하기 위험한 곳에는 카메라를 이용하여 촬영을 하는 등의 모습을 보여준다. 이런 모습에 프라이데이는 놀라움을 금치 못하고 끊임없이 호기심을 가지고 감탄한다. 이후 프라이데이가 위기에 빠진 로빈슨 크루소를 구해준 다음부터는 둘의 관계가 상사와 부하직원의 관계에서 친구의 관계까지 나아가는 것을 볼 수 있다. 외계인들의 공격을 받아 더 이상 한곳에 살 수 없게 된 둘은 길을 찾아 떠나게 되면서 둘은 서로를 도우며 그들에게 닥치는 어려움을 극복해 나가는 모습에서도 둘의 관계가 기존 작품들과는 다르다는 것을 알 수 있다.

　원작에서는 홀로 남게 된 로빈슨 크루소가 모든 것을 하느님께 의지한다. 창세기를 읽으면서 항상 마음의 안정을 찾고 위로를 받곤 한다. 프라이데이를 만나고 그와 어느 정도 의사소통이 가능해 지기 시작한 다음부터는 하느님과 인간과의 관계, 하느님에 대한 절대성 등을 설명하고 교화하려고 하는 시도를 한다. 이는 그 당시 사회를 지배했던 종교적 신념을 잘 표현해 주는 것으로 기독교의 하느님이 사회의 모든 것을 관장하는 지배적인 존재였던 당시의 상황에서는 당연한 일로 여겨졌을 것이다. 하지만 <화성의 로빈슨 크루소>의 배경은 화성이다. 미지의 행성으로 탐사우주선을 발사하는 것이 대단한 국가적 행사로 받아들여지고 다른 나라와 경쟁에 나설 만큼 과학적 기술의 중요성은 무시할 수 없는 시대의 중요한 요구였다. 따라서 이러한 과학기술의 발전은 실증적이며 객관적인 자료와 실험, 그리고 논리적 설명을 요구된다. 이러한 시대에 하느님은 세상의 모든 것을 관장하는 실질적인 존재가 아닌, 단순히 영적이고 종교적인 존재로 여겨질 뿐이다. 따라서 <화성의 로빈슨 크루소>에서는 하느님에 대해 매우 추상적이고 기본적인 점만을 언급된다. "하느님께서 우주를 창조하셨다"라는 정도의 이야기 말고는 하느님에 대한 언급은 더 이상 찾아 볼 수 없다. 과학기술이 비약적으로 발전하기 시작하면서 과학적으로 설명할 수 없던 초자연적 현상들이 점차 사람의 힘으로 규명되자 이전에 비해 만물의 보편적 창조주인 하느님의 위치가 격하되고 따라서 절대적이었던 믿음도 자연스레 약화되었다.

<화성의 로빈슨 크루소>의 또 다른 특징은 프라이데이가 흑인이 아니라는 점이다. 1950년대부터 시작된 흑인 인권에 대한 관심은 1960년대에 들어서 흑인 인권운동으로 연결되고 있던 시기이다. 흑인에 대한 차별을 극복하고자 많은 흑인 지도자들을 주축으로 인종과 관련한 여러 가지 사회 운동들이 활발하게 전개되고 있었다. 이 영화에서 둘의 관계가 주인과 노예의 관계로 설정되지 않은 것처럼 프라이데이를 인종적으로 흑인으로 규정할 필요가 없어진 것이다. 과거의 영화들은 백인의 우월성을 보여줌과 동시에 백인이 아닌 인간들을 인간이 아닌 존재로 탈인간화하려 했기 때문에 일부러 흑인을 등장시켜 주인과 노예의 관계를 형성했던 것이다.

결론적으로 바이런 해스킨(Byron Haskin)은 <화성의 로빈슨 크루소>에

서 1960년대 미국의 우주시대에 대한 열망과 소련과의 우주개발 경쟁, 흑인 인권운동의 대두와 같은 사회적 문화적 배경아래서 로빈슨 크루소를 화성탐사 우주인으로 등장시키고 프라이데이를 흑인이 아닌 다른 인종으로 등장시킴으로써, 우주개발과 인권운동이라는 문화 콘텐츠를 십분 활용하여 미국의 국가적 이데올로기를 강조했다.

3) 〈맨 프라이데이〉(Man Friday, 1975)

잭 골드(Jack Gold) 감독의 <맨 프라이데이>(Man Friday)는 1975년 영국에서 제작된 영화로 원작『로빈슨 크루소』를 탈식민주의적인 관점에서 영화화한 것이다. 1970년대 영국사회는 보수와 진보의 묘한 혼재 양상을 띠고 있었고, 그 성향은 영국인의 생활 전체를 일관하고 있었다. 영국은 세계 최초로 제트기를 발명하고 그 후에도 항공기 개발에서 최첨단을 걷고 있었으며, 전통적인 화폐 제도를 1971년에, 도량형 제도를 1975년에 바꾸었고, 경제적 자유주의의 모국이면서도 다른 자본주의 국가에서 찾아보기 어려운 사회보장체계를 확립하였다. 하지만 이와는 다르게 정치적으로는 노동당의 집권에서 보수당이 다시 집권하는 모습을 보여주었다. 이런 진보와 보수적인 성향의 혼재된 사회분위기에서 탄생한 디포의『로빈슨 크루소』를 프라이데이의 입장에서 재구성한 것은 1970년대 영국 문화시장의 탈식민주의적 요구를 반영한 것이라고 할 수 있다.

<맨 프라이데이>에서는 원작과 달리 인격체로서의 프라이데이가 강조된다. 원작에서 프라이데이는 그저 로빈슨 크루소가 데리고 사는 야만인이자 노예로, 항상 로빈슨 크루소의 말에 순종하는 성격의 소유자였다면, <맨 프라이데이>에서 프라이데이는 자신의 감정을 표현하는 데 있

어서 자유롭고 망설이지 않으며, 오히려 로빈슨 크루소에게 충고를 하기도 하는 솔직한 인격체로서의 모습을 보여준다.

원작에서 로빈슨 크루소가 자신의 우월함과 원주민의 야만성을 정당화시키는데 효과적으로 동원된 원주민들의 식인의식은 <맨 프라이데이>에서 원주민들 고유의 토속적인 의식으로 변형되어 로빈슨 크루소의 지배 정당화 전략을 무력화 시킨다. 즉 <맨 프라이데이>에서는 인육을 먹고 있던 프라이데이의 일행을 발견한 로빈슨 크루소는 희생양으로 오해한 프라이데이만을 남겨두고 세 명의 흑인을 죽인다. 하지만 이 식인의식은 죽은 자신의 친구의 영혼을 간직하기 위해 그의 살을 받아 모시는 토속적인 의식으로 그려진다.

또한 미개한 원주민에게 우월한 서구의 문명을 전달해주는 전형화된 로빈슨 크루소는 <맨 프라이데이>에서 스스로 모순에 빠진 희화화된 인간으로 묘사된다. 프라이데이는 원작에서 보이는 전형적인 약자의 모습이 아닌 긍정적이며 우월적 주체로서 이야기를 이끌어 나간다. 이런 새로운 주체적인 모습은 독자들에게 원작에 녹아있는 제국주의적 시각과는 다른 시각을 제시하고 그에 따른 세부적 문제에 대해 고찰할 기회를 준다. 게다가 원작과는 달리 <맨 프라이데이>는 에피소드식 전개와 부족회의 라는 뮤지컬 형식을 통해 다양한 방법으로 작품에 대한 몰입도를 높인다.

원작에서 미개하며 순종적인 타자인 프라이데이의 모습과는 달리 <맨 프라이데이>에 등장하는 프라이데이는 로빈슨 크루소의 태도에 녹아있는 백인우월주의, 서구우월주의의 모순을 논리적으로 반박하고 따질 줄 아는 영리한 흑인으로 등장하면서, 로빈슨 크루소의 존중과 부러움을 이끌어낸다. 특히 <맨 프라이데이>에서는 로빈슨 크루소가 프라이데이를 대하는 태도의 극적인 변화를 논리적으로 보여줌으로써 객관성을 확보하는 전략을 취하고 있다. 로빈슨 크루소는 처음에 프라이데이를 노예 취급하지만, 프라이데이의 존재를 내심 소중하게 여기며, 프라이데이가 노예상인들을 격퇴하는 모습에서 둘 사이의 관계가 원작에서 나타나는 주종관계와는 전혀 다른 차원에서 전개된다는 것을 알 수 있다.

처음에 로빈슨 크루소는 제국주의적 사고방식에서 벗어나지 못한 채, 의식적으로 프라이데이를 야만인으로 규정하려 한다. 프라이데이가 자신을 노예취급 하는 것은 부당하다며, 노예와 같이 일을 하지 않겠다고 선언했을 때, 로빈슨 크루소는 반항하는 프라이데이를 동굴에 감금함으로써 굴복시키려 한다. 하지만 곧 외로움을 견디다 못해 로빈슨 크루소는 프라이데이를 가둔 동굴로 찾아가지만 이미 프라이데이는 동굴을 탈출한 이후였다. 로빈슨 크루소가 자신을 혼자 내버려두지 말라고 외롭다고 호소하며 울먹이는 모습을 몰래 지켜보던 프라이데이는 측은한 마음에 다시 로빈슨 크루소의 집으로 돌아가게 된다. 하지만 다음날 아침, 로빈슨 크루소는 또 다시 프라이데이를 노예로 부리려 하자, 둘의 갈등은 점차 고조된다.

로빈슨 크루소의 이러한 모순적인 면에도 불구하고, 프라이데이는 소위 문명인인 로빈슨 크루소보다도 훨씬 성숙된 모습을 보여준다. 자신을 야만인이 아닌 동등한 인간으로서 봐주길 바라는 마음에서 로빈슨 크루소에게 자신의 문화를 알려주려 하는 등, 로빈슨 크루소가 자신에 대해서 좀 더 잘 이해할 수 있도록 노력한다. 프라이데이는 로빈슨 크루소에게 자기 부족의 춤과 노래를 가르쳐 주며 함께 즐거운 시간을 보내기도 하지만, 노래와 춤을 즐겼던 로빈슨 크루소는 자신의 기독교적 신념 때문에, 육적인 유희를 즐겼다고 자책하며 물속에 몸을 던지며, 자신의 욕망을 억압한다.

종교적인 측면에서 원작과 비교해 볼 때, 기독교에 관한 서술태도에 큰 차이가 있다. 원작에서 로빈슨 크루소는 18세기 영국이라는 배경 아래서 많은 영국인들이 그러했듯이 기독교인으로 묘사된다. 전반부에 무심한 기독교인에서 난파 후 하느님과 자신의 관계에 대한 깊은 성찰을 통해 독실한 기독교인으로 변모한다.

그는 난파된 배에서 세 가지 물건을 꺼내오는데 그중 하나가 바로 성경이었다. 그것은 외딴 섬 안의 고립과 시련 속에서 유일한 정신적 버팀목 역할을 했고, 이삭을 심고 싹이 자람을 보며 하느님이 자신에게 내려준 기적이라 부르는 등 그는 엄격하고 철저한 기독교인의 모습으로 묘사된다.

프라이데이를 생포한 후 그는 프라이데이에게 기독교의 가르침을 전하려고 함으로써 프라이데이를 야만인에서 문명인으로 변화 시키려 한다. 로빈슨 크루소는 철저한 신앙심을 바탕으로 성실히 노동하고, 타자에게 기독교의 가르침을 전하려는 모습은 기독교와 서구문명의 우월함을 노골적으로 드러내는 역할을 수행하기도 한다. 즉 원주민들을 식인종으로 취급하고, 원주민의 종교와 의식을 미신과 야만풍습으로 간주하는 것은 서구식 일방주의의 전형으로 보여 진다. 로빈슨 크루소는 자신과 원주민 사이의 차이를 부각시키면서 자신의 우월성, 좀 더 확장하여서는 백인문명과 기독교문명의 우월성과 지배를 정당화하고 있다.

영화에서 프라이데이와 로빈슨 크루소의 신에 대한 생각의 차이는 뚜렷하다. 로빈슨 크루소는 원작에서와 마찬가지로 기독교의 유일신 사상을 신봉한다. 즉 하느님만이 유일한 신이며 모든 만물은 하느님 아래 통치되고 또한 그 지배권을 인간에게 주었다고 생각한다. 영화의 첫 부분

도 로빈슨 크루소가 기독교의 하느님, 인간 그리고 자연의 관계를 규정
한 창세기 구절을 읽음으로써 시작된다. 반면에 프라이데이는 "모든 곳
에 신이 존재한다(We've got God everywhere!)"라고 믿는 범신론적인 종교
관을 지니고, 바나나 나무에도 신이 있다고 로빈슨 크루소에게 일러주며
다신론적인 관점에서 로빈슨 크루소가 믿는 신에 대해 호기심을 표하기
도 한다. 로빈슨 크루소는 그러한 프라이데이의 의견을 수용하지 못하고
그와 말이 통하지 않자 매우 강압적이고 독단적인 모습으로 강제로 프
라이데이를 물가로 끌고 가 세례 의식을 거행한다. 프라이데이는 결국
자신의 믿음은 무시당한 채 표면상 세례를 받은 기독교인이 된다. 이처
럼 <맨 프라이데이>에서의 로빈슨 크루소도 종교의 다양성을 인정하지
못하고, 프라이데이에게 자신의 종교를 강요한다. 하지만, 자신만의 생
각을 가지고 있으며 나름의 문화를 가지고 있는 프라이데이에게 하느님
만이 유일한 신적인 존재라고 억지 주장을 펴는 로빈슨 크루소는 스스
로 모순에 빠지는 모습을 보여준다.

문화적 우월주의에 가득한 로빈슨 크루소의 종교적 강압성과 폭력성
은 영화의 마지막 부분에 절정을 이룬다. 프라이데이는 로빈슨 크루소에
게 조금씩 자신의 신과 문화에 대해 이야기를 들려주며 로빈슨 크루소
를 이해시키려 한다. 로빈슨 크루소도 프라이데이를 조금씩 이해해 가는
것처럼 보였으나, 끝내 그는 서구중심적인 문화 우월감으로부터 빠져나
오지 못하고 프라이데이의 영적 세계를 인정하지 않으려 한다.

로빈슨 크루소는 자신이 지닌 모든 문화적 배경의 원천을 성경에서
찾는다. 성경에 의하면 인간은 이 땅의 주인이며, 신의 지배 아래 모든
것을 다스린다고 한다. 인간, 즉 자신은 의지를 사용하고, 성경을 알고,
성경을 통해 수치심을 갖고 있기 때문에, 이러한 수치심을 느끼지 못하

는 모든 것들보다 우월하다고 주장한다. 하지만 그의 이러한 성서적 근거와 더불어 자신의 우월적 지위가 무력적 우세에 있다고 실토한다. 즉 "총이 내게 있기 때문에(Because I have a gun!)"라는 그의 말은 결정적으로는 총을 가지고 있기 때문에 프라이데이보다 우월하다는 것을 보여준다. 총으로 상징되는 무력적 우세를 통해 우월함을 찾으려는 로빈슨 크루소의 모습에서 제국주의적 태도가 여실히 드러나게 되며 그가 프라이데이에게 주장하는 말은 관객들에게 단지 조롱거리가 될 수밖에 없다.

또한 로빈슨 크루소가 프라이데이에게 가르치는 스포츠 정신은 로빈슨 크루소가 믿고 있는 서구문명의 우월성이 해학적으로 해체되는 또 다른 예가 된다. 로빈슨 크루소는 자신이 프라이데이에게 새로 가르쳐주는 스포츠에서 우위를 보임으로서 자신의 우월함을 과시하려고 한다. 즉 로빈슨 크루소는 프라이데이에게 스포츠를 가르쳐줌으로써, 스포츠에 익숙한 자신이 프라이데이보다 뛰어난 능력을 지니고 있음을 과시하려 했다. 그 의식의 저변엔 자신의 월등한 실력을 보여 줌으로써 프라이데이에 대한 자신의 지배를 정당화의 포석이 깔려있다.

하지만 자신이 세운 논리가 프라이데이에 의해 공격당하고 만다. 로빈슨 크루소는 스포츠를 야만적인 전투행위를 문화적으로 순화시킨 서구문명의 우월성을 드러내기에 좋은 예로 여긴다. 프라이데이에게 설명하기를 스포츠에서 가장 중요한 것은 이기는 것이 아니라 어떻게 스포츠를 즐기는가에 달려있다고 로빈슨 크루소는 주장한다. 이에 따라 프라이데이는 온 몸으로 즐기면서 경주에 참가하였는데 로빈슨 크루소는 결승선을 먼저 통과하기 위해 온갖 진을 뺀다. 경기가 끝난 후에 왜 자신이 경기에서 졌냐고 반문하는 프라이데이에게 로빈슨 크루소는 제일 중요한 것은 이기는 것이라고 말을 바꾼다. 프라이데이의 관점에서 보았을 때, 로빈슨 크루소가 가르쳐주는 스포츠의 개념은 매우 편협하며 몇 가지 규칙을 자의적으로 만들고 그 규칙을 제대로 따르는 자를 승자로, 따를 수 없는 자를 패자로 칭함으로써 경기자의 신체적 특성과 즐길 자유를 규칙으로 속박하고 강요한다.

원작에서와 마찬가지로 문화적 우월감에 빠진 로빈슨 크루소는 프라이데이를 교육시키는데 몰두한다. 이는 이미 자신만의 문화체계를 가지고 있는 프라이데이에 대한 오만적 행위이다. 여기서 로빈슨 크루소가 처음으로 프라이데이를 대면할 때 가르쳐주는 '영어'에 대해 주목해 볼 필요가 있다. 프라이데이가 자기 부족의 언어를 사용할 때 로빈슨 크루소는 그런 야만적인 언어를 쓰지 말라며 호통을 친다. 그러면서 이 섬의 주인은 자신이며 자신은 영국 사람이기 때문에 이 섬에 있는 사람은 반드시 영어를 써야한다고 말한다. 로빈슨 크루소의 전략은 영어를 프라이데이에게 강요함으로써 프라이데이의 모국어를 억압하여 통치의 용이성을 도모하기위한 것이다. 로빈슨 크루소는 본격적으로 프라이데이를 문명화된 인간으로 만들기 위해 수업을 진행한다. 수업 중 로빈슨 크루소는 그에게 질문할 기회를 주지만, 실제로 질문을 할 경우 묵살해버린다. 하지만 역설적이게도 영어를 습득한 프라이데이는 의사소통을 통해 보다 효율적으로 로빈슨 크루소의 모순점을 지적해냄으로써 로빈슨 크루소의 문제점이 더욱 부각된다.

원작소설이 자본주의 사상이 태동하던 18세기 영국을 배경으로 쓰여졌던 만큼, 영화에서도 로빈슨 크루소의 자본주의적 경제관념이 속속들이 드러난다. 하지만 로빈슨 크루소가 지닌 소유권과 재화와 같은 자본주의 개념들은 프라이데이에 의해서 그 모순점이 여지없이 노출되어 결국 로빈슨 크루소가 그 개념들이 지닌 모순의 피해자로 등장하게 된다.

프라이데이가 섬에 온지 얼마 되지 않았을 때 그는 로빈슨 크루소의 모자를 쓰고 양산까지 들고서는 물가에 앉아 햇빛을 즐기고 있었다. 이 모습을 본 로빈슨 크루소는 격분하여 '나의 것'과 '너의 것'이라는 소유개념을 프라이데이에게 가르친다. 프라이데이는 이를 이상하게 여기며 반문한다. 어떤 물건을 소유하고 있던 사람이 죽게 된다면 그 물건은 영원히 그 사람의 것일 수 없고 그것은 부족 공동의 것이라는 것이다. 그 말에 로빈슨 크루소는 논리적인 반박을 하지 못하고 계속해서 '나의 것'과 '너의 것'이라는 말만 되풀이하며, 소유권의 표시가 물건에 있는 것이냐는 프라이데이의 질문에 마법(magic)이라는 대답을 한다. 즉 물건에 마법이 깃들어 있어, 그것을 만지는 자에게는 불운이 닥친다는 것이다. 이성과 합리적인 사유에 근거한 자본주의의 소유권의 개념이 로빈슨 크루소에 의해 미신적이고, 비합리적인 개념으로 해체된다. 로빈슨 크루소는 정곡을 찌르는 프라이데이의 질문에 합당한 답을 해주지 못하고, 그저 프라이데이를 윽박지르며, 총을 들이댄다. 총 앞에서 프라이데이는 로빈슨 크루소에게 순응할 수밖에 없었고, 비상식적인 로빈슨 크루소의 폭력성 앞에 부당함을 느끼게 된다.

재화에 관한 문제에 있어서도 로빈슨 크루소는 자신이 설정한 자본주의 논리에 의해 프라이데이의 노예가 된다. 로빈슨 크루소는 프라이데이에게 많은 일을 시키며 그를 자연스럽게 노예화한다. 하지만 로빈슨 크루소의 부당함에 프라이데이는 자신에게 일을 더 시킬 바에야 차라리 자신을 죽이라고 요구한다. 이러한 프라이데이의 태도에 당황한 로빈슨 크루소는 재화의 교환이라는 개념을 프라이데이에게 가르친다. 로빈슨 크루소는 프라이데이가 일을 하면 그에 대한 삯을 지불할 것이고, 그 돈으로 자신이 소유한 물건들을 살 수 있으며 심지어는 2000개의 동전이면 자신의 집까지도 살 수 있다고 약속한다. 로빈슨 크루소는 이렇게 재화의 지불을 통해 고용인과 피고용인의 관계를 형성하고, 프라이데이는 임금을 받고 일하는 노동자가 된다. 표면적으로 프라이데이는 임금을 받고 일하는 자유인이지만, 여전히 로빈슨 크루소에게 착취당하는 노예이다. 하지만 <맨 프라이데이>의 마지막 부분에서, 프라이데이는 자신이 모은 2,000개의 동전을 로빈슨 크루소에게 갖다 주며, 앞으로 저 집은 내 것이라고 선언한다. 로빈슨 크루소가 지배를 정당화하기 위해 사용했던 재화의 지불을 역이용하여 프라이데이는 로빈슨 크루소를 자신의 노예로 전락시킨 것이다.

결론적으로 <맨 프라이데이>는 1960년대 이후 나타난 탈식민주의의 흐름에서 나온 제국주의 문명과 식민지 문명 관계의 새로운 성찰에서 나온 작품으로 원주민 고유의 문화적 체계를 가진 프라이데이를 등장시켜, 원작 소설에서 제국주의적 시각이 농후한 부분을 탈식민주의적 관점에서 재해석하여 제국주의의 지배논리를 역이용해 로빈슨 크루소로 대변되는 제국주의 문화에 끊임없이 반문하고 도전한다.

3. 문화공간의 문화전략

많은 문화 콘텐츠들은 그 속에 언제나 그 시대의 특징과 이데올로기의 정당성을 내포하기마련이다. 사실 그러한 콘텐츠 속에 작가나 감독이 버젓이 드러내 놓은 요소들 혹은 수수께끼처럼 알 듯 모를 듯 숨겨놓은 이러한 요소들을 지나친 채 문화를 향유한다는 것은 어쩌면 그 속의 달콤한 열매는 빼 놓고 그 껍데기만 핥는 것이라고 할 수 있다. 『로빈슨 크루소』는 로빈슨 크루소 개인의 경험담을 통해서 유럽 중심주의, 인간 중심주의, 남성우월주의, 식민지 지배의 정당화라는 다양한 이데올로기적인 역할을 수행한다. 즉 문화적인 아이콘으로『로빈슨 크루소』는 근대 개인주의의 탄생 신화로 읽히고, 소설로서뿐만이 아니라, 중상주의와 개인주의에 바탕을 둔 자본주의의 정당화, 영국의 식민주의의 정당화시키는데 매우 적절한 문화자본의 역할을 해왔다. 빅토리아조 시대에 개작된 『로빈슨 크루소』의 경우는 그 이전 작품보다 훨씬 더 낙관적인 종교적인 전망을 보여 주고 있으며 이것은 19세기 후반 독자들이 느꼈던 과학적 진보와 맞물려있는 불안과 공포를 희석시키고, 유럽인들의 과학기술의 발전에 대한 낙관적 전망이 맞물려있다고 할 수 있다.

위에서 살펴본 세 작품의 경우와는 매우 대조적으로 로버트 즈멕키스(Robert Zemeckis) 감독이 영화화한 <캐스트 어웨이>(Cast Away)인 경우 20세기를 배경으로, 현대 독자들의 기대에 맞도록, 사랑이야기를 삽입하고, 로빈슨 크루소를 다국적기업의 직원으로 변용시키고 있다. 즉 위의 개작 영화들에서 문제시되는 인종적 차이를 자본주의의 몰인종적인 상품으로 대체함으로써 인종적 타자의 설정으로 야기될 수 있는 갈등을 봉쇄하고 있다. 이러한 봉쇄의 전략은 로빈슨 크루소역으로 등장하는 인물의 이름에서도 확연히 드러난다. 그의 이름은 척 노랜드(Chuck Noland)로 그의 이름에서 드러나는 것처럼 그 자신의 정체성을 이름 속에서부터 감추고 있다. 이는 제국주의자, 성차별주의자로서의 로빈슨 크루소를 염두에 둔 설정이다. 또한 인종차별주의자로서의 로빈슨 크루소라는 비판을 비껴가기위해서, 이 영화에서는 프라이데이를 윌슨(Wilson) 상표의 배구공으로 변용시킴으로써 정치적으로 중립적인 입장에서 원작을 접근하고 있다. 하지만 이것은 미국 자본주의의 극단적 형태이며, 프라이데이조차 상품화된 존재로 재현하는 고도의 문화전략일 가능성이 높다. 마지막 장면을 미국의 한 시골 교차로 장면으로 선택함으로써 식민주의의 과거, 탈식민주의 현재, 그리고 불확실한 미래로 묘사하여, 현대 독자들이 가질 수 있는 여러 가지 본질적 내재주의의 검열을 피하고 보편주의의 이데올로기로 무장하고 있다.

결론적으로 대부분의 로빈스네이드인 경우는 원작의 특정한 부분을 강조하거나, 변용시켰다. 특기할 만한 사항은 영화나 다른 장르로 재구성되는 로빈슨 크루소가 그 내러티브 자체가 바뀌는 것이 아니라 그 내용과 이데올로기적 구성이 독자들이 가지고 있던 기대치에 부응하기도 하지만, 전혀 상반되거나 예기치 못한 내용을 담고 있다는 것이다. 개인주의, 정신적, 도덕적인 진지함, 도구개발의 창의성, 타자를 복속시키려는 식민주의적 욕구 등 각기 시대적으로 주요 관심사를 그 전대와는 다른 전복과 협상의 관점에서 소설을 재구성하고 있는 것이다. 이러한 전복적 변용적 관점은 당대의 다양한 욕구를 충족시키려는 문학자체와 그 주변 장르의 적극적인 대응에서 비롯된다고 할 수 있다.

참고문헌

Babbit, Irving, 1910, The New Laocoon, Boston : Houghton Mifflin.
Balazs, Bela, 1970, Theory of Film, New York : Dover.
Bhabha, Homi K, 1994, The Location of Culture, London : Routledge.
Bluestone, George, 1957, Novels into Film. Berkeley : University of California Press.
Coetzee, J. M. Foe, 1987, New York : Viking Press.
Defoe, Daniel, 1972, Robinson Crusoe, Oxford : Oxford University Press.
Elliott, Kamilla, 2003, Rethinking the Novel / Film Debate, Cambridge : Cambridge UP.
Rogers, 1972, Pat, Defoe, New York : Barnes and Noble.
Said, Edward, 1993, Culture and Imperialism, New York : Knopf.
Watt, Ian, 1996, Myths of Modern Individualism, Cambridge : Cambridge UP.
Wellek, Rene and Austin Warren, 1942, Theory of Literature, New York : Harcourt.

영화

The Adventures of Robinson Crusoe(Ultramar Films 1952), Directed by Luis Bunuel.
Cast Away(Fox Movies 2000) Directed by Robert Zemeckis.
Man Friday(ABC Entertainment 1975) Directed by Jack Gold.
Robinson Crusoe On Mars(Paramount Pictures 1964) Directed by Bryon Haskin.

저자 소개

박상천 | 한양대학교에서 국문학을 전공하고 동국대학교에서 문학박사학위를 받았다. 한양대학교 국어국문학과 교수를 거쳐 현재는 문화콘텐츠학과 교수로 있다. 한국언어문화학회, 인문콘텐츠학회 부회장을 역임했다. 주요 논문으로는 〈예술의 변화와 문화콘텐츠의 의의〉, 〈문화콘텐츠 개념 정립을 위한 시론〉, 〈문화콘텐츠학의 학문 영역과 연구 분야 설정에 관한 연구〉 등이 있다.

김영순 | 독일 베를린공대에서 미디어학 석사를, 베를린자유대에서 문화학 박사학위를 취득하였다. 조선대 연구교수, 교육부 학술연구교수를 거쳐 현재 인하대 사범대학 사회교육과 및 대학원 문화경영학과 교수로 재직 중이다. 인천에듀테인먼트포럼 위원장, 인문콘텐츠학회 콜로퀴움 위원장직을 수행하고 있다. 대표 저서로서는 『축제와 문화콘텐츠』, 『인문학과 문화콘텐츠』, 『미디어교육과 교과과정』, 『미디어와 문화교육』, 『문화경영의 33가지 핵심 코드』 등이 있으며, 역서로는 『화용론 이해』, 『몸짓과 언어 본성』이 있다.

신성환 | 한양대학교에서 국문학을 전공하고 문학박사학위를 받았다. 한양대학교 한국미래문화연구소 전임연구원을 거쳐, 현재 한양대학교 산학협력단 연구교수로 재직 중이다. 연구 분야는 현대소설과 서사론, 매체미학이다. 논문으로 〈한국장편소설의 통합 장르적 성격 연구〉, 〈문화예술에서의 퓨전 현상 분석〉, 〈디지털 복제 시대의 새로운 예술미학〉 등이 있다.

최민성 | 한양대학교에서 국문학을 전공하고 문학박사학위를 받았다. 그후 동국대학교 국어교육과 연구교수, 한양대학교 한국미래문화연구소 전임연구원을 거쳐 현재 한신대학교 중국문화정보학부 초빙교수로 재직 중이다. 연구 분야는 문학에 바탕을 둔 매체미학과 문화원형, 스토리텔링이다. 저서로 『멀티미디어 상상력과 문화콘텐츠』(2007 문광부 우수학술도서), 『축제와 문화콘텐츠』(공저), 『문화콘텐츠학의 탄생』(공저) 등이 있고, 논문으로 〈문자의 영상화와 그 문화적 의미에 관한 연구〉, 〈문화콘텐츠 주제학 시론〉, 〈신화의 구조와 스토리텔링 모델〉 등이 있다.

박기수 | 한양대학교 및 동 대학원을 졸업하고 〈애니메이션 서사의 특성 연구〉로 박사학위를 취득했다. 문학평론과 문화평론을 하며, 현재 한양대학교 문화콘텐츠학과 교수로 재직 중이다. 인문콘텐츠학회, 애니메이션학회 편집위원이며, 한국문화콘텐츠진흥원 자문위원, 광주스토리텔링아카데미 전문가위원회 위원장으로 활동 중이다. 관심 분야는 문화콘텐츠 스토리텔링, 향유 전략, 문화콘텐츠 리터러시이며, 산학연계를 통한 실천적인 학문의 구축에 주력하고 있다. 저서로는 『애니메이션 서사구조와 전략』, 『문화콘텐츠학의 탄생』, 『겨울연구, 콘텐츠와 콘텍스트 사이』, 『한류와 21세기 문화 비전』, 『미디어 교육과 교수법』 등이 있다. 논문으로는 〈'신세기 에반게이론'의 서사 특성 연구〉 외 50여 편이 있다.

정해수 | 경희대학교에서 불문학을 전공한 후 프랑스 François Rabelais(Université de Tours)에서 18세기 프랑스 사상 및 사드(Marquis de Sade) 연구로 문학박사학위를 받았다. 귀국 후 경희대학교 비교문화연구소에서 Post-Doc, 영남대학교 인문과학연구소 연구교수로 재직했다. 현재 경희대학교, 강남대학교, 목원대학교 등에서 프랑스문학과 문화, 유럽문화 등을 강의하고 있다. 주 연구 분야는 18세기를 중심으로 한 프랑스 근현대 문예이다. 논문으로 〈18세기 프랑스 반 계몽주의자들에 대한 연구〉, 〈18세기 대혁명 전후의 프랑스 문확과 사상 연구〉, 〈사드와 여성의 육체〉 등이 있고, 저서로는 프랑스에서 출판된 박사학위논문 『Philosophie et Littérature chez Sade여 Dialogue à Aline et Valcour』가 있다.

최형욱 | 한양대학교 중문과를 졸업하고, 중화인민 국립정치대학 중문과에서 석사, 연세대학교 중문과에서 박사학위를 받았다. 경동대학교 전임강사를 거쳐 현재 한양대학교 중문과 교수로 재직 중이다. 연구 분야는 중국 근대문학이며, 〈淸代陽湖派的源流及其文學理論研究〉, 〈梁啓超의 文學革命論 研究〉 등의 논저가 있다.

권연수 ㅣ 고려대학교 일어일문학과를 졸업, 文部省 국비장학생으로 일본 규슈대학 석·박사 과정을 마치고 경희대에서 문학박사학위를 취득했다. 현재 세명대학교 일본어학과 교수로 재직 중이며 일본의 언와와 문학, 문화가 주된 관심사이다. 저서로『헤안시대文房연구』,『일본어회화사전』, 공저로『미디어교육과 사례』,『문화, 미디어로 소통하기』,『겨울연가-콘텐츠와 콘텍스트 사이』가 있고, 주요 논문으로〈동경국제영화제와 부산국제영화제 비교분석-텍스트로서의 영화제 / 집행부 / 관객을 중심으로〉,〈현대 일본 문학의 현상(現狀)과 문학 확장 양상에 관한 연구〉,〈平安時代 女房의 사회적 역할변동과 物語文學 변천사〉 등이 있다.

이재복 ㅣ 한양대학교 국문과를 졸업하고, 동 대학원에서 문학박사학위를 받았다. 현재 한양대학교 한국언어문학과 교수로 재직 중이다. 1996년 ≪소설과 사상≫ 겨울호에 문학평론으로 등단하였다. 문화계간지 ≪쿨투라≫, 인문사회저널 ≪본질과 현상≫, 문학계간지 ≪열린시학≫, ≪시인≫ 편집위원으로 활동 중이다. 저서로『몸』,『비만한 이성』,『한국문학과 몸의 시학』,『현대문학의 흐름과 전망』,『몸과 몸짓문화의 리얼리티』(공저),『몸의 위기』(공저),『한국예술사대계』(공저) 등이 있다.

전세재 ㅣ 고려대학교 영문과를 졸업하고 뉴욕주립대학교에서 영문학 박사학위를 받았다. 현재 숙명여자대학교 영문학부 교수로 영시와 환경문학을 강의하고 있다. 연구 분야는 영국 낭만주의, 환경문학, 생태비평, 대중서사이며, 저서로는『제국주의와 저항의 담론』(공저),『대중문학 주변부의 반란』(공저)가 있으며, 논문으로는〈상호주의의 징표〉,〈데리다에 나타난 동물의 시선〉,〈린 헤지니언의 시에 나타난 여성의 주체성〉,〈낭만주의 생태비평과 새〉,〈18세기 영국계몽주의 문학 속의 유토피아적 공간〉 등이 있으며, 옮긴 책으로『고대 로마에서 전차경주를』,『네이키드 런치』,『동물로 산다는 것』이 있다.

글누림 문화예술 총서 5

학제간 연구를 통한 문학의 확장 가능성 탐구

한국, 중국, 일본, 미국, 프랑스, 독일의 경우를 중심으로

초판 인쇄 2008년 8월 14일 | **초판 발행** 2008년 8월 25일
지은이 박상천 · 김영순 · 신성환 · 최민성 · 박기수 ·
　　　　 정해수 · 최형욱 · 권연수 · 이재복 · 전세재
펴낸이 최종숙 | **책임편집** 이소희 | **편집** 권분옥 김지향
펴낸곳 글누림출판사
주소 서울시 서초구 반포4동 577-25 문창빌딩 2층
전화 02-3409-2055 | **팩시밀리** 02-3409-2059
홈페이지 http://www.geulnurim.co.kr | **이메일** nurim3888@hanmail.net
등록 2005년 10월 5일 제303-2005-000038호

ISBN 978-89-91990-98-2 93800
정 가 20,000원

* 잘못된 책은 교환해 드립니다.